读 A DR 思想家

戴维·法雷尔·克雷尔（David Farrell Krell），1944 年生，美国哲学家，杜肯大学哲学博士，布朗大学德国研究客座教授，德保罗大学荣休教授，曾在德国、法国、英国等地任教，专攻欧陆哲学。曾编辑海德格尔著作《基础写作》（*Basic Writings*），译有海德格尔的《尼采》（*Nietzsche*），共著有 16 本专著和 3 本小说，如《海德格尔与生命哲学》（*Daimon Life: Heidegger and Life-Philosophy*）、《德里达与动物他者》（*Derrida and Our Animal Others*）、《棍棒和爱抚》（*The Cudgel and the Caress*）、《传染：德国唯心主义和浪漫主义中的性、疾病与死亡》（*Contagion: Sexuality, Disease, and Death in German Idealism and Romanticism*）、《回忆、怀旧和写作》（*Of Memory, Reminiscence, and Writing*）等，在哲学、文学、诗歌等领域均有作品。

一 部 诗 意 的 哲 学 随 笔

哲 思 与 海

[美] 戴维·法雷尔·克雷尔 著　　　陈瑾 译

The Sea: A Philosophical Encounter

by

David Farrell Krell

北京燕山出版社
BEIJING YANSHAN PRESS

哲思与海：一部诗意的哲学随笔

[美]戴维·法雷尔·克雷尔 著
陈瑾 译

图书在版编目（CIP）数据

哲思与海：一部诗意的哲学随笔 /（美）戴维·法雷尔·克雷尔著；陈瑾译.—北京：北京燕山出版社，2020.10

书名原文：The Sea：A Philosophical Encounter
ISBN 978-7-5402-5769-9

Ⅰ.①哲… Ⅱ.①戴… ②陈… Ⅲ.①随笔—作品集—美国—现代 Ⅳ.①I712.65

中国版本图书馆 CIP 数据核字（2020）第 122884 号

The Sea: A Philosophical Encounter © David Farrell Krell, 2019

This translation is published by arrangement with Bloomsbury Publishing Plc

Chinese Simplified translation copyright © 2020 by United Sky (Beijing) New Media Co., Ltd.

ALL RIGHTS RESERVED

北京市版权局著作权合同登记号 图字:01-2020-3460 号

选题策划	联合天际
特约编辑	笔 三
美术编辑	夏 天
封面设计	王大力

未读
A读
DR | 思想家

责任编辑	郭 悦 李瑞芳
出 版	北京燕山出版社有限公司
社 址	北京市丰台区东铁匠营苇子坑 138 号嘉城商务中心C座
邮 编	100079
电话传真	86-10-65240430（总编室）
发 行	未读（天津）文化传媒有限公司
印 刷	北京联兴盛业印刷股份有限公司
开 本	889 毫米 ×1194 毫米 1/32
字 数	251 千字
印 张	12.5 印张
版 次	2020 年 10 月第 1 版
印 次	2020 年 10 月第 1 次印刷
书 号	ISBN 978-7-5402-5769-9
定 价	88.00 元

关注未读好书

未读 CLUB
会员服务平台

献给大卫奇托与瓦妮莎

也献给最近刚刚踏上无边海上旅程的

伊莎贝尔·萨洛梅与卢卡·戴维

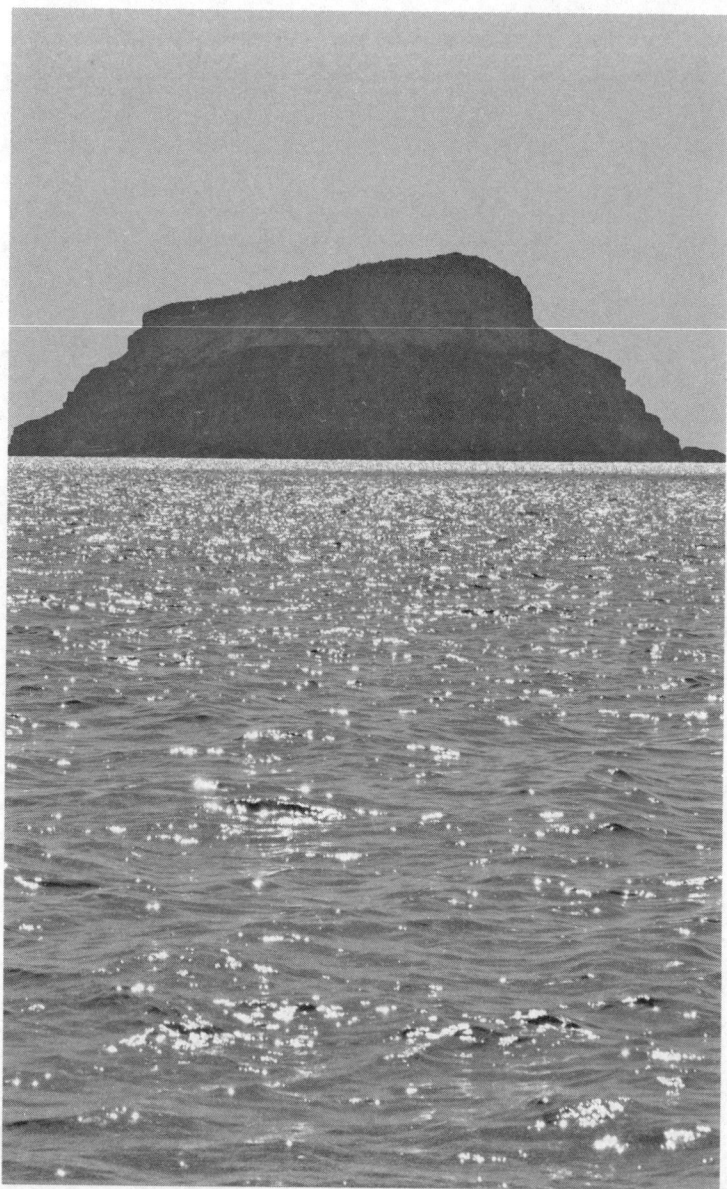

图 1　Aspronisi（阿斯普罗尼斯）岛，被称为"白色岛屿"，位于锡拉岛（今称圣托里尼岛）以西

目 录

作者自序   1

引　言   1

第一章　任由自己沉溺在摇篮中   1

第二章　羊膜   45

第三章　灾难：向前还是向后？   97

第四章　万物充满了神   133

第五章　克洛诺斯之泪   189

第六章　那些溺水的人终究溺水而亡   231

第七章　拍岸的浪与时间水滴   297

结　语   349

主要参考文献   355

作者自序

　　几位朋友在自告奋勇地阅读完本书原稿后，叮嘱我要在正文开始前对文章脉络加以梳理。如果你也觉得本书脉络难以捉摸，那是因为我的创作有两个不同的起点。

　　几十年前，在读到桑多尔·费伦齐[1]的著作《塔拉萨：生殖力理论》(*Thalassa*: *A Theory of Genitality*, 1924) [2]时，我便初次萌生了创作的念头。费伦齐在这本杰作中，将弗洛伊德的精神分析理论拓展为他所谓的"生物分析法"。该分析法的主旨，就是费伦齐所说的"向海洋回归的逆流"(thalassic regressive undertow)，这深深地吸引了我。这个术语的意思是，海洋为诗人和科学家所推崇，被奉为生命的起始和源头，而万物也终将回归大海。似乎，一切都将埋葬在黑格尔所谓的"普遍要素"(universal element)之中。此外，由于哺乳动物的胚胎是在羊水中妊娠，而羊水又恰好是胎儿在

---

[1]　桑多尔·费伦齐（Sándor Ferenczi），匈牙利神经病学家和精神分析学家，是弗洛伊德的挚友和门徒，精神分析学发展早期的代表人物之一。——译者注

[2]　塔拉萨：古希腊神话中的海水女神，海洋的化身，被视为原初女神。《塔拉萨：生殖力理论》以下简称《塔拉萨》。——译者注

母体中孕育时所需的生理盐水，据此，费伦齐认为，这是人类在生理发育过程中需要找到海洋替代物的表现。费伦齐表示，胚胎发育的这几个月会持续影响我们生活的方方面面，例如人的睡眠和性行为都和胚胎发育的状况大有关系。同样地，费伦齐认为，弗洛伊德在 1920 年之后提出的"毁灭与死亡驱力"（the destruction-and-death drive）也可以理解为海洋在迫切地召唤我们，唤我们回归本源。

爱、死亡和海洋？作为初出茅庐的哲学家，当时的我，又怎能不对这样的组合兴致勃勃？

然而，如果凡事都能有两个起点，本书的创作还有另一个缘由。我虽然生在一个内陆州，但很快便有机会去海边。和所有人一样，自从去过一次海边，我便止不住地反复前往。我会和大家一样，去海边游泳、晒日光浴、收集漂流物、探索海岸线、饕餮海鲜，然后酣然入梦。通常，如果海上风平浪静，我便会仰面漂浮于水中，任由脑中浮现各种奇思妙想和连篇诗句。后来，我逐渐领会到赫尔曼·梅尔维尔所谓冥想与水"永远相伴相随"的题中之义。

冥想（Meditation）？真是个过时的词。根据词典，冥想是很少见的，尤其是作为"冥思苦想、深思熟虑"来理解的时候。然而，该词目前更普遍的释义是"沉潜于思考，去凝想、反省、思索"。我自己在冥想时颇为随性——这点朋友们能替我做证——但并不是为了某种信仰或宗教仪式。我必须承认，我的这种冥想方式，富有想象力，且全凭直觉，虽灵敏但毫无逻辑可依，甚至还有点儿"消极被动"，就好像在海上随波逐流。然而近些年，一些法国思想家，如梅洛-庞蒂、列维纳斯和德里达，无一不强调这种被动的重要性。在这一问题上，他们或许都受到了海德格尔的巨著《存在与时间》的影响。书中强调，存在是"被移动"而非自我移动：比起运动（Bewegung），动变（Bewegtheit）才是基础存在论的指导概念。

我浮在海上的冥想，既反映了这种被动，同时又表现了我对它的抗拒，这种抗拒体现在我的研究和分析中。然而，无论如何熟读深思、如何勤于研究与分析，我都无法准确地解释，为什么我书中提到的思想家和作家，就恰好是那些人。为什么是费伦齐，而非荣格[1]或奥托·兰克[2]？为什么是谢林和黑格尔，而非康德？为什么在一众提及海洋的思想家和诗人中，我偏偏提到荷尔德林和尼采？为什么我会提到梅尔维尔，而非康拉德？而在弗吉尼亚·伍尔夫的众多小说和散文中，为什么我偏偏提到《海浪》这部作品？

我还不知道这些问题的答案，这事着实令我和我的友人们沮丧。对此，我意识到，人类认知局限最明显却少有人发觉的一个标志是：我们已然做出的一系列狭隘的阅读选择。这一过程似乎并不是我们自己选择了那些读过的书，而是那些书选择了我们。无论做过多少研究、学术自律性多强的人，都无法改变自己选书的方式，我们无一不是"随波逐流"。而我唯一的愿望是：在这场我与海的邂逅中，那些选择了我的书，也能滋养我的读者。

---

[1] 卡尔·古斯塔夫·荣格（Carl Gustav Jung），瑞士心理学家、精神科医师，分析心理学的创始者。——译者注

[2] 奥托·兰克（Otto Rank），犹太人，奥地利心理学家，精神分析治疗师。——译者注

对于本书各章节的详细讨论，我会放在引言部分，但请允许我先在此处对本书的风格加以说明。前面我曾提到，本书的创作有两个缘由，因此相应地，本书也至少有两种行文风格。为了表现其中一种风格，我只能任由自己使用一些过时甚至略带浮夸的字眼，比如："哲学的邂逅""冥想"以及"反思"。比起我的学术创作意愿，该风格更多地反映了我个人在海边、海面以及海当中的一些经历。其中一些章节，比如关于费伦齐的论述，纯粹是作为解释说明之用，因为这些内容涉及的理论本身是晦涩难懂的。而其他的章节，比如第一章"任由自己沉溺在摇篮中"，则表现了莫里斯·布朗肖[1]所说的"碎片化写作"的风格。在这种风格下，创作的过程并非像写说明文那样可以预见，读者在阅读时或许会有与我随波逐流的感觉。但是，无论是说明式还是碎片式的写作，都是为了达成同一个目标，就是形成能够充分阐释海洋的冥想风格——这是为了顺从海洋的方式，而非顺从我们自己。我要重申的是，梅尔维尔告诉我们冥想与水"永远相伴相随"（wedded forever），他所说的水正是咸的海水；而且毋庸置疑，在选用动词上他十分慎重。由于更偏爱内陆的安全感和思维方式，哲学家日益放弃了对海洋的探寻，转而将它交给了海洋生物学家、探险家和诗人。但是，诗人偶尔会连同精神分析学家一起，将我们带回万物的本源——它充盈着海洋，蒸发成云朵，成为雨点落入大地，

---

[1]　莫里斯·布朗肖（Maurice Blanchot），法国著名作家、思想家、欧陆哲学家。作品比较艰涩，难为普通读者接受，对法国许多知识分子和作家都有深远影响。代表作《死刑判决》《黑暗托马》。——译者注

又汇成溪流涌入海洋，它是万源之源。

在此我要郑重感谢亚历山大·比尔达（Alexander Bilda），他帮助我找到了许多藏在海底岩洞的古籍，更重要的是，他给予我真正可贵的友谊，还有妙趣横生的谈话。我要感谢聪明的伊娃·马萨都（Eva Matsadou），以及她在圣托里尼岛阿克罗蒂里的卡洛斯（Carlos）旅馆的家人，我正是在那里完成了本书的大部分内容。我还要感谢沃尔特·布罗根（Walter Brogan）、道纳·麦坎斯（Dawne McCance）、保罗·诺思（Paul North）、查尔斯·斯科特（Charles Scott），以及阅读了我提交给布鲁姆斯伯里学术出版社（Bloomsbury Academic Press）原稿的人，虽然我不知道这些读者的名字，但是他们毫无保留地为本书的终稿提供了诸多宝贵且深刻的建议和修改意见。我感谢布鲁姆斯伯里学术出版社的全体编辑和工作人员，尤其要感谢编辑莉莎·汤普森（Liza Thompson），是她阅读了本书的初稿，并大力支持了本书的出版；还要感谢保罗·金（Paul King）出色的文案编辑，梅尔夫·霍尼伍德（Merv Honeywood）为本书的制作所做的辛勤工作。最后，感谢萨洛梅·M.克雷尔（Salomé M. Krell）精修了这些年我与她在巴洛斯海湾（Balos Bay）拍摄的照片。图2、图3、图4、图5、图10、图11、图16、图25由萨洛梅拍摄，其余为作者本人拍摄。

戴维·法雷尔·克雷尔
于阿克罗蒂里的卡洛斯旅馆
和圣乌尔里希的施特罗贝尔小屋

图 2 Mavro Vouno（黑山）附近，锡拉岛南岸的黑色悬崖

引言

　　几乎所有的古代民族都有这样的传说：人类源于水，人的灵魂是一缕空气。请注意，科学界已经证明，人体最主要的成分是水。人的体积似乎在缩小。人们乘坐火车跨越紧凑的欧洲交通网络，挤过熙熙攘攘的人群。人类兄弟姐妹走下火车，以不同于数十万年之前的姿态，面朝宁静的大海和天空。阿加特热泪盈眶，安德斯垂下了头。

——罗伯特·穆齐尔：《没有个性的人》

　　赞美"七大洋"的歌曲成千上万，但世上只有一个海洋，或者说至少海的源头只有一个，希腊人称为"大洋河"（Ὠκεανός）。尽管他们认为那是一条大河，但无论它是河还是海，大洋河神俄刻阿诺斯[1]所辖的流域环绕着地球，没有阻断分隔任何地域。地球上众多的陆地，它们的构造板块以这样或那样的方式移动，却并

---

[1]　俄刻阿诺斯（Okeanos）是大洋河的河神。大洋河是希腊人想象中环绕整个大地的巨大河流，代表世界上的全部海域。——译者注

未对这唯一的水源产生太多阻碍，仿佛只是沙土从这一侧海岸被冲走，又堆积到另一侧。当然，大地在海底也得以延伸，形成海床。而正如板块移动所揭示的，这一切的下面流淌着热岩。试想，若没有地下的软流圈，地球上所有突起的大陆又从何而来？更别说所有存在于陆地和海洋的动植物了。

自从很久以前，岩石火成论[1]赢得地质学界的桂冠后，很少再有人以岩石水成论[2]者自称。岩石火成论者赢得学术论战，难道是因为他们作为陆地动物需要主张自己对土地的权利？不管怎样，这是一本讲述海洋的书。我要讲的不是岩石水成论者口中的海洋，不是海神波塞冬统治下波涛汹涌的海洋，也不是勇敢的水手航行的海洋，而是由光芒四射的海洋女神琉喀忒亚（Leukothea）所掌管的海洋。那是能够让人们得到救赎的海洋。琉喀忒亚原本叫伊诺（Ino），她的故事至今鲜为人知。然而，这不正是我写这本书的理由吗？

在搜集琉喀忒亚资料的过程中，我翻阅了一些早期希腊思想家、荷尔德林、尼采、歌德、谢林、黑格尔、梅尔维尔、伍尔夫以及精神分析学家桑多尔·费伦齐的相关著作。在本书中，各章节的内容如下：第一章至第三章主要介绍我在序言中提到的本书创作的两个起点。第一章以摇、浮动和无抵抗为主题，讲述我个

---

[1] 岩石火成论：苏格兰地质学家詹姆斯·赫顿（William Hutton）提出的一种地质学说。该学说主张岩石是由地下热能改变的。——译者注

[2] 岩石水成论：该学说主张地球一切的岩石都是在水中沉积形成的，强调水的沉积作用，不承认存在火成岩一类的岩石。——译者注

人与大海的关系。第二章、第三章详细阐释桑多尔·费伦齐1924年的著作《对生殖力理论的尝试》(Versuch einer Genitaltheorie)，它的英语和法语的译本叫《塔拉萨》。第四章至第七章同样也是阐释和评注，但其主题不是生物分析法。第四章将回顾早期希腊哲学家与海洋的邂逅。第五章将介绍谢林在1842年的著作《神话哲学》(The Philosophy of Mythology)中对海洋意义的阐释。第六章将结合人类相对于海洋的有限性解读赫尔曼·梅尔维尔的小说《玛迪》和《白鲸》。第七章讲述弗吉尼亚·伍尔夫的著作《海浪》，以此探索对人类有限性的一种全新的世俗阐释。最后结语部分将回归到我个人与海洋的哲学邂逅。

首先请允许我对各个章节进行详细的介绍。第一章"任由自己沉溺在摇篮中"这一标题来自荷尔德林创作晚期的一首赞美诗《谟涅摩叙涅》(Mnemosyne)，海洋在这首诗中扮演了举足轻重的角色。本书的灵感有一部分源自其中的几行诗句。这些诗句一直萦绕在我脑海中，尤其当我在如今的圣托里尼岛——曾经的锡拉岛西南岸的一个小海湾游泳（或者说漂浮）的时候。在反思了人类意图掌控一切、渴望获得无限后，荷尔德林写到：

> 无论前途后路，不必去看
>
> 任由自己沉溺在摇篮中
>
> 如同摇曳在海上的扁舟

不可思议的是，在这里，大海连同扁舟一道被忽略了。我们被动感知的"摇"（wiegen）和动词"任由"（lassen）将作为本章的主题。人体本身就像是摇曳在海上的一叶扁舟，如同那时我仰浮在巴洛斯海湾上的身体。尽管这是任何人都可能有过的经历，但在我看来，人在身处大海时的被动性似乎颇具哲学意义。

紧接着，第一章将阐释歌德的《浮士德》第二部中关于荷蒙库路斯（Homunculus）情节的最后一幕。该情节中，爱琴海被认为可以赋予人类灵魂所渴求的肉体。到目前为止，荷蒙库路斯的灵魂仍被困在烧瓶中。对此，歌德写到：

> 直到如今他的灵魂仍置于玻璃瓶中
>
> 然而他依旧渴望获得肉身

II. 8251-2[1]

剧中"古典的瓦尔普吉斯之夜"[2] 的最后一幕，其场景就设在爱琴海上的一个岩石嶙峋的海湾。哲学家第一人泰勒斯提出了解除荷蒙库路斯苦难的方法，这个方法就是利用含盐的海水：由于海洋是人类萌生情欲的温床，荷蒙库路斯必须一头扎进海水，在其中经历漫长和复杂的进化。值得注意的是，早期的希腊语并没

---

[1] 作者将书中引用的文献都进行了编码，具体请参见本书最后一部分"主要参考文献"。——编者注

[2] 瓦尔普吉斯之夜（Walpurgisnacht）是流行于欧洲中部和北部的一个传统节日，是基督教圣徒瓦尔普吉斯的纪念日。每到节日，人们会点燃篝火，跳舞庆祝。传说这也是魔女们庆祝的节日。——译者注

有对应"海"（sea）的词——"θάλασσα"是一个来源不明的非希腊语单词，可想而知，泰勒斯的见解是多么非凡。这就好像古希腊人当初从"北方乐土"[1]的北部移民到巴尔干半岛最南端，在看到无边的咸海水后，他们惊讶到无言以对。在尼采的著作《朝霞》中，黄昏时分，当他面朝热那亚湾沉思时，他也听到了海的那份寂静。

荷尔德林也出生于一个内陆国家，直到1801年12月至1802年1月，在从其位于德国斯瓦比亚的住所前往法国波尔多的途中，他才第一次见到大海。在严冬时节，他跨越了冷峻的法国奥弗涅，到达了山坡上的葡萄园，从那里他可以眺望多尔多涅河和加龙河，而这两条河流又汇成了吉伦特河，一同流入大西洋。荷尔德林的诗作《追忆》[2]歌颂了他看到大海后的惊讶之情。目前没有记录表明荷尔德林曾在大海中沐浴，毕竟他离开波尔多回到家已是1802年的五六月了，在那样的季节下海显然有些困难。但在他之后，尼采非常喜爱下海沐浴。即便如此，荷尔德林也写出了"如同摇曳在海上的扁舟"这样的诗句。

不久之后，梅尔维尔在小说《雷德本》（Redburn）中反思了海水的涌浪（swells）——"一种特定的海水起落的壮观景象"。在第六章"那些溺水的人终究溺水而亡"中，我将继续谈论梅尔维尔与海洋的故事。可以说他在自己的文学生涯中，一直致力书写

---

[1] 北方乐土（Hyperborea）是古希腊传说中的极北之地，是已知世界的最北端，一片永远温暖的完美之地。——编者注

[2] 《追忆》（Andenken），中文又译《浪游者》。——编者注

"海洋的诗篇"。在第一章，我会深度思索海洋对诗歌以及肖邦创作《船歌》的启迪，这些作品几乎是对"如同摇曳在海上的扁舟"的最好诠释。

然而，大海呈现在我们眼前的，经常是一副与此截然不同的样貌，可以说是一副灾难的面孔。古锡拉岛的地质历史就是一个火山喷发、地震和海啸不断重复的演化过程。在第二章、第三章中，你会发现费伦齐总是用海洋来象征灾难。与此同时，"摇篮"（cradling）似乎表现了大家对乌托邦的渴望，对沉没的亚特兰蒂斯的向往，而亚特兰蒂斯本身就是一个关于灾难的传说。弗洛伊德对罗曼·罗兰提出的心理学概念"海洋般的感受"[1] 持怀疑的态度，原因是罗兰认为这种感受是世间一切宗教的起源，但考虑到海洋制造灾难的一面，弗洛伊德的质疑似乎也不无道理。在与海洋的相处中，我见识了海洋截然不同的两副面孔，但不管是哪种情况，都自有其特点。不可否认的是，现如今的海洋早已四面楚歌，我在第一章还会介绍生态学家提出的一种特殊灾难——"塑料群岛"（the Plastic Isles）。就在我写下这段文字的时候，人们对海洋污染越发视而不见，对海洋的毁灭行为也变本加厉，我想不到有什么能阻止这些行为。可能这时有些读者会抱怨：在船歌声中冥想又不能使那些塑料垃圾消失。对此我深表赞同。然而，要想在社会上发起一项行动，我们必须为人们增添动力。如何才能做到这一

---

[1]　海洋般的感受（oceanic feeling）：又译万能感，指一种与外部世界完全融合、不可分割的心理体验，类似天人合一。——译者注

哲思与海

点呢？或许我们可以借鉴阿方索·林吉斯 [1] 的《深海狂喜》(*The Rapture of the Deep*)，在第一章结束时我会具体谈到这一点。林吉斯所谓的"狂喜"是对海洋危险的理性认知，而实际上这些危险是人类自己招致的。同时，这一概念也考虑了某种必要的被动性：当回想自己在海浪击打下自由漂浮的经历时，林吉斯写道："我放弃了控制自己的意志。"除了多年的潜水经验，林吉斯提出"深海狂喜"的灵感还来自桑多尔·费伦齐的著作《塔拉萨》，而后者正是本书第二章、第三章的讲解对象。

第二章旨在批判性地理解费伦齐的推测：根据精神分析学的解释，梦境中鱼的象征有不同的意义，实际上，它可能与我们作为陆栖哺乳动物的系统发育"记忆"有关。与其他哺乳动物相比，人类尽管只有九个月的时间处于类海洋的生存环境，但这九个月对人的一生至关重要。然而直至如今，我们对这些影响的认知还十分有限。比较胚胎学长期以来声称，人类胚胎发育的各个阶段与地球的早期生物形式有相似之处，尽管他们并不是完全意义上的复刻。费伦齐猜测，在进化历史的某个时间点，地球上出现了灾难性的海水枯竭，这导致海洋生物（以今天的亚马孙河和非洲的肺鱼为例）朝着新的方向进化，最终某些物种进化出了孕育后代所需的羊膜。羊水也由此替代了失去的盐水环境。而人在出生时也会重复这种原始的灾难，即突然从羊水环境中脱离。在这一

---

[1]　阿方索·林吉斯（Alphonso Lingis，1933— ），退休后任宾夕法尼亚州立大学名誉哲学教授，他也是出版了十多本书的作家和翻译家。曾译有梅洛－庞蒂、列维纳斯等人的作品。——编者注

点上，费伦齐深受其同事兼朋友奥托·兰克关于出生创伤著作的影响。

然而，对这个海洋灾难具体发生的时间、地点及方式，费伦齐未能作出说明。此外，他也没任何有力证据可以证明这一系统发育灾难与雌性动物的性征和生殖器官有关联。但是，比较胚胎学和形态发生学的两个论据支持了费伦齐的推测，若非如此，这一推测也只能被称为科学幻想。这两个论据包括：首先，只有陆栖动物（鲸类动物可能例外）才进化出了有保护作用且充满了孕育后代所需羊水的器官；其次，那些缺乏海洋替代物的动物胚胎无法进行有性生殖。由此可见，生物形态的生殖力、有性生殖、子宫内妊娠以及脱离羊水形成了"一个不可分割的生物学组合"。

但是，在费伦齐看来，海洋不仅是生命的发源地，而且也是最终归宿。由于海洋对生命，尤其是对哺乳动物施加了引力，因此它们终将归于大海。费伦齐将这一过程称作"向海洋回归的倾向"（thalassic regressive tendency），这似乎就是所有生命必经的回流。不可否认的是，费伦齐关于生命"普遍追寻其在原始时代失去的海洋环境"的大胆想法，阐释了弗洛伊德提出的死亡驱力的概念。事实上，如果大海既是生命的摇篮，又是致命的逆流，那么我们可以认为，正如梅尔维尔所言，海洋是"不可思议的生命幻影"，也是揭开生命之谜的"钥匙"。这样的"生命"，准确地说应该是"生死"（lifedeath）。

然而，费伦齐所推测的海洋灾难到底是何时、何地、以何种方式发生的呢？第三章将着重讨论这一个或这一连串令人困扰的问题。据我所知，科学界并没有提出能够支持费伦齐关于海洋枯竭猜想的有力证据。例如，乔治·居维叶（Georges Cuvier）在18世纪提出的灾变论[1]似乎也与灾难性的海水枯竭没有直接联系。虽说海洋确实会出现干涸的现象：现在的咸海[2]就几乎完全干涸，并且由于水位不断下降，盐度增高，水中的鱼类早已灭绝。此外，很久以前，由于火山爆发以及地壳板块运动封闭了直布罗陀海峡，导致地中海和爱琴海曾变成沙漠。但正如康德所说，没有人曾真正目睹这一灾难性的海洋干涸导致的海洋生物向陆栖物种的演变。一些早期的希腊哲学家似乎也曾担心海洋最终会全部蒸发，而那一天的到来也预示着地球的毁灭——可谓是斯多葛学派"ἐκπύρωσις"[3]主张的对立版本。亚里士多德曾谴责这些早期的思想家，认为他们低估了地球上的水循环，即水的蒸发、成云、降水、汇成河流并补给海洋的过程。在第四章，我们将深入分析一些早期希腊思想家关于海洋灾难性和其他方面的论述。

与此同时，费伦齐在《塔拉萨》最后关于系统发育（phylogenetic）的章节中，提出了更多悬而未决的问题，他很坚定地认为这些是"哲学"问题。他提出的问题包括：

第一，生物学是否能不依靠器官和生物体的功能划分，而

---

[1]　灾变说认为，地球上的绝大多数变化是突然、迅速且灾难性地发生的，而不是一系列渐进式的进化过程。——译者注

[2]　咸海位于哈萨克斯坦和乌兹别克斯坦之间，曾是世界第四大湖。——译者注

[3]　ἐκπύρωσις是斯多葛学派所秉持的一种信念，他们认为每隔一个大年（25800年）宇宙都会定期毁灭于大火灾，随后宇宙会再启轮回。与此对立的主张是宇宙毁于大洪水。——译者注

是依据器官和生物体的快乐和不快乐反应进行划分，即是否存在费伦齐所说的"一种替代的快乐生物学"（Eine Lustbiologische Ergänzung）。

第二，如果灾难和回归实际标志着生命在各阶段的发展，那么为何不能存在一种替代的不快乐生物学（Unlustbiologie）呢？

第三，那么，毁灭与死亡驱力是否时时刻刻都在生活的各个方面发挥作用？是否有来之不易的快乐感能够抵消灾难？是否存在一种对"向海洋回归的逆流"的抵抗力或者生物压抑力？

第四，最后，这种回归到初始状态的驱力（即弗洛伊德著名的死亡驱力）是否总是与生命的终结有关？

针对最后这个问题，费伦齐指出，即便在极其恶劣的状况下，普通海胆也能够利用自身坏死的组织进行自我再生。在摒弃了对生死的常规思维方式后，费伦齐想知道，尼采的观点是否还正确。他引用了尼采的如下论断："所有无机物都来自有机物，无机物是死亡的有机物，例如尸体和人。"对最后一句话的理解应遵循其先后顺序：尸体在先，人在后，就好像我们都还在柏拉图的《政治家》所描绘的克洛诺斯时代（Age of Kronos）——在该时代，时间是逆向流动的。费伦齐由此得出的结论是，生命起始和终结的本质是必须彻底放弃或至少重新来过。有机物和无机物是处于生和死之间"来回往复的潮汐"。面对生命的潮汐时，我们不得不考虑尼采所说的"众思想的思想"（thought of thoughts），也就是同一事物永恒轮回的悲剧思想。除了海水、蒸发和降水的循环外，这是我研究悲剧时代希腊思想家的第二个原因。

第四章将提到以下五位思想家：米利都[1] 的泰勒斯和阿那克西曼德、以弗所[2] 的赫拉克利特、科洛封[3] 的克塞诺芬尼以及阿克拉加斯[4] 的恩培多克勒，他们全都将海洋作为一个重要的议题。泰勒斯认为，神明存在于世间万物中，而万物中最重要的就是水。阿那克西曼德主张海洋可能是世间最无边界之物，海的浩瀚无垠是万物的起始。同样，人类也有着漫长的妊娠期和性成熟期，他们也是以某种海洋生命的形式进化而来的。在赫拉克利特看来，火是万物之本原，而火转化成的第一个事物就是海洋，海洋最好地反映了支配世间万物的逻各斯（Λόγος）和雷电。克塞诺芬尼提出，泥土流入大海，而大海将泥土沉积在其他海岸，这种周而复始的循环是人类灾难性历史的关键。恩培多克勒认为，永恒不变的变化是一种悖论或矛盾，而所有事物都具有永恒不变的变动性，这才是最值得思考的问题。值得一提的是，阿那克西曼德和赫拉克利特似乎也持有这种观点。此外，这种思考需要依靠心脏的血液完成，而血液是一种含盐的液体，就这一点来说，所有的思考都与心脏有关，与大脑无关。对恩培多克勒而言，最至高无上的思想是悲剧思想，荷尔德林和尼采也均指出了这一点。同时，这

[1] 米利都（Miletus）是古爱奥尼亚（Ionia）的城市。爱奥尼亚是古希腊的殖民地。——译者注

[2] 以弗所（Ephesus）是古希腊小亚细亚西岸的一个重要贸易城市，故址在今土耳其伊兹密尔省塞尔柱村村附近。——译者注

[3] 科洛封（Colophon）是古爱奥尼亚的城市。——译者注

[4] 阿克拉加斯（Acragas），今阿格里真托，位于意大利以南的西西里岛。——译者注

种思想及其主张也是永恒轮回思想的重要灵感来源。这一思想认为，世界的中心不是宙斯，不是克洛诺斯，甚至也不是乌拉诺斯（Ouranos），世界的中心只有一个，那就是从海水泡沫中诞生的塞浦路斯的阿佛洛狄忒（Aphrodite）。

希腊诸神能这样臣服于他们的女神吗？谢林对此给出了肯定的答案。第五章"克洛诺斯之泪"从海洋的角度研究了谢林1842年的著作《神话哲学》，据该书介绍，希腊人认为海洋是伟大泰坦的眼泪。谢林指出，海神波塞冬虽然是克洛诺斯的儿子，却与他那固执的、以自我为中心的父亲完全不同，原因是他可以流动，毕竟他的母亲瑞亚（Rhea）就是流动本身。波塞冬的使命是移动到海洋的边缘，以此寻到在海中的海洋女神。与弟弟冥王哈迪斯（Hades）掳走冥后珀耳塞福涅（Persephone）的野蛮方式相比，波塞冬的行为要文明得多。虽然谢林没有直说，但我认为波塞冬的王后最有可能就是伊诺。或许她也是最不可思议的一位女神。作为卡德摩斯（Cadmus）与哈耳摩尼亚（Harmonia）的四个女儿之一，伊诺也从来不避讳杀戮和亵渎神明。尽管如此，在伊诺的姐姐塞墨勒（Semele）惨死后，宙斯还是把他与塞墨勒的孩子狄俄尼索斯（Dionysos）交给了伊诺照顾，而伊诺也答应了会照顾和保护这个孩子。但最终她被嫉妒的天后赫拉（Hera）逼得发了疯，将孩子放入大锅中烹煮，然后抱着其死去的尸体，纵身跳入了海中，最终溺水而亡。得知此事后，宙斯立马复活了他的儿子和伊诺，并且说服弟弟波塞冬让伊诺成为海洋女神。自那以后，伊诺便改名为琉喀忒亚，意思是"光芒四射的女神"，她经常搭救遭遇海难的水手和航海者：奥德修斯[1]的船沉没后，伊诺曾将紫色的面纱和饰带交给他包裹身体（奥德修斯的样子就好像是刚学会萨莫色雷斯岛的某种仪式），最终奥德修斯平安渡过了海洋。

在谢林看来，正如亚历山大的克莱门[2]所说，神性本身需要父神"变成女人"。这是谢林讲稿的中心主题，没有什么比海洋更适合成为这一主题的背景。克洛诺斯咸涩的眼泪能够承载和支撑人类漂浮在海面上的全部重量，而他落泪的原因是他的时代落幕了。然而，一个人的全部重量就是他的死亡。除了神的女性化，谢林讲稿的第二大主题是神自身的悲剧命运。神秘宗教仪式根本性的无用以及诸神不可避免的短暂易逝（"神的有限性"）似乎充斥在神话历史中。神话的悲剧在于，即使是神也无法摆脱"深度沮丧的逆流"。因此，克洛诺斯的眼泪是咸涩的海水，几百年后，梅尔维尔的小说《白鲸》中的人物皮普（Pip）就沉于那水中，失去了他的理智。

在第六章，我提出赫尔曼·梅尔维尔是懂得人和神的有限性的美国伟大思想家。该章节将着重探讨梅尔维尔在创作小说《玛迪》（1849）时体现出的对海洋故事描写的风格转变，这一转变为他创作《白鲸》（1851）奠定了基础。小说《玛迪》中的叙述者，连同一位诗人和另一位极其啰唆的哲学家，他们在太平洋漂

---

[1] 奥德修斯（Odysseus）是古希腊神话中的英雄，因得罪了海神波塞冬，在海上漂流了十年，历尽艰辛。——译者注

[2] 亚历山大的克莱门（Clement of Alexandria），早期基督教神学家、作家。著有《劝勉希腊人》。——译者注

泊的日子里，将绝大多数时间用于讨论艺术和宗教的本质、自由意志及其必要性的问题，而最重要的是自然的本质和人性的有限性。在这部小说中，我们可以看到梅尔维尔在阅读弥尔顿和莎士比亚、但丁和《圣经》、伏尔泰和劳伦斯·斯特恩[1]后结出的果实，这是他非凡的自我教育的成果。这三人的对话中最革命性的主题是，人体凌驾于心灵之上。而尼采在《查拉图斯特拉如是说》中也主张，人类的"伟大理性"在于人体而非灵魂。在这部两卷本的鸿篇巨制将近结尾的时候——可以想见小说的结尾并没有很出彩——一位玛迪的祭司通过反思悲伤地得出：遍及宇宙，"灵魂所能祈盼的至高境界"就是"安宁"（tranquillity）。

等到创作《白鲸》的时候，梅尔维尔已经净化了自己的思想，或者说他消除了很多他那个时代的人所存有的幻想。在公海上，只剩下他与皱着眉头、相互挑衅着的亚哈（Ahab）船长和叫莫比-迪克的白鲸。至于大海本身？实际上，海的宽宏就在于它"不允许留下任何痕迹"，即使世间一切都崩塌，海洋还是一副老神在在的样子，"就如五千年前一样波涛翻滚"。每个名字和每一件事，包括在海上冥想的行为，因此都是"水上书"，但又好似风中的一股气流。然而，如果你身边有一位形而上学的教授，他（她）必然会提到水的永恒和静止，而水最终会将你引向大海以及它捉摸不定的幻影。即使这场旅途充满艰难险阻，"不管他们遭受

---

[1] 劳伦斯·斯特恩（Laurence Sterne）是 18 世纪英国小说家，代表作品《项狄传》（未完）。——译者注

的是精神还是身体上的捶打",被梅尔维尔笔下的水手以实玛利（Ishmael）称为"宇宙的捶打"的东西会最终消散,因此"所有人都该为对方按摩下肩胛骨,这样大家都高兴"。

伍尔夫在《海浪》中描写的所有角色,或如她所说的这些角色糅合而成的一个角色,即她笔下的所有人都未能获得满足感。在本书最后一章,即第七章,我将探讨事物的时间性——拍岸的惊涛骇浪,或在某个洞穴的钟乳石尖上缓慢凝结的水滴。这不是海德格尔在《存在与时间》中谈到的绽出的时间性（ecstatic temporality）,即时间突然性的标志。相反,我所谓的时间性是指水滴形成中更加具体缓慢、间歇式的时间性。这种时间性更接近海德格尔描绘的时间的"禁止"和"束缚",这两个概念都包含在一个德语词中,即"放逐时间"（die Bannung der Zeit）。然而,对于伍尔夫笔下的人物,时间对他们并没有约束力。更确切地说,《海浪》否定了海德格尔所谓的主体的"决断"（resoluteness）、"决心的瞬间"（the moment of decision）以及"本真"（authenticity）。水滴呈现的时间性挑战了海德格尔提出的"此在"本体论。

在这本讲述我的海洋际遇的书中,我之所以不采用这样的本体论,只是因为我对海洋的反应少有任意性和冒险性。因此,在结语部分,我将再次提到荷尔德林的诗句"任由自己沉溺在摇篮中／如同摇曳在海上的扁舟",以此回归"摇篮"的主题,因为这是本书创作的灵感之一,而且也是最主要的那个灵感。

第一章

任由自己沉溺在摇篮中

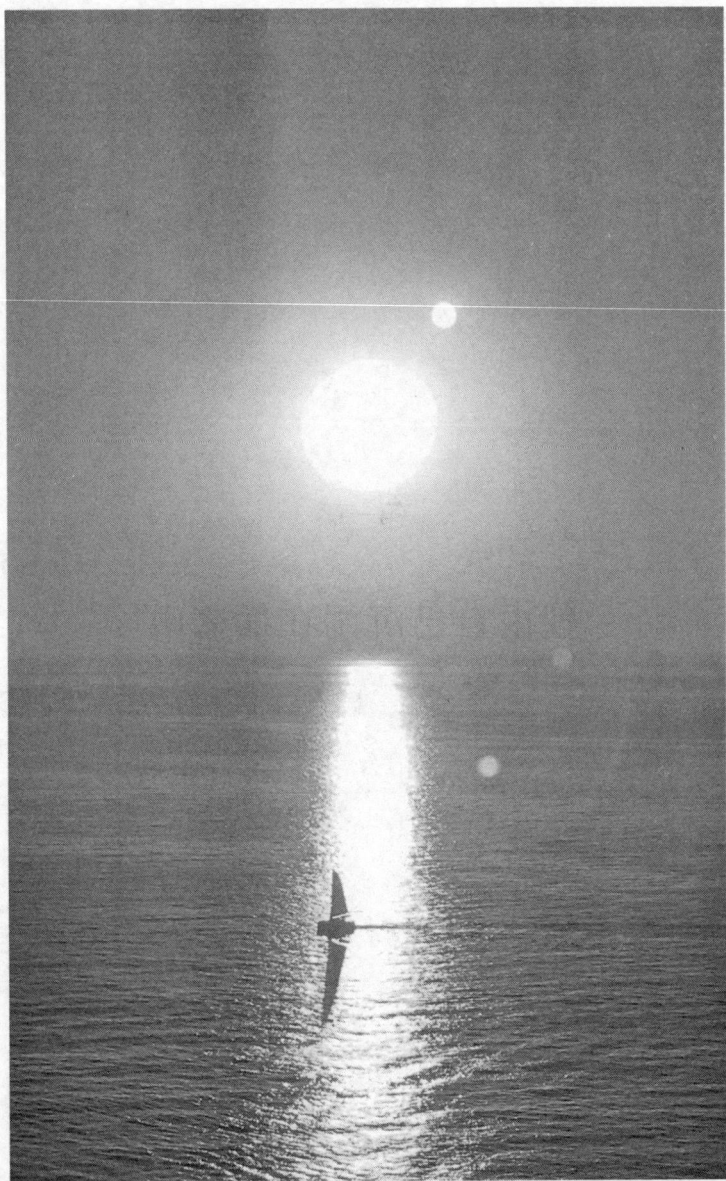

图 3　从灯塔角度看到的锡拉岛上的破火山口

我们一心渴求

翱翔于浩瀚无垠

却总可望而不可即

我们需要忠贞不渝

无论前途后路，不必去看

任由自己沉溺在摇篮中

如同摇曳在海上的扁舟

——荷尔德林：《谟涅摩叙涅》

请原谅我摘录自己日记中的一段话，这是最近我停留在古锡拉岛南部时写下的，同时，也可以作为本书的主题：

仰浮在巴洛斯海湾的水面上，我能感到波浪泛起的涟漪抚过我的头部、背部以及四肢。我觉得自己并没有在游泳或下沉，而是漂浮着，仿佛从水面升起，浮到了空中。我闭上眼睛，这种感觉越发强烈。身体逐渐失重，仿佛荷尔德林笔下"摆动的帆船"或"摇曳的扁舟"变成了一艘太空飞船。在陆地行走时，我们的脚、脚踝、膝盖和臀部受到磨损，关节会因颠簸发出刺耳的响声，但此时，失重感取代了一切。我们俯仰在海上，风平浪静时，有点像在梦中飞行，不必瞻前顾后地琢磨精神分析师为何会露出满意的笑容——诊室的沙发此时也成了摆动的帆船、摇曳的扁舟。

这段话并不出彩，但因为谈到了触觉，虽说不够壮丽，却成了我整个冥想的灵感依托。我承认，这种说法有点儿难为情。仰卧在海面上或者浸泡在海水中？听上去太缺乏冒险精神，胆子太小，根本就是随波逐流。难为情？这个词在西班牙语里却是怀孕的意思。[1]

⁂

在歌德《浮士德》的第二部中，爱琴海的地位可以说举足轻重，歌德直至生命的最后一刻还在创作这部诗剧。该剧的第二幕高潮场景，设在"爱琴海的岩湾"，特里同[2]和涅瑞伊得斯[3]为证实自己并不只是鱼，游到了萨莫色雷斯岛捕获卡柏洛[4]的神明。为什么要这样做呢？他们希望这些在萨莫色雷斯岛被称为"大神"的上古神明，能够帮助荷蒙库路斯成为健全的人类。荷蒙库路斯是该剧第二幕中的一个中心人物，也被唤作"侏儒人""人类的种子"。荷蒙库路斯只有灵魂，没有肉体，只得在炼金术士的曲颈瓶

---

[1] 英语词 Embarrassment 意为尴尬、难堪、难为情，而西班牙语 embarazada 虽与其形似，却是怀孕的意思。——译者注

[2] 特里同（Tritons）是希腊神话中的海之信使，海王波塞冬之子，他有一只吹起来声音能传遍世界的海螺，一般被表现为人鱼形象。——译者注

[3] 涅瑞伊得斯（Nereids）是内海女神，为海神涅柔斯和水精多里斯所生，共有姐妹 50 多人，有着海蓝色头发。——译者注

[4] 卡柏洛（Cabiria，Κάβειροι）是远古时代珀拉斯戈斯人信奉的农神和土地神，萨莫色雷斯岛及附近为其祭祀地。他们一共可能有二至四位。——编者注

中徘徊，但是他想要获得一具肉身，成为一个完整的人。有人说现代西方的人文学科——不管是科学和哲学，还是科技成就和惊人力量——与荷蒙库路斯的情况如出一辙，像是被封装在玻璃器皿中不安躁动的灵魂。

自萨莫色雷斯岛归来后，特里同和涅瑞伊得斯宣布他们将岛上的神明带到了岩湾，不仅要帮助荷蒙库路斯得到肉身，还要在和平的节日为大海举行庆典。仿佛古爱琴海上乘风破浪的所有战舰都消失殆尽，而和平才是深海的更深层含义。

与此同时，荷蒙库路斯见到卡柏洛诸神后很失望，正如哲学家谢林笔下描述的那样，卡柏洛诸神是代表渴望和哀痛、长得像侏儒的神。而萨莫色雷斯岛这些怠惰懒散、形容憔悴的神明，他们自己尚且沉迷在渴望当中：试想，若他们自身难保，又如何能为荷蒙库路斯获得肉体呢？

> 在我眼中，它们各个形态丑陋
> 我只看到了畸形的黏土罐
> 但是聪明人却聚在一起
> 绞尽脑汁揣摩这一发现

II. 8219−22

这般奇怪无礼的言辞，皆出自一个困在瓶中却自命不凡的灵魂。的确，人类灵魂如变形虫一般形态丑陋，甚至毫无形态。普洛透斯[1] 初次发现荷蒙库路斯时，不禁喊道："一个在黑暗里发光的侏儒！"（I. 8245）"侏儒"一词揭示了歌德呼吁卡柏洛诸神帮其完成任务的动机。卡柏洛诸神最显著的特征就是他们短小的身材。在歌德的诗剧中，罗得岛的忒尔喀涅斯[2] 和艾达山的达克堤利[3] 与萨莫色雷斯岛的卡柏洛诸神联手了——他们都是身材矮小的希腊铁匠神，为守护冶金的秘密，降临到了爱琴海的岩湾。

然而，主张"水是万物本原"的古希腊哲学家泰勒斯凭智慧占了上风：荷蒙库路斯要获得肉身，只能将自己浸泡在富饶多产的大海中。这样做是为了历经无数有机生命的形式，然而他经历了万古千秋却总是无法演变成人类。在这场戏的最后，伽拉忒亚[4] 突然出现在维纳斯的半片贝壳上，她容光焕发的样貌摄住了荷蒙库路斯的心魄，令其燃烧在滚滚的欲望当中。此时所有元素皆融入了海水中，加之数以万载的光阴，终于，人类的灵魂种子——荷蒙库路斯得到了渴求已久的肉体。"爱欲之神厄洛斯才是主宰，万物皆由其生！"（I.8479）

---

[1]　普洛透斯（Proteus）是希腊神话中早期的海神，可以随意改变体形。——译者注

[2]　忒尔喀涅斯（Telchines）是希腊神话中罗得岛的原始居民，善于锻铸铜铁器具。——译者注

[3]　达克堤利（Daktyls）是一群生活在艾达山的古老精灵，被认为是铁的发现者和最早的加工者。——编者注

[4]　伽拉忒亚（Galatea）是内海女神中最美的一位。——译者注

对歌德来说，还有什么比把人类的情爱起源与海洋、与古希腊的爱琴海联系起来更自然的事呢？然而令人诧异的是，古希腊语中竟没有对应大海的词语。对此，格思里[1]的解释是，最早的希腊亚该亚人生活在严寒的北部内陆，因而"大海"对他们没有任何意义（WG 97）。《尤利西斯》中的巴克·穆利根（Buck Mulligan）喊出"θάλασσα"一词，其实是古希腊方言中的θάλαττα，实际上，这个词源于未知的非希腊语言。格思里写道："面对地中海，希腊人将其称为'盐元素'（ἅλς）。"通过弗洛伊德–阿贝尔词汇反转法，就得到了单词 salt（盐）。（同上）其他被希腊人使用的词有"平坦广袤的地方"（πέλαγος），类似拉丁语中 aequor（海）一词；πόντος 是"横跨"的意思，在拉丁语中对应的词是 pons（桥）。πόντος 会让人联想到希腊语的 πόρος，意为"狭窄的海峡"，即跨越海域的通道（同上）。

或许格思里的灵感源自阿尔宾·莱斯基（Albin Lesky）关于海洋的经典著作——《希腊通向大海之路》（*The Greeks' Path to the Sea*）。莱斯基记录了亚该亚人早期入侵希腊的历史，公元前 2000 年至公元前 1800 年，这群来自南巴尔干半岛的印度–日耳曼语系的人入侵了希腊，随后约六百年，更北部的多利安人也拥入了希腊。

---

[1] W. K. C. 格思里（W. K. C. Guthrie）是苏格兰古典学者，代表作《希腊哲学史》（*The Greek Philosophers*），共六卷。——译者注

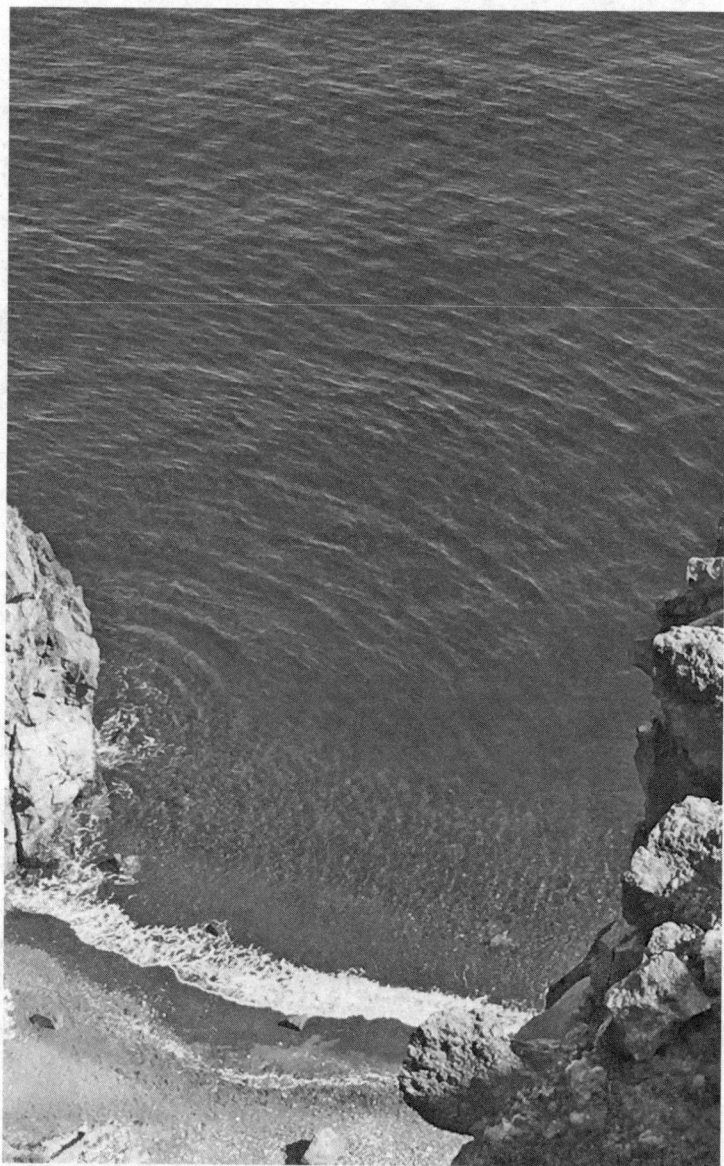

图 4　锡拉岛阿克罗蒂里附近的巴洛斯海湾

对于这两次外族入侵，莱斯基写道："大海给侵入的古希腊人带来了激动人心的新元素。他们必须做出应对，适应新环境。"（AL 6）莱斯基向语言学家请教后得知，只有两个古语言 —— 阿尔巴尼亚语和希腊语没有印度-日耳曼语的"mari"（海）一词，该词后来演变为德语的"Meer"以及拉丁语的"mare"（AL 7）。尽管人们对"θάλαττα"一词进行了详尽的研究，但最终得出的结论仅仅是它属于"前希腊的某个民族"（AL 8-9）。即便是古希腊人传说的伟大海神波塞冬，原本也只是掌管湖泊和溪流的神，而特里同和涅瑞伊得斯也只是与美人鱼（Melusine）和水之女神（Undine）有关联。这说明之前生活在淡水区域的北方民族，在到达南部发现广阔海域之前，就已经有了上面这些神（AL 98，121，129-30）。

由于我们对希腊历史的认知通常源自波希海战，对希腊哲学的了解又始于土耳其西南海岸的爱奥尼亚的米利都和以弗所，因此我们便想当然地以为希腊人在海上生活或临海而居，抑或依赖海洋。在我们看来，不管是泰勒斯万物皆水的主张，还是阿那克西曼德关于人类是由多刺的鱼演变而来的猜想，又或是恩培多克勒坚称自己曾经是一条鱼的言论，这些似乎都再正常不过了。

❧

在探讨如海洋这般内涵丰富的主题时，究竟该从何入手呢？

确切地说，当主题涉及大海，尤其是锡拉岛的巴洛斯海湾时，我只能慎之又慎。我在那些光滑的幸运石上总是站不稳，想必是我的脚趾缺乏长度或者力度，因此很难钩住那些不断移动、在海浪冲刷下失去了棱角的石头，它们光滑得就像乒乓球一般。我努力地想要保持身体的平衡，像蝴蝶一般狂乱地挥舞着双臂。此外，与加勒比海不同的是，爱琴海的海水从来都是冰凉的。爱琴海可不是浴缸。依照心脏科医生的建议，我先让海水没过膝盖，再将手和胳膊伸入寒冷的水中。我祈求上天赐予我勇气，双腿却颤抖到不听使唤。终于，我纵身跳下。在入海的那一瞬间，我的大脑嗡嗡作响，耳边只有气泡声，除此以外听不到别的。在奇妙的海底世界，我睁开双眼，惊奇地发现自己在缓慢移动，因为先前看到的石头和鹅卵石在逐渐消失，继而映入眼帘的是沙子和茂密的海藻丛。经受住了最初的冰凉的刺激，感觉海水的温度在升高，或者说是我逐渐变得更加冷血。对此，赫拉克利特会说，人在回归中前进；而费伦齐会强调，人在受"向海洋回归的逆流"吸引。

虽说尼采喜欢马德兰谷（Maderan Valley）和锡尔斯-玛丽亚（Sils-Maria）的山脉，但是他也渴望在海边的生活。他在自己的书籍和信件中总是说："我必须住在海边！"每当夏日气温升高，不得不去山中避暑时，他总是抱怨："我真不愿意离开海边。"（KSB 6：180）尼采表示他的作品《朝霞》是在热那亚湾附近的岩石上晒太阳"晒"出来的，他还说书中的一字一句都是"与海洋的亲切对谈"（KSW 6：329）。[1]《朝霞》（第423页）中有一段描写了日暮时分的热那亚湾，大海吸引着或命令着其他事物保持安静。

> 无边寂静：这就是大海，在它身边我们可以忘却喧闹的城市。没错，你仍然可以听到钟鸣奏响的万福马利亚——在日夜交替之际，那声音凄凉、愚蠢又甜美。然而，那声音转瞬即逝！现在的海边万籁俱寂！大海还在那里，泛着苍白闪烁的光芒，却没有发出声响。傍晚的天空像在上演一场哑剧，一切都陷入永恒的寂静，只有红色、黄色和绿色的光芒，却没有任何声响。低洼的悬崖和成片的巨石直入大海，仿佛它们在竭尽全力寻找最寂静的地方，在那儿谁也不会发出声音。这突如其来的寂静既美妙又可怕，心脏也仿佛随之跳动。唉，这种静默无言的美景是一种欺骗！只要它愿意，它便可以滔滔不绝、异常顽劣！它缄默的面孔上露出的苦笑是一种欺骗！其实背地里它在嘲笑你对它的同情！但是这有什么关系呢！受到这样伟大力量的嘲笑，我并不感到耻辱。大自然啊，我真心地同情你，因为你必须保持静默，即便你使自己蓄意不发出声音。没错，这样的蓄意预谋让我怜悯你！
>
> 瞧，它变得更加安静了，我的心再次为之跳动：又一个真相

---

[1] 另请参阅我和唐·贝茨（Don Bates）的 *The Good European: Nietzsche's Work Sites in Word and Image*（《优秀的欧洲人：尼采在文字和想象中的写作地点》）（Chicago: University of Chicago Press, 1997）第4章。——原书注

令我感到恐惧，一切还是那样静默，每当我想冲着这美景高声呐喊，它就会无情地嘲笑我。我的心脏也享受着这种蓄意的寂静所带来的美好。我鄙视任何的言语甚至思想：在说完每句话后，我岂能听不到大自然对我的无知、错觉和妄想的嘲笑声？我就不能嘲笑自己的同情吗？嘲笑我对大自然的嘲笑吗？大海啊！黄昏啊！你是奸诈阴险的导师！你引导人类不要做自己！难道你要让人类屈服于你？难道人类要像此刻的你一样，变得苍白无力、幽光闪烁、静默无声、荒诞丑陋，心安理得地满足于现状吗？还是说人类该超越自己、直向崇高？

KSW 3：259−60

这或多或少反映了"海洋般的感受"，而弗洛伊德极力否认自己有过这种感受，或许没有任何一个成熟的精神分析学家会愿意将他（她）的生活与在母胎中的数月时光联系起来。然而，尼采并非完全认同无限性，没有崇高道德的托词，也没有终极的舒适，有的只是静默无声——它更像是变幻莫测的寂静，或者说令人不安的沉默。在尼采的作品中也不乏对海洋的不同论述，因为大海并不总是如此沉默。巨浪拍击海岸后，起伏不定的海浪会形成有力的回潮，彼时岩石会发出如同万马奔腾踩踏碎石的声响。尼采的作品最早提到公海是在《悲剧的诞生》一文的第一部分（KSW 1：28）。其中尼采引用了叔本华《作为意志和表象的世界》第一卷（第四部分，第 63 节）中的一段话，这段话类似于荷尔德林对摇曳在海上的描写："如同坐在轻舟上的船夫，他将自己全权交付于脆弱的小船，四周是无边无际的大海，他听到海的咆哮和怒吼，巨大的海浪汹涌澎湃。就在这样悲伤的世界，单个的人类却可以淡然处之，因为他支持并相信个体化原理（principium individuationis）。"[1] 尼采对海洋最精彩的描写出现在《朝霞》之后的作品《快乐的科学》一书。其中第 60 条语录虽说还是关于听觉和耳朵，但有人声称它实则关乎"女性和她们在远处的影响"，对此我会在本书后面的章节，准确地说是最后一章中做出解释。

此外，我还要分享一个关于尼采游泳的故事。那时我和唐·贝茨刚把《优秀的欧洲人：尼采在文字和想象中的写作地点》一书的原稿交给芝加哥大学出版社，从此我开始与一位杰出的编辑玛格丽特·马汉（Margaret Mahan）合作。她对稿件的审阅十分仔细，帮助我和唐修改了诸多错处，极大地完善了整本书的格式。有一次我们开会时，她提出了一个我确实没有注意到的问题：

---

[1]　亚瑟·叔本华, *Die Welt als Wille und Vorstellung*（《作为意志和表象的世界》）（Cologne: Atlas Verlag, n.d.），392。1819 年初版，1844 年再版。——原书注

玛格丽特提问："关于尼采游泳这个话题，你是否过于小题大做了？"

我回答："游泳？"

玛格丽特回答："是的，整本书到处都是关于尼采游泳的描写——你提到了尼采在普夫达（Pforta）上学时在萨勒河游过泳；尼采在拉帕洛和索伦托度假时曾在海滩沐浴过；在锡尔斯时他曾浸在河水里。你提到了他在所有这些地方游泳的经历。"

我查看书稿后发现，玛格丽特说得一点也没错。我开始怀疑自己是否在影射尼采是水生动物，或者是否他真的就是水生动物。到现在为止，我依旧不知道答案是什么。但这并不是说尼采是奥运会级别的游泳健将。实际上，尼采在锡尔斯时，差点没通过高中游泳测试。在拉帕洛时，又恰逢冬季海上波涛汹涌。而在索伦托时，由于爱默生的补偿法则（law of compensation），他在沙滩结识了一位美女。通常有机会在海边接受日光浴的不是尼采本人，而是他的藏书，那些书就像躺在海边巨大圆石上的蜥蜴。尼采的眼睛对雪的反光格外敏感，因此他坚决不去高山或冰川之地。同样，他对海上强烈的阳光想必也会感到不适。在我的记忆中，尼采本人并没有提到他是如何应对这些挑战的，这一点我持保留意见。

但据我所知，尼采称得上是继希腊人和蒙田之后第一位研究人体的哲学家，因此他怎么可能不游泳？而且尼采也不得不臣服于海洋，毕竟他提出过两栖动物的尴尬处境——它们不得不在陆地上吃力地拖动笨拙的身躯，甚至更糟糕的是人类及其祖先要面临直立行走的恐惧。因此，我们应该自然地将尼采从海的垂直轴线上剔除，划入水平轴线上。

所以我坚持尼采游泳的内容。最终玛格丽特勉强同意了。我很好奇，如今她是否还在忧虑这一点。

荷尔德林初次见到大海是在什么时候呢？我们只能想象他第一次见到大西洋或是见到吉伦特河入海口的场景，那时正值 1801 年至 1802 年的冬季，他跨越了奥弗涅的荒芜山脉。荷尔德林从自己的家乡尼尔廷根——斯图加特附近，步行前往波尔多。这场旅行耗时两个月，而且还是 12 月和 1 月这两个气候最恶劣的月份。荷尔德林曾在《追忆》一作中提及他初见大海的景象。以下是对该书英文翻译的摘录：

现在就去吧，去问候

美丽的加龙河

波尔多的花园

顺着清晰的海岸线

狭窄的走道蜿蜒而下

溪水垂直落下汇入小河

一对壮丽的橡树和银白杨

在高处向下凝视

现在回想那一切

广阔的山峰和山上的榆树

弯折的树枝遮蔽了磨坊

庭院里却长出一棵无花果树

节日里，有着古铜色肌肤的女人

走在光滑的地面上

三月的日子里

昼夜长短一致

穿过蜿蜒的走道

心怀美丽的梦想

微风拂动将你揽入怀中……

被风拂过的山峰上

耸立着葡萄庄园

山下流淌着多尔多涅河

壮丽的加龙河与之汇合

如海一般宽广

河水滚滚涌入海洋

海洋给予又夺去记忆

真挚的爱让人瞩目凝视

但永恒的，是诗人的吟唱

CHV 1：473-75

哲思与海

我记得这首诗的译者总是禁不住地想象"摇曳的微风",那掀起波浪的微风,犹如女性"扭动的臀部"。闲暇的日子里,一位皮肤黝黑的南方妇女穿过庭院光滑的地面,踏上附近的小径。无论她是否扭动臀部,这般摇动,不禁会让我们想起荷尔德林关于海洋掀起和抹灭记忆的其他诗句。有首诗的标题中就含有"追忆"一词,诗中荷尔德林追忆起爱琴海和往昔的那些英雄。在他看来,英雄似乎还在海底石窟不肯离去。在诗的结尾,他这样写道:

> 我们一心渴求
>
> 翱翔于浩瀚无垠
>
> 却总可望而不可即
>
> 我们需要忠贞不渝
>
> 无论前途后路,不必去看
>
> 任由自己沉溺在摇篮中
>
> 如同摇曳在海上的扁舟

CHV 1:473

我们渴望翱翔于浩瀚无垠中,这点毋庸置疑。然而,我们需要了解事物,走进它们,并且怀有一颗赤子之心,我们不能只是渴望遥不可及的东西。什么叫怀有一颗赤子之心呢?如何才算得上对它们忠诚或忠实?听上去那似乎是在表决心,或者是表达弱者的积怨,但这并不是荷尔德林的本意。荷尔德林告诉我们,不要只盯着未来,也不要对过去耿耿于怀,不妨就"任由自己沉溺在摇篮中"。那种感觉就好像在婴儿时期，我们躺在床上或睡在某人的臂弯中。也许甚至像在母亲的子宫里，不管我们是否能够意识到这一点，但是我们的确曾无数次凝望着黑暗，凝望着母亲熟悉的面庞。不管是躺在别人的臂弯中，还是蜷缩在母亲的子宫里，大海宽广的怀抱和高高隆起的腹部都会接纳你。正如惠特曼在《轮渡布鲁克林》(*Crossing Brooklyn Ferry*) 中所写的那样，仿佛生命最美好的事物都在漂浮 —— 漂浮在海上，做一个"永远漂浮在水上"的人（l. 62）。

漂浮？这个词听上去多么奇怪，又多么令人难忘，仿佛大海确实制造了记忆。这不禁让我想起存在主义者梅洛-庞蒂在《可见的与不可见的》一书中，描写了与另一个人一起"漂浮的存在"的精彩段落，以下这段翻译出自阿方索·林吉斯：

> 这是第一次，身体不再与外部世界相连，而是抱紧了另一个躯体，小心翼翼地将自己向外延伸至极限，不知疲倦地形成奇怪的塑像，而身体反过来又得到了它所接收的一切；身体迷失在世界和目标之外，沉醉于占有另一个生命，在其中漂浮，从外向内，从内向外。从此以后，运动、触觉、视觉彼此打通，回归到了它们的源头，在欲望耐心而沉默的劳作中，感官的悖论开始显露。

> V 188-9/143-4

荷尔德林不也有过类似的说法吗？他以一种十分奇特的方式

　　　　　　　　　　　　　　　哲思与海

描绘了大海和扁舟。通常情况下，扁舟会被海浪掀翻，但在他的描述中，扁舟却与海洋融为一体，或者说成了海洋的一部分。海洋正是承载着我们身体的那艘摆动的帆船或摇曳的扁舟。这是多么出乎意料啊！我们是如何在"摇曳在海上的扁舟"的表述中听出弦外之音的？很显然这是个比喻，海洋是用来承载感官的运输工具，但同时它也是一种转喻、提喻，甚至是特殊的拟人。此处，海洋本身幻化成了海上的扁舟，随着海浪的翻滚而翻滚，因此海洋转喻了扁舟，反之扁舟也转喻了海洋。海洋和扁舟是彼此的替身，仿佛它们在彼此的生命中漂浮。然而，翻来覆去地讨论到底用了哪种修辞手法，又有什么用呢？难道关键不是让我们去沉溺在大海的怀抱？

荷尔德林这句诗的另一个奇怪之处在于，他不按常理出牌，没有如我们预期地提及摇摆颠簸的船——如同尼采自己谈及叔本华时那样（SW 1：40）。荷尔德林的描述是"auf schwankem Kahne der See"，此处的 schwank 是一个极少使用的形容词，意思是"微弱且灵活"，最常用于形容田地里的高草、麦穗或芦苇随风摆动的样子。这个词通常是形容柔弱的芦苇，也用于象征摇摆不定、缺乏自信的人。诚然，大海从来都没有脆弱和不安的一面，甚至在最平静的时候，它也跟柔弱的芦苇扯不上关系。即使在今天的希腊，"大海总能随心所欲"的说法依旧存在。然而，在荷尔德林的诗句中，海洋能让我们在不借助任何工具的情况下漂浮在水上。大海让我们在面临洪水时靠近彼此，有时海浪翻腾而来会打湿我们的脸，甚至溅到鼻子里，这便让我们体验到了来自海洋的惩戒。

但是，至少在此刻我们能感受到忠诚，那是海洋对人类、人类对自己的忠诚。没错，我们必须克服自己对溺水而亡的正当恐惧。如黑格尔所说，这是种"在普遍要素中消融"的恐惧。即便如此，我们仍然必须将自己"交付"给大海，就像大海之前所做的那样。

此处"交付"一词对应的德语是 Hingebung 或 Hingabe，其意思类似于"奉献"，但这种奉献是物质上的，因此也更接近于"交出"。黑格尔知道现象学要求人们将自己交付给现象，但是他本人却对 Hingebung 充满厌恶和恐惧，原因是它竟让哲学家失去了勇气。这就是为什么在黑格尔看来，只有这个理念值得信任，而并非诗歌本身。但是，诗歌的确能让我们感觉置身在摇篮中，尤其是听到那些如船歌般的诗句，仿佛摇篮在不断地摇动。英语读者通常不易发觉，荷尔德林关于摇篮的诗句中，存有惠特曼的影子，就是那个让戴维·赫伯特·劳伦斯着迷发狂的惠特曼。听故事也会让我们有置身于摇篮的感觉，《海浪》那样的小说亦是如此。本书之后会对该小说进行深入解读，你会明白即使伍尔夫的小说也有波涛汹涌的大海。

我一直在不停地写，一页又一页，但如果到现在我还只是提到了赫尔曼·梅尔维尔的名字，没有引用他作品的话，那恐怕我就是个十足的笨蛋。我还没有引用他《白鲸》中的内容，要知道这部小说简直就是首关于海洋的长篇巨诗，但也正因如此，需要一个独立的章节对它进行说明。但是在另一部写于 1849 年的小说《雷德本》中，梅尔维尔也有一段话提到了大海。遗憾的是，很少有人读过这部作品。在小说中，雷德本第一次出海航行时，他还只是个没成熟的孩子，自然也称不上是诗人：他的用词不够简洁，而且他的散文也没有韵律。然而，梅尔维尔作为这部小说的作者，他让主人公雷德本面对着波涛汹涌的大海陷入了冥想：

当我看着海洋是如此温柔和快乐时，我不禁想起弟弟的脸庞，那时他还是熟睡在摇篮中的婴儿。大海看上去是如此兴高采烈、无忧无虑、天真烂漫，甚至那每个欢腾的小浪花，也像是在牧场上嬉闹玩耍的无忧孩童。浪花经过时似乎还在盯着你看，仿佛它渴望着你的抚摸和拥抱……

但最让我感到惊讶的是海浪的美妙起伏。我并不是在说单个的海浪，而是在说广阔的海面上，整个大海的起伏和沉没。我对那景象烂熟于心，却很难用语言将它描绘出来，也很难说出它对我的影响。它几乎是要让我头晕眼花，但我又无法将视线从它身上移开。这一切是多么诡异和精彩。

我感觉自己一直沉浸在梦境中，当我把船门关上，几乎以为自己就处在一个崭新的童话世界，在清新湛蓝的空气中，我渴望听到有声音召唤我去海洋，或者听到来自大海深处的呼唤……

然后，我第一次意识到了体内的美妙事物，它回应了外部世界的狂暴和躁动，并且和行星一道在轨道上徘徊，它迷失在宇宙中心的悸动里。我的心在疯狂地沸腾和破裂，仿佛一个隐蔽的泉眼突然涌出水来，我的血液涌至周身，还带有刺痛感，仿佛春天河水暴涨时的山涧。

是的！就这样！请赐予我这光荣的海洋生活，这生在咸水中、泡沫般的生活，当海洋发出嘶吼声时，你呼吸到的正是海中的巨鲸吐出的空气！让我在地球上滚动，让我在海洋上摇摆，让我奋力奔跑，气喘吁吁地说出我的生活，伴随身后那永恒的微风，以及面前无边的大海。

R 64，66

在创作、出版《雷德本》的一年前，梅尔维尔曾为《文学评论》（*The Literary Review*）杂志撰写了一篇对两本海洋书籍的评论。他在评论的开头写道："从远古时期起，人们对大海的赞扬和歌颂就不绝于耳。彼时水手们曾被认为是真正的人鱼。而海洋则是浪漫和奇妙际遇上演的舞台。但是多年以后，许多与航海生活相关的平淡细节在如今却逐渐衰落。"（9：205）若是我的拙作可以发挥一点用处，兴许它能为海洋科学带去些微诗意。

我要重申一下，诗歌孕育了我们，尤其是如船歌一般的诗歌。荷尔德林的诗句（连同梅尔维尔的散文）读起来就像是一首肖邦的船歌，那首叫"Opus 60"的升 F 大调船歌。1983 年 11 月 15 日的傍晚，我生平第一次听到了那首船歌的录音，而那时我正在阅读尼采的《漫游者及其影子》（*The Wanderer and His Shadow*）中的第 160 句语录。我亲爱的读者，你们可能觉得我设计和编造了这一巧合，但是我可以发誓，我并没有：

肖邦的船歌——几乎所有的生活状态和生活方式都会有

哲思与海

专属于它的幸福时刻。优秀的艺术家知道如何捕捉那一刻。即使海滨生活也拥有那样的时刻——即使那是在喧闹和贪婪的人群附近过活的生命，即使那生命再无聊、再肮脏、再危险。肖邦捕捉到了这种幸福的时刻，并用船歌的形式将其表达出来，此情此景，恐怕众神也会渴望躺在小船上，度过这漫长的夏夜吧。

KSW 2：619

　　我聆听过的肖邦船歌的最优质唱片，是由我的好朋友埃莱娜·格里莫（Hélène Grimaud）[1] 录制的（虽说她并不知道她是我的好朋友这件事——实际上我们只有一面之缘，想必她也不会记得——但这有什么关系呢，我和成千上万的乐迷都是她的好朋友）。格里莫表示这首船歌是"一个美化和理想中的夜景……可能是肖邦创作过的最丰富、最包罗万象的奇迹，它富有色彩、令人感官愉悦，这可能是肖邦对向往已久却从未实现过的事物的怀念"。格里莫还就如何欣赏这首曲子提出了她的建议："如果你任由这首曲子洗涤你，它那无与伦比的旋律、新颖的和声、凄美的变调——在光彩和魅力之下——这样多深刻且神秘的激情澎湃时刻，那涌动的悲伤和渴望，都将直击人心。"

---

[1] 德意志留声机公司（Deutsche Grammophon），唱片编号：00289 477 5325。接下来我会引用随唱片附送的小册子，上面有迈克尔·丘奇（Michael Church）对埃莱娜·格里莫的一段采访。得知埃莱娜·格里莫在德意志留声机公司的最新唱片（编号：00289 479 3426），其标题为"水"时，我一点儿也不感到奇怪。——原书注

让我们大声朗诵荷尔德林诗句的德语原文，这诗句也会让我们置身于摇摆的帆船上，聆听大海的船歌：

> ...Und immer
>
> Ins Ungebundene gehet eine Sehnsucht. Vieles aber ist
>
> Zu behalten. Und Noth die Treue.
>
> Vorwärts aber und rükwärts wollen wir
>
> Nicht sehen. Uns wiegen lassen, wie
>
> Auf schwankem Kahne der See.
>
> CHV 1：437

然而，无论是荷尔德林的诗、梅尔维尔的散文，还是肖邦的船歌，你在它们的怀抱中沉溺，说不定什么时候就会猛然被唤醒。在圣托里尼生活和工作的伊娃·马萨都表示，锡拉岛上所有原住民的脸上都留有地震、火山喷发以及海啸造成的伤疤，这些自然灾害自古以来就频频发生，它们一次次地毁灭和重塑着这座海岛。伊娃在描述大海时，用大写字母写下了她对海洋的感受——"Η ΘΑΛΑΣΣΑ ΕΧΗ ΤΑ ΔΙΚΑ ΤΗΣ"，斯图布（Stubb）在翻译梅尔维尔的《白鲸》时，将这句话译成了"大海总能随心所欲"（The sea will have its way）。假如不考虑德语中性物主代词，这句的翻译简直完美。梅尔维尔在游历罗马时，看到济慈的墓志铭后深受触动，那墓碑上写着："此地长眠者，声名水上书。"在水中被铭记，在水中被遗忘，大海就像是书写一样，不仅会剥夺，也会给予。后文中我们将看到，梅尔维尔笔下的水手以实玛利对海的评价，大海的宽宏大量在于它拒绝一切记录的存在。

几个世纪以来，锡拉岛上发生的自然灾害有着翔实可靠的记录。[1] 公元前 1654 年至公元前 1500 年，希腊人称这座岛为"圆岛"（Strongyle）和"最美丽的岛屿"（Kalliste），当时岛上发生了爆炸，岛的四分之三被炸碎落到了海里。那是人类有记录以来最严重的火山爆发，它比 1883 年喀拉喀托火山喷发时造成的破坏还严重，要知道喀拉喀托火山可是造成了 36000 人死亡。值得注意的一点是，这座古岛的火山爆发并没有造成任何人员死亡：地震和轻微的火山喷发向基克拉泽斯群岛上的居民发出了预警，他们纷纷逃往安全的地方。爆炸产生的灰烬在 40 千米的高空形成了电离层，从此"圆岛"被炸成了狭窄的新月形岛屿。厚厚的火山灰烬落到了整个爱琴海，从埃及一直延伸至黑海；轻质的灰烬一路飘到了太平洋西北部和格陵兰岛的冰面上。我们该如何解释这一灾难呢？

---

[1] 下面几段的内容首次出现是在我和萨洛梅·M. 克雷尔共同署名的文章 Why Santorini? A response in Two Voices（《为何是圣托里尼岛？两个不同声音的答复》）Mosaic: A Journal for the Interdisciplinary Study of Literature, 44:1（March 2011, a special issue on Kristin Linklater and the Santorini Voice Symposium of 2009），199–208。参见 Georges Vougioukalakis, Santorini: "The Volcano"（Santorini: Institute for the Study and Monitoring of the Santorini Volcano, 1995），以报告的形式补充在 The New York Times/Süddeutsche Zeitung, October 29, 2003。——原书注

图 5　巴洛斯海湾上方的悬崖

位于"最美丽的岛屿"中心的火山锥向空中喷出了大量的熔融物,火山内部逐渐中空,然后火山的外壳坍塌,周围的海水涌入其中,形成了破火山口,像是一口大锅,而岛上绝大部分土地就曾在这里。海啸卷起了 15 米高的海浪,摧毁了克里特岛和土耳其海岸上的船队和港口。一些考古学家推测,火山爆发和海啸发生标志着克里特岛上伟大的米诺斯文明的终结。无论如何,灾难过后,好长时间里空气都弥漫着黑色的粉尘,地里的庄稼很多年颗粒无收。据火山学家表示,在地球历史上,这种规模的火山爆发每一万年才可能发生一次。

因此,传说中沉于大西洋的亚特兰蒂斯岛准确地说应该位于希腊的圣托里尼岛。虽然柏拉图是该传说的唯一消息来源,而他认为此岛位于直布罗陀以西很远的地方,同时,因其在大西洋(Atlantic)上,故得名亚特兰蒂斯(Atlantis)。即便如此,柏拉图对该岛屿实体的描述——亚特兰蒂斯岛被诸多水道环绕——都出自《克里底亚篇》中不完整的对话,且这些描述都与古代锡拉岛(约 18000 年前)的特征相吻合。自从柏拉图描写亚特兰蒂斯之后,有很多文学作品都集中描写了这个古代乌托邦及其灾难性的毁灭,直到多诺万(Donovan)写出了"万岁,亚特兰蒂斯"。

纵观人类历史,这个地区频频发生火山爆发,甚至超过了神话和传说中对火山爆发的记载。在一个可能是基克拉泽斯–米诺斯火山爆发中心的位置,公元前 197 年左右,在水下火山爆发的作用下,该地方形成了一个新的小岛。古希腊地理学家斯特拉博(Strabo)称:"锡拉岛和小锡拉(Thirasía)岛——最初'圆岛'

的一隅，位于主岛的西北角 —— 之间的火焰在海上烧了四天，这使得大海沸腾地冒着气泡。逐渐，在海面上方，好像被杠杆撬起了一座面积约 2300 平方米的岛屿，该岛由炙热的熔岩堆积而成。"大型的火山爆发使得熔岩逐渐形成小岛，如今它们被称为"新烟囱"和"旧烟囱"。此事发生在公元 46 年至公元 47 年，尔后 726 年又发生过一次。编年史的记录者塞奥法尼斯（Theophanes）如此描述 726 年的火山爆发：

> 同年夏天，也就是 726 年，锡拉岛和小锡拉岛之间，连着好多天，蒸汽如同从一个火热的炉子升起来似的，一直从海洋深处冒出；不久之后，在炙热火焰的加热下，烟雾开始变得像火一样，不断沸腾硬化。由于固体物质越积越厚，大块的浮石喷涌至小亚细亚、莱斯沃斯岛和阿拜多斯，甚至涌至马其顿那些可以俯瞰大海的地方。

塞奥法尼斯的描述并没有夸大其词。现在如果你爬上阿克罗蒂里村西南的一座高山，你会发现一块闪亮的黑色巨石，此石就坐落在白色的火山碎屑和火山灰（它们构成了土壤的表层）上。这块巨石像黑曜石一样闪耀。并不曾有人用马车将它运输到那里。而且，此时你距离"圆岛"的直线距离至少有 5 公里。火山学家将这些巨石称为"炸弹"。

其他几次大规模火山爆发分别发生在 1570 年至 1573 年、1707 年至 1711 年以及 1866 年至 1870 年。到 1925 年至 1928 年时，"新烟囱"岛的面积比之前增加了三分之一。更多熔岩在 1939 年至 1941 年流出，而最近一次的火山爆发是在 1950 年。最近一次地震发生在 1956 年，地震导致现在新月形的圣托里尼岛上一半的人口逃离到了别处。虽然在那段时期，也有其他人前来此处定居，但逃走的人中并没有多少人回来。因此，每年夏季大批游客来岛上观光这件事确实有些奇怪。为了看到最佳的海景，越来越多的酒店选择建在悬崖边的灰烬中，这也证明了人类对无边大海的渴望，以及挑战命运的欲望。

在你游览"新烟囱"岛时，你必须穿一双好鞋。你一路踩在灰渣上，等你停下来仔细观察火山喷气孔时，你会发现蒸汽和硫黄离沸点只有一步之遥。站在新旧"烟囱"的最高处，你可以凝视整个破火山口——最深处是不可思议的蓝色，从高处到动荡的海底将近 400 米。你还可以看到那曾经美丽和光滑的岩壁如今已满目疮痍。现如今或许只能用庄严而非美丽来形容它们。或许，如果黑色玄武岩、红色的火山渣以及白色的火山灰可以称得上是美丽，那么这种美丽真是来之不易。从此处瞭望，那些村庄和小镇宛如好斗的女王头上戴的头饰：北部的伊亚是最美丽的城镇，菲拉（Fira）是最繁忙的城镇，阿克罗蒂里是最朴实勤劳的城镇，而最南部位于新月形最顶部的灯塔，仿佛在告诫靠近克里特岛的船只与其保持距离。

从"烟囱"岛返回陆地时，你可以将船停下来，关闭发动机，直至太阳下山。小船会轻轻漂荡在海上，躺在大海铅灰色的怀抱中。当夕阳落到海平面以下，画面仿佛是海岛和它的碎片最初诞生的方向与顺序被颠倒了过来，夜晚迅速到来。夜晚的寂静掩盖了从前火山灾难发生时的暴力场景，也掩盖了未来可能到来的灾难，因为地下的构造板块并非静止，利比亚板块正俯冲着欧亚大陆。

$$\backsim\!\!\sim\!\!\bowtie\!\!\sim\!\!\backsim$$

　　弗洛伊德认为所谓的"海洋般的感受"对他来说并不成立。在《文明及其不满》一书中（GW 14：421-2），弗洛伊德向我们讲述了一个故事，该故事表明他会对本书第一章的全部内容表示怀疑。故事说的是他把自己的著作《一种幻想的未来》送给了一个朋友，这个朋友就是罗曼·罗兰。关于弗洛伊德对宗教彻底的批判，他的这位朋友也表示赞同，然而罗兰提出的反对意见是，弗洛伊德忽略了宗教情感产生的源头。根据弗洛伊德对罗兰意见的解读，这个源头是"一种绝不会抛弃他（罗兰）的特殊感觉，其他很多人也证实有过同样的感受，我们甚至可以认为成千上万的人可能有过同样的经历"（GW 14：421）。这种感情是"一种可以称之为'永恒'的感觉，仿佛是一种没有极限、不受控制的感觉——似乎就是那'海洋般的感受'"（GW 14：422）。罗曼·罗兰表示，即使与宗教相关的所有礼教和仪式都不复存在，"仅凭拥有这种海洋般的感受"，人们仍然可以自称有信仰（同上）。

　　罗兰的异议令弗洛伊德感到很苦恼，主要原因正如弗洛伊德的那句名言所说："我自己体会不到这种'海洋般的感受'。"（同上）如果弗洛伊德对哲学避之不及，实际上他也确实是这样做的，那么无论何时何地，他定然不会接受像"海洋般的感受"这样虚无的事物。弗洛伊德怀疑这种感受是否可以分解成生理要素，如果可以分解，那么作为精神分析学家，他在听到这些单词后便可以联想到某一概念或表象。但奇怪的是，他联想到的竟是一部关于汉尼拔（Hannibal）的历史小说。小说中汉尼拔在自杀之前，作为一种自我安慰，他断言"人不能脱离世界而存在"。弗洛伊德将汉尼拔的这种自我安慰解读为"一种无法打破的联盟，一种对外部世界整体的归属感"，这种感受会伴随某些特定的思想产生，尤其是在做大范围思考时；但同时他又坦言无法接受自己身上也存有"这种感觉的主要性质"。当然，虽然弗洛伊德无法否认其他人可能拥有这种"海洋般的感受"，但他怀疑，这种假定的感受并非所有"宗教需求"的根源（同上）。

我希望，我想要写的这本书并不是出于这样的宗教需求，而是只因为"海洋般的感受"或者一系列关于海洋的感受本身，它们或是抚慰人心、或是带来毁灭，但是所有这些都带着大海那咸咸的感觉。然而，正如泰勒斯所说的那样，如果万物皆"充满了神"，如果水是一种特殊的恩典，那么"宗教的"情感或许不会轻易地被消除。泰勒斯是否会将这种感觉视为对波塞冬或者琉喀忒亚的崇拜，我们仍无从得知。无论如何，自古以来就存在的"海洋般的感受"会是贯穿本书的主题。

所有敢于叙写大海的人是否都应该是水手，是乘风破浪的冒险家、探险家或是海军军官，甚至是船舶驾驶员呢？卡尔·雅斯贝尔斯和马丁·海德格尔终生都在自我怀疑，因为受身体状况所限，在第一次世界大战中，他们都无法在陆地或海上的武装部队服役。由于海德格尔不适合参加战斗，他被派到了凡尔登的气象站，所以他受到的打击似乎比雅斯贝尔斯还严重。在第二次世界大战的黑暗时期，海德格尔的身体状况也不是很好，他为此写道："对于充满朝气的实干家，当下只存在两种可能性：要么站在扫雷艇的指挥台上，要么在暴风雨中驾驭最简陋的船只。"（MHG 96：160）他以充满稚气的姿态，宣称自己是"思考号"船舶的驾驶员。这应该足以向我们证明，采用一种不好战的方式接近海洋似乎也合情合理。海德格尔在后来的笔记中承认，他那勇敢的船在下沉："'思考号'是存在之海上正在下沉的船只。只有当老鼠都放弃了这艘船时，才是最适宜的时候——因为如果船在沉没，它才会属于元素，属于存在本身。当一个人被众人抛弃、无依无靠时，他才是值得托付这艘船的人，他才会与船共浮沉。"（MHG 97：112）每个《白鲸》的读者都把沉船当作一件很严肃的事情。读者们至少在一定程度上都认同亚哈船长，以及斯塔巴克（Starbuck）、斯图布（Stubb）、皮普和以实玛利。然而，这船不一定就只是捕鲸船或者扫雷艇。

巴克·穆利根对着斯蒂芬·迪达勒斯 [1] 高喊过 "Epi oinopa ponton"。这句话出自《荷马史诗》的一句叠句，但不幸的是，巴克对希腊语的了解比我还少，而此句最常见的翻译是"在深酒色的海上"。怎么会用这种奇怪的颜色形容大海！但是保罗·瓦雷里和梅洛-庞蒂就此给出了很合理的解释：深酒色的海是如此蓝，只有葡萄酒才能比它更红。除非在强烈阳光的照射下，海面的一切才呈现出白金色。在《世界时代》中，谢林提到金子、油和香脂是构成心灵与物质、精神与物料的三种元素或物质，它们混合可以达到绝对同一。谢林倒不如写大海是这三种元素的集合。如果男人和女人喜欢金子贴着他们皮肤的感觉，想必是因为金子尤其是未经打磨的金块拥有海洋般光滑的表面，且二者都是肉体的香脂。这就是为什么每当人们去海岛度假，尤其是去一个不产天然黄金的岛屿，岛上总是会有专门卖黄金制品的珠宝商，而崇拜海洋的人们总会从珠宝商处购买黄金首饰，这样他们便可以带着大海回到堪萨斯城或苏黎世。至于油和香脂，谢林所想的是有舒缓作用的药用软膏和树脂，比如吉利德香膏，该药膏是制作很多香水和治疗剂的基本材料。虽然在近东的沙漠中，乔木和灌木可以产香脂，或者花朵能提炼芳香油，但这里也曾存在海洋，而盐水

---

[1]　斯蒂芬·迪达勒斯（Stephen Dedalus）是詹姆斯·乔伊斯长篇小说《尤利西斯》中的人物，巴克·穆利根的同伴。——译者注

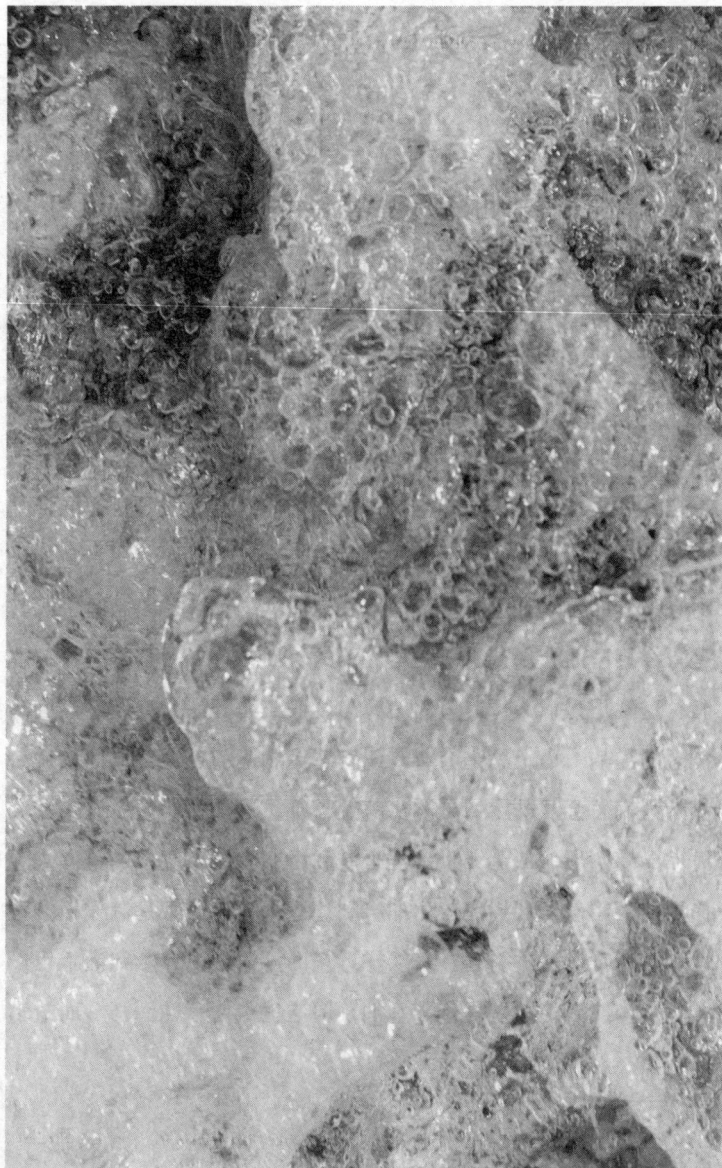

图 6 巴洛斯海湾的海上泡沫

的表面会有一种黏稠的物质，极具愈合的功效。洛伦·艾斯利[1]讲述了钙元素从海中的珊瑚礁到成为人类骨骼的漫长旅程；这一漫长的旅程从头至尾就是一个由海洋表层以及海中的黄金、油和香脂共同形成人类内外表皮的过程。[2]

我们在海边寻找海洋的废弃物，也就是迪达勒斯所说的"海洋生物的卵和被浪冲上岸边的海草"（U 45），在大海的作用下，所有被冲刷上岸的物体都变得舒缓和光滑。就连那看上去粗糙的树枝，捡起来放在手上也如天鹅绒般丝滑。那些在海中游荡了数年的磨砂玻璃的碎片又是怎样的呢？多年以前，一个愤怒无知的人随手将啤酒瓶砸向了海边的石头，数年后，海却将这些碎片打磨成了一首诗。如此回想，无知者仿佛变成了工匠。尼采曾经认为被浪冲上岸边的海草证明了同一事物的永恒轮回，实际上，它也是一种"安慰性"证明：

> 一个皇帝始终会牢记万物稍纵即逝的道理，这样他便能对任何事物都不过多计较，始终保持清醒和冷静。但对我来说，世间万物何其珍贵，我无法任由它们随意逝去：我要为万物寻求永恒。人们应该把最昂贵的香膏和葡萄酒倒入大海吗？对此我唯一的慰藉是，过去的万物都是永恒的，因为大

---

[1]　洛伦·艾斯利（Loren Eiseley）是美国人类学家、教育家、哲学家、科学散文作家，是美国当代生态思潮的先驱之一。——译者注

[2]　洛伦·艾斯利 *The Immense Journey*（《永无尽头的旅程》）[New York: Vintage Books, 1959（1946）]。——原书注

海会再次将其涌到岸上。

KSW 13：43

但凡读过尼采有关永恒轮回的论述，你就会记得尼采对"同一"（same）的观点持批评态度。他更倾向于认为，永恒轮回会产生"差异"（different）。考虑到大海导致了事物的改变，这真是莫大的安慰。

然而，既然我们在找寻岸边的海草和生物的卵，那现在正是观察泡沫慢慢沉入沙子的好时候。海的泡沫（该词对应的德语单词 Gischt 是大海声音的拟声词）强烈要求拥有属于自己的诗。岸边泡沫的沸腾和幻灭就像是无尽的诗节，只要大海朗诵这些诗节，它们就会沉没并归于寂静。

上面我们讨论的是被浪冲上岸边的海草。然而说到寻找岸边的海洋废弃物，我们就不得不提到可怕的人类垃圾。如果古人会谈论受神明保佑的岛屿，那么在全球化的今天，我们就不得不提及海上的塑料垃圾岛。在圣托里尼岛，人们需要将淡水运输到岛上，而这些淡水都装在塑料瓶中。因此，当你沿着岛上的海岸线散步时，你会看到垃圾成堆的骇人景象。没错，被遗弃在悬崖边的废旧洗衣机、破橡胶轮胎以及人们数百年来捕鱼和运输制造的废弃物随处可见。而现在，塑料成了市场上的主要垃圾，于是垃坂袋和塑料瓶到处都是。

塑料垃圾的问题在大西洋和太平洋的某些海域格外严重，涡流的力量将特定区域的垃圾压缩在一起。有时垃圾只是被略微淹没在水中，有时它们则整个漂浮在海面上。这些被塑料垃圾污染的区域经常会被拿来跟美国的某些州做对比，而且是那种面积较大的州。海鸟无法抗拒在这些不洁的垃圾岛上筑巢的诱惑，而以岛上垃圾为食的幼鸟根本无法茁壮成长。海上的飞禽和鱼进食了此处不能分解的聚合物，这些化学物质最终会使它们中毒；或许当这些垃圾回到海岸，人类最终也不能幸免于难。太阳会对这些垃圾进行光降解，翻腾的海洋也会将塑料撕扯成细小的碎片，但这些碎片不能完全分解。这是一个物体只经历了物理变化而没有经历化学变化的最佳例子。有些碎片，甚至是绝大多数碎片，如果在下沉的过程没有被海洋生物误食的话，那么最终它们会沉到海底，而另一些碎片则会浮在海面上或涌到岸上。

对于那些肠胃健康、内心强大的读者，我建议您去浏览网上各种关于塑料岛的信息。人们研究垃圾岛的评估标准就已经十分骇人：太平洋垃圾带、太平洋垃圾旋涡、大西洋垃圾带、大西洋垃圾旋涡、光降解、塑料微粒、海洋垃圾、海洋污染、幽灵捕捞[1]。然而，由于没有国家愿意担负起清理海洋的责任，所以当环

---

[1] 废弃在海中的渔具将延续其捕捞功能，使鱼类和其他海洋动物遭渔网缠绕。——译者注

保主义者和海员们为清理海洋垃圾做出努力时，人们总会为这样的行为喝彩，但他们也必须认真对待专家的评论，即全面清洁海洋足以让胆敢尝试的国家破产。此外，塑料垃圾也只不过是杀死海洋的诸多污染物之一：深海采矿和钻探、石油泄漏、未经处理的污水、工业废物、农业污水、船舶排放的压载水、掉进海中的集装箱、水下噪声污染，以及由那些"先进"国家排放在海底却拒接承认的核废料。这份污染清单还很长，它不仅让人沮丧，甚至令人绝望。

我知道，在本书的第一章，我可以说是漫无目的地漂浮在关于心理学和火山学的诗歌、小说和论文集中。人们或许期望这位哲学家能够具有一定的航海技术，并略微懂得导航技巧。但是，我之前从未写过与海洋相关的作品，比起梅尔维尔笔下的雷德本，比起任何不习惯航海却尝试描写海洋的人，我的海洋知识更加缺乏。希望泰勒斯可以拯救无知的我，保佑我避开狡猾的普洛透斯。

现在是时候为我的冥想整理一下头绪了，以免它也分裂为沉没海底的聚合物碎片。首先我们来欣赏桑多尔·费伦齐的《对生殖力理论的尝试》，也就是英语和法语版本的《塔拉萨》，虽然这部作品也并非最有条理的沉思。而阿方索·林吉斯《深海狂喜》中的内容，可能非常适合作为第二章和第三章的引语。林吉斯选择了莎士比亚歌剧《暴风雨》第一幕第二场精灵爱丽儿（Ariel）的歌曲中的离奇语句，这些不可思议的词不禁让人们怀疑，任何以《暴风雨》为题的戏剧作品是否可能是一部喜剧：

> 彻底看穿你父亲的五个谎言
>
> 他的骨头由珊瑚制成
>
> 那些珍珠是他的眼睛
>
> 这些都不会褪色
>
> 但它们遭受了巨大的变化
>
> 变成了丰富而奇怪的东西

林吉斯描写了想要旅行的强烈欲望，即使在当今时代，电视和电影能够让我们足不出户就了解世界，甚至能带我们去天真的旅行者所不能到达的地方。同样，海底特别节目也能让我们观赏到最佳的海景。林吉斯引用了费伦齐的《塔拉萨》，该书将人们回归大海的冲动称为"力比多本身"（E4）。然而，力比多以某种神秘的方式与死亡联系在一起，因此它还伴随着焦虑和恐惧，而林吉斯的章节也将以人与鲨鱼的对峙为结尾。让我们先期待着。

> 带着氧气筒、调节器和仪表，我走入了大海。腰间的铁砝码让我在强烈的激流中下沉。水下没有急流，但在浪涌的作用下，水被压缩到 3 个标准大气压，压力将我反复推回 9

米的水深，为此我不得不激烈地反抗以保持身体的平衡，我担心自己会在海浪翻滚中撞上珊瑚礁……我放弃了控制自己的意志，把自己全部交付给这种移动。什么？赤道附近的风暴表面看上去不明显，发作起来却能肆虐到几百千米以外的地方？地震或火山灾难能粉碎深处的底部板块？38万千米外的月球会在它的轨道上摆动？而幸福突如其来，仿佛停滞在这场宇宙的运动中，我失去了站立和抓握的动力，但我找到了在海中苦苦寻觅的东西。

E 5

放弃直立的姿态，放开对事物的控制，置身大海的怀抱，这些是林吉斯狂喜的秘诀。狂喜本身是对事物的过度反应，但不会沦为我们居高临下、嚣张跋扈的凝视或分门别类的知识。因而，这种过度反应与深刻无关。"深度在表面效应中。"（E 7）这些表面效应——放肆的色彩、费解的形状、神秘的运转——都还不为人知。相反，"它们很惬意"（同上）。毫无疑问，科学的逻辑"无可挑剔"，海洋学家已经获取了大量关于海底生物的知识。但是，科学无法解释"它们付出的代价"，"它们"作为珊瑚和鱼类呈现出"最夺目的色彩，最复杂的模型，在两个冰河期之间，仿佛它们的战斗服是由米兰的设计师绞尽脑汁想出的轻浮设计"（E 8）。在"深海狂喜"中被放弃的是生活的功能性。"炫耀的逻辑"远大于实用和生存价值的所有逻辑：

普通的色盲章鱼能够以 20 个神经系统控制皮肤中两三百万个色素细胞、彩色素细胞和白色素细胞，其中只有 15 个系统与伪装和情绪状态有关。章鱼在巢穴休息时，它的皮肤会不间断地发出光亮。闪闪发光、布满条纹的珊瑚鱼聚集、分散，像是一群被强迫展示、演出和游行的生物。漂浮在深海的眼睛，会发现自己置身于一个存在各种奇妙现象的宇宙中，这个宇宙没有本体，它是一个喜剧演出，不是一个目的论的工程；它是一种信念（doxa）、观点、荣耀的深度，不是真理，也不是虚伪。

E 9

在费伦齐生物分析法的局限下，我们会碰到一种类似的对功能性思维的拒绝。在费伦齐看来，这种拒绝与力比多的叠瓦作用[1]相关联，弗洛伊德将其称为毁灭与死亡驱力。就林吉斯而言，人们在海上面对的过度行为已等同或超出功能的逻辑——放弃直立的姿态，接受非功能性的水平状态是这一切的起始。

夺去一个人的固有姿态，剥夺他的能动性，使其只能任由海浪冲刷，在深海中束手无策。一个人什么也不做，什么也不烦恼，什么也不思考。人只是一个短暂的访客，他的眼

---

[1] 叠瓦作用（imbrication）是指一种像鳞片或是屋顶的瓦片一样依次叠覆的形态。——编者注

睛不能辨别方向、不能测距离，或者更确切地说，眼睛只能转动却看不见任何东西。

对于在生殖力作用下转动的眼睛，海洋是一个能唤起性欲的区域。在深海漂浮时，眼睛不能穿透海水，不能审视周围，也不能测量和考察。它回避了表面效应，承受着大海的抚摸。

E 10

"抚摸"（caress）这个词在林吉斯章节的剩余部分会多次出现。放弃了想要征服无边大海的凝视后，潜水者的眼睛抚摸并被一个性质不同的领域的"表面效应"抚摸。"它正在寻找无形的世界"（E 13）。然而，在某个极限位置，如果性欲侵占了死亡驱力，或反之死亡驱力侵占了性欲，潜水者由此心生恐惧也不足为奇。在提起恐惧这个主题时，林吉斯讲述了月圆之夜他在一条小船上度过的一个夜晚——"看着鲨鱼穿过白沙来到入海口觅食"（E 14）。那景象不仅美丽，简直美不胜收，也许还称得上化境之美。"置于实验室的桌子或者水箱里的鲨鱼，其丑陋的样貌无可争议，完全不能显示在海浪击打下其幽暗花纹的美丽。"（同上）然而，潜水员和鲨鱼在白天不可避免地会发生对抗，随之产生的恐惧也并非完全无法预料。事实上，林吉斯说过："潜入深海的人是在寻求恐惧。"（E 15）他还表示：

> 在希卡杜瓦（Hikkaduwa），失事船只的残骸散落在距海岸30多米的地方。若是只观察那些由带刺的海胆包裹着的散落的肋骨，你无从知晓岸边是否修建过码头、曾经悬挂过什

么样的旗帜……沉船的铁制洞穴中，黑色的珊瑚长得如同蕨类植物，蝎子鱼和黄貂鱼守候在由大海分离、挑选最后落成的柔软的白色沙滩上。抬头就能望见鲨鱼。一头白鳍鲨如同鱼雷似的，环绕着被它"炸毁"的船只。只要稍微转动身体，它的颜色和轮廓就都消失了，那双一直观察着四周的眼睛也消失不见，被怪物冷酷的神情抚摸着。

同上

林吉斯的章节到此就结束了，但这故事并没有结束。在《过度》（*Excesses*）出版后不久，他曾在我们英国的家中小住。多年以来，无论是在德国、英国还是美国，他一直是我们一家人喜爱的客人，同时他也是最让我们信任的临时保姆。在英国的威文霍（Wivenhoe），有一天晚上，到了该睡觉的时候，三个孩子坐在林吉斯的腿上，一起请求他讲故事。林吉斯跟孩子们讲了自己在失事船只旁边潜水的故事，他描绘了那些附着在铁船上的美丽生物。三个孩子听得目瞪口呆，对他的故事充满了兴趣。然后他告诉孩子们，当他缓缓地游到沉船的船首时，他看到了一条鲨鱼，这条体形巨大的鲨鱼从铁船中伸出了躯体。幸运的是，鲨鱼睡着了。林吉斯告诉了孩子们如何辨别鲨鱼是否睡着了：鲨鱼的眼睛有一个上眼睑，还有一个下眼睑，而当鲨鱼的眼皮到中间时，这就表示它睡着了。他说道："但就在那时，鲨鱼的下眼睑突然落下了来，上眼睑突然升了起来。"

三个孩子全神贯注地听着，他们为海洋的狂喜所着迷，他们的眼睑升得很高。孩子们等着林吉斯继续，但是他没有再多说什么，故事就这样结束了。三个孩子中最年长的推断，林吉斯现在还能够坐在客厅回顾他的冒险之旅，这就说明当时并没有发生不好的事情。其他两个孩子并没有这样的推断能力。或许是为了解救弟弟妹妹，我家的老大继续问林吉斯："后来究竟发生了什么？"

停顿了很长时间后，林吉斯终于很平静地说道："直到那时我才知道，人类的游泳速度究竟有多慢。"

第二章

羊膜

图 7　锡拉岛南岸靠近梅萨披伽迪亚（Messa Pigadia）海滩的地方

当看到海豹在岩石上滑动窜入海里时，我们不由得会想到人类从海洋到陆地所经历的漫长且单调的进化过程。试想一个重达77千克的躯体，包裹在不成形的如布袋似的皮肤中，成天泡在含盐量很高的水里：它们纤细的双腿该如何支撑那样的重量！如此，我们想必也就理解了那些曾经在陆地上进化的诸如海豚和鲸鱼之类的哺乳动物，为何很久以前它们又重新回归了大海。

——阿方索·林吉斯：《危险的情绪》（*Dangerous Emotions*）

1882年12月初，尼采居住在拉帕洛海边的德拉波斯塔酒店（Albergo Della Posta），那时他的生活并不如意。与露·莎乐美的情感纠葛令他心力交瘁，同时也让他与企图干涉此事的母亲和妹妹发生了争执。他居住的酒店房间很冷，而偏偏海上的暴风雨又持续不断。尽管彼时条件艰苦，却是尼采最具创造力的时期之一。那时，尼采开始从自己的早期写作中整理大量的文字片段，这成就了不久之后他的作品《查拉图斯特拉如是说》。尼采为其所做的一系列笔记中的第258条写道："世界对于我来说沉重至极——仿佛那些曾经在海中生活的动物，如今却不得已到了陆地：它们该如何拖动自己的身躯？"（KSW 10：217）在《查拉图斯特拉如是说》序言的第二部分，尼采借着住在森林中的先知查拉图斯特拉之口说道："仿佛过去你独自生活在海中，任由大海托举着你。唉，早知如此，你还会爬上陆地吗？你会再次拖动自己的身躯吗？"（KSW 4：12）两年后，在为此后出版的《善恶的彼岸》与

《论道德的谱系》所做的笔记中，尼采在一长段随笔的结尾写道："和其他人一样，我生来就是陆地动物。然而现在我必须变成海洋动物！"（KSW 11：550）按照尼采的描绘，他的肢体或者他整个人会变成海豹、海豚或者鲸鱼，又或者说，他兴许成了一种与众不同的水生生物。

20 世纪 50 年代中期，儿童以及那些易受影响的大人正沉迷于环球电影公司拍摄的三部以"半鱼人"为主题的系列恐怖电影。第一部电影《黑湖妖谭》（*The Creature from the Black Lagoon*）由杰克·阿诺德（Jack Arnold）执导，哈里·埃塞克斯（Harry Essex）和阿瑟·A. 罗斯（Arthur A. Ross）担任编剧，莫里斯·齐姆（Maurice Zimm）参与了故事构思。该电影的主演有理查德·卡尔森（Richard Carlson），饰演一位善良的科学家及温柔的情人；理查德·邓宁（Richard Denning）饰演一位争强好胜的科学家及傲慢的情人；朱莉·亚当斯（Julie Adams）饰演一位菜鸟科学家，她在剧中是两位男主角的心上人。剧中亚当斯身着白色双带泳衣优雅地穿过黑湖时，水下的可怕生物正向她靠近，试问看过这一幕后谁还能忘掉她？所有观众都对半鱼人 —— 那个惧怕和鄙视光明的黑暗之子 —— 充满了恐惧。大家深陷恐惧，即使很显然半鱼人无可救药地爱上了女主角。虽然理查德·卡尔森与这场爱情无关，但他对水怪表现出的同情却令我们惊讶不已。然而，当理查德·邓宁的野心和挑衅被可怕的水怪终结时，我们作为观众是心满意足的。水怪将朱莉·亚当斯掳到了它在黑湖深处的秘密洞穴，所幸洞穴里面有个很大的空间。即便如此，卡尔森依旧对水怪心怀怜悯。卡尔森的同伴开了很多枪，水怪因此身受重伤，但是卡尔森放它逃回了黑湖。电影的最后，我们只看到半鱼人毫无生气地躺在黑湖中。它还活着吗？

《黑湖妖谭》的第一部续集《黑湖妖复仇记》(*Revenge of the Creature*)由杰克·阿诺德于1955年拍摄完成。该片由马丁·伯克利(Martin Berkeley)担任编剧，威廉·阿兰德(William Alland)完成故事构思。尽管电影的片名含有"复仇"二字，但是片中的怪物并不想复仇，相反它只是渴望着爱。怪物再次爱上了一位新晋生物学教授的科学助理，而这位教授一直想要探究半鱼人的秘密。女助理喜欢自称是鱼类学家，但她却不能正确说出"ichthyologist"这个单词，而且她对半鱼人也没有半点兴趣和同情。女助理、教授和半鱼人在佛罗里达的一处水上乐园相遇了，那里还有一条能钻圈的海豚弗利比(Flippy)。该乐园大概是一个能够彰显严谨科学与流行娱乐业互利互惠的模范之地。(和其他续集一样，这部影片在故事情节、编剧、导演、演技、摄影和其他方面的质量都有明显下滑。)片中的怪物在绑架鱼类学家之后很明智地选择了逃跑。但问题是，这位自称为鱼类学家的女助理会接受它的爱吗？或者说，女助理会只在意外表吗？怪物确实有其独特的外形，但女助理见到它的反应只有长长的尖叫。最终教授解救了女助理，并且找来了警察和军队对付怪物，怪兽受到攻击逃到了河里。影片最后的场景是怪物一动不动地躺在水中。这回它死了吗？

1956年的《黑湖妖就在我们之间》(*The Creature Walks Among Us*)是第二部续集，也是该系列电影的最后一部影片。该片由约翰·舍伍德（John Sherwood）执导，阿瑟·A. 罗斯担任编剧。我们看到片中的半鱼人已经转变成陆地动物，并且它最后是溺水而亡。尽管怪物的正面没有露出生殖器官，但我们可以肯定它是一个雄性动物。那怪物看上去像个原始人，有表皮，可以呼吸空气，却只能算是类原始人：一个在泥盆纪晚期由哺乳动物退化成两栖动物的生物。这个怪物长着鳃，肺也萎缩成了痕迹器官[1]，表皮还覆盖着带刺的鳞片。这可能是希腊思想家阿那克西曼德构想中孕育了人类的"带刺鱼类"。而出于某种不知名的原因，人类从未见过片中怪物的祖先，并且它也没有再向前进化。因此，我们在故事中看到的是一个隐性性状的、退化的怪物，它形单影只，身上有着可疑的进化证据。

在被一盏灯严重灼伤后，怪物愤怒地打碎了它面前的灯光，这使得科学家不得不动手术拯救它。科学家通过气管切开术复苏了它退化的肺，通过现代医学的魔法，怪物的新陈代谢被人为增强。也正因如此，它戏剧性地得到了进化，仿佛在一部快动作电影中，那冷血的两栖动物突然就进化成了温血的哺乳动物。"我们将海洋生物变成了陆地生物！"剧中那位疯狂的科学家不禁喊道，说这句话时他的眼睛还闪着光芒。此时的怪物已经不再是一个半鱼人，它变形了：原先的爪子变成了蹼状指。或许海德格尔会坚称那不是手，因为它不是此在（Dasein），甚至算不上人

---

[1] 痕迹器官是指动植物在进化过程中一些已经失去功能却仍然残存的器官。——译者注

（Mensch），它充其量是一个能够握住东西的器官。但作为这部影片的观众，即使是只有12岁的孩子也能察觉到，在片中怪物一直快速趋近此在，并且不断跨越动物性和人性之间的鸿沟，从而侵蚀其自身存在的界限。虽然怪物不能说话，但毋庸置疑，它的身上萌发了人性：科学家不自觉地想要为它穿上衣服。

怪物被关在一个带电的羊圈中供科学家做实验，这和那些训练海洋生物的游乐园没什么两样。变形后的怪物只能拖着人形的双脚缓慢移动，但它还是从美洲豹手中救下了羊群。它的方式是以暴制暴，通过暴力来对抗那些施加在羊群和女性身上的暴力行为。这一次怪物同样爱上了人类。它爱上了疯狂科学家的妻子，并渴望将她从科学家的魔爪中解救出来。然而，科学家的妻子却像惧怕她的丈夫一样惧怕怪物，它那不求回报的爱情再次被人类误解。怪物逃离了捕获它的人类，跟跟跄跄地走到了海边。它在一片沙丘上停了下来。影片前半段时它曾试图跳到海中逃离追捕者，但在海水中它只能扑腾挣扎，绝望地拍打自己的胸膛，可以说那是全片最恐怖的一个场景。进化背叛了它，它只能乖乖束手就擒。

影片的最后，怪物杀死了厌恶女性的科学家，因为到最后它已经精神错乱。然而，当觉察到科学家的妻子对自己无情的厌恶后，怪物再次选择走向大海。它站在沙丘上，回忆起它的所思所知。回忆什么呢？回忆它在水中扑腾、喘着粗气、捶打胸膛的样子。思考什么？"畏惧溺水而亡。"然而，它明知会溺水却义无反顾地走向了那个无法再维持和哺育它生命的大海。它有意识地、有思想地选择回归到无机状态，它认为这种状态比人类对生命和爱的诠释——疯狂的野心和侵略——更可取。正如以实玛利所说的那样，"地上野兽的愚蠢与人类的疯狂相比无疑小巫见大巫"（MD 385）。[1]

海德格尔不会对半鱼人伸出援手，他还说过既然人长了手，既然我们有思考的能力，就不该去看这样的电影。或许他是对的。让我们再来看一些更严肃的作品。桑多尔·费伦齐在 1924 年的著作《对生殖力理论的尝试》（《塔拉萨》）中提出，系统发育实际上是后生变态（coenogenesis），即生物早期形态中没有的结构在胚胎阶段的发育，这些结构似乎是生物因外界环境变化产生的适应性反应。让费伦齐印象深刻的新结构是脊椎动物的羊膜囊，其主要功能是保护哺乳动物的幼崽免受干燥、震荡、饥饿、败血症和

---

[1] 我非常感谢圣乌尔里希的斯特凡·萨姆瑟（Stefan Sumser），他关于半鱼人的研究和见解让我受益匪浅。通过他，我知道了半鱼人之后还出现在了喜剧《明斯特一家》（The Munsters）1965 年的剧集中，在剧中它化名为"吉尔伯特叔叔"。此外 2009 年在环球影城，半鱼人还出演了音乐剧版的《黑湖妖谭》。至于该音乐剧的情节，在结尾时科学家的女助理如预言般爱上了怪物。这里说的是什么预言呢？ 2017 年 2 月中旬，普罗旺斯地区艾克斯的科蒙（Caumont）酒店举办了一场题为"玛丽莲·梦露：我想被你爱"的展览，恰好我偶然看到了 1955 年影片《七年之痒》（The Seven-Year Itch）中的一个剪辑片段，其中包含了梦露在地铁格栅裙摆被风吹起的标志性场景。然而，更具标志性的事件是，当时她和汤姆·伊威尔（Tom Ewell）饰演的角色刚看完电影《黑湖妖谭》。玛丽莲表示虽然怪物长得可怕，"但是它也没有那么糟。我想它只是渴望被爱——你知道的，那种被人爱、被人需要和渴望的感觉"。——原书注

死亡的威胁。为什么哺乳动物需要这种特殊的保护呢？因为地球的发展史就是一部灾难史。具体来说，为什么需要羊膜囊及其外部的绒毛膜呢？原因在于，当海洋干涸时——这是一种经常发生的灾难——鱼类需要一个可以游泳、产卵并生存的地方。尽管这听起来似乎违反直觉，但灾难威胁着所有的海洋生物，那是我们生殖出现分化，成了有性别区分的物种的开端。即使两种性别都要面对灾难，也都需要保护，但物种还是分化成了雌性和雄性两种性别。因此，哺乳动物和其他动物为何会在生殖方面出现同种二形的现象仍旧是个不解之谜。经过漫长的岁月，随着人类性别的分化，或许生殖力也会进化，这也说不准。自然有大把的时间。无论如何，人类的进化看似是由同一性分化成两性的过程，即濒危的原始生物在一系列灾难作用下产生的分化。

费伦齐在《对生殖力理论的尝试》一书的第六章"系统发育的并行"（The phylogenetic parallel）中讲述了生物产生性别分化的灾难性演变。该章节的论证并非一帆风顺，其方法论有些混乱，同时文中还出现了奇怪的概念。弗洛伊德在《超越快乐原则》（*Beyond the Pleasure Principle*）第四章中坦言自己的观点只是"推测"，而此处费伦齐却承认自己是在"幻想"。可以肯定的是，科学幻想是一种严肃的科幻虚构，它并不是只能拍出 B 级电影的可疑的科幻虚构。接下来就让我为大家简单概括一下费伦齐关于"系统发育""后生变态"以及其所谓"生物分析法"的三个章节。

费伦齐虽然对科学领域不算陌生，毕竟他也是一名医生，但由于他还称不上是专家，所以他首先对涉足该领域表示了歉意，之后他说出了自己的主要"想法"——他要探寻"一种个体出生灾难与性行为过程中重复的灾难在历史上的并行"（2：357/44）。文章一开始，费伦齐便告知了读者他与奥托·兰克之间多年的合作关系。兰克的著作《出生创伤》（*Trauma der Geburt*）与费伦齐的《对生殖力理论的尝试》出版于同一年，也就是 1924 年。同年，弗洛伊德也发表了《受虐狂的经济问题》（*Economic problem of Masochism*），该书是这位精神分析大师阐述毁灭与死亡驱力这一概念的重要著作之一，而他首次提出该概念是在其 1920 年的著作《超越快乐原则》中。

费伦齐首先指出，他涉足进化生物学的灵感来自象征主义在精神分析理论和实践中发挥的作用。值得注意的是，费伦齐对符号的解读采用了弗里德里希·冯·哈登贝格（诺瓦利斯）[1] 在 18 世纪末发明的词汇：就像当初商博良（Champollion）试图搞清"原始象形文字铭文"一样，费伦齐作为精神分析学家也想要"解读文字"，而他的"解密方式"包含了目前"物种进化过程中最大的秘密"。不仅诺瓦利斯和他在埃及赛斯（Saïs）的学徒认可这种阐释性的解密方式，弗洛伊德本人也支持该方式。同时弗洛伊德还敢于在多个场合就系统发育问题做出推测——这也是他惯常的行事方式。弗洛伊德曾多次使用"系统发育"（phylogenetisch）一词，但多数情况下他想要表达的意思是早期人类的特殊经验。相

---

[1]　弗里德里希·冯·哈登贝格（Friedrich von Hardenberg）是德国诗人诺瓦利斯的原名，诺瓦利斯是他的笔名。——译者注

　　　　　　　　　　　　　　　　　　　哲思与海

比之下，费伦齐使用该词则是为了回顾生物进化史，甚至是追溯地球的无机历史——也就是黑格尔所称的恒星历史。

费伦齐进行生物分析的出发点是研究鱼类的象征。经过多年的梦境分析和对患者的治疗，费伦齐明白鱼似乎包含多种寓意：（一）性交行为；（二）男性生殖器；（三）母体内胎儿的状态。费伦齐坦言自己突然有了一个"离奇的想法"，那就是鱼类不仅象征着男性进入女性的生殖器或婴儿在母体发育，同时还可能是"人类起源于水生脊椎动物的系统发育片段"（2：358/45）。如此看来，这不仅只是一个奇想，同时还是一种"见解"，或者说一个"知识"（Erkenntnis）要素，尽管它们具有隐蔽性。就鱼类在系统发育中的转变，费伦齐举出的证据是一种属于鳃口科的原始鱼——文昌鱼。该鱼通常被认为是所有哺乳类脊椎动物的祖先，同时它也是脊椎动物生物学中的模式生物。有了这个想法后，费伦齐有了进一步的推测，尽管该推测很大胆，但似乎也无可厚非——以下斜体段落将费伦齐的兴奋和好奇表露无遗：

> 当时我们想过，如果高等哺乳动物在胚胎中的整个发育过程，只是它们对鱼类时代存在形式的重复，如果动物生产只是个体对重大自然灾害的重演，会怎么样？但可以确定的是，多数动物以及人类祖先在海洋干枯后不得不适应陆地生活，更重要的是，它们不得不放弃用鳃呼吸，发育出能够吸入空气的器官。

2：358/45

原始鱼类"放弃"了鳃和"发育"了肺，这样的人格化当然会引得人类发笑，因为人格化需要让寻找肺的鱼飞跃成为皮兰德娄[1]作品中那些寻找自我的角色。费伦齐坦言他不仅信奉拉马克学说，而且还崇尚德国动物学家恩斯特·海克尔（Ernst Haeckel）的重演说。[2] 这两点会让费伦齐受到表观遗传学家（epigeneticists）[3]之外的当代研究生物学学者的鄙夷。但是，费伦齐与海克尔不同，他支持谢林派的自然主义者洛伦兹·奥肯（Lorenz Oken）和后浪漫主义的倡导者威廉·伯尔舍，他宣称自己的主要兴趣是研究胚胎的"保护措施"，即羊膜囊及其液体的后生变态。[4]

---

[1] 皮兰德娄（Pirandello），意大利小说家、戏剧家，1934年诺贝尔文学奖得主。代表作品有《六个寻找剧作家的角色》和《已故的帕斯卡尔》。——译者注

[2] 拉马克学说（Lamarckism）是指生物是从低级向高级发展进化的学说，最早由法国生物学家拉马克在19世纪初期提出。重演说认为个体的发展只不过是人类种族进化的复演过程。——译者注

[3] 表观遗传学研究的是后天获得性状遗传的若干可能途径，其方式不是直接通过DNA复制，而是影响遗传基因的表达。环境的改变甚至父母的行为这样的"软遗传"似乎会影响后代的表型。据此，表观遗传学家（极具争议性地）要求重新考虑拉马克学说关于后天获得性状遗传的理论。——原书注

[4] 威廉·伯尔舍（Wilhelm Bölsche）是当今一位不为众人所知的、被誉为"德国诗歌界的达尔文"的科学推广者，关于他的详情请参见：Safia Azzouni, "The Popular Science Book: A New Genre Between Literature and Science in the Late Nineteenth and Early Twentieth Centuries," published by The Max Planck Institute for the History of Science, at https://www.mpiwg-berlin. mpg.de/en/research/projects/deptiii-safiaazzouni_popularsciencebook[.]在此我要感谢德国弗赖堡大学（Freiburg University）的亚历山大·比尔达（Alexander Bilda），在他的帮助下，我们才有幸能够研究伯尔舍对费伦齐产生重要影响的两部著作：*Das Liebesleben in der Natur: Eine Entwicklungsgeschichte der Liebe*（《大自然中的爱情生活：一部爱情的进化史》）和 *Entwicklungsgeschichte der Natur*（《自然的进化历史》），两部著作在下文引用时分别为代码 BL 或 BE 加卷数及页码。第一部作品讲述了从雨蛾到人类的离奇夸张的爱情生活，第二部详细记录了比较严肃的19世纪进化理论的历史。在下文中我引用了伯尔舍的第一部著作 BL 2: 265-6。——原书注

哲思与海

或许准确地说，羊膜是让费伦齐最先感兴趣的两个事物中的一个，因为他对阴茎的发展史同样感兴趣，伯尔舍将阴茎称作"人鱼的部件"（Melusinean member），这是因为男人和女人的性行为中都融入了大海的元素。我会比费伦齐用更多的篇幅引用伯尔舍的作品，对此还请大家谅解。需要澄清的是，德语单词 Nix 在下文中同指男性和女性人鱼，具体取决于它所拥有的性器官。尽管14 世纪古代法兰西史诗中记录的人鱼无疑是个少女，她身体的下半部分是蛇身而不是鱼尾，但她的故事激励了很多诗人——其中包括歌德，把她（或者他／它）视为性生活的象征：

　　　　诚然，过去存在于这个（男性的）部件；一个人鱼的部件中。此处人类回归到了原始的鱼类状态，尽管进化之前的那段历史早已消散在过去的迷雾中。永恒的人鱼（Der ewige Nix）完全向前演变成了这个部件。但事实并没有这么简单。我们还发现了一条通往人性至高点的途径……一条启蒙之路，但同时这条路上也存有疑惑、错误和诅咒。当无花果叶坠落的那天，一条光明之路便会开启……终有一天，伟大的变革必将来临，我们会在涉及性的问题时不再盲目。零星的自我保护会自行消失，我们会突然发现一个真相，一个过去就存在的公开秘密：人鱼其实不是人和鱼的结合体，而是半神半人。

　　　　　　　　　　　　　　　　　　　　　　　　BL 2：265－6

这里先言归正传，让我们继续讲费伦齐的观点。尽管费伦齐十分认同伯尔舍对科学启蒙所做的积极努力，但他承认自己所说的系统发育的并行同时涉及子宫和羊膜囊，这就好比地球母亲和海洋一样都是生命的孕育者和救助者。如果人类像体内寄生虫一样开始生命，那他们很快会变成体表寄生虫，一开始靠母乳生存，长大后在餐桌前进食。然而，尽管拥有得墨忒耳[1]般的资质，费伦齐还是将这个比地球更古老的原始符号看作海洋生命和孕育的象征。在《安提戈涅》（*Antigone*）第二段著名的合唱曲中，索福克勒斯试图说明，人类为何如此不可思议。首先他提到了在水上定期往返的船只，它们"跨越夜晚/海洋"（ll. 351-2；CHV 2：331）。米歇尔·图尼埃（Michel Tournier）笔下的鲁滨孙曾对地球示爱——毕竟他在海难溺水后是陆地挽救了他的生命——但他的本性仍恐惧干燥的气候，渴望潮湿的环境。宙斯将分化后两性的生殖器官移到了前面，为的是让生物能够相互交配，而不是像蝉一样通过尘土飞扬的陆地繁殖后代，这对那些依靠阳光、陆地或月光进行交配的雌雄个体来说无疑是一个福音，我们的祖先也是如此演变而来的。

费伦齐认为，生命面临的第一大危险不是溺水而是脱水。洪水中亚拉腊山（Mount Ararat）的出现为诺亚方舟上的生物提供了一个神奇的落脚之处，但实际上这才是"原始的灾难"（2：360/49）。当然，至少对那些获救的动物来说，方舟本身象征着子宫。但并不是所有的哺乳动物都能登上诺亚方舟，例如大白鲸就

---

[1]　得墨忒耳（Demeter）是掌管农业、婚姻、丰饶的女神。——译者注

不需要诺亚方舟，除非它与之发生碰撞，因为其是上古时代的存在，而且是一种半神半人的存在。但话说回来，我们真的可以不必"畏惧溺水而亡"吗？神话中不总是出现海上救援的情节吗？海洋女神琉咯忒亚不就从波塞冬的愤怒中解救了奥德修斯，还给了他一条萨莫色雷斯岛的紫色腰带吗？

在奥托·兰克关于出生创伤的作品中，我们可以体会到人类对于海洋的矛盾情绪：海洋既能孕育生命又能溺死生命。羊水可以让胎儿免于脱水，而生产让婴儿免于溺水或窒息而亡。人在出生时处于睡眠状态，也不会记得生产的过程，但没有这个过程，我们也不能开启生命。在面对这种矛盾情绪时，他在文章中写下了既冲突但又相通的两个词，即快乐和焦虑。快乐是一种过程和"象征行为"，这涉及：（一）在母体羊水中漂浮时，个体由其存在而产生的快乐（Lust）；（二）对于出生的焦虑；（三）新生儿经受了生产风险后的快乐（2：361/49）。这种矛盾心理会扭转局面，让个体向焦虑的方向发展：既然个体（费伦齐的作品中暂时还没有区别他和她）通过生殖器进入女性阴道或将精子射入女性体内，仿佛进入了女性身体的洞穴（die Leibeshöhle des Weibes）这种行为来认同自己，那么个体还会面对象征性的死亡危险，就如同其先祖"在海洋干涸的地质灾难中"（die grosse Eintrocknungskatastrophe）面临危险一样（同上）。

费伦齐虽然承认自己的奇想有些夸张，他却依然能从胚胎学和比较形态学中找到两个令他和我们都要停下来想一想的论据：首先，只有陆栖动物出现后，生物才发育出了装满羊水的保护性

图 8 巴洛斯海湾的火山岩

器官；其次，胚胎发育过程中没有羊膜的动物无法进行有性生殖。换句话说，陆地上真兽类动物（基本指的是野生动物，即有胎盘的哺乳动物）的进化和两性性行为的发展关系紧密。有性繁殖，或者说至少临时性的有性繁殖是从两栖动物开始的，尽管只有爬行动物才会出现交配行为。"拥有能够进行有性繁殖的器官，在母体子宫内发育，并且避免了干燥环境带来的危险，这三点构成了一个不可分割的生物学组合。同时，这也是子宫象征着大海和陆地，男性生殖器象征着孩子和鱼类的终极原因。"（2: 361–2/50）

如果这只是一种幻想，那它也是由来已久了。很多杰出的思想家也或多或少地表达过类似观点。康德在《判断力批判》（第80节）谈到目的论判断力时，着重提出了生物从"水生动物"到"沼泽动物"，随后成为"陆地动物"的神秘转变。该观点出现在讲目的论判断力的"方法论"（Doctrine of Method）的一个脚注中（KU B370n）。这个关注点是很必要的，因为只了解有序自然中的机械式因果关系还远远不够。"自然考古学家"——研究物种起源和发展的生物学家要探寻"生物族谱"，这一族谱的基础是家族成员之间的血缘关系，即生物通过有性繁殖，或者说生产过程（Erzeugung）建立的关系（KU B369）。生物学领域的"考古专家"将生物族谱的历史追溯到了地球子宫（der Mutterschoß der Erde）首次进行笨拙生产的时期，即地球上无机物向有机物转变的那个时代，无机时代的物种形态缺乏足够的目的性（Geschöpfe von minder-zweckmäßiger Form），而直到物种能够进行繁殖，经历了数代有性生殖之后，它们才能更好地适应环境。康德猜想地球子宫会枯竭、僵化，因此现在动植物的庞大家族正在成倍地繁殖，其数量的增加不亚于康德时期物种的繁殖。在作品中，康德对这个问题中断了论述。康德指出，自然考古学家必须补充自己观念上的不足：他们必须假设一个合目的性的组织（zweckmäßig gestellte Organisation）用以解释其中的自生动植物的目的形态（Zweckform）。现在我们回到前文提到的那个脚注。这样的假设似乎是一种大胆的逃脱理性的行为（ein gewagtes Abenteuer der Vernunft），但当有机生物的繁殖方式导致出现特定差异时，我们就必须解释这种差异的变迁。"例如，水生动物先逐渐进化成了沼泽动物（wenn gewisse Wassertiere sich nach und nach zu Sumpftieren...ausbildeten），之后再经历数代的繁殖，最终成为陆地动物。"（KU B 370n）

如此，生物的进化过程被当作先验的，在单纯的理性下没有矛盾。然而，世上并没有人曾真正目睹这一过程。即使站在海岸线后退、几近干涸的咸海边，人们也不能做出这样的判断。我们在自然中看到的物种都是同名异物的结果，却对异名同物的情况不甚了解。就此，康德提出了一个让黑格尔也很着迷的问题——"畸形"的问题，即畸形物和怪物产生的原因。因为即使怪物的存在"摧毁了构成客体概念的目的"（KU B 89），但如果没有最初的变异和畸形，即这种没有族群的生物、畸形的孤儿，物种也难以实现从一个阶段到另一个阶段的转变。说到这里，我们不得不提到自然界中崇高的主题：自然代表着原始的力量甚至暴力（Gewalt），例如"无边无际的海洋被激怒"（KU B 104）。或者人们会说，宽广无垠的大海在干涸。虽然这种说法没什么错，微型青蛙既称不上丑陋，也够不着崇高。但如果肺鱼妈妈在它的"摇篮"中看到一只青蛙，它肯定会发觉异样。我们再说回费伦齐的奇想。

前文简要提及的费伦齐夸张的假设还体现在他大胆支持拉马克和海克尔的学说，而非达尔文的学说。达尔文宣称，物种的生存是由偶然变异和自然选择的机制决定的，而拉马克认为进化靠的是越发复杂的生物为适应严峻的外界环境所做的努力（"生命的力量"的表现），这种努力能够让有用的后天获得性特征遗传给下一代。和弗洛伊德一样，费伦齐也倾向于认为，驱力不仅在个体当中，还在整个类群中发挥作用。接下来我们会看到，费伦齐曾试图完善弗洛伊德的驱力理论——关于性的"精致的二元论"以及毁灭与死亡驱力——为此他将前瞻性、推进力、建设性、统一性的驱力，与回归和最终退回大海的致命引力做了对比。如果试图将 Zug 翻译成英语，我们可能会认为这种引力像是一种拉动（draw）、征召（draft）或者"拖拽"（tug），毕竟这个德语单词有多层含义；但或许最对等的英文单词应该是 undertow（逆流），尤其是考虑到生物有回归海洋的倾向，那是一种能将我们带回海洋的 Zug，或者至少它会让我们产生对大海的梦想和幻觉。

费伦齐在他生殖力理论著作的第七章提出了"物质对'向海洋回归的倾向'的趋向"。"倾向"（tendency）这个词的程度比较轻，而"Zug"更像是机动车的拉力和牵引力，是一种不可抗拒的力量。费伦齐先是承认自己大胆的想法早已偏离轨迹，他认为世上普遍存在一种对"在原始时代失去的海洋环境"的追寻，这种追寻还在对人类的生殖和性产生影响，因此我们要耐心慎重地仔细讨论这个问题。费伦齐对此表现出极大的关切，他建议将这种追寻称作"牵引力"（Zugkraft），或许要比"驱动力"（Triebkraft）更为贴切。驱力推动人类向前，而大海则将我们拖回过去。他还补充道：

> 驱力（Trieb）更多地强调生物适应的瞬间，因此它激活器官具有目的性（das Zweckmäßige）；Zug 的表现更侧重回归方面。但显然我也同意弗洛伊德的观点：推动人类"向前"的动力，在根本上源自过去牵引我们的力量（aus der Zugkraft der Vergangenheit seine Energie bezieht）。

2：363/52

费伦齐的这个建议说明，如果世上有超越快乐原则的力量，那么这种超越的力量来自过去。在《性学三论》（GW 5：142）中，弗洛伊德根据他对神经官能症的一般描述定义了回归："所有损害性发育的时刻都会以某种方式发挥效果，即引起回归，返回到进化的早期阶段。"而在《超越快乐原则》一书中，回归指的是恢复到先前的状态——对有机生命来说，这意味着回归到无机状态。同样，如果自然界中存在着目的性，那么该目的性的源头在过去，而非将来。从某种意义上说，"超越"永远是待完成事项。我们被尚无生命存在的无机时期牵绊和拉扯，我们被这种潜在倾向所困，这意味着我们对无生命状态的回归。无论这种让步是否对弗洛伊德"精致的二元论"驱力学说造成了威胁，对于该问题我们还需继续研究。

费伦齐很好地贯彻了拉马克学说，他认为当物种向着进化的更复杂阶段前进时，真正的生殖力只会始于两栖动物和爬行动物"更复杂的宿命"，事实上，它们注定要面对"进化灾难"。青蛙的卵可以在水中或雌性的泄殖腔[1]中受精，这却是爬行动物、鸟类和哺乳动物无法享受的奢侈，它们别无选择。然而，缺乏选择并不能简化它们的生活。尽管雄性青蛙的前肢有硬结组织，且这样的结构能让它牢牢抓住雌性青蛙——费伦齐也提到了雄性青蛙泄殖腔内凸起的那个"钻子"（ein Bohrwerkzeug），但真正的勃起还是等生物进化到蜥蜴和鳄鱼的阶段才出现。然而，即使是蝾螈和火蜥蜴，它们也开始长出能够用于射精的尿道管。这种发育直至生物进化到原始哺乳动物阶段（即有袋目的哺乳动物，如袋鼠）才彻底完成。但费伦齐发现人类个体也经历了相同的发育过程，至少男性在儿童时期，他们想要再度回到母体，逆转在他出生时经历的灾难。即使费伦齐没有明说，我们也可以顺理成章地推出小女孩也是如此。

是什么促使了两栖动物和爬行动物拥有阴茎（sich einen Penis zuzulegen）？或许是"想要恢复它们失去的、在潮湿环境中的生命形式，该环境中包含着滋养品，也就是说，想要回到潮湿又富有营养的母体子宫"（2：364/54）。通过某种"象征反转"，母亲

---

[1] 泄殖腔是动物体的消化管、输尿管和生殖管共同开口处的总腔称。——编者注

就成了"海洋的象征或者局部替代物，而并非海洋象征了母亲"（同上）。这种反转会让人想起柏拉图的《美涅克塞努篇》中阿斯帕西娅（Aspasia）的一段话："女人要证明自己的母性就要给孩子喂奶，一个没有乳汁的女人算不上母亲……这些产出的小麦和大麦更能证明一个国家的母性，因为女人怀孕和生产是对土地产出作物的一种模仿，并非土地在模仿女人。"（237e-238a）我们只需要像费伦齐一样强调大海的优先性，便能从阿斯帕西娅的这段话中推出费伦齐关于大海和母亲之间的象征关系。丰收女神得墨忒耳掌管着小麦和大麦，但是甘甜的乳汁属于琉喀忒亚，她是酒神狄俄尼索斯的看护者，也是深酒色海洋的女神。

如果并不只是"钻子"塑造了羊膜，那么羊膜本身又是怎么回事呢？或许费伦齐的问题应该改为：是什么促使两栖动物和爬行动物长出了产卵器官，是什么促使真兽类产生了羊膜和羊水？羊水并不是海水，尽管我们知道人体体液中含有盐分。对此大家的推测各有不同。有些人认为羊水中盐分只占到了9‰，而海水的含盐量则在26‰~35‰，相比之下，海水的盐度高出羊水近3倍。其他人则表示，羊水的含盐量是2%，海水是3%~3.5%。不管是哪种情况，钠和氯的含量在人类怀孕的后期都会降低。此外，关于包裹新生儿的保护层，即胎儿皮脂，我们可能会误以为它是敢于横渡英吉利海峡的那些游泳高手涂抹在身上的凡士林一样的胶状物，但实际上，其用途不只是防止盐水腐蚀胎儿的表皮，更是为了保持胎儿的温度，使其顺利通过产道。尽管羊水和海水中都富含各类微量元素和矿物质盐，但问题并不在于含盐量。在任何情况下，羊水和海水之间的呼应都并不证明它们的一致性。最重要的是，我们必须反对费伦齐貌似真实的假设，即"钻子"塑造了生物渴望且需要的潮湿又富含营养的环境。

费伦齐深度分析了胎儿氧气供应的问题，这种供氧不是通过鳃裂，而是通过胎盘处的渗透作用，借由绒毛膜上的绒毛向胎儿输送氧气。在进化史上，肺和鳃的发育与生殖系统的发育一样复杂，而我们都知道原始鱼类早在鳃出现之前就有了肺。费伦齐着迷于一种介于鱼类和两栖动物之间的稀有物种，那是一种至今仍然存在的物种，或许它们还是人类的远祖：非洲和亚马孙的肺鱼。每年旱季的时候它们会躲到地下潮湿的"茧壳"中，这一由体表分泌的黏液和泥土混合形成的保护层能接触地表，获取外界空气。（读者们可能不信，但是对亚马孙肺鱼最生动的表现，莫过于电影《黑湖妖谭》中的一个早期场景。该片段中理查德·卡尔森正在向同事介绍这种过渡型动物，一个半鱼半两栖的存在。环球电影制片人的灵感似乎就来自费伦齐。）费伦齐总结了他对这两种肺鱼的详细讨论，这或许是他在整个假设中最明确的一段陈述：

> 我们只需要认可，高等脊椎动物（爬行动物、鸟类、哺乳动物）只有在胚胎时期才会通过渗透作用 [1] 进行胎盘呼吸，

---

[1] 费伦齐用的词是 "die plazentale Kiemenatmung"（胎盘鳃呼吸），但他详细解释了胎儿获得氧气靠的不是鳃或者鳃裂，而是渗透作用——让氧气从绒毛膜上的绒毛进入胎盘。因此，我在翻译 "Kiemenatmung" 一词时强调了渗透作用，虽然相比之下，胎儿鳃或者鳃裂会是系统发育并行的更有力证据。——原书注

目的是实现从鱼类经由两栖动物，最终进化成人类的连续发育，在这一过程中生物渴望回归海洋生活的斗争从未完全消失，即使对人类来说，这种斗争被缩减到了胚胎的发育时期。我们要补充的是，人类回归海洋的潜在倾向并没有在其出生后就消失，这种倾向会在性的表达方式（尤其是性交）以及睡眠过程中表现出来，对此我们会进行补充并在下文做详细说明。

2：366/55－6

在另一段精彩的论述中，费伦齐表示，在性交过程中，由于兴奋和情绪的高涨，人的呼吸会发生显著的变化，相应地，婴儿在出生时会出现呼吸困难，这两种情况反向体现了古代生物在海洋和河流干涸时的抗争。

费伦齐再次表示他对拉马克的喜爱胜过对达尔文，他坚持认为，偶然变异不是生物体内产生潮湿环境的唯一原因——子宫和羊膜正是上岸的鱼类需要并努力想要获得的器官。他甚至还表示："母体中的羊水代表了人们心目中的海洋。"（2：366/56）有人觉得，虽然弗洛伊德曾对费伦齐的书大加赞赏，但当他看到费伦齐使用或者滥用"内向投射"（introjection）时，怕是也会有所迟疑吧，但或许我们和他对此都不会太过计较。人们必须再次注意的是，任何"钻孔"行为都无法解释女性的这种（非）精确的"内向投射"。当奥古斯丁谴责孩子试图将整个大海作为沙堡护城河的行为时，那天使般的孩子表示，比起奥古斯丁想要了解天父这

哲思与海

件事，他的这项棘手任务会更快实现。然而，大地母亲的"羊膜"将把大海装进身体这一不可能的事变成了可能，我们对此该作何理解？费伦齐生殖力理论的基础是向海洋回归的逆流，而这种对大海的内向投射既晦涩又古老神秘，是费伦齐的幻想所不能解释的。从神学本体论的角度看，他的幻想还达不到"宙斯大腿之谜"的级别——就是在宙斯的大腿上，狄俄尼索斯重生了。

　　羊膜和大海一样都处于永恒的运动状态。即使蛋壳中的小鸡在胚胎发育阶段，羊膜实际上也会因一系列的收缩产生运动；小鸡在壳中来回地轻轻摇晃，就好像在摇篮中一般。沉溺于摇篮中代表了所有初期脊椎动物的心声，不管它们是卵生还是胎生。费伦齐写道："若是有自然主义者将这种有节奏的摇晃比作大海的退潮和涨潮，我不会感到意外。但归根结底，这不只是一个比喻！"（2：367/57）我们可以回想雷德本对海洋退潮和涨潮现象的描述，他说他想起了弟弟小时候躺在摇篮中的情景。哲学家谢林本身也是一位诗意的自然主义者，在《论人类的自由》(*Treatise on Human Freedom*)一文中，当他思考人类孕育和生产的过程时，引出了"翻涌、沸腾的海洋"：

　　　　所有生命的诞生都是从黑暗到光明；种子的核必须植入土里，在阴暗中消逝，直至以更美丽的光的形态（Lichtgestalt）出现，沿着太阳的光束展开。人在子宫中形成，在不曾理解（感觉、渴望、伟大的知识之母）的黑暗中孕育，却首次萌发了活跃的思想。因此，我们必须要向自己描绘原始的渴望

（die ursprüngliche Sehnsucht），即使我们还不理解渴望是什么，这就好像在一种渴望中，人类向往某些未知和无名的善；向着先兆前进，渴望如肿胀一般自我激励，沸腾的海洋如柏拉图的物质，根据某个模糊不确定的法则，无法让自己成为某种持久的东西。

I/7：360

提到诗意的自然主义者，有人会想到诗人沃尔特·惠特曼的海洋诗《跨出永不止息的摇篮》（*Out of the Cradle Endlessly Rocking*）。大海对着这位年轻的诗人低吟着"那个低沉美妙的词语：死亡"，我记得这句话重复了五次，声音仿佛来自击打海岸的浪花，"冲刷"着诗人（ll. 172-3）。对谢林来说，原始的渴望神秘地与渐渐衰弱（Schmachten）联系在了一起，"在阴暗中消逝"时诞生。

然而，至于那个被人们内化的海洋，似乎是一种事后的想法，尽管是"凭直觉前进"，但它与弗洛伊德在《梦的解析》中提到的"伊尔玛的注射之梦"（dream of Irma's injection）并无关系。费伦齐在脚注里评议了生殖理论的一个方面，若不是该观点如此不合时宜且富有争议，或许它早就该出现在他的论述中。费伦齐写道，"顺便说一下"（Nur nebenbei）：

请允许我提一个值得注意的偶然事件，那就是高等哺乳动物和人类的雌性生殖器会产生分泌物——我之前说过，分泌物促进性欲的作用可能归功于人类幼儿时期的回忆——

根据生物学家的描述，该分泌物有一种独特的鱼腥味（或
鲱鱼浸泡过的盐水的气味）；这种阴道的气味来自三甲胺
（trimethylamine），鱼类腐烂分解后也会产生这种物质。

有人主张，女性的月经周期有28天，可能是受到了月
相的影响（因此这跟人类祖先在海中受潮汐影响有直接的关
系），或许最终，这种解释才是正确的。[1]

费伦齐在脚注的最后提到了海豹、海狮和鲸鱼，值得注意的
是，在成为哺乳动物后，它们又返回了海里。这些动物（除了鲸
鱼，费伦齐对其他都做了详细说明）交配和哺育后代是在陆地而
非海洋。因此，控制它们这些行为的力应该叫作"向陆地回归的
牵引力"，它迫使动物幼崽提前面对可能会遇到的灾难情景。相比
之下，大洪水之前的鲸鱼其处境则大不相同，影响它的既不是陆

[1] 2: 367n. 3/57n. 1. 人们徒劳地想要找到能够证实弗洛伊德和费伦齐关于女性生
殖器分泌三甲胺的直接证据，但没有找到确证的事实，难道是因为大家都太了解生
理化学？还是因为化学家羞于研究此事？又或者说，精神分析学家所谓的化学反应
实际是假的？弗洛伊德和费伦齐将该化学物质命名为 N–二甲基甲胺，其化学式是
C_3H_9N 或 $N(CH_3)_3$。据说该物质在低浓度时是"鱼腥味"，在高浓度时是氨气味，
通常由动植物分解产生。在人体内，它在肠道中的微生物的作用下，由膳食中的营
养物质如胆碱和肉毒碱合成。病理学家承认，阴道异味或是由细菌性阴道炎引起的，
但并没有说明异味与阴道分泌物之间的关系。三甲基胺尿症（Trimethylaminuria），
俗称臭鱼症，是一种男性和女性都罕见的代谢紊乱疾病，该病的产生是由于消化道
中缺少某种消化酶，导致人的汗液、尿液及口气有鱼腥味，但是这个解释对弗洛伊
德和费伦齐的论点没有任何帮助。自弗洛伊德在《梦的解析》中论述"伊尔玛的
注射之梦"后，三甲胺在精神分析学中发挥了重要的作用。但其角色更多的是上
帝、死亡和象征的符号，而非一种化学物质。因此，我只能暂且将其搁置一旁。稍
后讲弗洛伊德和黑格尔时我会重新提到该主题。接下来我们继续讲费伦齐的研究笔
记。——原书注

地，也不是海洋，鲸鱼在子宫中孕育幼崽，又在大海中抚养它们长大。

然而，费伦齐的"向海洋回归的逆流"一章并未以这条信息量极大的脚注结束，他还提出了另一个大胆的假设。费伦齐推测，从个体发育的角度看，雄性和雌性生物同样都想"刺穿对方的身体"（2：368/58）。为此两性之间展开了斗争，在系统发育史上，这场战争最终由雄性取得了胜利，同时还制定了对雌性的补偿条款（同上）。费伦齐声称，在系统发育史上，雄性支配雌性所需的条件越来越复杂，这种支配需要雄性拥有"让人着迷和无法抵抗的工具"（Faszinierungs- und Bemächtigungswerkzeuge），这样雌性才会"服从"或者"温顺"（gefügig）。费伦齐再次表示，"钻子"是将霍布斯式"一切人反对一切人"（all against all）的战争转变成了两性战争的重要工具。体格较小、身体柔弱的原始两栖动物会屈服于统治并成为雌性，而更强壮、体形更大的则会成为雄性。正如雅克·德里达在其关于死刑的研讨会上所指出的，费伦齐在此总结并肯定了弗洛伊德在《处女的禁忌》（*Taboo of Virginity*）中的主要观点——这部1917—1918 年的著作是弗洛伊德关于爱情的第三部论文——女性失去童贞后内心会产生怨恨。如果我们说男性用"钻子"（阴茎）进入了他人的身体，这种怨恨就更容易被理解了。在关于死刑的研讨会上，德里达最关心的问题是很长时间以来死刑具有的两个特点：流血和残忍［残忍的英文单词 cruelty 源自 cruor，后者有"我流血"（I bleed）的意思］。德里达也确实主张，即使流血在很大程度上能止住，但死刑中的残忍仍旧在继续。不管怎么说，弗洛伊德在《处女的禁忌》中强调了少女失去贞洁时的流血，同时也强调了这种赋权（Bemächtigung）——费伦齐此时才开始使用这个词——行为中的恶意和残忍（Grausamkeit）。[1]

在费伦齐看来，"一切人反对一切人"虽然最终转变为两性战争，但其最初状态是"对水源和潮湿环境适当的争夺"（2:368/58）。费伦齐得出的结论是，父亲的阴茎在本质上是一种威胁，但就个体发育而言，这只是系统发育时期，也可以说是"钻孔"时期的斗争遗留物，它并不比子宫中的胎儿更具威胁性。然而，女性因此得到的补偿是什么？该问题的答案包含在一个简短的脚注中，该脚注也是这个章节的结尾。我认为，不管是哪种性别的读者都会认为他（她）们得到的补偿微不足道，因此觉得没办法信服。

当男性强迫女性发生阴道性交时，"女性原本会感受到的，同男性相当的生殖器兴奋会被空洞的泄殖腔兴奋（von einer kloakalen Höhlenerotik）所取代"（369n. 4）。德语单词 Höhle 很难翻译成其他语言，并且理解起来并不容易：它的意思包含山洞或洞穴、中

---

[1]　关于（雄性的）赋权工具（Bemächtigungswerkzeuge），费伦齐在《对生殖力理论的尝试》中的其他部分使用的 Bemächtigung（还有动词 sich bemächtigen）一词，邦克（Bunker）在 2: 338/24 处将其简单地翻译为"拥有"（possession），并且在 2: 382/7 将其译为"得到"（to secure）。雅克·德里达的两卷研讨班讲义《死刑》（*La peine de mort*）以及 2000 年 7 月他在巴黎参加的精神分析大会（Estates General of Psychoanalysis）发表的演讲，着重讨论了赋权及过度赋权产生的权力问题，具体内容参见 EA 238–80。想了解更多对男性的讨论，请查看纽约州立大学出版社即将出版的克雷尔的新作——*The Cudgel and the Caress: Reflections on Cruelty and Tenderness*（《棍棒和爱抚：对残忍和温柔的反思》），其中的第五章、第八章和第十章。——原书注

空的东西、空虚——毫无疑问它可以指代阴道和子宫，但在此并没有任何特征表明它指代的就是阴道和子宫，就像梅尔维尔会将上帝之手说成是"真正的中空之物"，而邦克则将"hollow of Höhlenerotik"翻译成了"空洞性欲"（cavity-erotism）（59n. 1）。即使有人想要使用牙科的意象，他（她）也必须承认钻子只能钻出孔，它无法用复杂的生殖力和生殖器官填补女性的空洞，任何生殖力理论肯定都会注意到这一事实。然而，我要再重复一遍，费伦齐的奇想并没有深化到这一步。他只是主张，在女性体内，阴茎的位置已经被排泄物和胎儿（Kot und Kind）——结肠空腔中的排泄物和子宫空腔中的胎儿——取代。两栖动物交配结束之后，雌性便可以自由排泄粪便，从而解除"肛门的紧急状况"。在这种情况下，交配的突然中止"可能会引起快乐的感觉"（同上）。有一次我问我哥哥为什么会喜欢慢跑，因为他的这个爱好对我来说仍是个谜。哥哥的回答是："因为停下来的那一刻感觉棒极了。"

公平地说，费伦齐提出的对雌性的补偿甚至不能让他自己满意。然而，对于他提出的问题，没有比下面这个更让他无能为力的了：他无法解释那些面临海水干涸危机的海洋生物为什么能"内化"出一个海洋的替代品，从而拯救并改造物种。事实上，在阅读《塔拉萨》的时候，我们偶尔会抱怨——就像费伦齐自己也在抱怨的那样——后生变态的并行过程过分强调了男性，从个体发育和系统发育的角度都忽视了女性和雌性动物的发展历史。然而，女性既是内在海域本身，也是它的拥有者。虽然战争是为了争夺水源和潮湿的环境，但也只有战争才能确保女性的适应和生存，否则怎么会有水分和幸存者？难道女性的故事仅仅是向阴茎屈服的过程吗？难道她就不能成为故事的主宰者吗？从神学本体论的角度看，难道宙斯大腿的神力没有过度之嫌吗？

我记得达尔文曾经推测，生物最初只有男性，而女性是男性进化后的一个分支——正如《圣经·创世记》所讲的那样。虽然我不愿意反对万人敬仰的达尔文，更不必说《圣经》，但我还是更愿意相信谢林的主张，他一再坚称女性才是自然界最主要和最原始的物种，而男性才是后来者。谢林在 1811 年版的《世界时代》中写道："无论在何处，温柔地受苦和接纳（das sanft Leidende und Empfangende）都在有效和活跃之前出现。出于多种原因，我深信在有机自然界，女性的出现早于男性，低等动植物在表面上没有性别器官正是基于这一事实。"（WA 47；cf. 24）黑格尔认为女性的阴蒂是没有发育完全的阴茎，而对此谢林则表示，阴茎是阴蒂充分发育之后的状态。

然而，所有讨论者都不得不承认，正如伯尔舍所说的那样，有性生物形态的起源早就消失在了远古时代的"紫雾"中。因此，接下来我要梳理费伦齐为纠正其"补偿"理论所作的周期性妥协和忏悔。在此，我要回到费伦齐著作的第一部分，也就是讲个体发育的内容。

费伦齐在其著作《对生殖力理论的尝试》的开篇提出了一个性交理论，该理论认为"射精的过程"融合了忍耐和释放、缩小和膨胀、歌德所谓的收缩（Zusammenziehung）和扩张（Ausdehnung），以及谢林提出的动力（Kraft）和抑制（Hemmung）的复合快感（2：321/5）。两性融合（Amphimixis）这个术语引自奥古斯特·魏斯曼（August Weismann）的一项研究，在该研究中，魏斯曼介绍了一种单细胞动物相互"交配"和物质交换的好处，在弗洛伊德看来，这种动物之间短暂的融合是进化后期生物性结合的雏形（GW 13：51）。（不知为什么）有人可能会以为费伦齐脑海中的"射精行为"就是射出精液的动作。然而费伦齐对各种精神疾病的分析令他确信，粪便和尿液在体内的滞留及排泄与性生活关系密切，因为忍耐和释放分别与排便和尿道神经刺激有关。无论如何，就像希波的奥古斯丁所说的那样："我们在屎尿中做爱。"（Inter urinas et faeces...amamus.）如果口吃和结巴的语言障碍是由所谓的"生殖器移位"（genitofugal displacement）造成的，那么射精紊乱也可称作"生殖器结巴"（2：324/8；cf. 2：66）。费伦齐认为，阴茎本身既发育自泌尿-泄殖腔系统，同时也本就是泌尿-泄殖腔系统处的一个突起，而肠道或腹膜的起源也决定了阴茎的发育终点——正所谓起点决定终点。

我们是否能用同样的说辞解释女性生殖器呢？答案是不一定——虽然我们真的很想这样做。到这一章的最后，费伦齐才会提到女性，他引用了弗洛伊德关于阴蒂高潮向阴道高潮转移的说法。除此之外，费伦齐还从阴茎勃起谈到了胸部乳头直立和鼻孔扩张，以及高潮时常见的脸色泛红的情况，这种"整个面部的勃起"是由于女性抑制生殖器兴奋所导致的（2：329/14）。这些说法出现在费伦齐的初始章节中。将鼻孔扩张说成是女性高潮的典型特征似乎是有些奇怪。同样，认为只有女性才会脸红或许也很奇怪。研究男性的理论家和治疗专家也肯定遇到过男性出现脸红症状的例子。

下面章节的内容就更值得我们期待了，因为费伦齐讲到了"如何识别正在交配的个体"以及交配双方通过前戏达到的所有"搭桥"努力（2：331-2/17）。他所谓的"识别"包括三个方面："识别生殖器的整个组织，识别交配伴侣，识别生殖器分泌物。"（2：332/18）费伦齐紧接着还在脚注中评论："为了避免读者对此有异议，我要声明我的分析仅限于雄性伴侣一方。后文中我会适时用这些概念论证比较复杂的雌性一方的关系。"（332n. 1/18n. 1）然而，和钻石一样，延期也是永恒的。关于男性，我们可以直截了当地认为性行为是"想要回归子宫的本能行为"（2：333/19）。回归子宫是一种倒退，包含三个方面的意义，拉康的三界结构似乎源于这种说法，或者至少它为拉康的学说做出了贡献。拉康的三界结构包括：（一）想象界，如在睡眠中；（二）象征界，如阴茎插入阴道；（三）实在界，如射出生殖器的分泌物，"它本身具有特权，代表着自我以及有自恋倾向的自我分身：生殖器"（同上）。因此，弗洛伊德所谓的俄狄浦斯情结，其根源是"一种普遍的生物倾向，它诱使着生物回归到出生之前的睡眠状态"（同上）。费伦齐并没有贸然讨论女性的睡眠和其象征性的大海或女性"实在"的生殖力。

在第三章"性欲现实感的发展阶段"（Developmental Stages of the Erotic Sense of Reality）中，费伦齐就"更加复杂的"女性性行为的问题给出了详细的解释。费伦齐清楚地知道，弗洛伊德假设的口唇期和肛门期[1]必须同时适用于男婴和女婴，无论他们之间存在多少差异。说到口唇期，似乎没有任何证据表明男孩会比女孩更痴迷于咬奶头，或者更容易养成"同类相食"甚至"虐待"的行为。费伦齐强调，牙齿是"孩子想要钻进母体（或者子宫）的工具"（2：336/21）。然而，在提到这些神奇的"钻子一般"的牙齿时，费伦齐并没有提出男孩和女孩之间的差异。同样，费伦齐表示，在手淫的早期阶段，"幼儿双性同体"使孩子扮演着双重角色，"不管男女，每个人既是自己身体的孩子也是母亲"（2：337-8/23）。对此费伦齐没有多做解释。然而，他再次承认自己所说的"性欲现实感"主要针对的是男性。可以看出，费伦齐试图中和自己之前的论述。他声称，在人格发展的最后阶段即生殖期，女性的性欲现实感会"突然中断"，并且在此期间，女性的性感带会"从阴蒂（女性阴茎）转移到阴道空洞"（2：338-9/24）。

精神分析领域有诸多关于阴蒂悲惨命运的详细说法，在此我

---

[1]　弗洛伊德的人格理论认为人的心理发展分为口唇期、肛门期、性器期、潜伏期和生殖期。——译者注

不想多做评论。但我要补充的是，精神分析学在这个方面的论述源自黑格尔的学说，因此毫无疑问，它最终回归到了最传统的哲学主张和偏见。[1] 关于阴蒂的传说可以简要概括为如下内容：女性假阴茎（阴蒂）的生殖力（或者性感带）以占据女性的整个身体以及自我的方式撤退，这使得女性成了继发型自恋（secondary narcissism）的受害者，变得更像孩子，渴望被人爱胜过爱别人；当她幻想自己成为孩子，那种感觉自己"生活在子宫中"的"幻觉"似乎就被保留了下来（同上）。女性的歇斯底里症转化的倾向（将心理障碍转化为如抽搐、肢体麻痹等身体不适的神经症）源自"女性身体的继发性生殖"（同上）。费伦齐认为，在初次性交时，女性会感受到身体被侵犯，甚至会出血，之后她可能会被动地接受性交，"甚至"（gar）享受性交的乐趣（2：340/26）。然而，女性的性行为大致也证明了费伦齐论述的真实性，即女性注定会重温两性系统发育过程中的"斗争阶段"。费伦齐写道，在之前那场斗争中，女性"抽到了短的那根签"。这也许是费伦齐对女性没有阴茎的隐喻，又或者这只是他的弗洛伊德式口误。女性输了斗争后，不得不任由男性"强行进入子宫"，对此她只能在潜意识中安慰自己，幻想自己和腹中的胎儿都住在子宫中。格奥尔格·格

---

[1]　详细内容请参考本人著作 *Contagion: Sexuality, Disease, and Death in German Idealism and Romanticism*（《传染：德国唯心主义和浪漫主义中的性、疾病与死亡》）（Bloomington: Indiana University Press, 1998）的第十一章，讨论了黑格尔的"生殖力的辩证法"。另见 *The Cudgel and the Caress*（《棍棒和爱抚》）的第四章。——原书注

罗德克[1]也认为，女性甚至可能会从宫缩分娩中获得来之不易的快乐。

费伦齐坚持认为，性生活的"中心趋势"是"回归子宫"，这种回归趋势"支配着两性行为"（2：344/30）。然而，从费伦齐自己的论述中可以明显看出，他认可弗洛伊德关于力比多的"男性化"说法。他自始至终没有提到吕斯·伊里加雷[2]试图穷其一生证明的东西，那就是女性自己也可以认同"内化的"海洋本身，并且为自己的黏液中的水分感到高兴和自豪。谁能否认最初激发费伦齐创作《塔拉萨》的灵感就来自他在海洋中感受到的快乐和骄傲呢？

❧

费伦齐在系统发育的最后一章讲"性交和受精"时，深入探讨了"向海洋回归的逆流"最深刻的奥秘，即高等哺乳动物的性行为与精子和卵子中的生殖细胞的运动可能存在关联性。那么我们可以将这种共生–系统–遗传平行（coeno-phylo-genetic parallel）推广至生殖细胞吗？如果大海是所有母性的原型（das Vorbild aller Mütterlichkeit），那它也会是单细胞动物和种质（germ plasm）的

---

[1] 格奥尔格·格罗德克（Georg Groddeck），与弗洛伊德同时代的精神分析师，倡导身心疗法，对弗洛伊德的观点持有异见。——译者注

[2] 吕斯·伊里加雷（Luce Irigaray），1931年生，是至今仍在活跃的比利时裔法国语言学家、精神分析学家、女权主义哲学家。——译者注

原型吗？细胞融合和细胞交配的作用力是海洋力吗？又或者更准确地说，这些是否也是对海洋干涸灾难的适应性反应？

现在，我们要了解一下费伦齐所说的那场设定中的"灾难"了。当然他指的肯定不是所有海洋的枯竭，而是某种局部发生的灾难。费伦齐提到了传说中的亚拉腊山，它的出现使诺亚方舟上的生物得以登陆，但它也危害了那些以海洋为家的动物。我需要重复的是，现在咸海已经枯竭，其中的很多海洋生物也因环境盐碱化和干燥而死亡。在大约 600 万年以前，中新世墨西拿阶 [1] 的后期，直布罗陀海峡关闭，整个地中海和爱琴海都成了沙漠。这类事件才是费伦齐想象中的灾难。但可以肯定的是，即使是最坚定的拉马克主义者也未曾见到在咸海干旱的河床上有鱼类为了生存长出了肺。达尔文关于生物通过偶然变异产生自然选择的说法，肯定不会遗漏自然灾害在其中发挥的作用——达尔文观察到田野中的百合会为了生存争夺有限的空间及光照。然而，这种灾难似乎始终在发挥作用，并且在生物的世代间稳步发挥作用，而并非在一场间歇性的地质突变间。拉马克主义者更容易理解在地质灾害作用下的生物在新生环境中的斗争，尤其是旧的生命形式为适应灾难性的环境恶化所做的努力。我们可以看到，费伦齐在第八章结束时为读者提供了一个灾难表，其中包括五种灾难，以及每种灾难所对应的个体发育和系统发育阶段。在费伦齐看来——也不仅是他一个人认为，海洋的发展从根本上讲就是一部灾难史。生命在消亡。

---

[1] 墨西拿阶代表古地中海区域一次广泛的海退，是重要的成盐期。——译者注

图 9　岛上西南端的灯塔

第八章首先回顾了人类性行为中一个令人困惑的方面，即所有个体的性行为最终都是为了释放"令人恼怒的紧张感"的假设（2：370/60）。前文中费伦齐给出了生殖期的定义，即从身体其他部位到生殖器的紧张感的下降。至于生殖器的分泌物，尽管有自恋倾向的个体可能会对它产生自我认同，但那仍是一种个体渴望排出的令其不快的液体。性欲是崇高的，这是因为正如康德认为的，它具有令人不快乐（Unlust）——不满或不乐意的特征，即使回归子宫和大海也伴随着幻想中的快乐。诚然，生物的每次排泄都被认为是一种损失，好像排泄物是一种宝贵的东西、一种应该藏起来的东西，但这种损失其实让生物获得平静。肉体上愿意，精神上疲软。

虽然大自然将性交和受精统一起来，但涉及种质的融合过程要比性交本身更"古老"。费伦齐探寻了此融合过程的古老秘密。根据《美涅克塞努篇》，生殖细胞不会效仿交配的生物，但情侣们会效仿自己体内的生殖细胞，而正是生殖细胞构成了这一过程。如果说个体的存在始于子宫，那么"受精过程甚至生殖细胞的发育（即精子和卵子的结合）也必须与系统发育中的某些东西相对应"（2：371/61）。此处所说的"某些东西"是一种"原始灾难"，即迫使单细胞动物结合的一种外界干扰（同上）。费伦齐引用了弗洛伊德在《超越快乐原则》中的论述，并且他只修正了弗洛伊德对于初始灾难的描述。总的来说，费伦齐认可弗洛伊德的假设，特别是弗洛伊德就阿里斯托芬关于早期三种人类的故事的肯定（GW 13：62-3）。弗洛伊德写道：

我所说的理论当然是柏拉图在《会饮篇》（189e-191d）中借阿里斯托芬之口提出的理论。该理论不仅解释了性冲动的起源，而且还提到了涉及恋爱对象的最重要的生物变异。

　　"我们的身体刚开始并不像现在这样，其形态大不相同。人类最开始有三种性别，不像现在只有男女两种性别。远古时期人的第三种性别结合了男性和女性……也就是双性人。"第三类人身体的各部分都是正常人的两倍，他们有四只手、四只脚、两张脸、两个生殖器……后来，宙斯将每个人分成了两半，"就好像为了保存蜜饯，将其劈成了两半……但是由于整个生物被分为两半，所以他们渴望能够再合二为一：他们会用双手拥抱彼此，缠绕在一起，渴望能够重新长在一起……"（弗洛伊德强调道）

　　根据这位诗人－哲学家的提示，我们是否可以假设，生命物质从一开始形成的时候就被分裂成微小的颗粒，而这些颗粒一直努力要重新结合在一起？这种无生命物质的化学吸引力在整个原生动物王国中持续发挥作用，并且逐渐克服了周围环境中危险物质的刺激，而这些刺激也使它们形成了保护膜（einen schützenden Rindenschicht）？生命物质散落四处的微小颗粒以此方式进入了多细胞阶段，并最终将使其融为一体的驱动力传递给了生殖细胞？我认为这就是终止的地方。

GW 13：62-3

如果我的设想没错，费伦齐不认为这就是终点，他不赞同弗洛伊德关于（无机）纤维素外层细胞保护膜发育的假设。费伦齐和弗洛伊德的论述还有另一个不同之处。弗洛伊德认为宙斯把原始性别对半分开是分裂"生命物质"，而费伦齐则表示那是对"物质"的分裂，即使他的这种说法会打破阿里斯托芬的传说。费伦齐虽然承认"物质"（Materie）指的是母亲（mater），但他表示第一次灾难——也就是生命本身——是一种损坏"无机物质"的事件（2：371/62）。第二次灾难同样也是以干燥的方式出现，因灾难而分裂的无机物以某种方式变成了合成生命所需的过渡元素——之所以说"以某种方式"，是因为费伦齐无意解开生命起源的谜团——这些元素疯狂地结合在一起，就好像"联姻的瘟疫"（同上）。费伦齐关于无机物假设的奇怪之处在于，它似乎与干燥的概念不相符。我们应该相信干旱的灾难影响了无机物质吗？在原始的无机物阶段，海洋的作用是什么？当时是否存在海洋？因为按照我们现在的认知，海洋是在四十亿万年前由于原始大气水汽凝结以及巨型含水流星撞击而产生的。又或者费伦齐所指的最初灾难是由时间上更近、地域上更局部的构造板块碰撞导致的亚拉腊山形成？无论如何，正如伯尔舍所说的那样，所有一切都消逝在了紫色的薄雾中。

费伦齐比较关注最初的细胞融合，在该过程中，细胞似乎是在交配或者吸收对方。随着时间的推移，细胞的共生成了费伦齐无法解释的过程——共生产生了分裂的生殖细胞。就这样生物开始了"生殖细胞的统一（受精）和排泄（精子和卵子的形成）的交替往复"（2：372/61）。这场生命的圆舞曲最重要的结果是，所有个体都继承了"自生命起源以来所有早期灾难"产生的影响，因此"高潮的感觉中不仅有子宫的平静，即子宫作为和平的存在提供了友好环境，同时这种平静还可以追溯到生命的起点，也就是无机物死亡的平静"（2：372/63）。反过来说，死亡的平静也与自残有关。费伦齐所谓的"自残法则"是指对缓解令人烦恼的紧张感的需求，然而准确地说，生命本就充满着恼人的紧张感（2：373/63）。费伦齐在先前的章节中将这一法则或者"自残的倾向"描述为："我们已经说过，一切的不快乐都被排除在生殖器所有器官的有效机能之外，等待着被消除。"（2：343/29）阴茎的每次勃起都是因其不完整而无法成功的自残努力，而手淫则是为了摆脱烦人的器官。正如所有清教徒传教者一直告诫我们的那样，生殖器迫使可怜的原罪者不断产生抓挠瘙痒的欲望，直到它被彻底切除。即使恋人会通过亲吻和爱抚与自己的伴侣"搭桥"，但我们也不得不提到一种不快乐倾向（Unlusttendenz），这种倾向无疑与焦虑有关："让自己的伴侣处于'屏息'的状态本身就是件令人不快乐的事情，只有突然释放的希望和期望才会产生快乐。"（2：347/34）[1]

---

[1] 自残（auto-tomy）一词源于希腊语 αὐτός（自己）和 τέμνω（切割），这种自残或自我切割会让我们联想到现在越来越多的慕残（Acrotomophilia）倾向，指一个人希望自己失去一个或多个肢体，在这种情况下，外科医生面临着艰难的抉择，他（她）要么同意慕残者的请求进行完全不必要的手术，要么不同意手术，可能导致患者最终找了没有道德底线的人做截肢手术。人们不禁要问，当下文身和刺穿之风的盛行是否与费伦齐的法则有关。此外，结合美国近期的政治形势，人们也会怀疑这是不是一种国家政治的自残，是否全社会都渴望着自我惩罚和自我切割。——原书注

费伦齐在讲系统发育的部分采用了"命运三女神"的思路：身体排泄生殖分泌物与排尿之所以共用一个出口以及这两种物质的排泄口邻近肛门的原因是，分泌物在某种程度上不仅累积了个体的性紧张和不快，同时也堆积了人体内"不快乐的世俗物质"（2：373）。"世俗"（Secular）？这个词似乎指的是格里高利圣咏（Gregorian Chant）中的"saecula saeculorum"，邦克将该词翻译为"古老的不快乐物质"（64）。费伦齐的观点是，生殖分泌物的出现是对生命史上（或者也可以说是地球史上）所有灾难的一种充斥着焦虑的溶解。由此产生的无法避免的结局是，生殖力和性行为具有象征意义，它们是原始的泄殖腔避难所，在灾难发生时是它们为生物提供了庇护，而其本身似乎也具有灾难性。前进的唯一方法就是全力后退。从神学本体论的角度看，人们可能会说这是从父到子（宙斯的大腿）、由父至女（宙斯的头）[1] 的替代性苦难的传承奥秘。

大海的平静看上去越来越像是梅尔维尔所说的致命的风平浪静，或者像是法国作家玛格丽特·杜拉斯在《情人》结尾时描写的可怕景象：一个溺水青年一动不动的躯体——悬浮在海洋深处的重水中（suspendu dans les eaux lourdes des zones profondes de la mer）。[2] 我有一位既顽固又开朗的查克叔叔（Uncle Chuck），随着年龄的增长他的身体也越来越脆弱。有一天他对我说："生命就是

---

[1]　传说智慧女神雅典娜是从宙斯的头里蹦出来的。——译者注

[2]　玛格丽特·杜拉斯, *L'amant de la Chine du Nord*（《情人》）（Paris: Gallimard, 1991），229。——原书注

一件糟心事接着另一件糟心事。"

⁓⁓⁓⁓⁓

然而，若是有人认为，费伦齐对于性的紧张和不快的可怕描述是出于他本人的清教徒思想，这样的判断未免对他有失公平。我们反对或者抵制费伦齐的说法或许是因为我们本能地将性生活美化成了受精卵。费伦齐指出，这种追逐统一的趋势存在于所有的生命形式，不管是受精卵还是产生它们的生物个体，它"不仅帮助减轻了未知的创伤性冲击，还是对从灾难中获救的庆祝"（Feste der Errettung aus grosser Not）（2: 376–7/68）。事实上，费伦齐在前文中也提到过这种庆祝。他暗示，小孩的游戏也可以算作庆祝活动，因为游戏可以帮助孩子缓解由于母亲不在身边而承受的创伤。在性快感的问题上，费伦齐至少同意弗洛伊德的部分观点，他写道：

> 我们也将性交看作还没有完全缓解的冲击效应的局部释放，即出生创伤的后遗症。与此同时，在我们看来，性交也是一种游戏，或者胜过游戏，它是一种纪念性的节日（ein erinnerungsfest）。人们以此来庆祝自己幸运地逃过了灾难。然而从根本上说，它也代表了人对创伤的消极态度和否定。
>
> 对于弗洛伊德提出的问题，即在涉及性欲时，重复是一种强迫还是快乐，也就是说重复是符合快乐原则还是

超出了该原则，我们其实无法给出统一的答案。我们认为性欲是一种强迫，是因为它会逐渐平衡冲击效应，它是一种在外界干扰下被迫产生的适应性反应；而从另一个方面来说，无论这种干扰是被当作幻觉而否定，还是它是一种庆祝克服困难的记忆，这两种情况都与纯粹的快乐机制有关。

2：352-3/40；cf. 2：171

在这个无疑多灾多难的地球上，我们进行纪念性庆典的活动至少看上去是为了快乐。"因此，性行为会让我们联想到某种'舞台剧'，而就像在一部真正的悲剧中那样，不管台上出现了多少乌云，人们总觉得故事会有一个圆满的结局。"（2：354/42）然而事实上，它不是歌剧，而是轻歌剧；它不是悲剧，而是情节剧。在后文中，费伦齐探讨了那些会产生和平节庆的"记忆痕迹"，他对该问题的思考并不是为了让我们想起阿特柔斯家族[1]故事的烦琐内容，而是为了提醒我们，"我们所谓的遗传（Vererbung）也许仅仅是把这些努力中最大的一部分传递给后代，以消除自己的不快，因此作为遗传物质，生殖细胞是我们的祖先所抗拒的、传递给后代的创伤印象之总和"（2：375/66；cf. 2：171）。与性有关的庆祝是在对快乐和感动进行追忆吗？或者它们只是忘恩负义的祖先的

––––––––––

[1] 阿特柔斯家族是希腊神话里最悲惨的家族之一，世代受着诅咒，他们的故事复杂且异常堕落。——译者注

纪念活动?

无论如何，暂且先不管重复到底是强迫行为还是快乐的庆祝，我们可以有把握地说，地球的地质历史并不是一部令人快乐的历史。以下是费伦齐所制的灾难表摘要（2：378/69）：

灾难表

	系统发育	个体发育
灾难 1	有机生命的出现	生殖细胞的成熟
灾难 2	个体单细胞生物的出现	性腺成熟生殖细胞的"诞生"
灾难 3	有性生殖的开始	受精
	海洋生物的发展	子宫中胚胎的发育
灾难 4	海洋枯竭；生物适应陆地生活	分娩
	动物性器官的发育	主要生殖部位的发育
灾难 5	冰川时期；人类的诞生	潜伏期

费伦齐在《塔拉萨》开篇时讲到了灾难 4，也就是海洋枯竭，两栖动物对自然的抗争，以及人类等哺乳动物的诞生。至于前面几种灾难，大家可能会好奇是否生命的起源在本质上就是灾难性的。然而，即使是世上最差劲的苦行僧，坚决否认世间万物是自然的产物，认为一切都是上帝的造物，他也不会谴责生命是上帝带来的灾难；就算是世上最反复无常的厌世者，哪怕为了避免与人接触生活在林间小屋，他也不会责怪森林中的动物。他们虽然

不见得能理解个体发育的"生殖细胞的成熟"，但若这是一场持续的挑战，而最后很可能是一个"圆满的结局"的话，那他们肯定能明白，这是一个与之相反的过程。或许叔本华在人生最失意的瞬间感受到了人生就是一场灾难；而尼采会说所有的古典或消极虚无主义——与他主张的积极虚无主义不同——无论是以"精神"还是"意志"的形式，它们都是从偏爱死亡的禁欲唯心主义中来，到迅速增长的生死中去。

费伦齐指出，他划分的第一次和第二次灾难是为了将自己的观点与弗洛伊德的观点区分开来。然而，他给出的划分理由并不令人信服。费伦齐写了一篇《以活跃的物质为前提的宇宙灾难》（*Belebung der Materie vorausgesetzten kosmischen Katastrophe*）的假想文（2：378/70）。我们可能会联想到第二次宇宙大爆炸或流星在数十亿年前多次撞击地球，使海洋形成的事情。海洋物质以某种不明的方式获得能够容纳生命的"有组织的计划"。有人会想起黑格尔关于晶体的潜心研究，他认为晶体接近于生命形式。而费伦齐也表示，结晶似乎模拟了陆地从海中形成的过程，因为晶体也是从"母液"中突然析出的（同上）。然而，这份"有组织的计划"似乎并不完美，或者经历了不恰当的改动。在第三章，我们将介绍卢梭关于上帝手指拨动地球轴线的惊人幻想：正因如此，地球上所有的事物都歪斜、偏离中心，一切都无法变得完美，就好像从一开始我们人类不管做什么，都像是要在弹球机上得分一般困难，就是因为地球始终是倾斜的。尽管如此，费伦齐还是被迫承认，物质孕育了生命——正如谢林早在他之前就说过的那样。因此，我们很难判断费伦齐究竟是改进了弗洛伊德的模型，或者只是像谢林曾说的"将问题越推越远"，没有解决问题（I/7：355）。费伦齐承认自己必须回归弗洛伊德的模型，他重申无论如何，至少是对个体生物来说，生命始于分割和撕裂（in einer Zerreissung des Stoffes）（2：378/70）。晶体的生长似乎像分形[1]一样，重复着较小而非大块的统一结构。

费伦齐写道，表格中另外一个需要加注释的内容是，为何冰河时期被认为是人类进化过程中的决定性阶段。早在1913年，费伦齐在一篇题为《现实感的发展阶段》（*Stages in the Development of the Sense of Reality*）的文章中推测，系统发育可能会与个体的出生、潜伏期和青春期存在相似之处，并且这种存在于现实感发展过程中的相似之处，可能会"残酷地"迫使个体（和物种）从一个困境进入另一个困境（1：162）。在更新世[2]时期，无论原始人（或者能人）发育出了怎样的性欲现实感，很明显的是，冰川的周期性出现迫使他们在生活的各个方面做出了改变。冰川以最残忍的方式进一步激发了人类的才能，包括社会化程度的提高，或像费伦齐所写的那样，人的"道德"能力也得以增强。由于我们本

---

[1] 分形是指一个粗糙或零碎的几何形状可以被分成数个部分，且每一部分都（至少近似地）是整体缩小后的形状。——译者注

[2] 距今约260万年至1万年，地球气候显著变冷，冰期和间冰期明显交替，人类也在该时期出现。——译者注

身也生活在一个间冰期，即全新世 [1]，在大约 250 万年前的上新世早期形成的冰盖和冰川目前仍旧存在，尽管冰川的状况有所恶化，但仍可以说人类提高能力的需求并未减弱。根据费伦齐的理论，随着羊膜动物大脑沟壑以及胼胝体（联络左右大脑半球的纤维束板）的发育，真兽类和有胎盘的哺乳动物首先开始了这种社会化。最后，费伦齐表示，在漫长的人类潜伏期，即从人类出生到青春期和成年初期，文化以及我们所谓的"社交能力"的发展变相反映了真正古老的"性驱力和智力的强烈叠瓦作用"（2：379/70-1）。

在结束时，费伦齐提到了一个众所周知的事实，那就是人类大脑中所谓的"高阶"功能曾经只是为了补足嗅觉。他指出，在嗅觉减弱的同时，人类的视觉增强了。弗洛伊德也在《文明及其不满》第四章的开篇和结尾处用了很长的脚注阐释该主题。确切地说，嗅觉是"思维的生物模型"（2：380/71）。现在的猫和狗可以通过鼻子吸入气体颗粒的方法，判断自己面前的是食物还是同类、是朋友还是敌人，根据弗洛伊德 1895 年的著作《规划》（*Entwurf*）所说，精神也是通过吸收少量的物质能量从而了解现实的。"思维的器官以及嗅觉，两者都服务于现实功能，实际上也就是利己和性功能。"（2：380/72）有人可能料想费伦齐会在思维的话题中再次提到三甲胺，提到关于海洋的思维，但实际上他并没有这样做。

---

[1]　最年轻的地质年代，从 11700 年前起一直持续至今。——译者注

费伦齐的最后一章"生物分析的结果"（Bioanalytical Conseq-uences），在红字标题"前景"（prospects）之下，总结了全书的结论，让我们有机会梳理自己如风中飘荡的气味一样的思路。"生物分析的结果"前一章讲的是"睡眠与性交"（Sleep and Coitus），我们可以用两段引文总结它的内容。第一段引文来自费伦齐，第二段则出自一部当代科幻作品。费伦齐表示，人在睡眠时的状态接近于性交过程中和性交后的精神状态，或许它最接近于我们在子宫中的状态。然而，睡眠也记录了很久以前，甚至生命开始之前的存在形式：

> 据一则古老的拉丁谚语所说，睡眠和死亡是两兄弟。每天当我们从睡梦中醒来，我们就经历了一次死而复生，那些"唤醒"物质的生命的创伤力量仍在起作用。每次生物的进一步发展都是从相对静止中被有力地唤醒。布封（Buffon）曾说过："植物就是静止的动物。"而胚胎形成过程也如同睡眠一样，作为生物睡梦的状态，它只会受物种进化过程中的新生轮回的干扰。

> 然而，睡眠和性交的最大区别可能在于，睡眠只是我们在子宫中的存在状态，而性交代表着我们"被逐出伊甸园"后面临的一次次斗争，即为了获得智慧、应对宇宙灾难、适应离开母体的环境、完成断奶的斗争以及满足自身需求所做的斗争（Entwöhnungs- und Angewöhnungskämpfe）。

2：387/80

这似乎算不得是生物分析的结果，最多也就是描述了"生物睡梦状态"。以下是米歇尔·图尼埃的《流星》（*Les météores*）当中描写睡眠的内容，说这段话的人是亚历山大（Alexandre）：

> 我一直认为，不管是男是女，每当夜幕降临，他们都会对旧的事情、新的事情产生强烈的疲惫感，经历了白天的喧嚣和不舒服，也许他们需要重生，回归到婴儿状态。但是，人要怎样才能回到久违的母亲的腹中呢？答案是，让家里一直有一个假的母亲，一个以床的形式存在的类似母亲的东西（就像海上的水手们用亲吻橡胶娃娃来欺骗被迫节欲的自己）。在睡觉时，人会寻求寂静和黑暗，在床单上翻滚，寻找合适的睡姿，在温度和湿度适宜的环境中裸体蜷缩，让自己感觉像腹中的胎儿一般。就当我还未出生！这就是人要在封闭的屋子以及狭小的空间内睡觉的原因。打开窗户，这在白天和清晨都有好处，同时它对活动肌肉也是有益的。但在晚上，我们要尽可能地减少这类活动，因为胎儿不会呼吸，睡眠者也应该呼吸尽可能少的空气。越浓厚的母性氛围越有利于睡眠，例如冬季马厩里的环境。[1]

现在，我们再回到费伦齐的最后一章——这还需要另辟一章

---

[1]　米歇尔·图尼埃（Michel Tournier），*Les météores*（《流星》）（paris: Gallimard Folio, 1975），247‐8。——原书注

专门讲。我们不能说费伦齐的最后一章讲的全是浓厚的母性氛围。事实上，这位生物分析师似乎停在了海边的沙丘上，回忆、思考着自己已知的内容。他的思想中出现了像快乐一样的东西，哪怕只是转瞬即逝的记忆。他似乎在说，让我们沉浸在这些记忆中。因为，如果不是灾难，当我们审视自己的生活和整个生命的历史时，我们还能看到什么？

第三章

灾难：向前还是向后？

图 10　西南海岸的"白沙滩"附近

大海，世上最纯净也最污浊的水源：

对于鱼类，它是可供饮用、维系生命的水；

对于人类，它是无法饮用的毒药。

——以弗所的赫拉克利特（DK B61）

远海常在颠簸中将横梁、肋骨、

帆桁、船首、桅杆和桨撕碎……

世人得到警告要远离危险的深海，

她布置陷阱，残忍暴力，诡计多端，

任何时候都莫要相信她，即便风平浪静，

也难掩她动人又虚假的笑容。

——卢克莱修：《物性论》（2：553-9）

    费伦齐的生物分析法结合了生物科学和精神分析学，其重点是人类的生殖器和性生活。在该背景下，费伦齐开发了系统发育灾难理论，该理论认为灾难导致了生物生殖器的分化，而向海洋回归的逆流将所有生命拉回已无法维持其生存的海洋。请允许我将费伦齐最令人惊讶、最有争议的观点总结成以下五点内容：

    1. 从遗传角度看，人的性欲根本上是为了释放"令人恼怒的紧张感"。在性发育过程中的性器期，人体其他部位和生殖器的紧张感都会下降；生殖器的分泌物本身是不快乐的溶质。

2. 从系统发育角度看，生殖力是生物对海洋枯竭的周期性危机所做的适应性反应。所有个体都继承了"自生命起源以来所有早期灾难"产生的影响，因此"高潮的感觉中不仅有子宫的平静，即子宫作为和平的存在提供了友好环境，同时这种平静还可以追溯到生命的起点，也就是无机物死亡的平静"。

3. 反之，死亡的平静是自残的隐藏目标，也就是说，它是一种特殊形式的自残。费伦齐所谓的"自残法则"是指对缓解令人烦恼的紧张感的需求，即切除与之相关的器官。

4. 生殖细胞，无论是精子还是卵子，在某种程度上不仅累积了个体的性紧张与不快，同时也堆积了人体长期以来的"不快乐的世俗物质"。"因此我们所谓的遗传也许仅仅是把这些努力中最大的一部分传递给后代，（并通过这种传递）以消除自己的不快。"精子和卵子都继承了生命历史上所有灾难产生的影响。由此不可避免地产生了生殖力和性欲，它们象征着原始的泄殖腔避难所，并在灾难发生时为生物提供庇护，但其本身似乎也具有灾难性。

5. 这种灾难场景的神秘之处在于，女性如何"内化"曾经一度拯救万物于干涸的海洋。从神话创作角度看，相当于如何解读宙斯用大腿生子的故事。

我们当前需要解答或余生都要面对的一个问题是：与性有关

的庆祝是不是对快乐和感动的追忆？它们是不是忘恩负义的父祖或自恋的母亲为了把不快的记忆传递给后代而创立的庆典？从遗传学角度看，性生活的存在要么是为了庆祝过往的记忆——纪念人类早期在海洋或子宫的生活；要么是为了产生幻觉，以此消除人类在出生时因窒息和干燥而产生的焦虑。从系统发育角度看，生物性别分化可能是生物为了适应干燥环境的一种有效策略，同时考虑到生殖细胞的形成，它也可能是生物将不快的紧张感传递给后代的行为——生物遗传变成了对灾难性记忆的纪念，不是为了纪念生命，而是为了纪念死亡。爱之屋如同受诅咒的阿特柔斯之家，甚至于恐怖的厄舍古屋 [1]。

然而，在此我们无法回避的一个基本问题是：费伦齐所说的那个在地球历史上不断增加的灾难是什么？海洋、淡水池、咸水湖的枯竭究竟象征着什么？费伦齐从来没有说过他是如何发现了这一灾难理论的，他提出这一理论到底借鉴了哪些科学文献？威廉·伯尔舍是费伦齐最喜欢引用的作者。即使伯尔舍的作品不是严谨的科学著作，但至少它为我们提供了寻找的线索。在《自然发展史》（*Developmental History of Nature*）一书中，伯尔舍认为灾变论的理论来自 18 世纪伟大的地质学家乔治·居维叶。

在《论地表的革命》（*Discours sur les révolutions de la surface de*

---

[1] 出自爱伦·坡的恐怖小说《厄舍古屋的倒塌》（*The Fall of the House of Usher*）。小说讲述了哥哥将妹妹活埋，但在一个狂风暴雨的夜晚，妹妹爬出坟墓，最终与哥哥同归于尽的故事。——译者注

la Globe）一书中，居维叶拓展了他与其他古生物学者的研究发现，提出了一个统一的地球历史系统。而关于地球表面沉积岩的科学发现，例如英国工程师威廉·史密斯（William Smith）的著作，这些都对居维叶产生了深刻的影响。居维叶由此猜想，地壳层之间的分界线代表着完全独立的动植物发育地带：从地层可以推断出，地球和生物历史上的各个阶段都因灾难而结束，不管这个灾难是火成论者主张的大火，还是水成论者认为的洪水；且"暴风雨时期"（Sturmzeit）彻底隔开了在它之前以及之后的时期（BE 1: 187）。"巨大的灾难摧毁了地球的表面，彻底毁灭了所有的生命形式"，而后的每个新时期，生命都要开始"新的创造"（同上）。奇怪的是，居维叶所说的灾难似乎并不包括海洋的枯竭——至少他从来没有明确表示过；相反，他脑海中想象的灾难好像是大规模的洪水以及爆发式的山脉形成。无论如何，我们可以肯定的是，每当这些毁灭性的灾难发生之后，"新的创造"所经历的时间十分漫长，长到足以让地球上的生物持续进化。

伯尔舍认为，19世纪进化论的发展是居维叶的"灾变论"逐渐销声匿迹的原因之一。拉马克虽然强调进化是由于遗传变异的作用以及生物对环境的适应，但他也从未提过毁灭性灾难之后会重复出现"造物"的过程（BE 1: 194）。拉马克认为，使用和弃用某种器官会影响物种的进化，但只有在连续若干代之后，这种进化才会发生。同时代的生物学家嘲笑拉马克的观点，他们将"获得性遗传"讽刺地描述为长颈鹿为了吃到高耸的合欢树上的叶子当即决定要获得长脖子，然而实际上，拉马克的理论更倾向于持续的而非灾变式的进化。尽管拉马克强调生物进化过程中发生了多次灾难，但费伦齐依然是拉马克学说的门徒。

　　然而在居维叶之后，灾变论也没有完全消失。伟大的经验主义者亚历山大·冯·洪堡（Alexander von Humboldt）在他的晚期著作《宇宙》（Kosmos）中，提到了地球历史上"大规模的巨变"，每个巨变在摧毁旧生物的同时，也促进了新生物的发展；而生物学家时常试图以"一场突然的灾难"（einen jähen Ruck）生成了"新事物"的角度解释动植物的变化（BE 1：198；2：552）。然而，最初孵化了居维叶理论的地质科学转而给了他最沉重的打击。查尔斯·莱伊尔（Charles Lyell）在1830年的著作《地质学原理》中强调，地球以及地球上各类生物经历了一个持续的发展过程。很显然，虽然地球经历了大陆板块的漂移和碰撞、火山喷发、海水退涨潮以及干涸等灾难，但是唯一发挥作用的灾难是时间，过去的地质变化与我们眼前的地质变化遵循同样的原则。至于费伦齐关于海水枯竭曾在地球历史上重复发生的观点，伯尔舍在《自然发展史》的后半部分提到了与之相似的内容。伯尔舍在一个脚注中很谨慎地引用了地质学家卡尔·齐特尔（Karl Zittel）的《古生物学手册》（Handbook of Paleontology）。齐特尔是一个十足的居维叶信徒，他承认"由于水源分布和气候变化导致的地球表面的地势剧变"势必会引发"有机界中新的响应"（BE 2：552n）。然而，这无法有力地支持费伦齐的灾难说，因此我们必须继续从地质科学和生物科学的历史中寻找费伦齐对海洋枯竭痴迷的原因。[1]

$$\backsim\!\!\infty\!\!\text{o}\!\!\text{o}\!\!\sim$$

令人惊讶的是，早在居维叶之前就有海水枯竭的灾难传说。海洋最终会枯竭的想法最早源于公元前 5 世纪下半叶的希腊哲学家——阿波罗尼亚的第欧根尼（Diogenes of Apollonia），以及公元前 6 世纪上半叶的科洛封的克塞诺芬尼和米利都的阿那克西曼德。事实上，亚里士多德也曾驳斥德谟克利特关于海洋枯竭的恐惧，但出乎意料的是，当时的人们都有这种恐惧。而对于那些住在爱奥尼亚沿海城市的思想家来说，这种恐惧似乎也在情理之中，因为他们也曾经历海洋衰退和海岸线变宽等问题。现在去锡拉岛阿克罗蒂里的古基克拉泽斯旅游的人，他们在看到大海与古老港

---

[1]　我过去在布朗大学的学生威廉·施耐瓦（William Shinevar），现在是伍兹·霍尔（Woods Hole）海洋学会的地球物理学家。他告诉我，比起海洋衰退或枯竭，海洋缺氧——海洋中含氧量的急剧下降——更有可能是泥盆纪生物大规模灭绝的原因。那场生物灭绝中最典型的凯尔瓦塞事件（Kellwasser event）和罕根堡事件（Hangenberg Event）发生在 3.75 亿~3.6 亿年以前。科学家认为两栖动物出现在 3.7 亿年前。泥盆纪的气候总体来说很温暖，虽然部分科学家声称冰川期可能导致了海平面下降。然而，目前大多数科学家提出的假设是，物种大规模灭绝和生物多样性的严重减少是由于海洋含氧量下降导致的。含氧量低使得海洋不再适宜居住，随后生物进化发生突变，从而导致四足动物（所有爬行动物、鸟类和哺乳动物的祖先硬骨鱼）在面临物种大规模灭绝时进化为两栖动物。该时期的沉积岩中含有来自缺氧大海的沉积物，这一事实很好地支持了缺氧假说。毫无疑问，费伦齐对此的反应可能会是："很好，如果这样的话，那么导致新生儿和情侣呼吸不畅的是缺氧，而不是海水枯竭。无论如何，它们都是灾难。"——原书注

口之间的距离后也会感到惊讶。亚里士多德在《天象学》中记录了以下关于干涸的古老传说："他们说围绕大地的整个区域刚开始是潮湿的，但之后被太阳晒干了，蒸发的部分变成了风，使太阳和月亮旋转，而剩下的水形成了海洋；因此，他们认为，太阳的炙烤会让海水减少，总有一天海洋会完全干涸。"（KRS 139）据说德谟克利特认为，海洋枯竭预示着地球毁灭，这次他成了被嘲笑的人。亚里士多德反驳道，虽然有些地区的海洋面积在缩小，但其他地方的面积在增加，因此人们大可不必担心海洋枯竭（同上）。第欧根尼从海水枯竭的角度解释了尼罗河洪水泛滥的原因，他似乎对海洋、降水、蒸发和径流的水循环有一定的了解（KRS 446）。

作为诗人、宗教评论家以及荷马最尖锐的批评者，科洛封的克塞诺芬尼认为，海洋枯竭的说法似乎有些可疑。主张"无限"和"时间法则"的伟大的米利都思想家阿那克西曼德表示，海洋枯竭的证据一点儿也不可信（KRS 138）。两位思想家都明白海洋、云朵、雨水和溪流之间的"转化"，那么完全干涸的灾难岂不是意味着"无限"有了外部限制，而根据时间法则，这不就意味着所有的存在都将面对其他存在的生成和它本身的消亡这种系统性混乱吗？

阿那克西曼德和克塞诺芬尼的未解之谜、赫拉克利特令人惊奇的故事以及研究水和神的思想家泰勒斯提出的理论，这些我将留到下一章详细做介绍。现在看来，关于灾难性干涸的古老传说，虽然出现在很多地方，但似乎没有完好地留存下来——显然不是很久以后费伦齐写作的时代。实际上，情况似乎正好相反：我们对海洋循环（蒸发、降水、变成淡水又回归海洋）的感知显然要早于希腊时代，而且肯定存续了很久。在小说《许佩里翁》（*Hyperion*）中，荷尔德林的男主人公曾写信给自己的挚爱狄奥提玛（Diotima），表示自己希望被埋葬在海里。"如果我的遗体能沉到海底，我会很高兴。大海既汇集了所有我热爱的河流，同时也能成为乌云，为我热爱的山川和峡谷降下甘霖。"（CHV 1：725）然而，在放弃干涸这个概念之前，让我们再思考一下那神秘的灾难究竟是什么？

或许所谓的灾难不过是与之相似之物，但是居维叶和费伦齐的灾难说倒是提醒了我们，雅克·德里达在解读卢梭关于起源的思想时发现，灾难有着重要作用。这里所说的起源包括人类语言和人类不平等的起源。在卢梭《论语言的起源》和《论不平等》（*Discourse on Inequality*）两篇论文中，似乎只有像灾难一样的原因才可以解释——或反而无法解释——人类在自然状态下为何会被迫社会化、文明化、"举止得体"（polished），最后成为能说会写的生物。这其中的矛盾在于，人类由原始到文明的转变既自然又不自然；它既是自然关联事件中的一环，也是突如其来、莫名强加于人类的镣铐。

灾难在卢梭的理论系统中不是必然的部分，而是对它的补充；然而，不管补充之物是否存在，系统都会照常运转。德里达在《论文字学》第二部分的第三章——"'手指的简单动作'：文字与乱伦禁忌"（This "Simple Movement of the Finger"：Writing and the prohibition of Incest）中对卢梭的灾难思想进行了描述（G 361-78）。德里达的疑问是，在卢梭对起源的描述中，为什么一切事物都颠倒混乱，"以反转、轮回、变革、渐进运动的形式回归"（G 361）。在《论语言的起源》中，卢梭将灾难描绘成是指尖触碰地球轴线的结果。这不可能是上帝的手指，因为它的触摸是灾难性和任意的；然而，如果不是全能的上帝，世间谁还有这种能力呢？卢梭巧妙地使自己避免了从神学角度给出解释，他的答案是："希望人类变得擅长交际的超然之物（Celui），用它的手指触碰了地球的轴线，并使它弯向了宇宙的轴心。"（G 362）这个手指的轻弹动作来自地球外部，因此它不可能是自然的一部分；然而，它却重新定义了自然，至少现在回想起来，没有比这更顺其自然的解释了。

德里达将这个手指轻弹称作"宇宙的游戏（jeu）"，但它并不是嬉笑打闹意义上的游戏。如果我理解得没错，德里达所说的游戏是类似车轮绕着转轴的游戏，如果游戏过度，车轴就会磨损。这类似于加西亚·马尔克斯对尼采"永恒轮回"理论的理解，永恒轮回无法永远持续下去的原因是"宇宙之轴会逐渐发生不可修复的磨损"（due to the progressive and irreparable wear of the shaft）（GM 334/402）。在论文《人文科学话语中的结构、符号和游戏》（*Structure, Sign, and Play in the Discourse of the Human Science*）的结尾，德里达写道："和卢梭一样，我们必须反复思考灾难模型中新结构的起源，即在自然中自然的倒置、自然事件链条的自然断裂、自然本身的分裂（écart de la nature）。"（ED 426）

手指轻弹似乎是一次巨大的意外，而如果不能破坏系统，意外也就无法成为系统的一部分。因此，人类不平等的起源，就像在各种各样的人类符号系统中一样，是违背理性的；它的产生是由于"某种灾难事件"（G 366-7）。该事件发生后最麻烦的一个结果是，为了物种的繁荣，兄妹、姐弟（不过不是母亲和儿子）被自然地禁止发生关系，这是为了避免后代出现怪物。禁令出现之前，世上还没有乱伦的罪名；有了禁令之后，由于（被认定是自然的）法令的原因，不能有乱伦存在。因此，乱伦是"连接自然和文化的枢纽"（G 375）。乱伦的话题自然而然将我们引到了精神分析学中并不陌生的一个场景。我们来看费伦齐《塔拉萨》的最后几页内容。

这是一个关于原始灾难产生持续影响的问题。如果对于卢梭而言，在灾难发生以前，自然状态下的黄金时代是持续的筵席和欢庆，其中"欲望的时间和快乐的时间之间"没有缝隙（G 372）；那么对于费伦齐，他的终极疑问就是，快乐原则是否会服从于毁灭与死亡驱力，而后者表现在向海洋回归的逆流中，或者反过来说，快乐和纪念的庆典是庆祝人类成功熬过出生创伤，那么它们是否证明了我们这个时代才是黄金时代呢？这才是灾难本身严守的秘密：即使费伦齐关于生殖力的生物分析理论也认为灾难是对系统的补充，我们也不会因此感到奇怪。

❦

费伦齐在最后一章"生物分析的结果"中不仅对《塔拉萨》全书进行了概括，还给出了人们常说的"生命本体论"。最后一章不仅很长，还不容易理解。下面，我要尽我所能对该章节的内容进行解读。与此同时，我还会对费伦齐在文中的引用稍加介绍——其中最重要的是弗洛伊德和尼采的著作。[1]

我最开始的疑惑是，费伦齐并没有在正文中提到一个出现在该书序言以及费伦齐其他作品中的主题，即饼酒同领主义（utraquism），该词源于 utraque，包含"两头索取"的意思。这个术语清楚地表明费伦齐否认物理、化学等"硬"科学与精神分析这样的"软"科学是彼此对立的。他在序言中写道："这种观点最简洁的表达是：所有的物理学和生理学最终也需要一个元物理（'meta'-physical）（精神上）的阐释，所有的心理学同样需要一个元心理（物理上）的解释。"（2：319/3）即使在这里，元物理相对应的是心理学而不是哲学，但哲学家依然必须记住形而上学的起点并思考它的终点。尼采在《善恶的彼岸》中表示哲学的顶峰是心理学——"科学的女王"（KSW 5：39）。如果尼采所言不虚，那么，这种心理学也近似于本体论。

---

[1] 在 1975 年关于"生死"（La vie la mort）的研讨会讲稿中，德里达讨论了很多本文涉及的主题。如果我记得没错，该讲稿的法文和英文版最早会在 2018 年或 2019 年问世，其英文版将由帕斯卡 – 安妮·布罗（pascale–Anne Brault）和迈克尔·纳斯（Michael Naas）翻译，由芝加哥大学出版社出版。我之所以提到德里达的研讨会，是因为费伦齐突出的主题是生存和死亡驱力的叠瓦作用，这也是对弗洛伊德《超越快乐原则》的回应。正因为这种强烈的叠瓦作用，我们可以用新词"生死"（lifedeath）总结费伦齐的著作。这种生死就是古往今来的灾难。——原书注

图 11 "两头索取"，大海表现着它的饼酒统领主义。拍摄地：黑山（Mavro Vouno）

饼酒同领主义否定了 C. P. 斯诺（C. P. Snow）关于"两种文化"，即科学和人文两者之间存在鸿沟的经典论述。费伦齐不仅反对当时在学界占主导地位的实证主义，还反对现在盛行的科技至上主义。因此，费伦齐也受到了很多自然科学家的批评。然而，也有许多现象表明，实证主义和科学至上主义也遭到了人文学科的批评。例如，人文主义和现象心理学的发展是医学科学运动的成果，这也的确体现了饼酒同领主义。即使最坚定的西医从业者，他们在治疗某些疾病（例如肌腱炎）时也会采用顺势疗法。的确，没有任何一个科学研究者会在研究经费申请表中提到饼酒同领主义，因为那样做他／她就可能拿不到钱。而现在的大学毫不犹豫就将学院名称由"艺术与科学院"改为"艺术与社会科学院"，硬要让自然科学同时加入技术的"软件"和"硬件"，这好像印证了海德格尔在《技术的追问》(*The Question Concerning Technology*) 中的担忧。让哲学家尤为担心的是，很多大学免除了让科学技术专业的学生选修人文学科的要求，而那些年轻的数学家、医学预科生以及其他专业的学生，他们在接受专业教育的同时，也需要人文教育，尤其是哲学教育，但他们中有机会接受教育的人却越来越少了。这不禁让我们想起学术界的一句至理名言，这句话出自柏拉图。在《智者篇》中，有位来自爱利亚的异乡人试图寻找哲学家和诡辩家真正的区别。然而，粗暴地将哲学家总结为"理想主义"和"理智主义"，将诡辩家归为"现实主义"和"物质主义"的做法只会失败。最终很清楚的一点是，不管世上盛行怎样的二分法，哲学家永远"像孩子一样，两个都想要得到"(249d)。

没有哪个主义能够涵盖万物，而正因如此，世上才有了如此多的主义。作为医生和科学家，费伦齐渴望通过科学实验和实证的方法得出结论；但是身为精神分析师以及神话、民间传说、哲学和童话的读者，他希望用解释学的技巧解读符号和叙述手法。或许费伦齐没有在最后一章提到饼酒同领主义，是因为他觉得，到此他的书已经证明了我们显然需要这样一种方法。

费伦齐很清楚自己书里的大部分内容会被传统科学家当成胡言乱语，为此，他在《塔拉萨》的结尾声明了该书的"解释学价值"——"这种结合了心理学和生物学观点的分析法本身能解释很多涉及生殖力和受精的难题，它开启了在严谨科学中未曾出现的新视角，对此我们要知足。"（2：388/81）费伦齐表示，精神分析中的经典概念，如置换（displacement，Verschiebung）和压迫（compression，Verdichtung）也可以用在生物学中，尤其是在讨论生物能量来源的时候——转换性神经症的发病初期，患者的心理创伤会引发生理反应的情况就足以说明问题。生理学和病理学的科学研究很少关心病人的身心状况，而研究者也认为这种做法无可厚非，因为他们对器官和生物体的研究方法是以用途-功能为主的方法。精神分析揭示了包含情感和性欲病因的全面的病理学；器官工作还是停止工作、快乐还是不快乐都是与健康和疾病相关的现象。因此，生物学需要"快乐"生物学的补充（einer lustbiologischen Ergänzung）（2：389），但费伦齐也承认，通常问题都是由生物的不快乐造成的。灾难将一直召唤这种补充。

然而，费伦齐在观点上的让步似乎很奇怪。至少在书的开头，

哲思与海

他对快乐原则似乎很乐观：在很多时候。如果不快乐是因为文化迫使我们放弃了快乐，那么放弃本身就可以"学会"快乐。在对肛门-尿道的性感融合进行描述时，费伦齐提到，即使在痛苦的如厕训练过程中，儿童也会"巧妙结合各项快乐机制"：

> 只有通过得到另一种快感，即闭尿的快乐，膀胱才能学会如何憋尿。大肠之所以放弃便秘的快乐，是因为它得到了类似排尿的快感。或许如果分析得足够深入，我们会发现，即使是最成功的升华，实际上明显是一种彻底的放弃，它可以被分解成隐藏的快乐主义元素。若非如此，生物恐怕没有理由会选择改变自己的行为。
>
> 2：327/12-13

这样看来，灾难似乎是指引我们得到闻所未闻、来之不易的快乐的严师。然而，其他的快乐似乎也是破坏性原则的巧妙结合。我们要明白，快乐原则从一开始就非常神秘——例如弗洛伊德在 1905 年发表的《性学三论》。性爱真的是件快乐的事吗？弗洛伊德表示，在饥饿的时候，性交和性高潮虽然会缓解紧张（Spannung），但并不会产生快乐，因此快乐的衡量标准是能否达到一种安定的状态，即是否产生直观的"满足感"（Befriedigung）（GW 5：48-9）。没有战争也就不会产生安定的需求。因此，性紧张在本质上是不快乐的——强迫性的重复动作就证明了这一点，就像生殖器区域瘙痒、敏感、焦躁的感觉一样。弗洛伊德后来表示，这种紧张感支配着"一种极度的强迫人格"，而它与我们通常所说的快乐相去甚远（GW 5：110）。然而，如果非要说有快乐的话，那么依据快乐原则，我们也会像弗洛伊德一样提出疑问："这种令人不快的紧张感与这种快乐的感觉是如何结合在一起的？"弗洛伊德在他漫长的职业生涯中一直在设法解答这个问题，但是据我所知，他最终还是没有找到一个满意的答案。

　　费伦齐提出的自残就是他对这个问题的部分解答。这种"自残的倾向"与精神分析学上压抑（Verdrängung）的概念类似，它指的是个体想要摆脱不快乐的紧张感以及产生或承受该紧张感的器官的意愿（2：327/12-13）。费伦齐和弗洛伊德若是看到尼采在拉帕洛海边为《查拉图斯特拉如是说》所做的笔记——"性欲和自残是邻近的驱力"，他们怕是会大吃一惊（KSW 10：194）。作为生物学家，费伦齐认为这种自残的倾向与弗洛伊德所谓的器质性压抑（organic repression）有关，而该观点源自弗洛伊德的《文明及其不满》第四章开头与结尾的两段精彩注释。虽然费伦齐假定他的读者都知道弗洛伊德的这两个注释，但此处我们可能还要再回顾一下它们的内容。

　　弗洛伊德在第一个注释中详细介绍的首要观点是"渐进式退化发展"——嗅觉的退化，以及随之而来的在原始人直立行走后变得重要的视觉。"月经禁忌"是整个系统发育阶段（由嗅觉刺激产生的周期性兴奋）"器质性压抑"的结果。在那以后，嗅觉兴奋被视觉兴奋替代，而视觉兴奋能持续发挥作用，不像嗅觉兴奋那样具有周期性。弗洛伊德以奇怪的方式做了一个类比，一个文明信奉的神明会被与其有竞争关系的另一个文明诋毁，并且成为后者眼中的魔鬼——守护神变成了魔鬼。回到"器质性压抑"，弗洛伊德认为，早期人类直立行走的重要理由是："因此，在文明的决定性进程开始时，人类完成了直立行走。"（同上）这一文明的进步是由于人们热爱干净、厌恶（其他人的）排泄物。"因此肛门性欲首次被'器质性压抑'击败，这为人类文明的发展铺平了道路。"（同上）人类在动物王国中最忠实的朋友被污名化恰好佐证了这一点。

弗洛伊德在另一大段注释（GW 14：465-6n. 2）里深入讨论了器质性压抑与人类和其他动物假定存在的两性同体之间的关系。"个体包含了对称的两个部分，根据许多研究人员的说法，这两个部分中一半为雄性，一半为雌性。"（同上）然而，这种融合（Verschmelzung）并没有止步于此：很有可能像嵌套结构（mise-en-abyme）一样，这两个部分本身也是雌雄同体（同上）。弗洛伊德继续写道：

> 性欲是一种生物现实，尽管它对人的心理极为重要，但我们很难掌握它背后的心理。我们习惯于说每个人身上都有雄性和雌性的驱力、需求和品质；然而，虽然雄性和雌性的特性可以通过解剖学判定，但它却无法通过心理表现出来。在心理学上，两性的对抗淡化为没有伤亡的主动与被动。我们也因此就认为主动的一方是雄性，被动的一方是雌性，但这种说法在自然界并不成立，甚至还有很多反例。雌雄同体的说法仍然存在含混不清的地方，至今没有人将它与驱力理

论联系起来，应该说这是精神分析的老大难问题。

　　然而，一个最大胆的猜想，出现在第66页的脚注中（GW 14：458-9n.1）：随着可以直立行走，人类对于嗅觉及整个性行为（不只包括肛门性欲）的诋毁是受到了"器质性压抑"的影响，因此，从那时起，性功能就伴随着进一步的反感；我们无从查证它的成因，它阻碍了充分的满足，也使我们无法朝着升华和取代力比多的方向达成性的目标……每个神经症患者和许多没有神经症的人都很排斥"我们生于屎尿中"（inter urinas et faeces nascimur）的事实。生殖器释放的刺激气味让很多人难以忍受，甚至影响他们的性行为。由此产生的结果是，文明进步的同时，被继续压抑的性行为是对新生命形式的有机保护，这里所说的新形式产生于直立行走阶段，它与之前的动物存在形式不同。

GW 14：465-6n. 2

　　这是三甲胺的咒术或幽灵。在费伦齐看来，器质性压抑的主要标志是自残，也就是消除生殖器本身的那种牵引力或拉力，而不仅仅是其分泌物和紧张感。因此，那些追求快乐感的驱力——性欲或者力比多，与有实际用途的驱力不同，即与探查现实有关的驱力不同。性驱力本身同样服从于这些驱力的"回归倾向"，而提到回归，我们不得不想起费伦齐所谓的"生物无意识"（2：390/83）。"如果我们再以睡觉和性交为例，事情就很好解释了：睡觉和性交时，人精神的全部或者至少部分会回归到胎儿时期的状态，甚至退化为系统发育史上旧的生命形式。"（2：390/84）费伦齐认为，在原本只注重效用和功能的生物科学中增加一个新的维度（快乐或不快乐）后，生物学就可以称为"深度生物学"（depth biology）（2：390/84）。

然而，这第三个维度的加入，不会让生物学变得更容易理解。具体而言，在深度生物学中，时间的概念会被彻底颠覆。因为历史的侧重点是发展，不管这个发展是进步还是倒退，但深度生物学面对的恰恰是弗洛伊德所谓的无意识的"无时间性"。对此，弗洛伊德写道：

> 迄今为止我们只在心理学中观察到的一个现象是，相同元素同时嵌入一个序列中，该序列可以被定位分析为既是"同时期的"（contemporaneous）又是"强记忆的"（memorious）。这是无意识记忆痕迹的"无时间性"表现。当我们将心理学中的这些观点应用到生物学时，性交和睡眠可同时表现为对实际干扰－刺激的排除，也可表现为重现人类在（显然已不复存在的）子宫和海水中的存在状态的倾向。实际在这一点上，我们能够推测出更多古老和原始的睡眠倾向（回归无机状态的驱力，死亡驱力）的重现。按同样的方式，对一切生命过程的生物分析研究必须透过表象，揭示生物的无意识。所有关于意义和发展目标的徒劳问题都会自动转化为关于动机的问题，而这一切问题的根源都在过去。

2：391/84－5

如果我们像惧怕死亡一样不愿眺望未来，那么向后看，也不会让我们更加宽慰。因为就人类"发展"而言，我们的终点就是死亡。下面我们会看到，尼采也对此有所阐述。正如一些思想家所说，如果存在只在时间的视域内有意义，那么费伦齐关于时间的主张就有了根本性的本体论意义。比如生物分析，讲的就是存在的意义（der Sinn von Sein）。

接着，费伦齐又回到他提出的那个古怪但也最有深远意义的例子之一。如果以哺育婴儿作为生物分析的一个例子，我们必定会得出这样的结论：婴儿的第一个营养来源就是母亲的身体——如果这听上去太像同类相食，那我们就说是来自组织成分以及悬浮在母乳中的复杂分子。类似于生殖器和胚胎中的寄生状态，人类胎儿获取营养也是"依靠母乳和其他动物制品"，从头到尾都是寄生的表现（同上）。因此，人是从人类与动物祖先的身体上吸取营养的。顺着这种思路，生物分析家会得出的结论是，这种"啃老"行为是所有生物的特点。无论是素食还是肉食，他们都摄入了母亲肉体的成分。"正如生物分析学家设想的那样，在母乳的喂养下，整个物种在某种程度上以既隐匿但又以无法辨认的方式描绘了养育后代的历史"。（2：392）同样，生物分析学家看到孩子或者成人呕吐的情景就会联想到原口（Urmund），即胎儿或者早期动物的"原始口腔"，其中同时存在着蠕动和逆蠕动。

同样，人体应对感染的方式（费伦齐在书中多次提起这个主题，和谢林一样表现出了对疾病问题的着迷），即让受感染的组织回归到其在胚胎时的状态，且在某种情况下，用置于囊状物中的

　　　　　　　　　　　　　　哲思与海

液体把刺激物包住。因此，身体组织的感染与其治愈过程会被视为会产生良性结果的"回归倾向"（同上）。与此相关的是，器官的功能和效用取决于整个生物体力比多的满足状况。如果力比多没有得到满足，受感染的器官就会以损害主体为代价满足自己的需求。生物分析中更具说服力的一个例子或许涉及生物突然的意识丧失。医生认为贫血患者昏倒在地上是由于血压的骤降，而生物分析学家会指出，这是由于人的血压回归到了原始动物用四肢行走的状态，所以晕倒只是为了更接近地面。

总的来说，生物分析学家会从神经症状和精神症状中找到线索，然后从系统发育的角度分析这些症状中表现出的符号。这些符号继而成了洞察自然科学的源泉，而自然科学也不再只有效用－功能这一种解释。尽管功用角度的片面解释有它的好处，但该观点对自然科学——尤其是基于效用的机械模型的技术等学科（或实践）——的主导极大地阻碍了生物分析学角度的深刻见解。就本身而言，生物分析学是精神分析在方法论上的拓展，即从描述性－经济上的角度（也就是费伦齐所谓的本体论，或许他混淆了本体论与个体发育这两个词[1]）到历史－系统发育的解释（2：351/38-9）。

费伦齐接着总结了生物分析法的主要观点。首先他的研究灵感是，生殖器发展只可能是灾难或灾祸的产物，也就是说，海洋生物的生命受到了可怕的外部冲击力，因此之前那些没有生殖器、没有性别的生物必须彻底改变自己的生命形式。这种灾难只可能

---

[1] 本体论（ontological）和个体发育（ontogenetic）的英文拼写相似。——译者注

是由大海、河流和湖泊的枯竭造成的，它虽是前文表中所列的第四类灾难，但也可能是其中最核心的灾难，尽管费伦齐也曾表示，海洋枯竭是"近代的"地理灾难（2：394/88）。我要再重复一次，这里所说的灾难不是诺亚洪水，也不是吉尔伽美什史诗中的洪水，而是人类出生和行走的那片大陆的出现。如果一开始大海是一片死寂，只有幽灵盘旋在水上，那么陆地的出现或许有利于之后的陆地动物，但它也意味着很多生命形式的消亡，而且实际上，大家公认原始的生命形式都是水生生物。然而，很多甚至大多数水生生物的灭绝也对其他生命形式造成了挑战，使它们不惜一切代价地适应和生存。费伦齐表示，这些生物的确做出了适应，但他也提出了一个令人惊讶的附带条件："然而它们这样做的背后有隐秘的动机（幕后的动机或诡秘的意图，Hintergedanken），为的是有机会卷土重来，尽快并且尽可能地回到原来的处境。"（同上）就如同流亡者心向故国一样。

"隐秘的动机"这个词表现了泛灵论以及拟人的意味，这并没有因为它在英语中缺少对应词而减弱。有人可能会说这是"被抑制的思想"，虽然这种"思想"往往和"别有用心"一样危险。两栖动物狡猾吗？或者说是否有"思想"将人的命运写进了古书——那些保留在海底石窟中的古书？费伦齐有时对他的拟人化倾向也觉得抱歉，就像在此处，他明目张胆地提到了隐秘的动机，但他可能会辩解，他这样做是因为某种延迟效应（Nachträglichkeit）催着他下笔。所谓延迟效应，是指生物分析在人类生活各个方面（包括思想）的"延迟作用"或"事后"影响。

　　　　　　　　　　　　　　　　　　　　　　　　哲思与海

对于原始两栖动物重新长出鳃，并且想要回归美好生活的秘密愿望，我们可能会付之一笑，但是就人类系统发育的过往启示（美好生活是为了追求死亡的安息）而言，我们恐怕会笑不出来。

不仅如此，费伦齐还为系统发育的回归引入了一个重要的反作用力或抑制因素。想要回归到之前状态的愿望可能会遇到"生物审查"（biological censorship），即通过将快乐原则转变为自我利益，从而抵制向过去退化的拖拽力。而这里所说的利益是指纯粹的生存权益，即弗洛伊德所谓的"现实探测"或"现实原则"。费伦齐所举的例子是冬眠中的北极熊：当体温降低至危及生命的温度时，北极熊不会回归到睡眠状态，因此不会在睡眠中由于体温过低而死亡；相反，北极熊会不停地活动，保持清醒状态，让自己"由骨髓动物再次成为大脑动物"（2：395n. 6/89n. 2）。这样做的结果是死亡驱力受到了阻力、抑制、审查。诚然，每次外部打击都会增强自残的趋势，正如费伦齐挖苦说，有机体的组成部分"不会想错失眼前选择死亡的机会"（2：395/89）。

然而，费伦齐虽没有引用具体内容，却指出了一点：弗洛伊德坚称毁灭与死亡驱力并不会迫使生物体顺从地接受死亡。弗洛伊德虽没有读过海德格尔的著作，却与后者不谋而合，他也主张人必须死于属于"自己的"死亡，而死亡是"内在的"，或者在某种程度上说，它对人的生命而言是"天生的"或者"恰如其分的"。弗洛伊德使用了"自己的"（eigenen）和"内在的"（immanenten）两个词，是为了突出死亡驱力与特定（强力的）抵抗力之间的矛盾。我们必须搞清楚"生物体自己走向死亡的途径"，而其必然结果是"除了内在的死亡，其他回归无机状态的可能性则会被排除在外"（GW 13：41）。在《俄狄浦斯情结之没落》（*The Decline of the Oedipus Complex*）中弗洛伊德认为，尽管俄狄浦斯情结的没落与个人的发展和经历有关，但它也包含了系统发育或"遗传的""天生的"因素。并且这个因素让弗洛伊德对死亡做出了奇怪的评论："尽管每个人在出生时就注定死亡，他或她的器官（seine Organanlage）或许已经包含了死亡来临的线索。然而，了解这一遗传下来的过程如何进行以及这种倾向如何利用意外的阻力（zufällige Schädlichkeiten...ausnützen），这仍是一件有趣的事情。"（GW 13：396）换句话说，毁灭与死亡驱力是从生物体的内部起作用，至少它们符合康德所说的"合目的性"，不会只因为意外事件而改变。意外死亡是对爱神厄洛斯和死神桑纳托斯（Thanatos）的欺骗，如同大海一样，它们都"随心所欲"。

换句话说，海洋不是唯一的无法抗拒的逆流。有时，海洋"随心所欲的方式"就是我们所谓的活下去。至少在某些时刻，回归海洋的内生动力可能会受到抑制。费伦齐特别提到了关于濒死海胆的实验：在糟糕的状况下，海胆会自己切断坏死的组织，并且以某种方式通过脱离坏死组织获得重生。事实证明，当回顾和展望生命时，我们不仅会看到灾难，也会见证成功的避险行为——即使只是暂时的状况，生命也得到了改善。对此费伦齐评论道：

> 哲学家提出的关于人类如何在这种再生行为中表达自我、持续发展的问题，如果不付诸神秘的观念，恐怕难以解答。

或许人类表现出的"利己主义"只不过是与原始利己行为的巧妙结合；也可能只是并发症所到达的程度影响或引发了回归意义上的衰退。生物体很有可能并不急于赴死，因此它们通过自己的残躯重造了自己，从后而来的力量使它们在局部毁灭中得以保存实力，进一步发展。

不管怎样，生物分析学对生物发展的理解是，一切生物都渴望着恢复到早期的生命状态——或者说死亡状态。

2：395-6/90

我们再回到费伦齐给出的拟人化的例子：海胆及它身上的基本组成部分渴望或决心推迟死亡，从而使回归的拖拽力成功发挥其作用——或受到一种向前推而非往后拉的生命力量的制约，最终使自己适应新的灾难环境。然而，生物体的每个愿望——不管它本身是否"知道"这件事——都包含着回到早期状态，最终回归无机状态的倾向。如果费伦齐的生物分析法体现了黑格尔主张的辩证法，那么正题（thesis）和反题（antithesis）之外的第三个新事物虽然推进了辩证法的统一，但它实际上源自过去；此外，它也是我们已经抛之脑后并且否定了的对象。对于对象 x 来说，x=x-1。这个过程与其说是生物退后一步、向前两步，倒不如说是退后两步，又前进一步。我们很难判断生物的"生死"策略是否具有革命性，它到底是一种进化还是退化。我们也很难决定生物本身是否存在回归海洋的倾向，更别说是否存在着所谓的补充。

这就是说，费伦齐又朝着生物分析学上最激进的主张前进了一步，这些主张可能算不上形而上学，但是它们无疑与本体论有关。"作为生命的分析科学，生物分析法将不得不就生命的起始提出自己的主张。"（2：398/93）若要提出一个生殖力理论，我们必须超越生命的边界，寻找吸引与排斥、吸引与统一当中的化学及物理作用力——这与费伦齐和弗洛伊德都提过的柏拉图的厄洛斯有很大的关系。费伦齐可以很有信心地说，围绕在原子外部的离子之间存在着很强的引力，该引力可以说是"活跃的"，这种说法有着物理学依据，并不只是一种比喻。无机界中不存在绝对的静止，费伦齐也不确定热力学第二定律是否适用于宇宙能量的传播。这一定律包含着太多"偶然"成分，别说是合格的拉马克主义者，就连那些不合格的也不会接受它的结果。

在一个脚注中，费伦齐提到了与苏格兰人约翰·布朗（John Brown）的理论相关的医学观点，而在 18 世纪末，这些观点也曾得到过诺瓦利斯和谢林等人的支持。[1] 如果我们认为即使无机状态下也存在原始的"应激性"（Erregbarkeit），那么无机物和有机物之间的差异就可以弥合。至少我们可以说，两种物质元素的结合代表了外界威胁能够作用的面积会更小；同样，做爱时两个个体（l'animal à deux dos）受外力作用的表面积也会减少。费伦齐再次引用了威廉·伯尔舍的观点，而伯尔舍早就用性解释了月球与地球之间的引力。作为一名拉马克主义者，费伦齐认为，彻

---

[1] 详细内容请参考本人在 *Contagion: Sexuality, Disease, and Death in German Idealism and Romanticism*（《传染：德国唯心主义和浪漫主义中的性、疾病与死亡》）中对约翰·布朗的讨论，特别是其中第 48—49 页的内容。其实该讨论也贯穿了全篇。——原书注

　　　　　　　　　　　　　　　　　哲思与海

底隔离或者分开"生"与"死"或生存驱力与死亡驱力是不可能的事，因此，即使"死亡"的物质中也包含着"生命的种子"（Lebenskeime）。这些"生命的种子"预示着"有一种倒退的趋势拉着生命体朝着更混乱的状态发展，而该混乱孕育了种子"（2：399/94）。这种像玩跳房子游戏那样的前进与后退或向上与向下，值得我们停下来思考。

令人惊讶的是，回归海洋的引力现在居然能以"生物细菌"的方式让濒死之物起死回生。科学早已证明，没有任何一种生命形式不会面临死亡，弗洛伊德在《超越快乐原则》中也对此有所强调。的确，弗洛伊德认定死亡是强大的，尤其是在生命体想要维持极少的能量交换时，它会格外强大，而这种费希纳恒常性（Fechnerian constancy）[1] 为零的情况肯定会出现在一周中的某几天。[2] 费伦齐引用了弗洛伊德著名的周一早晨的声明："所有生命的终极目标都是死亡，因为无机物的存在先于有机物。"（同上，引自 GW 13：40）然而，费伦齐的下一句话却是"但如果……的话会怎样"。这个表达类似于费伦齐在开篇时对鱼类和海洋生命的思考："若果真如此该怎么办……"显然弗洛伊德关于毁灭与死亡驱力的学说核心将被动摇，因此，只有找到一种能让人信服

---

[1] 费希纳创立了心理物理学，将物理学的数量化测量引入心理学，使精神状态变成了可测量的数值。——译者注

[2] 关于费希纳恒常性以及它是否必然等同于不受任何刺激的讨论，请查看纽约州立大学出版社即将出版的克雷尔的著作 The Cudgel and the Caress（《棍棒和爱抚》）第五章中的注释 11。在该注释中，我讨论了法国精神分析学家让·拉普朗什（Jean Laplanche）的著作 Life and Death in Psychoanalysis（《精神分析中的生与死》）。——原书注

图 12　锡拉岛西海岸边层层叠叠、颜色不一的灰烬

的强大力量，才足以解释周五下午发生的无意识的手指轻弹。"但如果死亡不是绝对要发生的事，如果生命的种子以及倒退的倾向都因此在无机物中，或者如果尼采所说的'所有无机物都来自有机物，无机物是死亡的有机物，例如尸体和人'（Leichnam und Mensch）。"（2：399/94）

尼采编号为23[34]的笔记创作于1872年至1873年的冬天（KSW 7：554）。那个冬天，尼采正在着手写作《希腊悲剧时代的哲学》，这是继《悲剧的诞生》后，他计划出版的下一部作品。该笔记出现在大标题"恩培多克勒"下面，内容主要是讲这位来自阿克拉加斯，将"生命整体"作为"研究领域"的哲学家陷入了爱与恨的纠葛，因为他将"以爱重新团结所有人"作为了目标。尼采写这段笔记时，正是他考虑要攻读第二个博士学位后的第四或第五年。尼采选择的第二个学位是哲学，他的论文主题是"康德以来关于有机的概念"（KSB 2：269）。尼采在该过程以及其后一段时间内创作的笔记都值得引起我们的注意，但现在我们需要先搞清楚，尼采所谓的强大力量，它在费伦齐眼中究竟有多强大。如果死亡之物可以倒退为有生命的物体，那么费伦齐在书中的论点——以及弗洛伊德在《超越快乐原则》中的论点——岂不是很容易就能够被证实？这种生与死的倒转对于上下起伏的大海意味着什么呢？它对于共生的概念意味着什么呢？准确地说，它对羊膜和羊水的神秘发育又意味着什么呢？此外，它对"向海洋回归的逆流"——现在变得更像是即将来临并且反复出现的生命之潮——会产生什么影响呢？如果像是T. S.艾略特所说的那样，我的终点就是我的起点，那么"开始和结束"的概念会发生怎样的变化？同样，尼采也说过类似的话：存在就是相同事物的永恒轮回。

在回答"但如果……的话会怎样"的问题时，费伦齐对从目的论出发的思想做出了以下修订："最终，我们将被迫放弃关于生命的起点和终结的问题，我们将面对一个无机物和有机物共存的世界，并将其当作介于生存意志和死亡意志之间来回往复的潮汐（als ein stetes Hin-und Herwogen zwischen Lebenund Sterbenwollen）——一个从来没有屈服于任何规则的潮汐，不管是生存还是死亡的规则。"（2：399/94-5）我们可能觉得费伦齐本人这下会结巴或者说不出话，至少在观念上会如此：这就好比他在《塔拉萨》中论述的主要对抗力在根本上存在问题。肛门和尿道的快感、快乐和不快、驱力和拖拽力、收缩和扩张、个体发育和系统发育，甚至爱欲和自我毁灭的欲望，所有这些对立事物的融合看似不可能，却导致了一切对立事物的瓦解甚至崩溃。这些对立事物彼此侵犯、相互腐蚀，最终它们会遭受如同辅音中永远找不到元音或元音永远不会遮盖辅音的原始灾难——这就是卢梭想到的语言无法发声的噩梦。这也是激进的不可判断性永远持续的噩梦。[1]

---

[1] 可以说早在尼采之前就有人质疑了有机物和无机物之间的差异。20 世纪 50 年代中后期，梅洛－庞蒂在法兰西学院授课时就意识到，跟随莱布尼茨的见解，谢林否定了无机物和有机物之间存在任何"本质性"的差别。具体参见梅洛－庞蒂的作品，编号 N41。这种不可判断性充分体现了谢林的思想内涵，无论是 18 世纪 90 年代关于自然的论文，还是 1809 年关于人类自由的论文，以及 1811—1815年的《世界时代》和 1842 年《神话哲学》。谢林的这些著作我们将放在后文中讨论。——原书注

费伦齐原本可以到此为止，完美地结束最后一章以及整本书的内容。然而，随着死亡驱力从某种生命驱力中获得灵感而上升，或许费伦齐担心自己已经在上升飞行中，他可能想起了自己医生生活的重心。最终，费伦齐以一段关于痛苦的言论结束了整本书，他所说的痛苦是指，只有在极少数情况下，生物才会放弃对死亡的抗争，平静赴死。看上去似乎"在现实中，生命体总是灾难性的死去"（2：399/90）。只有当抗争结束时，刚刚死去的生物的脸上才会露出笑容。然而，死亡的灾难又回到了出生时的灾难，从而使死亡和生存再次加入了彼此的环形舞蹈。尸体的灾难甚至就是在提醒我们，死亡通常与生殖刺激有关，而不仅仅在受绞刑的犯人身上。垂死之人若在生命的最后一刻接受了死亡，可能他或她就会感到某种满足感，并达到内心的平和，整个过程就如同经历了性高潮一样。而"大死"最后可能将与"小死"结合。退化的程度可能也会更进一步。在许多文化中，尸体在下葬时会呈现出婴儿在胎胚时的样子，并且有时还会放在巨大的保护器皿或陶瓮中，像是陶瓮绒膜在包裹胚胎一样。尸体虽然像婴儿似的蜷缩在保护器皿陶瓮中，但唯一不同的是，尸体周围没有羊膜或经过改良的海水，如果有了经过改良的海水，尸体就能够恢复或维持死亡状态。至少一段时间内如此。

但这并不是说，继尼采（或者确切地说，继叔本华）之后，陷入痛苦的费伦齐也突然对生命及其偶然性产生了悲观情绪。实际上，与尼采和弗洛伊德一样，他最终得出的结论是尼采所谓的悲剧主张。准确地说，尼采不仅仔细思考了无机物和有机物，而且还表示了生命如同权力意志。

然而，弗洛伊德和费伦齐所认为的毁灭与死亡驱力难道不是无能为力的意志（will to powerlessness）吗？难道它们的意志不是追求无能？这不正是尼采对消极虚无主义的定义吗？如果生命的主要力量是倒退的力量，一种可以将生命拽回无机状态的力量，那么我们是否可以说此力量也是权力意志？如果所有的原始海洋生物（例如单细胞动植物、细菌和古细菌、假菌和海藻、浮游动植物等生物）也如同起床时的人类一样，为了不让清晨的阳光照到自己，一个劲儿把头埋在被窝里，只接受倒退的力量，那么人们还能从权力意志的角度考虑这些海洋土著吗？在下文中我们会提到，黑格尔对鱼类提出的异议是，它们最终会分解、融化，成为咸海水的成分。这种融入大海的过程是否体现了某种力量？我们必须经过一场思想上的革命才能肯定它的存在。这场革命也正是尼采提出悲剧主张所要表达的意思。

　　从研究古希腊节日起直到创作《查拉图斯特拉如是说》，在这个过程中，尼采才慢慢意识到人不但要勉强接受死亡，还要学会庆祝死亡。尼采料想，以后人类会用与现在不同的方式庆祝性与死亡，而未来的庆祝方式将不再是情感上的媚俗和悲哀的回忆。"人类最至高无上的庆祝方式应该是性交和死亡！"（KSW 10：202；cf. 10：136）在19世纪70年代初期，尼采计划创作一部关于恩培多克勒的戏剧。到了19世纪80年代中期，尼采对查拉图斯特拉的死亡和觉醒的描写成了其文学作品中最出彩的片段。[1] 这一写

---

[1]　此处提及的大部分内容都在克雷尔的著作 *Postponements:Woman, Sexuality, and Death in Nietzsche*（《延迟：尼采作品中的女人、性欲和死亡》）（Bloomington and London: Indiana University Press, 1986）。——原书注

作计划表明，节日与尼采的主要思想——永恒轮回——存在关联。"决定性时刻：查拉图斯特拉询问参加庆典的人：'你们还会再庆祝这个节日吗？'众人欢呼：'当然！'听到这里，他欢喜地死去。"（KSW 10：599）对尼采来说，显然这样的节日可以赋予人力量——它本身就是权力意志最深刻的表达——即使它在同时庆祝渺小和伟大的死亡。对于意志来说，永恒轮回与相信某件事会盛行并不相同。

在前一章中，我们提到了费伦齐将这种节日称作追忆（Erinnerungsfeste）的节日，即纪念或"记忆"的节日。其中他举出的最隆重的庆祝就是性交。然而，性行为通常并没有纪念的意义；该行为不会被绉纱包裹着，其本身既不庄重也不悲惨。虽说费伦齐对尼采的作品熟稔于心，就连那些没有出版的笔记也很熟悉，但我不清楚，他是否在此借鉴了尼采的想法。或许他想到了自己心爱并熟知的歌德作品《浮士德》第二部"古典的瓦尔普吉斯之夜"，荷蒙库路斯故事的结束时人们庆祝"和平的节日"的场景。即便如此，我们可以肯定的是，尼采认为节日不仅在理论上很重要，而且在精神治疗中也很重要。提出生物分析一年之后，费伦齐写了一篇旨在完善"治疗方法"的文章，他在文中讨论了将节制性行为纳入心理治疗范畴的可能性。对此费伦齐写道："性行为在本质上既不是意志行为，也不是习惯性的行为，性交是一种庆祝，它使得之前受抑制的能量得以在原始状态下纵情欢乐。"（bei dem sich bisher zurückgehaltene energien in archaischer Form austoben können.）（2：161）这些庆祝就像是生命的种子。

我们好像今天才知道，尼采也曾梦想着有朝一日，人类可以像庆祝生日和婚礼一样庆祝死亡。对于尼采来说，他之所以会有这样的梦想是因为他饱读希腊作品，尤其是"悲剧时代"希腊哲学家的著作。而接下来我们将回顾这些作品。

　　解读完费伦齐的作品之后，我们可能会突然联想到导演斯坦利·库布里克拍摄的《2001太空漫游》的结尾：镜头中，星际胎儿缓缓进入了我们视线，它加深或者消除了我们对生命起源与终结的疑问。在胎儿的脸上，我们看到了片中唯一的幸存者大卫·鲍曼（David Bowman）的影子。鲍曼才刚吃过晚餐，而后他迅速变老，被带到了床上，最终死亡。这个宇航员现在居然变成了胎儿。我们被他那双圆鼓鼓的、正在好奇打量宇宙的眼睛迷住了，竟然没有注意到那包裹在胎儿四周、可以保护并滋养它度过出生灾难的羊水。

第四章

万物充满了神

图 13 "火的第一次转变"，墨尔萨吉（Mouzaki）附近海面上空三百米处的景色

火的第一次转变，变成了海洋

——赫拉克利特（DK B31）

曾经我既是男孩又是女孩，是灌木也是小鸟

还是那越过海面，在旅行中的鱼

——恩培多克勒（DK B117）

这里的故事还要从泰勒斯说起。泰勒斯关于水和神的观点表明他极其渴望与海的邂逅。亚里士多德在他的著作《形而上学》中告诉我们："最早的哲学家大多认为，物质是构成万物的唯一本原……泰勒斯是此种哲学的创始人，他认为物质的本原是水。"（A3，983b6）在《论灵魂》中，亚里士多德提到："泰勒斯也告诉我们，万物充满了神（πάντα πλήρη θεῶν εἶναι）。"（A5，411a7）然而，泰勒斯所说的水并不是海水。令人惊讶的是，在迪尔斯和克兰茨[1]版的前苏格拉底哲学家作品集中，"θάλασσα"（海）一词最早并非出自泰勒斯，而是出自以弗所的赫拉克利特，那个被后人称为"晦涩者"（The Obscure）的赫拉克利特。赫拉克利特之所以获得该称号，或许是因为他经常潜入没有光线透过的深处。接下来我会先讨论赫拉克利特所作的两个残篇，再由科洛封的克塞诺芬尼谈到泰勒斯和阿那克西曼德——他们两个人都来自米利都的沿海城市，最

---

[1] 此处指的是本书中编号为 DK 的参考文献，由迪尔斯（Diels）和克兰茨（Kranz）编。——编者注

后我会提到无人能及的阿克拉加斯的恩培多克勒。恩培多克勒游泳时像一条鱼，一条可以在西西里海的西部跳出并跃入永恒的飞鱼。

我粗略翻译了赫拉克利特残篇 B 31 的内容："火的转变：首先是海（πυρòς τροπαὶ πρῶτον θάλασσα）；海的一半是陆地，另一半是风暴（πρηστήρ）……陆地像海洋一样散落四处，海洋就在原处（τὸν αὐτὸν λόγον），曾是海的位置变成了陆地。"此处英译 lay（位置）试图表达的意思的是，万物经分配所得的尺寸和比例，即逻各斯本身所做的分配。我将希腊语中的 πρηστήρ 翻译成了 squall，意思是"海上风暴"，那种带着无数闪电的风暴——或许，这个雷电就是"操纵万物"的"永生之火"（DK B 30，B 64）。或许这就是梅尔维尔在《白鲸》第 119 章中描述的令人难忘的火，书中的"裴廓德号"（Pequod）每个桅杆都由三叉戟形状的避雷针保护，海上风暴来临时，时而会出现一个火球，即"桅上电火"［corpusant，该词源自 corpus sancti（body）、corpo santo（holy body）］，或称圣艾尔摩之火 [1]：

当天傍晚，"裴廓德号"的船帆被撕裂，只剩下光溜溜的桅杆抵挡迎面袭来的台风。随着夜幕降临，天空和大海怒吼翻滚，被一道闪电分开。闪电带着光芒，照亮了在风中摇摆的、残缺的桅杆，桅杆上飘着破烂的帆布，这是暴风雨第一

---

[1] 圣艾尔摩之火（St. Elmo's Fire）是古代海员观察到的一种自然现象，通常发生在暴风雨天气里，看起来像教堂塔楼或船桅等尖状物顶端的发光现象。——译者注

次袭击过后的场景……

"快看天上！火球！是火球！"斯塔巴克大叫道。

所有桅杆的顶部都有一团苍白的火焰，避雷针的三个末端也燃着白色的火焰，三个高大的桅杆在含硫的空气中默默燃烧，像是摆在祭坛前的三根巨型蜡烛。

MD 505

看到异常的天象后，所有船员都竭力在这一片死寂中保持静默，只有亚哈船长挑衅道："哎呀，你这清澈的灵魂，你的火焰造就了我，就像是真正的火之子，我要朝着你呼喊。"（MD 507）然而，尽管他意识到了自己的血统——尤其是他母亲那边的宗谱——但在某种程度上，这也使他变得脆弱，容易莫名其妙受到伤害。他在火焰之灵中看到了"无法破解的谜语"，某种"无法言明的悲伤"，而亚哈船长崇拜的就是这悲伤的神明。"我和你一同跳跃、一起燃烧。我愿意与你融为一体；崇拜你，我奋不顾身。"（MD 508）但是，我们还是要回到以弗所的爱奥尼亚海岸，回到"裴廓德号"尚未起航的时候。

世间一切事物都与火相互转化，就好像火是万物在宇宙中的法币（DK B 90）。然而，海洋是火转化成的第一个事物，这是为什么呢？或许因为海洋是由雨水滋养的，海洋不仅直接接受了暴雨和飓风来临时的降雨，还接受了所有汇入河流的补给，而河流也是由陆地上的降水汇集而成的。这些降水都来自天空，即闪电出现的"区域"（KRS 199）。换句话说，因为海洋造就了云朵，云朵造就了降水，降水造就了河流，河流又汇入海洋，因此海洋是首个转化物。海洋、海上风暴、云朵、降水和陆地形成了不断变化又周而复始的周期性循环，这种定向运动由太阳提供能量，而这种连续变化或不断变化的连续性似乎总能激起赫拉克利特的兴趣。他似乎认为，海洋蒸发后会一路到达太空中倾斜的球体，也就是星星那里，然后像灯油、蜡烛或火球一样燃烧，在夜空中发出光芒（KRS 201）。至此我们就要与赫拉克利特告别了，虽然有些不舍，但毫无疑问，我们要将他留在供奉着女神阿耳忒弥斯[1]的庙宇附近。

科洛封的克塞诺芬尼早就表明过大海、天空和陆地的物质交换或循环的重要性。最重要的是，生物以及其他物质都是这个循环的产物。"所有存在并出现的（γίνοντ' ἠδὲ φύονται）事物都是土和水"，这样说的原因是，"我们从前（ἐκγενόμεσθα）都来自陆地和海洋"（DK B29，33）。克塞诺芬尼对大海的评价是："大海是水的源泉，是风的源泉；如果没有大面积的咸海水（ἄνευ πόντου），（风就不会有吹动的力量）也就不会有高涨的河流和高空的降雨；广阔的咸海水就是云、风、河流的创造者。"（DK B30；KRS 176）荷马也在诗中吟唱海洋是云、风、河流的源泉。而正如我们即将看到的，阿那克西曼德也清楚水的大循环。然而，克塞诺芬尼在谈到陆地时，也说陆地来自海洋。希坡律陀[2]写道：

---

[1] 阿耳忒弥斯（Artemis）是月亮与狩猎的女神。——译者注

[2] 希坡律陀（Hippolytus）大约活跃在公元3世纪，是反教皇的基督教殉道者，用希腊语写作，据说由他写作、注释、整理的书有四十多本。——编者注

哲思与海

[5]克塞诺芬尼认为陆地和海洋相互混合，随着时间的推移，陆地会在潮湿的环境中溶解。他说自己有以下证据：人们在内陆甚至深山里发现过贝壳；他说在锡拉库萨的采矿场，有人找到了鱼和海藻的痕迹；在帕罗斯岛上，岩石深处有一片月桂树叶的化石印痕；在马耳他，有人发现了各种被压扁的海洋生物。[6]他说，这些印痕形成在很久以前，所有东西先是被泥浆覆盖，然后风干便有了印痕。当陆地被海洋淹没、变成泥浆时，全人类都会灭亡；然后一切都会有一个新的开始，陆地和海洋的这一转化开启了新世界。

DK A33：5-6；KRS 176-7

在克塞诺芬尼看来，干涸和陆地陷入海洋是两种交替发生的灾难；亚拉腊山既从海中崛起，也由海洋破坏。或许灾难是一种完全错误的说法：克塞诺芬尼原本使用的希腊单词既不是καταστροφή（毁坏），也不是καταβολή（惩罚），而是μεταβολή（改变）。海洋和陆地的"颠倒"（inversion），海洋生物与像我们一样的陆地生物命运的"逆转"（reversal），这些都是正在进行的大循环中的一部分。因此，这不仅是"基于化石的推演"，还是"引人注目、令人印象深刻的推演"（KRS 177）；人们也会惊讶地发现，敏锐的观察、陆地和海洋的厚重历史的观感以及对人类历史富有想象力的推测，这三者结合起来只是一场逆转和一个新的开始。今天去锡拉岛考古博物馆参观的人们也会产生同样的想法，博物馆的第一个展厅展出的就是圣托里尼岛最古老的地层出土的化石，包括橄榄叶、棕榈枝和昆虫化石。诚然，陆地和海洋的这种转化以及这种转化为生命带去的死亡和希望，它是人类最古老的思想之一，必定比泰勒斯所处的时代还要久远。

米利都的泰勒斯，古代"希腊七贤"之一，据说他崭露头角是在希腊悲剧时代的早期，也就是公元前6世纪初期。传说他是维奥蒂亚州底比斯城和利姆诺斯岛上的卡德米安人（Cadmians）[1]的后裔，因此有腓尼基人的血统。泰勒斯的这一身世，或许只是人们基于他使用巴比伦星盘做出的猜测，但也有可能泰勒斯是混血：在爱奥尼亚群岛，希腊人和小亚细亚半岛各民族的通婚十分常见，因此希腊早期思想家——还有希腊哲学本身——应该感谢那些来自近东地区的人民以及他们的智慧。据说泰勒斯曾经游历过萨迪斯[2]和埃及的瑙克拉提斯（Naucratis），后者是米利都的一个殖民地。他在这些地方学习了天文和工程技术。在泰勒斯关于海洋的思考中最重要的是，他发现了小熊座在航海中的重要作用以及估测海上船只与海岸距离的方法（KRS 84-5）。然而，关于传说中是他写的分至点[3]著作，如同他发现了星象航海的技术一样备受争议，甚至在古代就有人怀疑他的作者身份，毕竟我们对泰勒斯学说的了解也只是风闻罢了。

泰勒斯最出名的一则逸事在柏拉图的《泰阿泰德篇》（174a）

---

[1] 这里指的有可能是迦南人或闪米特人。——编者注

[2] 萨迪斯（Sardis）是西亚古吕底亚王国的首都。——译者注

[3] 指春分点、夏至点、秋分点和冬至点。二分点和二至点合称为分至点。——编者注

中有记载。故事讲的是泰勒斯在仰望星空时不幸跌入了一口井中，一位年轻的色雷斯女仆路过发现这件事，评价说，泰勒斯努力想要了解星空的奥秘，"他却对脚下的情况一无所知"。柏拉图指出，这个女仆聪明又漂亮（ἐμμελὴς καὶ χαρίεσσα），但也出于这个原因，泰勒斯一直对此事耿耿于怀。海德格尔曾经说过，女孩们总想着嘲笑别人。但无论是海德格尔还是其他人，他们都忽视了一点，那就是女孩的话恰好证实了苏格拉底在与数学家西奥多罗斯（Theodorus）和年轻的泰阿泰德（Theaetetus）交谈时所说的内容，即哲学家特别容易忽略那些大家都知道的常识，他们忘得一干二净，不仅不知道常识，甚至不记得自己也只是"海滩上的一粒沙子"（173d-e）。最可笑的是，哲学家"甚至不知道自己的无知"（同上），这个笑话也只有苏格拉底看得明白。然而，苏格拉底也有能力让年轻的泰阿泰德认识到自己的无知。在他们对话结束的时候，苏格拉底坦言，自己在泰阿泰德身上实践了他母亲的"助产学"，希望能够"助产"合理的想法。而年轻的泰阿泰德承认自己只产出了"无卵蛋"。他还是缺乏见解，还是不知道自己学到了些什么。苏格拉底安慰年轻的泰阿泰德，并且告诉他，至少他知道了自己不知道什么。这样比起同伴，他的负担会小很多，他也不太可能成为惹人讨厌的万事通先生（210b-c）。苏格拉底答应泰阿泰德第二天会和他见面，或许他们可以再尝试一次，但不幸的是，泰阿泰德很快就在战斗中负伤，并且感染了白喉。然而，此时苏格拉底不得不出席法庭，面对别人对他提出的指控。

到目前为止，苏格拉底和柏拉图对泰勒斯还没有任何反对意见，即使他们提到了泰勒斯落入井里的故事，那也只不过是对泰勒斯的传说和逸事的回忆和赞赏。我认为，如果在雅典学园有一个学生问柏拉图为什么要嘲笑泰勒斯，恐怕柏拉图会否认自己嘲笑过泰勒斯。柏拉图会回答，他总是将嘲笑的权力留给精通这门艺术的雅典市民。或许他还会说出心中的疑惑——那位智慧又美丽的女孩是否提出过要帮助年迈的泰勒斯从井里出来。想必她一定提出过要帮忙。一定是这样，她不仅可爱、聪明，而且还很善良。但是泰勒斯会反对并且告诉她："要我说，我白天的时候在井底也可以看到星星，我不在乎自己是否湿了鞋子——你知道吗，水是万物的本原。"或许这要比白喉和毒芹的结局更让人满意。[1]

然而，现在我们再来看亚里士多德著作中提到泰勒斯的两篇短文。这些内容是研究泰勒斯最重要的证据。的确，哈罗德·彻尼斯（Harold Cherniss）说，我们已经学会了对他们所说的大部分内容保持怀疑，他们说的话也只是从别人那里听来的，人们都是道听

---

[1] 在此特别感谢约翰·萨利斯（John Sallis），他的作品 *Being and Logos: The Way of Platonic Dialogue*（《存在与逻各斯：柏拉图式的对话方式》）（Pittsburgh: Duquesne University Press, 1975）以及该书出版前他的讲座内容令我受益匪浅，使我（还有无数的其他人）能在分析柏拉图对话时采用更加严谨和大胆的方式。*Being and Logo* 的第二版由 Humanities Press 于 1986 年出版，现在的第三版由 Indiana University Press 于 1996 年出版。约翰·萨利斯还向我介绍了前柏拉图时代的思想家，另外，我在1968 年夏天第一次去希腊旅行时，他还赞助了我一门阅读课程。因此，我幻想的泰勒斯掉进井里［施莱尔马赫坚称，泰勒斯掉进的是一口井（ein Brunnen）而不是一道沟］之后的情节多亏了他。——原书注

哲思与海

途说罢了。[1] 不管怎样，我们先来看亚里士多德对泰勒斯的评论：

> 有人说大地静浮在水上（ἐφ' ὕδατος）。这是我们听过的最古老的说法，据说还是米利都的泰勒斯提出的。大地静浮着，就如同浮在水面的木头或其他类似的东西（因为这些东西本质上不能飘在空中，而是只能浮在水面）——仿佛同样的论证只适用于大地本身而不是支撑着大地的水似的。
>
> ——亚里士多德：《论天》，B 13，294a 28；KRS 88-9

> 初期的哲学家大多认为物质是万物的唯一原理（τὰς ἐν ὕλης εἴδει μόνας ᾠήθησαν ἀρχὰς εἶναι πάντων）；对于所有存在之物的本原来说，万物最初从其中生成到最终在其中毁灭，其本质保持不变（οὐσίας ὑπομενούσης），但其属性会发生变化，这就是人们所说的存在之物的元素和第一原理（στοιχεῖον καὶ ταύτην ἀρχήν...τῶν ὄντων）；因此人们认为世上没有绝对的生成和消逝，其依据是这种本质永远存在……因而必有某种本质（τινα φύσιν）的东西，或是一种，或是多于一种，其他东西

---

[1] 哈罗德·彻尼斯著有 *Aristotle's Criticism of Presocratic Philosophy*（《亚里士多德对前苏格拉底时期哲学的批判》）[New York: Octagon Books, 1964（1935年初版）]。彻尼斯写道："他比我们离他们'更近'……但年代近并不意味着思想更相像。我们可以看出，在柏拉图主义的意识形态以及他所发现或研究的新思想的影响下，亚里士多德无法想象有一天哲学家考虑哲学问题的方式会与他不一样。"（x）他还补充道："亚里士多德相信在他之前的理论都拙劣地表现了他自己的思想，因此他对这些理论的解读完全偏离了原作。"（xii）——原书注

都由它生成，而它持续不变。然而，关于事物的本原有几个及其形式如何，向来是众说纷纭；但是，作为此类哲学的创立者，泰勒斯认为是水（因此他说大地浮在水上）。或许他做出这样的推断是由于他看到滋养了万物的是潮湿（τὴν τροφὴν ὑγρὰν οὖσαν），而热本身源于潮湿，又依靠它而生存（从其而来之物，就是万物的原理）——泰勒斯由这一点，以及所有种子（τὰ σπέρματα）的潮湿本性推断出，水是所有潮湿之物的本原。

——亚里士多德：《形而上学》，A3，983b6；KRS 88–9

虽然以上对泰勒斯的解读是所有相关片段中最重要的两段，但人们关于它的批判性评注大多致力在亚里士多德的论述中剥离出所有的亚里士多德主义和经院哲学——原理、质料因、本原、实体、主体、元素、本质——最终泰勒斯的思想就剩下两个词：水和潮湿。人们关于水和潮湿的说法最常见的争议是，泰勒斯的意思到底是大地浮在水上（此处说的水大概是指海洋，尽管泰勒斯自始至终没有提过海洋），还是说他认为所有东西——无论是什么形态——都源自水，并且水是所有东西（例如人体）的主要成分。我们可以认为，希腊七贤中的泰勒斯并没有将陆地看成是浮在水上的木头，然而，陆地和水的关系自古就是一个难题。我们这些灾变论者可能会联想到洪水的故事——不是对文明产生积极影响的尼罗河洪水，而是记载在苏美尔史诗《吉尔伽美什》里第十一块泥板上的那个淹没大地的洪水。

远古君王乌塔那匹兹姆（Utnapishtim）告诉苏美尔国王吉尔伽美什，恩利尔[1]因人类的喧闹而心生恼怒，决定用洪水毁灭所有人类。所幸乌塔那匹兹姆得到了一位对人类友好的神的指示——该神和普罗米修斯一样是人类的好伙伴——他建造了一艘船来解救自己，解救亲人、仆人以及他所能找到的每种动物和植物的种子。当天空神布下大雨，暴风神唤来暴风时，地下的阿努纳基[2]用一把火点燃陆地，"土地如杯子一样裂开"（EG 110）。众神见到那场景都吓坏了，纷纷逃到了天上，而嗓音甜美的女神伊什塔尔[3]也如生孩子般号叫起来："哎呀，现在所有的一切都变成了灰烬，只因为我下达了邪恶的命令；为什么我要命令诸神行如此邪恶之事？我下令用战争毁灭人类，但想到我为人类带去的一切，他们不是我的子民吗？现在他们像鱼卵一样漂浮在海上。"（同上）乌塔那匹兹姆的方舟在海上漂流了很多天，最后停靠在了位于今天库尔德斯坦的尼西尔山（Mount Nissir）。乌塔那匹兹姆先放了一只鸽子，鸽子很快无功而返，没有找到可以落脚的地方。之后他又放走了一只燕子，燕子也回来了。最后，他放出一只乌鸦，乌鸦发现陆地和食物后，没再回来。因此，乌塔

---

[1]　恩利尔（Enlil）是苏美尔神话中的神，是天地孕育之子，他在出生时用风劈开了自己的母亲和父亲，从此就成了至高神。恩利尔不仅是大地和空气之神，同时也是战神及风神，尼普尔城邦的保护神。洪水灭世是恩利尔所为。——译者注

[2]　阿努纳基（Anunnaki）是苏美尔人神话中一组有血缘关系的神，既是地上之神，又是地下之神（冥神），其中最著名的就是恩利尔。——译者注

[3]　伊什塔尔（Ishtar）是古代美索不达米亚文明中的女神，掌管爱情、欲望、性爱、丰收、正义、战争等。在众女神中地位至高无上。——译者注

那匹兹姆被迎入了众神殿。

不管那座山是亚拉腊（Ararat）山还是尼西尔山，他们到达的那片土地显然是人类的家园和希望。他们从原先所在地流走之后，海洋便枯竭了，因此与其说这是场灾难，倒不如说是幸存者的逆转。或许泰勒斯也明白，水——无论它在何地，无论它是流动还是水汽的形态——即便离开了原来的大地也极其重要。女神伊什塔尔也清楚这个道理。她看到溺水而亡者的尸体像鱼卵一般漂浮在洪水中，他们（她的子民）曾经是鱼，她腹中的鱼。我们很快会提到，阿那克西曼德说水和大地之间的循环只是时间问题。

巴比伦还有另一个关于陆地和水的故事。据说英雄马杜克[1]杀死怪物提亚玛特[2]后，怪物的一半变成了天空，另一半成了陆地。（至于马杜克站在哪里才可以斩杀如此大的怪物确实是个问题——这个问题令弗朗西斯·麦克唐纳·康福德认定，每个造物神话都必须讲两遍、四遍、无数遍，这样才有可能说清楚最初的情节。）无论如何，自此世上有了天和地。然而，与其说提亚玛特是陆地，不如说是海洋（咸水），而阿卜苏[3]则是从天而降的甘霖、土地的源泉。"在埃利都（Eridu）的传说中（公元前7世纪是现存

---

[1] 马杜克（Marduk）是古巴比伦人的主神。——译者注

[2] 提亚玛特（Tiamat）又叫混沌母神，源于巴比伦神话，世界开创时即存在的怪物。——译者注

[3] 阿卜苏（Apsu）是美索不达米亚神话中的原始神之一。苏美尔神话里的淡水神兼深渊之神。——译者注

最年轻版本），起初'所有的陆地都是海洋'；随后马杜克建造了一个木筏，漂浮在水上，最后木筏上的芦苇棚变成了陆地。"（KRS 92）根据柯克（G. S. Kirk）、雷文（J. E. Raven）和斯科菲尔德（M. Schofield）[1] 的推测，提亚玛特可能就是《圣经·旧约》中提到的怪兽利维坦（136：6）。《圣经·诗篇》中记载："耶和华在水上铺开一片陆地……他把地建在海上，安定在洪水之上。"（24：2）至于海洋本身，在《圣经·旧约》中的提荷姆（Tehom）是"藏在地下的深渊"（《创世记》49：25），是"靠近地下的深渊"（《申命记》33：12）。可以肯定的是，这些不是古希腊的传说，因为身处内陆的古希腊北方乐土之民，他们的语言中并没有指代海洋的词语。然而，拥有腓尼基血统的泰勒斯肯定知道不少有关海洋的词语，就像现在爱斯基摩人的语言中有很多关于雪的词语，而所有这些关于海的词语，应该都来自南部和东部的民族。

　　陆地"漂浮"在深海上似乎是一个奇怪的理念，亚里士多德当然也觉得它难以理解。然而，地震时地面会震动摇晃，好像陆地的板块在波涛汹涌的海面晃动，这让任何一个经历过地震的人都不会觉得陆地的"漂浮"是个奇怪的理念，尤其是如果他们经历过地质学家所说的"地震或土壤液化"就更是如此了。被叶芝称为"战士"的亚里士多德希望陆地和水都有牢固的根基，不会到处浮动，他有这样的愿望也不难理解。那是对基础的渴望，渴望下面能有支撑物。或许泰勒斯关于陆地甚至整个大陆看似结实，

---

[1] 本书参考文献 KRS 的三位作者。——译者注

实则在漂移的想法更为现实？

近东地区这种陆地"来自无边无际的原始水域"的观点很可能也在所有米利都人当中流传（KRS 12）。荷马笔下的俄刻阿诺斯无疑是一条流经大地四周的淡水河流，或许就是受到了这种观点的影响。希腊爱奥尼亚的诗歌和神话多次提起过"无垠的荒凉水域"（同上），即使早期希腊人对海洋的事情一无所知，但是前往南部的移民肯定曾被那原始荒凉的海洋所震撼，对它充满了怨恨和恐惧。与希腊人通婚的地中海地区的各民族，他们在见识到甜水和咸水的区别后，必然也为之震撼。淹没尼罗河和底格里斯－幼发拉底河河岸的淡水为岸上的作物、动物和人类带去了富饶的土地，而广袤无垠的咸水似乎对人类没有任何帮助——除了可以从海中打鱼。一些创作于公元前两千年的古老故事，诸如巴比伦的创世史诗，其中都谈到了咸水和淡水的分化。《吉尔伽美什》第一块泥板的前六行（KRS 12n. 1）内容如下：

> 高处极乐未得名
>
> 下方厚土亦无名
>
> 原始深渊阿卜苏为其父
>
> 穆木－提亚玛特为其母
>
> 二水浑为一体
>
> 无蒹葭结庐，无沼泽可观

阿卜苏是男性，提亚玛特是女性，通常他们分别代表淡水和咸水，但在此处，他们"浑为一体"。[1] 值得注意的是，浑为一体的水比所有陆地都更早出现，那时可没有木筏、没有芦苇、没有房屋。同样，在公元前三千年的古埃及，有一段文字讲述了原始水域和"原始山丘"的形成："啊，阿图姆－凯布利神[2]，您高高在上，住在（原始）山丘。"这里提到的山丘恐怕是原始水域中出现的第一块陆地；而古埃及的各种宗教团体也都以其为信仰，同时，金字塔也是它的象征（同上）。公元前两千年的埃及《亡灵书》中记载："吾乃阿图姆（赫里奥波里斯信奉的创世神），彼时独居努恩（Nun，无垠的原始之水）；本为拉之初状，始治其地。"（同上）虽然关于原始水域的这种说法未能在米利都广为流传，但是泰勒斯也有可能是在埃及和巴比伦旅行途中听到了有关说法。

然而，我们还要再回顾亚里士多德的叙述，了解另外一个问

---

[1] KRS 的第二版中，"fish and salt water"（鱼和咸水）是极少见的一个排版错误，fish（鱼）应该是 fresh（淡水）的误拼，但这是个有趣的错误。现在我要借机向各位读者说明，本章内容受惠于柯克、雷文和斯科菲尔德三人的著作，为此我深表感谢。尽管他们的基本主题——真正科学的哲学源于近东和希腊早期"原始"和"天真"的世界观——存有各式各样的偏见和"中心论"思想，以至于我时常会抗拒他们的观点。似乎在解读希腊时，我们不可能舍弃所有的偏见，不受一切哲学和科学系统的干扰——我记得海德格尔对欧根·芬克（Eugen Fink）和他们在弗莱堡的学生说过，反对希腊就是与黑格尔为敌——但是我们总要多一点自我意识和自我批评。话说回来，这不正是彻尼斯对亚里士多德的批评吗？——原书注

[2] 阿图姆（Atum）原本是古埃及赫里奥波里斯（Heliopolis，又称太阳城，今埃及开罗）的最高神和太阳神。在后起的信仰拉（Re）出现后，其最高神和太阳神的地位逐渐被取代，并与拉融合为一个神的不同神格，被视为黄昏的太阳。凯布利（Kheprer）：古埃及神话中的圣甲虫神，被视为早晨的太阳，是拉的另一个神格，象征日出及再生。——译者注

题。亚里士多德推测，在某种程度上，泰勒斯认为水是某种意义上的本原是因为，水分对生命至关重要，是生物生存之必需。血肉之躯的"土壤"如果没有淋巴液和血液之水的滋润便无法存活。更别说精子、卵子以及羊水也都需要水。"或许他做出这样的推断是由于，他看到滋养了万物的是潮湿"，亚里士多德如是说，或许还要补充，若是我们摄入的营养物太过干燥，嘴里的唾液也会先将它湿润。生物的水分（抛开冷血的两栖动物，至少哺乳动物）还为其提供了生存必不可少的温度。生物的尸体冰冷并且（最终会）丧失水分，而活着的生物既有温度又有水分。同时，由"所有种子的潮湿本性推断出，水是所有潮湿之物的本原"，可能是泰勒斯依据自己生活中的经历推断并拓展的。尽管微观世界与宏观世界平行的思想，其真正出现是在一个比较晚的时代，但早期的希腊思想家似乎已经认识到了自己是谁、身在何处。

奥托·兰克热衷于阅读尼采的《希腊悲剧时代的哲学》，他认为，哲学家总是竭尽全力避开这个唯一名副其实的哲学问题，即"婴儿从何而来"。反倒是那些没有受过训练的年轻哲学家，他们总会一遍遍提起这个问题。或许站在井底仰望空中星簇 —— 如宇宙之皇冠，仿佛为站在井边向下看的色雷斯少女戴上了皇冠 —— 的泰勒斯是哲学家中的唯一例外？兰克的原文如下：

众所周知，希腊的哲学始于泰勒斯的观点，即水是万物的本原和子宫。在我们基于这个宝贵的表达，深入探索希腊思想的发展过程之前，首先我们要清楚，该表达以一种普遍自然法则的方式，为我们提供了第一个关于人类起源的认知概念。从生物学角度看，这一哲学观点无疑是真理，其为真知灼见的原因是：此推测的出现并非是由于宇宙论和神话中提到过天上水域（银河）和地下河流（死亡之河），而是由于我们找到了一个真正的事实，彻底揭开了事物的面纱，或者说解除了一种压抑，一种此前阻碍人类认识到水是生命本源的束缚，而人类自身也正是自羊水（Fruchtwasser）而生。因此，发现真理的前提是，通过消除内在压抑（durch Aufhebung einer inneren Verdrängung）［即由原初压抑（primal repression）直接导致的内在压抑］，从而认识到外部世界的无意识（die Agnoszierung des Unbewußten in der Außenwelt）——这也是哲学发展教会我们的道理。

OR 161

这样看的话，泰勒斯还是个心理学家。而哲学若是如弗洛伊德所怀疑的那样，是在心理上凭借直觉获知的，便无须构建妄想的系统。对于泰勒斯来说，当他伴随着内在阻碍，于思维中首次想到关于思考的想法时，脑海里出现的第一个词便是"水"。然而，泰勒斯到底是用什么方法克服了原初压抑造成的障碍？兰克也无法给出解释。当兰克断言，从生物学角度看，泰勒斯的哲学观点是真理时，他在脚注中提到了费伦齐："参见如今费伦齐所说的系统发育与个体发育的平行（《对生殖力理论的尝试》，1924）。"（OR 161n. 3）如果泰勒斯的思想就像碑文一样简洁紧凑，"适合镌刻在石头上"，那么它不见得非要刻在巨石上，而是应该刻在水里，让泰勒斯的观点沐浴在水中，正如他本人曾在水中度过了生命最初的九个月。

　　尼采在《希腊悲剧时代的哲学》中表示，自己只对希腊早期思想家的"人格"感兴趣，并不关心他们的学说。然而，我们很容易错误地以为尼采提到的人格（personality）就是爱默生所谓的品格（character）。实际上人格的含义远非如此，它还意味着我们现代人难以理解的一种思维方式。在研究泰勒斯——这位悲剧时代的首个哲学家时，尼采发现了一种新的思维方式。准确地说，尼采并没有将其称作冥想式的思维，他只是觉得泰勒斯——作为工程师和天文学家——不仅有计算思维，而且还有能力进行其他方式的思考。尼采试图描述泰勒斯的成就，但他的描述存在着冲突和矛盾。而或许冲突和矛盾正体现了这种新思维方式的特点。首先，当泰勒斯说万物皆水时（我们假设他说了这句话），那么实际上泰勒斯的真正意思是"一切是一"（Ἓν πάντα），尽管尼采在此没有明说，但我们可以将其理解为，万物有可能是"戴着众多面具的同一体"。在尼采看来，泰勒斯已然是赫拉克利特。尼采在书中的第三部分提到，泰勒斯关于万物统一的隐秘观点既是"形而上学的信仰原理"，也是"神秘的直觉"（KSW 1：813）。为了发现并提出这样的观点，泰勒斯必须有能力"跨越所有经验的藩篱"（同上）。然而，泰勒斯脚上的翼靴令他有别于那些只拥有"计算和衡量事物的思维"（dem rechnenden und abmessenden Denken）的平足者，而平足者只有在"陌生、无逻辑的力量——想象力（Phantasie）"的土壤中才能长出翅膀（KSW 1：814）。

"Phantasie"一词很难翻译。它或许是华兹华斯和柯勒律治[1]所说的"幻想"（fancy），或许是柯勒律治提出的"塑造统一性的力量"（esemplastic power），又或许是谢林所谓的"想象力构成同一"（Ineinsbildung of einbildungskraft）。若是将它翻译成fantasy（幻想），似乎意思上有所欠缺；但如果翻成imagination（想象力），又有人担心词语过于复杂。对此我想说的是，在尼采看来，Phantasie就是亚里士多德提到的φαντασία（想象），而且后者在亚里士多德的作品中有多重含义。但不管怎样，尼采告诉我们，Phantasie意味着"从一种可能性跃至另一种可能性"的能力，并且在过程中需要借助"一种巧妙的预感"（ein genialisches Vorgefühl）。席勒说过，每个严谨的作曲家，他或她在开始谱曲前，都会有那样的感觉。尼采将其描述为对事物"闪电般的快速领悟和对相似性的理解"（同上）。然而，这其中存在着某种冲突或矛盾。"想象"或"幻想"并不是想象出来的，它不是我们通常

---

[1] 二人均为19世纪英国浪漫主义诗派"湖畔派"的代表。——译者注

理解的"富有想象力"。泰勒斯的思维"既不神话化也不寓言化"（KSW 1：815）；他是工程师和天文学家，不是幻想者。这就表现出了另一种冲突。泰勒斯有一种高度个性化的思考方式，他能将最抽象的事物具体为自身的经历。然而，他最重要的领悟是："真实之物"不是人，而是水（同上）。与后来的哲学家阿那克西曼德和赫拉克利特一样，泰勒斯苦恼的不是困扰我们当代人的"传记流行病"（biographical epidemic）（KSW 1：818）；他感兴趣的"想象力"也并非是他那个时代盛行的关于自然的"幻想神话"（phantastische Fabelei）（KSW 1：816）。那么，这种新的思维方式到底是什么呢？

尼采从"明智"（wise）一词中受到了启发，因为泰勒斯就是希腊七位智者或圣人中的一位。尼采说，希腊词语 σοφία（智慧）引入拉丁语后变成了 sapio，意思是"我品尝"。智慧就是有味道（Savoir is savor）。这可能是由于晚期智人是一种有味觉的生物，我们可以发展出良好的品味，并且对味道做出正确的判断。泰勒斯培养的品味是"与众不同惊心动魄晦涩艰深神圣非凡"（des Ungewöhnlichen Erstaunlichen Schwierigen Göttlichen）的，尼采在写这句话时没有加任何标点符号，好像他提到的这些东西都是一体的。尼采区分了通常意义上的科学——即当今所有能干的工程师或天文学家所具有的对科学的理解——与泰勒斯的哲学思维特质之间的差别。

科学把握了一切可知的事物，但没有能力整理，也不会细致品鉴，却仍要不惜一切代价盲目地认识所有事物；与之相比，哲学思维总是在寻找最值得认识的事物——那些伟大而重要的知识。在道德和审美领域，"伟大"（grand）的概念有时是可变的：为此，哲学开始了它关于伟大（grandeur）的立法。哲学家认为，"这样做很好"，它可以避免人类盲目且不着边际地追求知识。

KSW 1：816

哲学家有意远离自己所处时代的庸俗小曲，他或她试图哼唱着传达"世界共有之声"的曲调（KSW 1：817）。然而，虽然他或她可能会爱上某种流行的音乐和旋律，但哲学家有一种悟性（Besonnenheit）——一种精神的、冷静的或陷入沉思（meditativeness）的状态。剧作家和演员也拥有同样的品质，特别是演员在扮演另一个人时，他或她会慷慨激昂地说出斟酌后的台词，将行为投射到自己扮演的角色身上。对哲学家来说，他们斟酌后的台词就像辩证法。然而，有时辩证法是不够的，哲学家还要与各种思想交锋，解读事物的隐喻——当要表达万物一体时："他却谈起了水！"（同上）

⸺⧟⸺

泰勒斯除了是心理学家、水文学家，难道也是神学家？他是否讨论过关于"神"的话题？本小节我们还要讨论另外三个残篇，其中两篇来自亚里士多德，另一篇来自第欧根尼·拉尔修。在《论灵魂》中，亚里士多德两次提及泰勒斯。第一次他写道："依据人们对泰勒斯的记载，如果他真的说过，（磁性的）石头有灵魂是因为它可以移动铁，那么这似乎说明，泰勒斯也认为灵魂是使物体运动的东西（κινητικόν τι τὴν ψυχήν）。"（A 2，405a 19）第欧根尼依据亚里士多德的说法确认，泰勒斯说过："甚至为没有灵魂的物体赋予了灵魂（τοῖς ἀψύχοις μεταδιδόναι ψυχῆς），镁石和琥珀就是例子。"亚里士多德第二次提及泰勒斯时，讲了很关键的内容："有人说灵魂混融于整个万物［ἐν τῷ ὅλῳ δέ τινες αὐτὴν（τὴν ψυχὴν）μεμεῖχθαι］，据此泰勒斯也认为，万物充满了神。"（A 5，411a 7）

琥珀在摩擦时会产生静电。而几个世纪以来，磁石一直是各种神秘宗教举行仪式时会用到的重要物件。尤其在萨莫色雷斯岛，宗教的新成员手上会戴铁戒指，为的是让他们与神秘力量相连接。这些事情还比较清楚。然而目前还没有搞清楚的是，泰勒斯所说的"整个万物"和"充满了神"是什么意思，或者他所谓的"水"究竟指什么？很多围绕泰勒斯的评判性的讨论都想让泰勒斯这位智者与"原始的泛灵论"和"万物有生论"撇开关系。泰勒斯的追随者不愿看到他被脱冠去履，身着一块遮羞布，手拿一个未经打磨的石器。威廉·戈尔丁（William Golding）于1955年创作了一部精彩小说——《继承者》（The Inheritors）。在该小说中，尼安德特人的英雄洛克（Lok），突然遭到了克罗马农人（Cro-Magnons）的袭击。克罗马农人朝着洛克放箭，箭射进了洛克旁边的树上。洛克惊奇地发现，被射中的树迅速长出了很多新的树枝，

哲思与海

而且树枝还抽出了嫩芽。在进行对泰勒斯的批判性讨论时，有时人们似乎将这位人类首个哲学家当成了尼安德特人。然而，据说他发现了一些数学公式和天文定理，它们是很多克罗马农人难以复制甚至难以理解的东西。阿尔宾·莱斯基告诉我们，公元前7世纪末6世纪初时，爱奥尼亚的贸易和殖民活动达到最高峰，其城市及公民的发展程度也很高。因此，米利都的冒险活动不可能不对世界各地的文化和公民学识产生影响。莱斯基表示，没有人认为米利都人提出关于世界万物的问题，亦即"欧洲的科学起源问题"（AL 190）只是一场意外。最重要的是，提出这些问题的米利都人正是泰勒斯和阿那克西曼德。

或许我们需要回顾一下这些古老城市的建筑。例如锡拉岛的港口城市阿克罗蒂里，在火山爆发时，该城市正处于最繁荣的阶段，而火山的爆发让它被埋在了灰烬里。这件事发生在公元前1650年左右，比泰勒斯还要早一千年。今天的阿克罗蒂里只清除了部分灰烬，当走过这座古城时，我们会惊叹于其中带室内管道的三层房屋、储藏丰富的酒窖以及设计优美的城市广场。然而，当我们研究那些保存下来的壁画时，只是惊叹还远远不够。有些壁画已经被送去了雅典国家考古博物馆，而剩下的则仍旧留在圣托里尼岛。而当我们研究年轻女孩和妇女采集番红花献给女神的画作时，我们必须弄明白这些人是谁——他们竟有能力建造这样的建筑，进行这样的运输和交易，创作出这样的画作，并且拥有这样的信仰。有时看到这些人，我们会像洛克一样惊讶。

一千年后，泰勒斯出生了。他为什么说万物充满神明？也许就像柏拉图笔下的医生厄律克西马库（Eryximachus）认为的爱神存于万物——不只人类和其他动物，还包括所谓的无生命的物体。正如华兹华斯所说，万物的这种生动感、这种"深层次的融合"，在现代甚至后现代世界也肯定不会消亡。的确，我们失去了"灵魂"（soul）一词，却得到了"心智"（psyche）。而它与神明（gods）有什么关系？荷尔德林认为二者相互背离——因为他注意到，现在没有人会在寺庙里跳舞，没有人会在节日中庆祝任何事情。海德格尔毫不迟疑地在"四位一体"（陆地-天空-神明-凡人）中保留了"神明"一词（VA 159, 177, 199-201）。然而，我们担心这种反复出现的宗教言论，它似乎有意隐藏——虽然失败了——某种最可悲的极度妄想。也许要理解这个问题，我们需要知道海德格尔从来没有谈到不朽者（immortals），他只提过死去的神明。至于神明会怎样？他们会逝去。就像是鲱鱼，他们会落入时空的捕捞网，也会成为漏网之鱼。他们唯一的愿望就是在庆典的时候可以被人们想起。只有那样，万物才会充满神明。

罗伯托·卡拉索 [1] 以及在他之前的谢林和尼采都认为，古代神秘宗教的全部意义在于神明的逝去，而非他们的存在。那些古代神秘宗教仪式的无知者觉得，宗教仪式的存在是因为受蒙蔽的凡人想要拯救自己，让自己长生不老。然而，对宗教仪式有初步认识的人会明白，宗教仪式是为了纪念逝去的神明——纪念他们的脆弱和死亡（RC 353/315-16）。换句话说，凡人并不孤独。万

---

[1] 罗伯托·卡拉索（Roberto Calasso），意大利作家和出版人。——译者注

物充满了神明吗？萨缪尔·贝克特[1]会回答："那该是多好的陪伴啊。"

　　或许在泰勒斯看来，万物充满神明和守护神[2]，这被书写在了水里。即使不成为"没有道德原则的希腊学说汇编者"（KRS 97），我们也能自然地将泰勒斯的两个想法（水和神明）联系在一起。西塞罗转述了埃提乌斯[3]的话，或许是泰奥弗拉斯托斯[4]的话，它引导我们得出了这样的结论。诚然，阿那克萨戈拉[5]主张的"努斯"（νοῦς，心灵）的魅力在于它不合时宜，也许它是斯多葛学派的起源。埃提乌斯说道："泰勒斯说宇宙的心灵是神明（νοῦν τοῦ κόσμου τὸν θεόν），万物被赋予了灵魂并同时充满了守护神（τὸ δὲ πᾶν ἔμψυχον ἅμα καὶ δαιμόνων πλῆρες）；它是一种渗透到潮湿元素并使之运动的神力（δύναμιν θείαν）。"（DK A23；1：79）西塞罗对此的释义是："水是万物的起源，而神是从水中塑造出来的心灵。"（acquam dixit esse initium rerum, deum autem eam mentem, quae ex aqua cuncta fingeret.）[《论神性》（*On the nature of the Gods*），1：10，25；KRS 97]

---

[1] 爱尔兰作家，代表作《等待戈多》。——译者注

[2] 守护神（daimons）是古希腊信仰中，介于神明和人类之间神性及超自然的存在。——译者注

[3] 罗马将领，曾统兵先后击败过匈人、法兰克人、勃艮地人和哥特人，被称为最后的罗马人。——译者注

[4] 公元前4世纪古希腊哲学家和科学家，先后受教于柏拉图和亚里士多德，著有《植物志》《人物志》等作品。——译者注

[5] 米利都学派哲学家阿那克西美尼的学生，把哲学带到雅典的第一人。——译者注

然而，泰勒斯说的这种"水"——不管是咸水还是淡水，有益健康的还是不宜饮用的，它都会从我们的指缝流走。液体和水分就像嘴里的唾液一样，既和我们亲近，但有时又像奇怪而神秘的神明一样向我们传递着怪异和不可思议的信息。水似乎是"不确定的""模糊不清的""没有边际的"，而且没有外部边界或内部局限，可以说是无定形（ἄπειρον）：这个词出自泰勒斯的一位同胞——米利都的阿那克西曼德，对泰勒斯来说，这个词或许至少意味着广阔的海洋，那似乎要冲破地平线涌入天空（甚至地下）的大海。它蔓延到了所有神圣之地，包括泰勒斯在生命最初的几个月生活过的地方。

⌒⌒⌒∽∽

阿那克西曼德的残篇（DK B1）由辛普里丘[1]援引自泰奥弗拉斯托斯，流传至今。我们首先解读它的传统意义，其次探讨海德格尔对最后一句的重新思考：

> 存在的起点和源头是无定型（τò ἄπειρον）。然而，依据必然性，万物形成之所亦是其消亡之所。依据时间法则，它们彼此惩罚并为其不公做补偿。

（海德格尔以"依据必然性"开头，在提到时间之前结束）：……依照惯例；它们（即存在）顺从秩序，因此也使得彼此（在超越中）与无序（ἀδικία）牵系（reck，Ruch，ruoche，δίκη）。

EGT 57

无论时间法则是否被认定为审判标准，不管是作为伸张正义和偿还惩罚的标尺，还是作为应万物的原始无序而产生的秩序，海德格尔和尼采一样，从未怀疑过阿那克西曼德的残篇与悲剧的关系——很明显，万物只能短暂存在。每个存在的个体必须遵守那专横的召唤，"回到你来的地方"。当一位兄长向自己的弟弟和妹妹说这样的话时，他认为深蓝的大海就是闯入者的终点。然而，弟弟和妹妹由于了解自己作为年轻人的特权，他们会用有点阿那克西曼德味道的话语回答兄长："去跳进大海吧。"

正如我们在上一章中提到过的，亚里士多德认为，海洋干涸的想法是由德谟克利特提出的，而泰奥弗拉斯托斯则主张，阿那克西曼德和阿波罗尼亚的第欧根尼也有同样的想法。亚里士多德表示："海洋由于被蒸干而正在变小，终有一天它会彻底干涸。"（《天象学》B1，353b 6）显然，这种极端状况意味着"无限"出现了外部限制，"无定形"有了边界状态；同时也意味着，不公或脱位的统治没有争议。然而，如果这样的灾难不是外部限制，而是旱季和雨季周期性循环的一部分，那么干涸可能是克塞诺芬尼和阿那克西曼德世界观的一部分。尼采在其著作的第四部分证实，这就是阿那克西曼德学说的观点。同时，尼采还说出了他认为阿那克西曼德会说的话："瞧，你的世界摇摇欲坠；海洋正在缩小甚至干涸；山上的贝壳告诉你干旱有多严重；火已经在摧毁你的世界，最终世界会在烟雾和蒸汽中升起。"（KSW 1：820）然而，我们也能想到，尼采这位主张永恒轮回的后世哲学家会说，这种可怕的预言——"只要时间存在就会如此"。

可以肯定的是，海洋干涸以及随之出现的云朵和降雨的消失，对鱼和人类的影响都是毁灭性的。鱼和人类看似是不相同的生物，但根据阿那克西曼德（以及费伦齐）的想法，它们之间存在着根本的联系——下列是由柯克、雷文和斯科菲尔德（KRS 140-1）节选的五个残篇：

> 阿那克西曼德认为，最早的生物（τὰ πρῶτα ζῷα）生于潮湿环境中，身上包裹着带刺的外皮；随着寿命的增长，它们转移到了一个更加干燥的地方；随着外皮的脱落，它们在短时间内过上了不同的生活（ἐπ' ὀλίγον χρόνον μεταβιῶναι）。
>
> DK A 30；88：31-3

"在短时间内"是否意味着，阿那克西曼德在暗示我们，在经历每一次新的发展后，早期的生物都只能短暂存活——直到陷入时间逆流之前？带刺的外皮是否就像是细胞外壁，虽然没有生命力，却能保护内部潮湿的生命？但是，让我们暂且搁置这个问题，因为在此处，阿那克西曼德似乎第一次用哲学方式描述了被后世称为"潜伏期"的概念，即介于人类婴儿期与成熟期之间的相对无助的一个漫长时期，它至少代表了从出生到青春期的那段时期。

此外他还认为，人类在刚出生时是一种不同类型的生物：其他生物出生后便能很快自立，只有人类需要获得长时间照料。因此，如果人类的原始形态如此，那么他们不可能存活到今天。

DK A10；83：37-40

米利都的阿那克西曼德认为，加热的水和泥土中会出现鱼或类鱼生物；在此过程中，人类一直以胚胎状态成长，直至进入青春期；最后，类鱼生物会裂开，那些已经能自立的男人和女人会从中走出。

DK A30；88：33-7

生物形成所需的水分来自太阳蒸发。人类最初与一种生物十分相似——那就是鱼。

DK A11；84：15-17

因此，（叙利亚人）因鱼类与人类是相似的种类并具有相似的营养物而尊崇鱼。在这一点上，他们的哲学探讨要比阿那克西曼德更合理。阿那克西曼德宣称，虽然鱼和人类没有共同的祖先，但最初的人类是在鱼的体内形成并获得营

图 14　锡拉岛卢莫瑞茨（Loumarades）山丘上，葡萄园周围的柽柳树

养——就像鲨鱼一样——等到能够照顾自己的时候，他们会离开鱼的身体，前往陆地。

DK A 30；89：2-6

在人类不可一世的时期，这些"绝妙猜想"（KRS 141），即人起源于海洋和鱼类曾沦为众人嘲笑的对象，现在却令我们惊叹不已。我们不禁想知道，在早年接受教育时，费伦齐是否听过阿那克西曼德的学说——或许是在他父母经营的书店，或许是学术沙龙？人类有着漫长的妊娠期以及之后冗长的潜伏期，这种致命的弱点表明，人类能够存活，有赖于之前的生命形式。就好像海胆的刺或石鱼背脊上的毒刺，脆弱的人类若要生存下去，也需要有与之类似的东西。如果世上不存在海胆或石鱼，那么阿那克西曼德岂不是要虚构这样的生物？但是他该怎么做呢？可惜阿那克西曼德没有遇到他的色雷斯女仆，能帮助他找到解决人类起源难题的方法。或许带刺外皮的生物就是利维坦，它就是原始人类的原始"社会化"，若是没有它，原始人类就会过上悲惨、残忍、短暂的人生？或许带刺的外皮是城邦守护女神阿耳忒弥斯头上的壁形金冠？而金冠上的城垛状设计象征着城邦（πόλις）的护墙？但是，再重复一下我们的问题，为什么改变了的生命形式（不再生活在水中，而是转移到了陆地）只能"短时间"存活？这样看来，阿那克西曼德考虑的似乎是，自然环境或者城市周围环境发生灾难性变化时，人类适应新环境会面临的困难。这里所说的"短时间"——不管我们该如何理解——它将证实那操控万物生存和死亡的时间法则。

最后，我们要提到的是阿克拉加斯的恩培多克勒，他也被称为西西里的魔术师（Sicilian magus）。为什么要提到他？难道他提出了某种关于鱼和海洋的理论吗？并没有，但是他本人曾是一条"鱼"，因此，我们有必要了解他的意见。至少和其他前柏拉图时期的哲学家相比，恩培多克勒为后人留下了很多可供研究的著作，这让我们很难从中取舍并决定提及它们的顺序。或许作为一本讲海之际遇的书，我们应该只选取那些论述流动性与爱的残篇，但在那之前，我们首先要了解，恩培多克勒对思考此类问题所持的看法。流动性，尤其是流动的血液，这与恩培多克勒对思考的理解和践行有很大关系。思考不是发生在大脑中，而是发生在心中，"它在血海中来回摇摆／人类所谓的思考在那里／流淌在人类心脏的血液——这即是思考（αἷμα γὰρ ἀνθρώποις περικάρδιόν ἐστι νόημα）"（DK B 105）。几个世纪以来，这种"用心思考"的说法激发了评论家的想象力。通过这种方式，是否可能为"冥想"这一枯燥的词注入使其有活力的血液？毫无疑问，这种可能性激发了荷尔德林和尼采对恩培多克勒的兴趣。

血液如何赋予人思考的能力？当然，血液是一种含盐的液体，这种混合液体包含了各种特殊元素，这样的血液可以与世界上所有的血亲相遇。年轻的雷德本在他首次航海时就遇到了这种情况——他回想起他的心在"疯狂地沸腾和破裂，仿佛一个隐蔽的泉眼突然涌出水来……仿佛春天河水暴涨时的山涧"。血液中的混合物与爱（Φιλία）有关，而爱则与塞浦路斯的阿佛洛狄忒有关。阿佛洛狄忒在巴门尼德的矛盾体系中举足轻重（DK B 12-13）。然而，现在爱与冲突（νεῖκος）就在它们共同存在的宇宙混合了。在多个残篇中，恩培多克勒曾向年轻的普萨尼亚斯[1]——不是后来那个雅典时期已无药可救的普萨尼亚斯——传授了万物的"四根"（水是其中之一）以及其中友好和敌对的力量。恩培多克勒说它们是"双重的""复合的"，甚至是"奸诈的"，这大概是因为，在交替中，爱和冲突混淆了界限。以下是他提出的四"根"或"根茎"（ῥιζώματα）：

> 请先听我言，万物有四根
>
> 宙斯放光芒，赫拉育生命
>
> 还有埃多纽斯和冥后
>
> 她以泪水浇灌凡人之泉

DK B 6

宙斯代表苍穹或高空，是燃烧的天空；赫拉能够孕育生命（φερέσβιος），因此她大概（尽管存在争议）是土地和云雾缭绕的低空；埃多纽斯即冥王哈迪斯；冥后流下的泪，最终可以供凡人饮用。我们最感兴趣的当然还是这位冥后，她大概是一位可以代表

---

[1] 普萨尼亚斯（Pausanias）是斯巴达国王。——译者注

淡水泉的女神。然而，如果她流下的是咸涩的泪水，那么她必定与海洋和蒸发有关。无论如何，四根都听命于将它们聚合和分裂的力量。下面的叙述将告诉我们故事的原委：

> 我要讲一个双重性故事
>
> 有时它们从多中生一
>
> 有时它们从一中生多
>
> 凡人的生与灭皆是双重
>
> 万物因聚合一生一灭
>
> 万物因分裂成长分散
>
> 生命不息，转变不止
>
> 万物因爱而聚合成一
>
> 因憎恨冲突而复分裂
>
> 到此可知多何以成一
>
> 一何以再度分裂成多
>
> 故万物生成而多变
>
> 周而复始，永无止息
>
> 处此循环，永恒不变

这段叙述最终的"双重性"似乎是说，万物在循环中永恒不变，但该循环却永远变动。恩培多克勒提出的这个悖论还极富个人色彩，或许他只是和普萨尼亚斯开了一个玩笑 ——恩培多克勒名字（Ἐμπεδοκλῆς）的词根 ἔμπεδος 就是恒定不变的意思。我们很难不由此联想到数百年后尼采提出的"同一物的永恒轮回"，一种与永恒和同一物都没有关系的轮回。如果考虑这个悖论的极端情况，有人可能会说，既然爱和冲突在同一宇宙斗争，那么有爱的地方也就会有冲突。据此，我们难免会联想到弗洛伊德提出的"爱恨交加"（lovehate）和"矛盾心理"（ambivalence）的情绪。难怪冥后会流泪。

既然已经提到了弗洛伊德的"爱恨交加"，那么我们必须要承认，他的驱力二元论还原了一个恩培多克勒式的问题。如果爱和恨并存于人类的情感领域，那么二者的同一性就会受到威胁。当二者在同一宇宙斗争时，即使爱获得了胜利，该宇宙仍是斗争的宇宙。因此，我们无法确定的是，当这两个原则处于同一宇宙时，究竟哪个会发挥作用，至少当我们"用心思考"时，二元论和一元论似乎都无法充分解释这种情况。在晚期文章《论无限和有限》[*On Finite and Infiniteor（Limited and Unlimited）Analysis*] 中，弗洛伊德详细评论了阿克拉加斯的恩培多克勒，并且批评了这位西西里的魔术师将人类情感投射到宇宙的想法，然而最后弗洛伊德承认，宇宙可能真是恩培多克勒描述的那样。虽然弗洛伊德希望恩培多克勒的学说能帮他证实驱力二元论，但他可能对动摇所有二元论和一元论的这种根本的不可判定性有模糊的认识。不管怎样，在其文章的第六部分，弗洛伊德详细介绍了恩培多克勒，以下是该内容的摘要：

阿克拉加斯的恩培多克勒生于公元前 495 年，他是希腊文化史上最伟大、最杰出的人物之一。恩培多克勒有着广泛的兴趣爱好，在多个截然不同的领域均有作为；他是学者和思想家，是预言家和魔术师，还是政治家、慈善家和了解自然的医生。据说他拯救了疟疾肆虐的塞利农特[1]，因此被同时代的人奉为神明。恩培多克勒的思想似乎统一了完全对立的事物；他对物质和生理的研究向来精确且冷静，尽管如此，他并不回避晦涩的神秘主义；他对宇宙的猜想既大胆又充满奇妙幻想……然而，在此我们要讨论的是恩培多克勒的特别学说与精神分析学中驱力理论的相似，这两种学说几乎如出一辙，如果恩培多克勒的理论不是对宇宙的一种幻想的话……哲学家恩培多克勒认为，宇宙和精神世界中发生的所有事件都遵循两种原则，两种原则彼此间存在永恒的争斗。恩培多克勒将这两种原则称作爱和冲突。其中一种力量试图将四种元素的原始粒子压缩成一个整体；而另一种力量则试图瓦解这些混合物，让各种元素相互分离。他认为宇宙发展是一个永无止境、两种力量交替作用的过程，在两种力量斗争时，有时爱会取得胜利，有时冲突会占上风。战胜的一方会以自己的意志统治世界，而失败的一方也终会崛起，将对手击倒在地。

　　恩培多克勒主张的两个基本原则（爱和冲突），它们在名

---

[1]　塞利农特（Selinunt）是位于意大利西西里岛南岸的古代城市，该城由希腊人在公元前 628 年创建。——译者注

称和功能上都与精神分析的两种驱力（爱欲和毁灭）如出一辙。一方想要将所有事物结合成更大的统一体，而另一方则是要瓦解这些统一体，并破坏它们的组合……我们考虑的不是物质的混合和分离，而是驱力成分的融合和分解。同时从某种意义上说，通过将毁灭驱力的源头追溯到死亡驱力，即生物想要回归无生命状态的冲动，我们为"冲突"原则提供了生物学上的支持。当然，这并不意味着我们否定了先前早已存在的类似驱力，也不意味着我们认定该驱力形成于生命出现的时候。我们也无法预测，恩培多克勒学说中的真理内核会以何种面目呈现给后世的研究者。

GW 16：91-3

至于驱力二元论是否能克服恩培多克勒诗歌中提到的双重性，这个问题我们还是交给弗洛伊德本人去思考吧。现在我们接着讨论恩培多克勒的那首诗。恕我直言，并不是我想要妄加推测，但我希望弗洛伊德在看到恩培多克勒的这首诗时，会经历他人生中最愉悦、最动荡的反移情时刻。

恩培多克勒重复了他的警告，而且在该双重性故事中，他继续提供了关于爱的更多细节：

我要讲一个双重道理

有时它们从多中生一

有时它们从一中生多

火、水、土以及上空的气

冲突退居一侧，整体即协调

爱则居其正中，不偏不倚

用理智的慧眼注目爱

千万不要窘迫不安

要知道她在凡人四肢涌动

凡人因她生友爱、成一体

呼唤她的名字

快乐！阿佛洛狄忒！

她与其他元素一起旋转

没有男人识得她的面目

但是你一定要相信

我说的顺序绝无欺骗

　　在这个特殊的时刻，爱占据二者所在空间的中心，而冲突则"退居一侧"。冲突虽然没有被彻底驱逐出该空间，但现在位于中心的爱已使四根结合。然而，恩培多克勒为什么要强调或似乎强调了男人（mortal male，θνητὸς ἀνήρ）没有发现爱占据了中心位置？难道这位阿佛洛狄忒女神没有在所有凡人的四肢涌动吗？恩培多克勒似乎想以此告诫普萨尼亚斯，或许依靠心脏血液思考对他来说并非易事，甚至那位色雷斯女仆在这个方面要比他更为擅长。这里奇怪的是，恩培多克勒坚称自己的话"绝无欺骗"（οὐκ ἀπατηλòν）（DK B17，l. 26），而后文中他又告诫众人，"不要让你的理智受到欺骗"（οὕτω μή σ'ἀπάτη φρένα）（DK B 23，1. 9）。在接下来的一章中我们会提到，阿帕忒（Ἀπάτη）是欺诈女神或女泰坦，她诡计多端又善于欺诈，希腊诗人赫西奥德（Hesiod）将她与爱神并列——或许正是这一点令年轻的普萨尼亚斯困惑不解，以至于他会对爱之女神一副铁石心肠。之前的许多悲剧告诉我们，像他这样好斗的年轻人会落得怎样的下场——希波吕托斯[1]和彭透斯[2]都是前车之鉴，只怪他们没有意识到，在中心处永恒支配宇宙的应该是何物。

与赫拉克利特和阿那克西曼德一样，恩培多克勒也强调宇宙万物讲求平衡或有来有往，但似乎有时候，恩培多克勒对（时常处于边缘的）冲突格外敏感。或许，我们从字里行间体会到的那种感觉叫涤罪（Purifications，Καθαρμοί）。由于当下这个时代与恩培多克勒所处的那个时代并无两样，比起学习用心去思考爱，人类仍然喜欢杀戮——不管是自相残杀，还是将矛头对准其他生物。即便恩培多克勒曾既是男孩又是女孩，是灌木也是小鸟，还是越过海面的鱼，现在的他也只是一名"逃亡者"，一个他口中的死亡平原上的流浪者（Ἄτης ἀν λειμῶνα）（DK B 118）。实际上，恩培多克勒对自己的责备让人惊讶：

---

[1]　希波吕托斯（Hippolytus）是希腊悲剧诗人欧里庇得斯作品中的虚构人物，因不尊重爱神阿佛洛狄忒遭到报复。——译者注
[2]　彭透斯（Pentheus）因拒绝崇拜酒神狄俄尼索斯遭到报复。——译者注

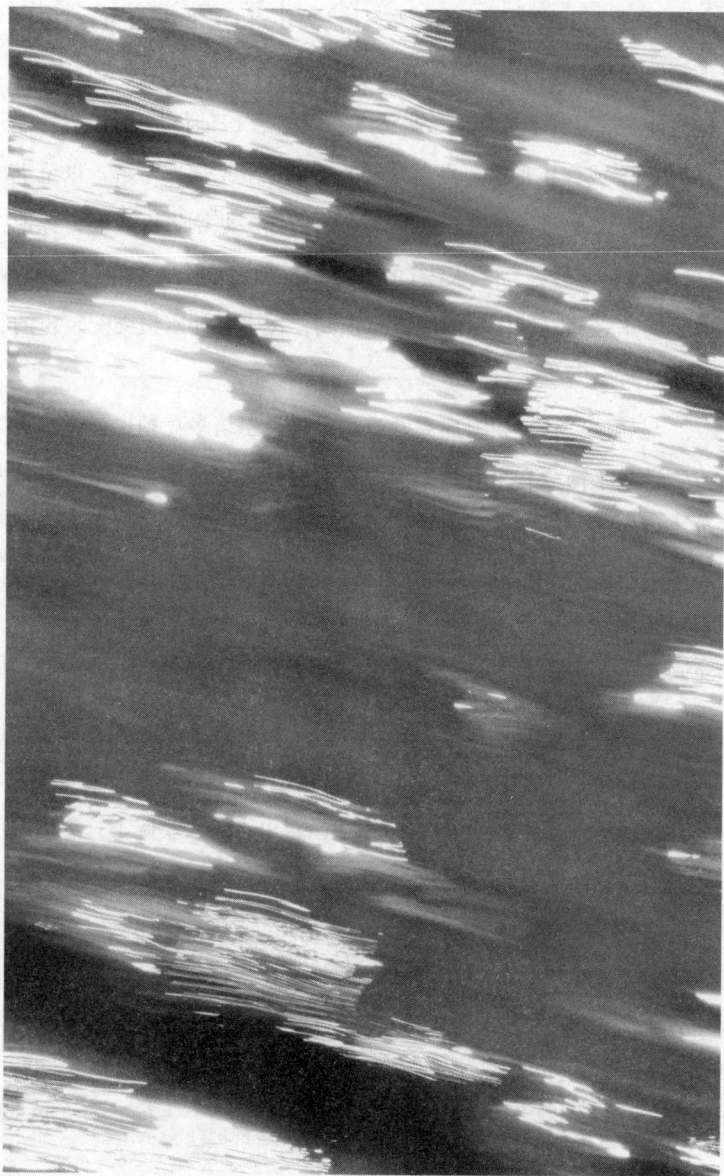

图 15 "神的四肢开始颤抖"

世间存在必然之神的神谕

那是众神颁布的古老法令

也是宣誓后封存的永恒法令

若有人违反法令、四肢沾上污血

若人因魔鬼承诺他长寿

因他的缺陷背弃誓言

他将万年徘徊，得不到祝福

自始至终以各种方式死而复生

艰辛的人生一场接着一场

天空之力将其逐入大海

海洋又将他冲刷到陆地

陆地令其暴晒于烈日下

烈日又把他投回天空中

他往返各处，为各处厌恶

我如今也成了他们中的一员

那些遭众神放逐的逃亡者

只因我信任了疯狂的冲突

DK B115

如果说恩培多克勒体现了飞鱼到人类的演变，或许那演变是种倒退，而他的故事是一个悲剧，尽管流亡者得到四根的接待，但这种接纳只是短暂的，因为它们全都鄙视、排斥他。与奥德修斯一样，恩培多克勒遭到了风暴的袭击。一切都摇摆不定，永远陷入了逆流中。实际上，整个宇宙都遭遇了同样的不稳定。需要重申的是，尽管爱追赶冲突并将其打倒在地，但是冲突绝不会在循环中被彻底消除（DK B35）。当爱占了上风、取得支配权时，一切似乎都很美好，和睦弥漫了"整个宇宙，庆祝它的独处"（DK B27，ll. 22-3）。然而，当冲突获得至高无上的权力时，辛普里丘告诉我们，外围会出现更加不稳定的运动，"因为一个接一个，神的四肢开始颤抖"（DK B31，l. 15；KRS 295）。

⸻ ❧ ⸻

"神的四肢开始颤抖。"在其著作《神谱》（Theogony）中，赫西奥德至少两次提到"颤抖"（πελεμίζω）一词（ll. 458，842），而这两次都是指地球在宙斯的雷火和脚下的颤抖。然而，恩培多克勒却使得神颤抖起来——正如几个世纪后，荷尔德林在戏剧《恩培多克勒之死》（The Death of Empedocles）第三版中描绘的那样。在该场景中，首先颤抖的是恩培多克勒他本人：

> 当兄弟从兄弟身边逃走
>
> 当恋人毫不知情地擦肩而过
>
> 当父亲认不出自己的儿子
>
> 当人类语言和法律不被理解
>
> 这一切的意义向我袭来
>
> 我浑身颤抖

它是我们民族的分离之神！

ll. 421–6

然而实际上，恩培多克勒的颤抖可能是因为看到了神不安的颤抖和摇摆，正如古埃及的祭司马内斯（Manes）曾经宣称的：

> 时间之神为他的统治生出忧虑
>
> 惊惶之外他隐约露出愤怒的凝视
>
> 他的时代终结了，雷火却仍然闪耀
>
> 然而高处燃烧的不过是炎症
>
> 底下争斗的则是野蛮的龃龉

ll. 367–71[1]

阿克拉加斯的恩培多克勒和荷尔德林戏剧中的同名主人公，他们似乎像极了那些在更晚时代出现的思想家、作家及其笔下的人物——如果我们可以不合时宜并颠倒时代的举例的话：在弗吉尼亚·伍尔夫的小说《海浪》（1931）中，诗人内维尔（Neville）说过，"万物颤抖着，就好像它们还未曾存在"（100）；又比如在《哲学论稿》中，海德格尔也提到了"最后之神"的颤抖和战栗。最后之神的战栗是该作品中反复出现的主题，同时它也是最

---

[1] 引自荷尔德林 *The Death of Empedocles*（《恩培多克勒之死》）（Albany: State University of New York press, 2008），184–5。德文版参见 CHV 1: 897–9。——原书注

离奇的一个主题，因为这似乎反映了海德格尔思想上的倒退，此处的他居然一反常态，回归到自己藐视和唾弃的神学本体论（onto-mytho-theo-logy）。实际上，大多数解读海德格尔思想的人都想要忽略这一主题。海德格尔在这部 1936 年至 1938 年的作品中呈现的所有惊人言论，其中最令人吃惊的一句是 "die Erzitterung des Seyns"（存有的震颤），简直无异于一种末日预言，在整部作品中出现了一遍又一遍。[1] 这种颤抖或战栗与最后之神的出生（Göttern）和逝去（Vorbeigang）都有关系（65: 8，59，120，158，etc.）。海德格尔和那位西西里的古代思想家的确有着很多不同之处。首先，恩培多克勒从未将冲突发生的原因归咎于某个民族，当然他也没有责怪地中海人或黎凡特人。其次，恩培多克勒的诗歌令人难忘，它不像是海德格尔的诗歌那般生硬。

奇怪的是，海德格尔对恩培多克勒并没有过多的评价［我的朋友威尔·麦克尼尔（Will McNeill）提醒我，海德格尔并没有对恩培多克勒绝口不提，但他对恩培多克勒的评价算是屈指可数］。我之所以觉得这很奇怪，不仅是因为荷尔德林和尼采对恩培多克勒十分崇拜，也因为我们会发现海德格尔后期思想中的所有肯定

---

[1]　这句话首次出现在 65:4 和 21，之后它也多次出现，但它的重要作用还是体现在该书的最后章节 "The Last God"（最后之神）。这种对最后之神颤抖或战栗的描写很容易让我们联想到谢林和尼采。更多详细内容请参见克雷尔的 *The Tragic Absolute: German Idealism and the Languishing of God*（《绝对悲剧：德国唯心主义和上帝的衰落》）（Bloomington: Indiana University press, 2005），131n. 21。我也要借此机会纠正该书第二部分第 10—11 页注释中的一个错误，其中关于谢林《对人类自由的本质及其相关对象的哲学研究》的正确描述应该是："这部 1809 年出版的作品中，所谓的 *die ENDLICHE gänzliche Scheidung* 应该是 utterly finite and never total。"——原书注

方面可以用恩培多克勒的一个残篇恰当概括。在迪尔斯和克兰茨编辑的版本中，残篇 B 106 也许可以翻译成以下内容："Fateful skill in human thinking grows as human beings encounter the presencing of what is present."（当人类遇到在场之物的呈现，人类思维中宿命式的技巧会增加。）然而只要对该残篇通常的译文［"Men's wit grows according as they encounter what is present"（人的智慧的增加取决于与在场之物的相遇）（KRS 311）］稍作调整，我们便不难看出它和海德格尔思想的相近之处：μῆτις 不是"智慧"（wit）或者"聪明"（cleverness），而是思考的技巧（Geschick）——这种"有技巧"的思考正是因为它回应了存在之历史中"注定的"或"被指派"的内容；更重要的是，παρεόν 不仅包括"在场之物"或作为整体的存在，或是挤进我们分散的世界的这样或那样的东西，它还包括最重要的在场（presencing）和伴随的不在场（absencing），即存在进入敞开和撤退回遮蔽的状态。或许这正是恩培多克勒有关用心脏血液思考说法的核心——当人们不再为海德格尔辩护，任由其悲剧思想浮出水面时，大家或许会发现，以上也是海德格尔"存在之思想"（Seinsdenken）的核心。

尼采在《希腊悲剧时代的哲学》中多次提到恩培多克勒，但没有像对待赫拉克利特和其他人那样对恩培多克勒展开深入讨论。相反，尼采的做法和他的前辈荷尔德林一样，都是试图创作一部关于恩培多克勒的戏剧。尼采关于哲学家人格的说法似乎在恩培多克勒身上得到了很好的印证。出乎意料的是，十年后，当尼采构思《查拉图斯特拉如是说》的时候，他再度有了想要创作一部关于恩培多克勒的戏剧的想法。[1]

至于尼采要为他崇拜的思想英雄写一部戏剧的想法，我们是否可以认为，这与泰勒斯和悲剧演员所展现的品质，即转化（Verwandlung）和悟性（Besonnenheit）有关系？在没有公开发表的关于同一时期的希腊悲剧的笔记中，尼采对悲剧演员常用的形容词是 ecstatic（狂喜的、入迷的）——从字面上理解就是能跳出自己，融入剧中人物的性格和行为。尼采强调的是，狂喜的表演者仍然可以头脑冷静（besonnen），有能力深思熟虑做出最敏锐的判断。如果哲学思考敢于为思想的价值设立标尺，从而决定哪些思想是伟大的，那么它也能艰难地平衡狂喜和冥想。在此我要重申的是，演员具有这两种品质，是他们演好悲剧的关键。

尼采的《希腊悲剧时代的哲学》曾六次简短提到了恩培多克勒，其中第三次出现在尼采写到阿那克西曼德的时候。尼采写道："他伸出手，站在自己的位置上，仿佛我们的存在就是一个悲剧，而他生来就是这场悲剧的英雄。"（KSW 1：821）从这个角度看，阿那克西曼德是"恩培多克勒伟大的模型"（同上）。如果存在是统一的，并且这种统一是"无限的"或"不确定的"（τὸ ἄπειρον），

---

[1]　参见克雷尔的 *Postponements*（《延迟》）全书；德语文本出现在附录中。——原书注

那么这样的统一就是悲剧。存在物的悲剧性统一 —— 同一物的永恒轮回 —— 是尼采"众思想的思想"的核心，这是永恒轮回思想最早的构想来源之一。阿那克西曼德认为，所有出现的东西必将依据"时间法则"毁灭。但随即他想到了另外一个问题，而对于该问题，尼采的表述是：

> 既然整个时间的永恒性已经消逝了，为何很久以前生成的一切还没有消亡？这条可以永恒重生的河流源头在哪儿？要想回答这个问题，他只能求助于神秘的可能性之路：只有在永恒存在中，永恒生成才能有它的源头；存在瓦解的条件与其在不公中生成的条件总是一致；事物的聚集如此有序，以至于无法预见它的终点，个体存在也无法从"不确定的"发源地退出。这就是阿那克西曼德停止的地方。为此他只能持续留在暗影中，像是在自己眺望世界的山顶上的巨型幽灵。至于确定性如何通过毁灭的方式从不确定性中产生，暂存的如何从永恒中产生，以及不公如何从公正中产生，人们越是想回答这个问题，就越是无法走出黑夜。

> KSW 1：821-2

当然，赫拉克利特代表了一道曙光 —— 但更重要的是，赫拉克利特肯定生成（becoming）是悲剧。事物的节奏如"海浪永恒拍打着岸边"，它不是不公，而是悲剧。

然而，再说回我之前提到的冥想是一种悲剧主张的问题：在尼采的早期作品中已经有所体现的"众思想的思想",即同一物的永恒轮回,在我看来,这种思想明显是一种冥想。它是实验性的思想,解答的是"假设性"问题;在最有可能的所有可能性中,它在一种接着另一种中跳跃。正如编号 M III 1 的笔记记载的那样,这种思想在科学和宇宙学领域十分常见。[1] 然而,当恶魔在你最孤独寂寞的时刻潜入你身边,并且向你提问时,你也需要这种思虑或冥想。在尼采的全部作品中,他对该思想的阐述主要出现在《快乐的科学》(no. 341;KSW 3:570):

> 最沉重的负担——假如在某一天或某个晚上,恶魔在你最孤独寂寞的时刻潜入你身边,并且对你说:"你现在和过去所过的生活,将来还要再过一次,甚至过无数次;你的生活不会有任何新意,你所有的痛苦、欢乐、思想、叹息,所有生活中那些无法形容的琐碎或重要的事情都会重现,并且以同样的顺序重现——甚至此刻树丛里的蜘蛛和月光,甚至此刻的我自己。存在的永恒沙漏会不停翻转——而你将和它一同翻转,你不过只是那沙漏中的一粒沙子!"听完恶魔的这些话,你是否会无力瘫倒在地上,咬牙切齿地咒骂它呢?还是说经历过这样的荒诞后,你会回答恶魔:"你才是神,我从未听过比这更神圣的话!"如果这个想法占据了此时的你,

---

[1] 这个笔记中的第 348 条被收集在 Mette-number 11;参见 KSW 9:441-575,详细内容参见克雷尔 *Infectious Nietzsche*(《尼采的感染力》)(Bloomington and London: Indiana University Press, 1996),ch. 8。——原书注

它就会改变你，或许还要将你压碎；所有人都要回答："这样的生活你是否愿意再过一次，甚至过上无数次呢？"这个问题会成为你行动时最伟大的负担。或者无论你如何努力对待自己、对待人生，最终得到的无非还是这永恒的确认和印证？

那样的冥想到底是会改变我们，还是会毁灭我们？或许尼采对用心思考的要求太高，也或许我们太懦弱无法进行这样的思考。

∽⌒⌒∽

至于恩培多克勒的宇宙论的细节，我们没必要占用篇幅讨论。但是，我们由此可以联想到海洋蒸发和降雨的循环过程。所有在晴天拍摄的海洋照片，它们都会呈现一个奇怪的细节，那就是似乎"太阳本身不会发光，它只是反射了那来自水中的火光"（DK A 30，ll. 29-30）。恩培多克勒另一个奇怪的比喻惹恼过亚里士多德，以至于亚里士多德在《天象学》中表示，恩培多克勒关于"海洋是陆地流出的汗水"的言论"荒谬至极"（B 3，357a 24）。陆地仿佛是在核心处辛勤劳作才会流汗，但即便再努力，它也没能像爱人泛红的脸颊一样让人对爱心生向往。在生物的发展过程中，火和水（"冥后的泪光"）发挥了重要作用，它们都"蒙受阿佛洛狄忒的庇佑"（DK B 96，B 98）——即使生命的诞生似乎是混乱和丑恶的。埃提乌斯写道：

恩培多克勒认为，第一代的动植物是不完整的，它们肢体分散，没有组合在一起；到了第二代，动植物的肢体开始连接，像是梦里的怪物；第三代有了完整的自然形态（τῶν ὁλοφῶν）；第四代的形成不再依赖同种物质，例如土或水，而是混合了多种物质（δι' ἀλλήλων）。它们的形成有时是因为营养物的凝结，有时是因为雌性的美丽形态（εὐμορφίας τῶν γυναικῶν）激起了雄性播种的冲动（ἐπερεθισμὸν τοῦ σπερματικοῦ κινήματος ἐμποιησάσης）；并且动物的差异取决于它们体内混合物质的质量。

DK A72

在《论天》中，提到胚胎发育的第一阶段时，亚里士多德显然是直接引用了恩培多克勒的诗：

> 这里出现了许多没有脖子的面孔
> 手臂独自徘徊，没有连着肩膀
> 眼珠子孤零零游荡，急需额头

DK B57

胚胎发育第一阶段的情景——人类四肢的碎片像皮兰德娄作品中的角色一样游荡着寻找自己——这想必激发了尼采这位恩培多克勒忠实读者的创作灵感。《查拉图斯特拉如是说》第二部分中的"论解脱"（On Redemption）描写到，查拉图斯特拉看到一只巨

　　　　　　　　　　　　　　　　　　哲思与海

大的耳朵正穿过桥向他走来，他惊讶地叫着："那是个耳朵！像人一样大的耳朵！"在那耳朵下面，查拉图斯特拉最终发现了"一张丁点儿大的妒忌的脸"。人们宣称这个超级大耳朵是一个"天才"，但是查拉图斯特拉表示怀疑。"说真的，我的朋友们，我在人群中游荡，就仿佛在人的碎片和四肢中游荡一样！"后文接着描述了时间上的"它曾是"，那个时间上无法改变的过去，它就像是固执的西西弗斯也无法推动的巨石。大耳朵天才有着复仇的精神，它用自己的小脸报复了时间和它简单的过去、它的未完成，以及它的不完美。这是从复仇精神出发的解脱，它也是查拉图斯特拉最渴望人类得到的一种解脱。并且这种解脱并不是让所有人都成为耳朵。

阿方索·林吉斯在《深海狂喜》中有一段话，那是我在第一章中没有引用过的内容。该内容深入思考了海洋中的各种生命形式，与恩培多克勒对人类胚胎发育第一阶段的描写非常相似。根据林吉斯的说法，潜水员遇见了停留在生物进化特定阶段的生命形式，它是哺乳动物、两栖动物和爬行动物在数百万年前早就经历过的阶段（E11）。这些生命形式充其量算是生物的"部分器官，它们只是皮肤、卵巢、一段大肠，或者一堆肌肉"（同上）。因此，潜水员"漂游在被肢解的部分或粗略进化的生命形式中，它们包括原肠胚、海绵、海蛞蝓、羽状蠕虫、袖珍鱼、巨型鱼、箱鲀、巨型乌贼"；潜水员"在它们中间漂游时，自己也沦为一个器官，眼睛无法看到自己的样子，手也捕捉不到任何东西"（同上）。回想那时的情景，林吉斯写道："海洋中到处都是一些从未被肢解，

却只有器官的怪物。"（E 12）

恩培多克勒提出的胚胎发育的第二阶段，为希腊贡献了很多传说和神话中的怪物——牛头怪、半人马、龙、巨人、独眼巨人、九头怪、吐火怪物。除此之外，它还为（柏拉图的）阿里斯托芬的喜剧创作提供了素材：

> 许多生物出生时，身体前后都长了脸和胸
> 有些是长出人脸的牛的后代
> 有些是长出牛脸的人类后裔
> 其他则是配备了男女器官的混合生物

DK B 61

在出现能够进行心脏思考的生命形式之前，生物必须经历器官偶然连接和进化的诸多阶段——或许制造生物双重性统一混乱的是冲突，而不是爱。或许人类也还没有达到能用心思考的阶段。这样说来，我们已经回到了自己的起点，但是我们还要搞清一个细节。

恩培多克勒的"涤罪"劝诫人类要避免流血杀戮和同类相食——这里说的同类相食是指人类食用动物的肉。在这首诗中，恩培多克勒似乎修改了赫西奥德对众神起源的描写，而他的改写是为了突出爱，而非冲突。诗的开头这样写道：

> 战神阿瑞斯不再受到推崇，无人为战斗呐喊

哲思与海

宙斯不再为王，克洛诺斯和波塞冬也不复存在

留下的只有女神阿佛洛狄忒

他们用神圣的画像平复她的怒气

画像中的众生多姿多彩

伴随着没药和乳香的香气

洒在地上的祭酒是黄色甜蜜

祭坛上没有被残忍屠宰的公牛

人们知道撕碎并吞噬它们的四肢

是对生命最严重的污蔑

DK B 128

恩培多克勒的这首诗，至少其最后三行之前的内容，听上去似乎是在描绘一幅古代锡拉的壁画——番红花的采集者将香料供奉给了女神。但是，为什么留下的没有乌拉诺斯、克洛诺斯、宙斯、雷神、波塞冬、驯马者、撼地者、海神？为何偏偏只有那生自泡沫的女神阿佛洛狄忒？

如果我没有弄错，海明威在《老人与海》中提过，西班牙语中的"海洋"（el mar）是一个阳性词，但是任何熟悉海的人，也包括书中的那位老人，大家都知道要称海洋为"她"（la mar），一个阴性词。由此，我们不得不感到惊讶。难道恩培多克勒真的凭一己之力就影响了希腊传统？他能够用阿佛洛狄忒取代克洛诺斯吗？如果我没搞错的话，这些正是几百年以后谢林在《神话哲学》中想要解答的问题。

第五章

克洛诺斯之泪

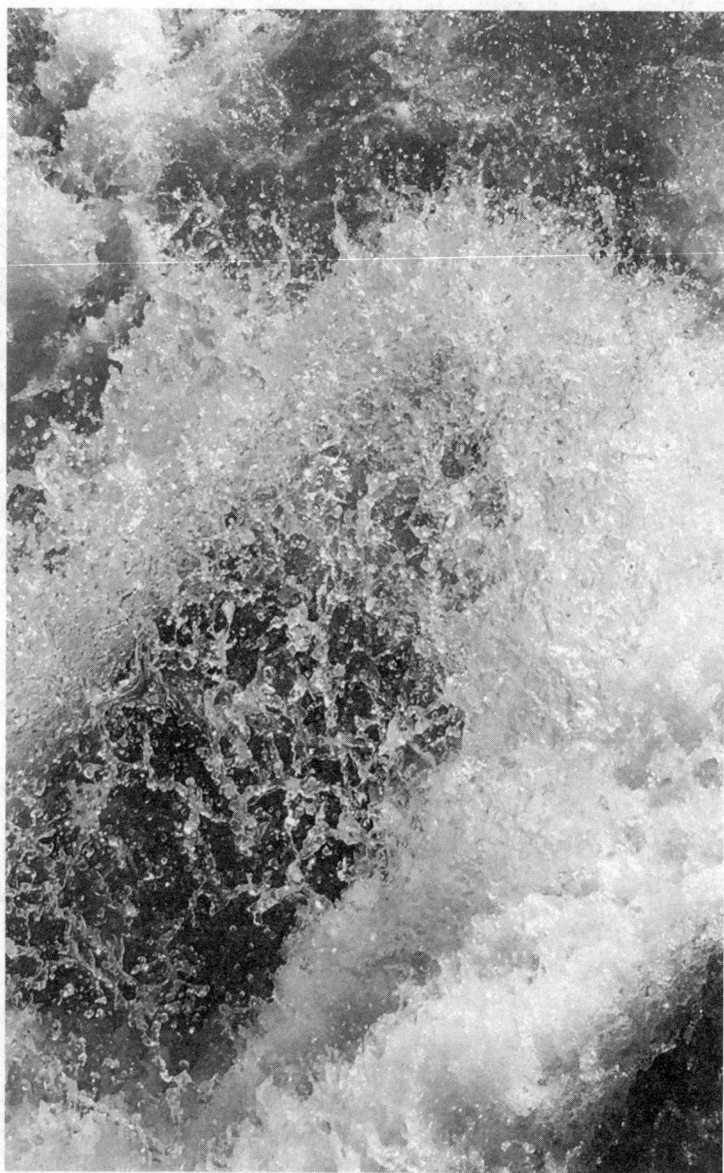

图 16 "这就是为什么……大海会被称作克洛诺斯之泪"

大海是一个连续统，完美的无差异整体。蛇是大海派去陆地的使者，只要是有蛇的地方，便有流水涌出。大海的眼睛是流淌的液体。它缠绕的身体下，流动着地府的水。无休无止地流动。大海蜿蜒曲折，不需要关节。它的整个皮肤印着同样的图案，覆盖着均匀的鳞片。它行动时起伏不定，如同波浪一样不断地赋予自己新生。

——罗伯托·卡拉索

1842 年，谢林在柏林任职哲学教授，他开设了一门以"神话哲学"为主题的课程，该课程共有 29 讲。前 6 次讲座的主题是"一神论"，谢林在课上指出，一般意义上的一神论源于偶然事件——虔诚的信仰者没有意识到，除了他们崇拜的神以外，世上还有很多其他的神明。因此，当一神论被用来反驳多神论的神话时，它只是人们"纯粹的幻觉"（II/2：20）。

能够证明一神论是幻觉的一个有力证据是，当亚当和夏娃吃掉善恶树上的果实后，耶和华曾感叹道："亚当也变得和我们一样了。"（《创世记》3，22）而众信徒却没有将这样的感叹放在心上。耶和华说这话时忽视了夏娃，但那又有什么关系呢：人类将发生在自己身上的一切都归咎于夏娃，女性几千年来承受的恨意和厌恶，怕也抵偿了那个忽视。但是我们真正该问的是，上帝这句话是对谁说的？这里提到的"我们"到底指的是谁？不管是哪种情况，这里的"我们"肯定包括了那条蛇，因为是蛇诱惑夏娃说："（吃了那果子）你的眼睛会变得明亮，你会像上帝一样知晓善恶。"（3：5）蛇是知道内情的，而耶和华恰恰也证实了蛇说的话，这样看来，蛇确实是"我们"中的一员。耶和华说的完整内容是："亚当也变得和我们一样了，他知道了善与恶。但是，不要再让他吃生命树上的果子，吃了后他就会永远活着。"（3：22）后来，上帝因嫉妒，命令他的子民发誓放弃"假"神，这里上帝再次为我们证明了多神论的正确性，因为他口中的"假"神就是外来的或者古代的本土神——这些所谓的"假"神明不过只是除了上帝之外的神。一神论其实是祭司想出的诡计，他们只是厌恶竞争罢了。

谢林讲座的第 7 到第 29 讲的主题是"神话"，为此他搜罗了中国、印度、埃及、亚述、巴比伦、阿拉伯、波斯、腓尼基和希腊神话中记载的神明。谢林有关这些神的精彩叙述，在此我们就不多赘述了——这部分的内容需要花很长篇幅才能解释清楚，而实际上我们也无法穷尽这个话题。事实上，这些讲座最吸引人的部分是，尽管这些讲座想要断定神话在基督教兴起时终结，而其终结是基督教的起点，但神话本身错综复杂，虽然它为基督教贡献了重要的主题和模式，却令那些想要给它下结论或者终结它的人饱受挫折。然而，这个悬而未决的问题不在本书的讨论范围之内，本章将只涉及谢林讲座中提到的两个神，即波塞冬和珀耳塞福涅。最后，我会介绍一个被谢林和几乎所有人都忽略的人物——原本叫作伊诺的琉喀忒亚，她是来自北爱琴海萨莫色雷斯岛附近海域的"光芒四射的女神"。

波塞冬并不是谢林讲座中提到的核心人物。他只出现在第 25 讲，在这里谢林讨论了克洛诺斯的三个儿子，即哈迪斯、波塞冬和宙斯。哈迪斯简直是他父亲的翻版：自以为是、简单粗暴、固执己见，天生独立自强。瑞亚是克洛诺斯的伴侣，每次当她生下孩子时，克洛诺斯都会一口吞掉他们。这个故事的另外一个版本是，克洛诺斯时刻占有瑞亚，让她无法生出孩子，为此瑞亚与她的大儿子宙斯密谋，让宙斯这位未来的奥林匹斯众神之王亲手阉割自己的父亲——就像克洛诺斯阉割自己的父亲乌拉诺斯一样。哈迪斯很像他的父亲克洛诺斯，即使后来爱上了珀耳塞福涅，他也是完全以自我为中心。在大多数情况下，哈迪斯处于隐身的状态（τὸ ἀειδες，意思是"隐藏、隐蔽"），他总是无情地为黑暗索取凡人的灵魂。因此，哈迪斯代表了最原始形态下的神，也就是初级和能力最弱阶段的神，其特征不是威严和权力，而是咆哮和喜怒无常。当真的坠入爱河时，他能想到的也只有绑架和强奸。由于哈迪斯固执地坚持自己的存在（Seyn），想要一直占据圈子的中心，所以他很难走到外围遇见其他人；这也意味着他永远无法获得真正意义上的存在，因为存在者的能力（das Seynkönnende）意味着要正视差异，走出自己的圈子，经历不同的可能性。

尝试可能性是神圣的"灵魂"要做的事，而灵魂存在的关键就在于它能"物化"（materialize）这些可能性。神话就是神圣物化的故事，而谢林自始至终最常提到的两个词是物质（Materie）和母亲（Mutter）。神在他圈子的外围遇到的是一个他还不知道会为之魂牵梦萦的女人。这个女人能带他上天堂，也会让他下地狱。

谢林发现，神话故事的重点之一——恐怕也是最重要的一点，早就由学识渊博的教父亚历山大的克莱门表述过了。克莱门对基督教三位一体故事的解释是"上帝成为女人"（θηλύνεσθαι τῷ θεῷ），以此表明，三位一体就是以自我为中心的耶和华成为慈爱基督的那一刻。克莱门补充说："有爱后，天父变得女性化。"（καὶ δι' ἀγάπην ἡμῖν ἐθελύνθη）（II/2：195）谢林认为，神圣力量的女性化不仅对基督教至关重要，并且它在印度、埃及、巴比伦、波斯和希腊神话中也同样重要。在谢林的叙述中，他最重要的转折点总是涉及母亲和女性情人——乌拉尼亚（urania）、米利塔（Mylitta）、天后、得墨忒耳、珀耳塞福涅、阿佛洛狄忒。此外，神话中的核心人物狄俄尼索斯，原来是最隐蔽的双性化的神。狄俄尼索斯也一直被称为"将临之神"（the coming god），也就是即将降临的神，但他实质上仍然在乌拉尼亚的子宫里。阿拉伯人会说，乌拉尼亚和狄俄尼索斯二者是一体的。奥托·兰克认为，神的所有孩子以及他在人间的代理（国王或主教），从本质上来说都是未降临的孩子（OR 126）。谢林在第10讲里尽力解释了乌拉尼亚的重要性，我们可以从他的讲义中看到，乌拉尼亚即使对男子气概十足的波塞冬也有重要的意义：

> 因此，乌拉尼亚是神话中第一个在拜倒（Niederwerfung）原则里发现自己处于直立状态（im Zustand der Aufrichtung）的神。我能想到最恰当的解释是，那是神的第一次 καταβολή（下降、下行）。在神话中，这个时刻就相当于我们认识的自然的开端，开始向她转变，此时，一切最初的灵魂逐渐转变成物质性的，释放出一种能够接近造物能力的物质；那一

刻是奠定世界基础的时刻，也就是所有最初直立和正在形成的，相对而言还没有成形，它们只是奠定了基础。它成了世界的根基，这里所谓的世界应该被理解为，各不相同但又服从等级的事物的集合体——简言之，就是分开的存在（des getheilten Seyns）。因为在那之前，世上只有未分开的存在。

II/2：201-2

上面这段话，提出了许多至关重要的问题，但在这里，我们只讨论其中一个——海洋之神（以及所有海洋女神）与"未分开的存在"下沉成为"分开的存在"的基础有什么关系？波塞冬和哈迪斯一样，都是其父亲的儿子。波塞冬发怒时，整个海洋都会动荡不安，而奥德修斯也知道波塞冬发起火来有多可怕。然而，海神波塞冬的组成部分是流质，他能够"物化"，从而阻挡哈迪斯。因此，波塞冬"他本身"变成了"至高力量的组成物质，朝着'她'的方向物质化"（II/2：580）。也就是说，波塞冬成了整个世界的基础和根基。没错，他的绰号是"宽阔的胸膛"，他的眉头也总是皱着。实际上，他是詹姆斯·乔伊斯笔下的市民——"有着宽阔的肩膀、结实的胸膛、强壮的四肢……是光着膝盖、肌肉结实、长着腿毛、面颊红润的英雄。"（U 382）然而，波塞冬是广阔的，他物化了广阔。他的这一品质来自其母亲一方，因为瑞亚的名字就有"流动"的含义。同时他也继承了父亲的怒气和任性——以及对自己坏脾气的无能为力。好像也只有俄刻阿诺斯的女儿——海洋的女神以及伊诺-琉喀忒亚可以偶尔平抚波塞冬的怒气，让他平静下来。谢林在后来的讲座中还解释了乌拉尼亚（或下降）与波塞冬的联系：

> 他被看作代表潮湿元素的神，因为一般来说，水是自然情欲的第一次物质表现，这种情欲就是她在成为自然时所感受到的，那一刻她从原始的张力中浮现，释放了她体内的僵硬，柔和了她严厉的性格。这第一次的 καταβολή（下降），由乌拉尼亚的方式指定，伴随着水的出现。在叙利亚的宗教信仰中，那个原始的自然、那个最古老的自然女神被奉为掌管水和鱼的女神。在巴比伦的每个早晨，女神俄安内（Oannes）都会浮出海面，教会人类什么是秩序、法律、科学……波塞冬在物质层面的意义，就相当于狄俄尼索斯在形式和起因层面的意义。但是，只有狄俄尼索斯被称作潮湿之主。

II/2：581

我们回过头来可能会发现，如果可以颠倒时代的话，这段文字的前几句像是在引用费伦齐的思想：自然在水的性欲（Wollust）中释放了它的压力（Spannung），卸下它的严厉（Strenge，Starrheit）。水是神性的主要物化产物，正如泰勒斯一直主张的那样。在本段的结尾，波塞冬似乎与潮湿之主狄俄尼索斯——这位永远处在流体状态的将临之主被混为一谈了。然而，谢林又转而谈起了海神的阴暗面：

　　　　　　　　　　　　　　　　　　　哲思与海

然而这只代表了海神的一个方面。因为波塞冬不是广泛意义上掌管水的神，而是主宰疯狂海洋的神。他体内的潮湿和液体源自至高的力量，源自狄俄尼索斯；而他体内的疯狂、苦涩和咸味来自克洛诺斯。波塞冬只是平息了怒气的克洛诺斯，也可以说是一个液态的克洛诺斯。克洛诺斯的愤怒，他在被征服时体会到的苦涩感，这些都传达给了海洋。这就是为什么……在某些神秘宗教中，大海会被称作克洛诺斯之泪（Κρόνου δάκρυον）。

同上

谢林认为"克洛诺斯之泪"的说法来自普鲁塔克[1]，诗意地表现了大海狂暴和苦涩的原因。然而谢林本也可以发现，这句话的出处还有亚历山大的克莱门，并且谢林讲座的一个重要主题也来自克莱门，即女性原则在神性中的较高支配力。根据波菲利[2]的说法，亚里士多德认为"克洛诺斯之泪"的说法出自神秘的毕达哥拉斯。不管怎么说，谢林一定是认为，这位泰坦神族之父的眼泪中不仅有苦涩，也有一种初始的温柔。因为波塞冬不像他父亲那样顽固和充满愤怒，而且海的风暴有时也会减弱。

此时的谢林愈发表现了他的"浪漫主义"倾向：他坚持认为，物理科学不应只强调数字和质量，还应该关注情感和品质。这可

---

[1] 普鲁塔克（Plutarch）是早期罗马帝国作家、历史学家，代表作《希腊罗马名人传》。——译者注

[2] 波菲利（Porphyrius）是古罗马唯心主义哲学家，新柏拉图主义者。——译者注

能就是所谓"带翅膀的物理学"，像是费伦齐所主张的饼酒同领主义的雏形；谢林与他的朋友黑格尔和荷尔德林在年少懵懂时——或许还是德国年轻的理想主义者时，曾经向往这样的物理学，并且据此制定了他们的宣言"德国唯心主义最古老纲领"。但是到了 19 世纪 40 年代，所有人见证了"硬"科学带领人类走向的方向，他们的翅膀永远折断了。谢林的另外一个"浪漫"倾向则很少有人知道，它也很可能会被人们理解为"非浪漫的"，那就是强调自然拥有可怕力量和预兆能力。谢林问道，谁能说硫黄刺激鼻子仅是数字问题？此外，从土地表面或熔化的金属表面散发出的沼气的恶臭也只是数字吗？又或者"大海莫名其妙的苦涩"呢？（II/2：582）卢克莱修曾尝试解释海水的苦涩，一方面，他将海水称为"尼普顿[1] 苦涩的身体"（Neptuni Corpus Acerbum）；另一方面，他又从科学角度指出，淡水中的粒子是圆而光滑的，而咸海水中含有"尖锐"的粒子，会划到喉咙、刺激鼻腔，侵害我们脆弱的身体组织（2：461-72）。对此，谢林可能会问卢克莱修："这些难道不正是孩子恐怖、焦虑、沮丧和绝望时的产物吗？"（II/2：582）

到底海洋包含了谁的苦涩味道和刺激气味？正如谢林在《世界时代片段》（Weltalter-Fragmente，1811—1815）中指出的那样，在遇到乌拉尼亚更高阶的力量之前，这些都是神性原始力量的特点。这种所谓的原始力量与谢林在《世界时代》中提到的"野蛮

---

[1] 罗马的水神，对应于希腊神话的波塞冬。——译者注

法则"说的是一回事，而他的这个想法极大地引发了梅洛-庞蒂的兴趣（N 38）。体现这种原则的代表人物就是泰坦主神克洛诺斯，他痛哭流涕，是因为知道自己的时代已经终结。这令我们好奇，经常以狂怒示人的撼地者和驯马者，是否他们也曾流下温柔和含蓄的泪水。荷马在赞美诗中称，波塞冬的组成元素是未收割或未开垦的海洋，他祈求波塞冬变成好心肠，"帮助那些在海上航海行的人"。然而，波塞冬很少会关心这样的祈求，而海上的遇难者也最好请求光芒四射的海洋女神伊诺-琉咯忒亚。但话说回来，海洋无法只用"苦涩"一个词就能完全概括。

既然我们已经提到了海洋的苦涩和恶臭，那么现在是时候把黑格尔纳入我们的讨论当中了，因为黑格尔在思考大海时，首先落入他脑海的就是"苦涩"和"恶臭"这两个词。黑格尔 1803 年到 1806 年在耶拿创作的文章中，在最早对自然哲学进行反思时，他并没有过多提到作为生命之源的海洋；然而，在黑格尔的思想体系成熟后，海洋在其中扮演了一个重要（却模糊）的角色。[1] 海

---

[1]　关于海洋的"恶臭"或"气味"的论述参见 JS 3: 103；对海洋早期的最详细的论述参见 JS 3: 103–4。在下文中我引用的内容来自黑格尔 *Enzyklopädie der Philosophischen Wissenschaften im Grundrisse*（《哲学科学全书纲要》）（第三版，1830）第二卷 341 节附录（b），"Philosophy of Nature"（自然哲学）这一章出现在 Suhrkamp 版本的第 9 卷，本书按卷数和页码引用。此外请查看本人著作 *Contagion*（《传染》）第 9—11 章开场对黑格尔的介绍，尤其是第 117—125、145—149 页。——原书注

洋是"中性的陆地"，意思是从化学角度来说，它是作为盐的"陆地"，因此它既非酸性也非碱性，而是中性；此外，它的潮起潮落，它的这些动作都是由于太阳、月亮和地球位置的变化引发的。就这一点而言，月球的影响最大：月球表面干燥、暗淡无光，并且身上只有反射的光，因此月球口渴难耐，想要喝光海里的水（9：128）。当然，这种想法太过疯狂，因为当沉船遇难的人没有淡水可喝时，他们饮下海水只会加快死亡。

黑格尔说，自然给哲学设限，不是因为自然的力量，而是因为它认知无能。因为自然没有能力躲避意外和偶然性，也没有能力避免畸形生命和怪物的出现，为此它永远无法简化成一个可靠的概念（9：35）。因此，自然生活的有些表现形式似乎是崇高的，而有些表现似乎是荒谬、可怜的。许多自然哲学家尝试在自然界中寻找有意义的对应、类比和象征，但在黑格尔看来，没有比这更荒谬的做法了。黑格尔主要说的就是谢林。正如梅洛-庞蒂所说："谢林名声不好是由黑格尔造成的。"（N 48）的确，一方面陆地从海洋升起，就像晶体从母溶液析出一样；另一方面，淡水是由海洋蒸发形成的，此外，淡水只是"抽象中性"，而海水本身是"物理中性"；最后，"抽象中性"渴望"物理中性"，因此那些急切汇入大海的河流应该被称为那伊阿得斯 [1]。黑格尔或许是受到了他年轻时的朋友荷尔德林的"河流赞美诗"的影响，荷尔德林曾

---

[1] 那伊阿得斯（Naiads）是希腊神话中的一类低阶女神，象征江河、湖泊、溪流、山泉乃至井水。——译者注

面对波澜壮阔的河流滔滔不绝道："我认为雨水润泽的山脉不只是雨水的收集者；相反，恒河、罗讷河和莱茵河那样的河流是内在生命的真正源泉，它们就像那伊阿得斯一样，是一种奋发向上的力量，一种驱动力；大地将具有象征意义的淡水驱逐出去，它为这些涌入大海的水注入了自己的生命力。"（9：363）然而，海洋才是"更高阶的生命力"，它比空气、土地和淡水更有活力，就像是那高蹿的火苗。也许像是赫拉克利特所说的，大海是火的第一次"转变"。但正如黑格尔所说，海洋也是"苦涩、中性和溶解的主体"（9：363）。也就是说，盐水含有硫酸镁，是化学中性物质，同时它也是能够溶解最终回归大海的物质的通用溶质。

大海是"一个永远即将要跨过生命边缘的活的过程"；然而，一旦发生这种情况，海水就会重新"落入水中"（aber immer wieder ins Wasser zurückfällt）（同上）。"落入水中"是德语中表示失败和挫折的俗语。海洋中存在含盐混合物意味着海水是"有机的"，或者至少它是在"到处显示自己正在孕育"生命（das sich überall als gebärend zeigt）（9：364）。就像是女人或其他的雌性哺乳动物一样，大海可以生产（Gebiert）或孕育生命，然而黑格尔在他的论述中并没有给出这样的类比。或许这是他对羊水的唯一间接暗示。事实上，黑格尔虽然对人的生殖和性行为非常感兴趣，但是在提到不同类别的生物时，例如水生动物、两栖动物以及哺乳动物，他从来没有讨论过羊水。例如，鲸目动物中的鲸鱼，尽管在此可以做反例——鲸鱼会回到海里，但是拿它们举例实在有些没意思；爬行动物和两栖动物在陆地上行动笨拙，它们是"可悲的形成物"（jämmerliche Gebilde）（9：512），而且它们确实"有些令人反感"（etwas Widriges）（9：513）。至于哺乳动物，黑格尔注意到它们有乳房（或许这个名字意味着什么？）可以哺乳和保护幼崽，这样就具备了家庭生活的基本要素。但黑格尔最感兴趣的还是哺乳动物的四肢——手和脚，由于猩猩也有手，所以黑格尔认为，四肢是哺乳动物自卫的武器（9：514-16）。

在费伦齐黑格尔式的表述中，他认为黑格尔没有注意到哺乳动物会在孕育幼崽的部位"内向投射"类似大海的东西。黑格尔认为受精或受孕（Empfangnis）的瞬间是有性生殖的高潮（9：519），但是他从未在讲座中提到过胚胎发育——至少它似乎重现了腥臭的鱼、令人厌恶的两栖动物和爬行动物，以及高度个性化的哺乳动物的生命力。作为一个对事物的发展过程感兴趣的哲学家，一个喜欢打破砂锅问到底的人，黑格尔总是研究那些别人不敢研究的问题，这么说来，他对羊水中胚胎发育的忽略的确令人意外。这可能是黑格尔自然思想中的最大缺漏，尽管其他人也遗漏了这个内容。让我们像鲸鱼一样返回大海吧，尽管事实上鲸鱼从来不会主动离开大海，即使在生产时也不会离开。

在孕育生命的同时，大海也孕育死亡。"大海散发着一种特殊的臭味——像是永远融于腐败中的生命。"（9：364）因此，水手们口中所说的海夜"绽放的花朵"，即海面上成群出现的磷光浮游植物，也是通常所说的"夜光藻"（Noctiluca Scintillans），实际上它也是海洋"肮脏、浑浊和黏稠"的标志（同上）。黑格尔曾将这种磷光比作傻瓜眼中的火（ignis fatui），即"虚无之物"（will-o'-

the-wisp）：天真的狂热分子认为，这磷光就像是森林仙女发出的亮光，但其实它只是沼泽中朽木的腐败之气（9：365）。大海的确有包含点、线、面的奇特几何形状，但这一切都是生动的幻像；我再重复一遍，海水有着"侵害植物生命的倾向"（9：364）。然而，海洋表面的磷光"部分是永恒的光亮，部分是深不可测、不可捉摸的海光"，由于光只在海洋的表面，所以它是肤浅的：这样的光永远无法拥有主体性，永远不会成为理性和精神的内在光芒；它只是一种会迅速退化成"胶状黏液"的虚假光芒（同上）。海洋里的微型动植物会进化成更高级的生命形式，变成纤毛虫和透明的软壳鱼，因此它们似乎注定会"活得更长久"；然而，大部分海洋生物只是"暂时存在的黏液"，而且数以百万计的生物会"迅速融化成为元素"（zerschwimmen schnell wieder in das Element）（同上）。这里的动词融化（zerschwimmen）值得注意：尼采坚定地认为 schwimmen 是指充满活力地游泳，它表现了微型生物的活力；然而，这些生物过度游泳或者游到精疲力竭——就如那个前缀 zer 一样——说明了它们溶解在了生产自己的海水里。除了海洋，它们别无去处。

在这一点上，黑格尔由夜光藻想到了一个绝妙的类比，或者说对比、象征——它既非同寻常又模棱两可——"大海通过这种方式呈现了一群繁星，密密地被压缩成了银河：它们跟天上的星星一样多（so gut als）。"（9：365）有谁能找到比这更加崇高、更具启发性的象征？当然，康德认为提起对批判性知识的追求，没有比天上的星空更加崇高的喻体。但黑格尔并不领情。他认为星星并不比人类皮肤爆痘或者蜂拥而至的苍蝇更具有启发性（9：81）。黑格尔责怪自己的学生不该对这一评论感到震惊——显然他的学生在镇上大肆宣扬这件事，引起了一场丑闻。黑格尔并没有因此缓和语气，他仍旧坚持自己的观点：激剧繁殖（irruption）就是激剧繁殖，皮疹可以很容易变成天花，一群昆虫可以成为填满外太空的岩石和火焰。发出磷光的海洋只不过是丰富物质的反映，它本身没有高贵可言。正如莱布尼茨所说，每一滴海水确实都是"一个活跃的地球"（9：365），其中包括了无穷多转瞬即逝的东西。然而"海洋的中性将新生主体重新带回了它漠视的子宫"（Die Neutralität des Meers reißt diese beginnende Subjektivität in dessen gleichgültigen Schoß）（同上）。海洋的子宫也许富饶多产，但海洋产出的丰富物产不可避免地会回到海洋，虽然海洋并没有要求它们这样做。这就是海洋发出恶臭气味的原因。

　　海洋的活力如涓涓细流（zerfließt）般流淌，融入了抽象的普遍性。尽管自泰勒斯以来，科学家都将海洋誉为生命的本源，但生命本身必须排斥（Abstoßen）海洋，必须让自己从她身边挣脱（losreißend）。有些动物即使不在海中发育，它们也会被抛入大海。现在，我们再回到黑格尔提出的鲸鱼的例子。然而，这个鲸目动物令他印象深刻的是它只有"未开发的迟钝"（unentwickelten Dumpfheit）（同上）。黑格尔凭借合理的主体性和发光的灵魂，终于努力走上了陆地，虽然他对陆地没什么兴趣。或许，他的灵魂就盛在玻璃烧瓶里，而他似乎认为，我们可以遗忘海洋。

让我们回到谢林在《神话哲学》中对苦涩、愤怒的波塞冬的思考。"在《伊里亚特》通篇，波塞冬表现出了令人沮丧的本质，就像是当克洛诺斯意识到自己已经被战胜时所感受到的那种原始沮丧。"（II/2：582）宙斯是克洛诺斯的长子，也是他两个兄弟的统治者，不论他是否能够真正成为谢林希望他成为的那种神，即拥有智慧和才能的神，这个问题都需要我们暂且搁置。宙斯有足够理由爱上墨提斯（Μῆτις）——"智慧与计谋之神"，但他在墨提斯怀孕之后将她吞下是明智之举吗？我们还记得在故事的最后，宙斯头痛欲裂，从头颅生出了智慧女神雅典娜，这本身就是件匪夷所思之事。尽管我们之前已经说过不深究这个问题，但从这件事来看，宙斯似乎也无法在爱中保持理智。他和凡人并没什么两样。宙斯欺骗了无数的凡间男女，他背叛与他厮混的女神的次数胜于对方背叛他。实际上，宙斯一辈子似乎只是在欺骗他自己，逃离那些必定要发生的事。然而，在谢林的讲座中，欺骗和谎言对神灵至关重要。

在关于"神话"的第 7 场讲座中，谢林一开始就突出了欺骗和谎言这个主题。对于以自我为中心的神来说，极度的自恋和男性的任性让他闷闷不乐，因此他注定会被追求其他可能性的欲望压倒。然而，可能性（das Seynkönnende）意味着有能力超越自我，到达自我的外围（ausser sich seyn）；然而在神话中，这种可能性被普遍归属于"纯粹女性气质"（der blossen Weiblichkeit）（II/2：141）。只有纯粹的自在存在（Being-in-itself）还不够。到

图 17　阿佛洛狄忒，罗马的维纳斯，她是从海水泡沫中诞生的女神

底哪里不够呢？它缺少别的东西、别的可能性。然而，存在的可能性涉及双重性（δυάς），一种双重本质甚至欺骗行为。如果可能性被实现，那么它就是一种现实，而非一种可能性；如果可能性只是一种可能，那么永远会有其他情况出现。而且，这也意味着我们总是会受到欺骗。

谢林在讲座中首先提到的三个女性神话人物是涅墨西斯（Nemesis）、阿帕忒以及迈亚（Maja）。首先让我们来看作为中心人物的欺诈女神阿帕忒。阿帕忒在希腊人心中占据着重要地位，希腊人每年都会庆祝她的节日。"阿帕忒庆典"（τὰ ἀπατούρια）是希腊最为普遍的节日，它的影响力从阿提卡（Attica）传到了爱奥尼亚，甚至到达了高加索和黑海地区。我们对这个节日所知甚少，唯一了解的是，这一风俗习惯与成人仪式有关——人们供奉的祭品通常是儿童玩具，蕴含着现在要抛开玩具的意思。在"阿帕忒庆典"期间，人们会庆祝各式各样的神明，而每个地方庆祝的神都有所不同；比方说，在遥远的赛西亚（Scythia），祭奠仪式的中心是阿佛洛狄忒。然而，所有的庆典都少不了要有女神阿帕忒，虽然她是欺骗或口是心非的化身，但有时，狂欢面具下的第二张脸也不是人们想象中的那样危险。可以肯定的是，赫西奥德在《神谱》中提到，与死亡、不幸、宿命、责备、灾难、报应、衰老、冲突，以及克洛托、拉克西丝和阿特洛波斯[1]一样，阿帕忒也是黑夜的孩子（l. 224）。据说就连可爱友善的菲罗忒斯（Φιλότητα）

---

[1] 克洛托（Clotho）、拉克西丝（Lachesis）、阿特洛波斯（Atropos），三者都是命运女神。——译者注

也与阿帕忒紧密相随。最后两位女神的组合看起来会很奇怪，但是只要我们稍加注意就会发现，赫西奥德的诗中介绍过欺诈女神：通过始终伴随着"微笑和欺骗"的阿佛狄洛忒。这位出生于泡沫，深受正直的恩培多克勒喜爱的阿佛洛狄忒，她是克洛诺斯被宙斯阉割之后的生殖器抛至海里形成的女神。这位泰坦的"生殖器"（μήδεα），或者说他的一部分就是阿佛洛狄忒被叫作"男性部位的爱慕者"（φιλομμηδέα）的原因。《神谱》中写道：

> 爱神厄洛斯伴随着阿佛洛狄忒，并且自她出生一直到参加众神的集会，欲望之神希马洛斯（Ίμερος）一直跟随着她。阿佛洛狄忒从一开始就拥有这份殊荣，在凡人和不朽神灵之中，这是仅赋予她的命运（μοῖραν）；少女的轻声细语和甜美笑容，以及所有的这一切都出自那看似甜蜜、愉快，包含着爱与恩惠的欺骗（έξαπάτας）。

> 《神谱》，ll. 201−6

轻声细语、甜美笑容、恩惠以及所有的一切都源自甜蜜的欺骗。因此，我们需要看清欺诈女神的两副面孔，作为黑夜的女儿，一方面她是友爱女神的好姐妹，但是另一方面她又极其擅长欺骗和背叛。阿帕忒本身确实具有双重性，她就是双重性的代表。在最友善的时候，她画眉、描眼影、喷香水，使出所有适合女人的花招；在最恶劣的时候，她又会耍心机、背信弃义、口蜜腹剑——所有这些都是对她的修饰词。

赫拉是阿佛洛狄忒的同谋,这些词语也可以用来修饰她。在《伊利亚特》第十四卷,赫拉吟唱了"宙斯的欺骗"(the deception of Zeus, Διὸς ἀπάτη)。有人甚至会说它应该是宙斯的"麻木",因为图斯库鲁姆(Tusculum)版本的《伊利亚特》的翻译是"Die Betäubung des Zeus",即宙斯的麻木。对此,我们可以借用一个海德格尔的措辞,称其为宙斯的"沉浸"(Benommenheit),即他"麻痹"或"恍惚"的状态。故事的经过如下:在宙斯的支持下,特洛伊人摧毁了亚该亚人用来保护其船只的墙壁,这件事甚至令阿伽门农(Agamemnon)都失去了信心。为此,赫拉决心分散宙斯的注意力,以此保护和激励她的希腊子民。赫拉在珍馐台(ambrosia)上沐浴,那里通常是众神用餐、着装和打扮的地方。她梳了发辫,戴上了灿若阳光的面纱;之后赫拉又找阿佛洛狄忒借了腰带,作为终极的武器,那腰带由爱、欲望、呢喃和奉承的丝线编织而成,它可以让世上最聪明的神和凡人失去定力。赫拉只需要宙斯看她一眼,便能让他陷入呆滞。但是为了以防万一,赫拉还带上了不情愿的睡眠之神修普诺斯(Hypnos, 死神塔纳托斯的兄弟),他们一起去了宙斯在伊达山(Mount Ida)的瞭望台。赫拉和修普诺斯二人施展了他们的神力。赫克托耳(Hector)突然被埋在尘土里(他并没有死,只是被一块石头击中了),瞬时间,战局开始有利于希腊人。当然这也只是在宙斯清醒之前。在第十五首诗歌的开头(15: 31, 33),宙斯责备了自己难缠的妻子,并且使用了"欺骗"一词的两种词形——ἀπατάων 和 μ' ἀπάτησας。

谢林认为,对于光彩夺目、让人神魂颠倒的阿帕忒来说,双重性才是对她最重要的东西。正如我们所看到的，在真正的意义上，可能性也包含了欺骗的可能性。正如印度哲学家认为的，摩耶面纱（the veil of Maja）——表象之网代表着世间所有的可能性，因为表象（Schein）是"另一种存在"（II/2：149）。因此，阿帕忒不是偶然的错觉或者意外事故，而是"原始的欺骗"（Ur-täuschung）。在谢林和尼采看来，在本质上，表象（Schein）和美丽（schön）有关联；光芒四射的美丽与扑朔迷离的表象本为一体。对于神、英雄和其他杰出的凡人来说，他们有的"只是表面上的能做到""虚假的能做到""被揭秘的魔法，一种欺骗（Ἀπάτη）"（II/2：151）。因此，这也难怪谢林在第 27 次讲座，也就是讲完几百页内容后，他又回归到了赫西奥德的伟大诗歌以及欺骗的主题。欺骗的可能性对于神性的女性化来说十分重要。欺骗包含着多层含义：有一个场景是，狄俄尼索斯将年轻的国王彭透斯装扮成女人，从而暗中监视酒神的女信徒（Maenads）；等到彭透斯梳妆完毕，他成了自己想假扮的女人。

我重复一遍，整个神话哲学讲述的就是神祇的女性化。但是，这跟海洋有什么关系呢？要想回答这个问题，我们必须潜入海底，到地府看一看。

在谢林的《神话哲学》中，冥后珀耳塞福涅或者普洛塞庇娜 [1] 的故事是神话的精髓之一。在故事中，这位女神两次被人

---

[1] 普洛塞庇娜（Proserpina）是罗马神话中冥王普路托的妻子，冥府的女王。相对应希腊神话中冥王哈迪斯的妻子珀耳塞福涅。——译者注

欺骗，首先是她的父亲宙斯，变成蛇的模样占有了她，后来又是宙斯的弟弟哈迪斯把她抢到了地府。这个故事表现了谢林所谓的无法想象的宿命（das unvordenkliche Verhängnis），即古老的厄运。谢林引用了宿命在神话传说晚期的一个表现，即一个对罗马人有重大意义的人物——福尔图娜（Fortuna），她是掌握着所有凡人出生和幼年时期的命运或运气（Τύχη）女神。在所有或善或恶的仙女教母的民间传说里留存下来的福尔图娜，已足够说明她的宿命特性。任何有意愿的行为、任何男性的坚持和女性的反抗都无法抵挡她的影响力。她是所有的记忆和意识存在之前的宿命。谢林说，她是惊异、欺骗与意料之外（die Überraschung, die Täuschung, das Unerwartete）的（II/2：153）。意料之外通常是以分离或切断的形式出现。神的命运特点是"切断（abgeschnitten）与早期状态的联系"，这种切断的联系会再次出现，如同神话中始终存在的阉割情节。这种反直觉的暴力切断的首要形式是一种永远循环的强奸主题，这种性暴力在本质上似乎是费伦齐主张的自残：

> 在她出现的时候……当她（以理想的体形）崭露头角，并且表现出她的存在时，她（珀耳塞福涅）没有受到注意，也没有被牵肠挂肚；从这一点看，她是宿命（Fatum），是摩罗斯（Μόρος）[1]，同样也是福尔图娜（所有这些概念都是古代

---

[1] 摩罗斯也是希腊神话的命运神，代表厄运和"凡人终有一死"的命运。——编者注

哲学家对珀耳塞福涅本质的描述）。大家普遍认为，福尔图娜一直处于运动中，永远不会与自身相同，一般来说她是不稳定的。然而，作为实际出现的人物，珀耳塞福涅无疑是厄运、不幸和灾祸的化身；她被认定为不只是意外的不幸，而且还是灾祸的本身，她是最早的不幸，是原始的灾祸。

II／2：160

在近代作品中，命运多舛的福尔图娜也有关于她浓墨重彩的两笔。首先，在卡尔·奥尔夫（Carl Orff）家喻户晓的作品《布兰诗歌》（*Carmina Burana*）中，开场和闭幕都是写给"世界的女皇福尔图娜"的挽歌——"啊，命运／像月亮般／变化无常……可怕而虚无的／命运之轮／你无情转动。"人类不断变化的命运，似乎总会转向厄运，这也会让我们想起梅洛–庞蒂发人深省的一篇论文，即《人类与逆境》（*Human Being and Adversity*），其中有以下内容："当我们的主动性陷入了身体、语言或大千世界的糨糊里，并不是因为邪恶的鬼怪存心阻挠，而是我们存有一种惰性、一种消极的抵抗、一种感觉上的犹豫不定——一种无名的逆境"（S304）。梅洛–庞蒂在文章的最后提到了自己的经历，即"二战"结束后的那段艰难时期，也指出了古往今来我们自己的疯狂："关于我们这个时代的讨论是如此疯狂，不过是因为人们抗拒着一个与我们非常接近的真理；而或许是因为我们所处的时代比任何一个其他时代都距离这个真理更近，中间又没有面纱遮挡，于是我们认出了险恶的逆境，这命运的变形。"（S308）

简言之，珀耳塞福涅是乌拉尼亚的面具，一个不幸的面具。正因如此，她也是最初的 καταβολή，即最初的下降和灾难。珀耳塞福涅（她和母亲得墨忒耳是很多神秘崇拜的中心人物）神秘的关键在于，发生在她身上的灾难也是由她自己造成的。珀耳塞福涅是"双重受苦（或不幸）"（die leidige Dyás）（II/2：163）。即使有神对珀耳塞福涅施暴，最后战胜神祇的还是珀耳塞福涅。与珀耳塞福涅相逢就相当于已经变成了历史；正如谢林反复提到的，这意味着克服（überwunden，overcome）。此处逐渐水落石出的是，灾难和海洋有关——不仅是因为海洋时常有干涸的可能性，而且还因为它的变幻莫测和反复无常。宙斯在强奸自己的女儿珀耳塞福涅时，化身成了一条蛇——因为海里的公牛也是陆上的蛇。就像罗伯托·卡拉索所说的，蛇是"海洋的使者"（RC 236/207）。宙斯之前就曾化身过蛇形，强奸了珀耳塞福涅的母亲得墨忒耳，因而珀耳塞福涅本身就是强奸的产物。

巨蟒形状的宙斯甚至还吞过一些人，其中就包括墨提斯。或许是由于吞下了这位原始智慧女神，宙斯才有足够的智慧认识到这些暴力行为的后果：当得墨忒耳未能找到被掳走的女儿时，宙斯成了那个必须想办法安抚她的人。由于找不到女儿，这位愤怒的母亲打破了海水、云层和降雨的循环。陆地成了一片干旱的荒地，到了灾难最严重的时候，宙斯被迫提出了妥协方案——每年在限定的时间里，珀耳塞福涅要待在贫瘠土地的下面（即冥界）；而在春天来临时，她要回到地面，使万物萌芽。正如卡拉索指出的，甚至在男性粗暴对待女性时，也只有女性才拥有

"μῆτις"（智慧），拥有良好的决策和在"冷静地思考中预先决定行为的智力"（RC 231/202）。宙斯变成蛇强奸了他的女儿珀耳塞福涅——这个欧里庇得斯称"无法言其姓名的女孩"，结果珀耳塞福涅生出了扎格列欧斯（Zagreus）。扎格列欧斯是狄俄尼索斯最初和最脆弱的形象，是潮湿和溶解之神。这个脆弱、雌雄同体的形象是神秘宗教仪式的中心，而谢林也明白这些宗教的基本教义，也就是卡拉索所谓的"神秘宗教仪式的眩晕"。有句话虽然之前有人说过，但请允许我再重复一遍："对于没有加入神秘宗教仪式的人来说，这些仪式似乎与人类的长生不老有关；而对于加入的人来说，这些仪式是众神必须面对死亡的时刻……"（RC 353/315–16）

宙斯的秘密只有加入的人才知道，实际上他最后死在了科律班忒斯（Corybantes）手上，而科律班忒斯杀死他的克里特岛洞穴，正是宙斯的母亲当初隐藏宙斯、躲避克洛诺斯的地方（RC 340/304）。谢林说，在整个神话历史中，人们都会感受到神的"短暂"以及所有宗教信仰的"空虚"；讲故事的人和信徒也"感受到了诸神的有限性"。这正是神话的可悲之处，同时它也解释了贯穿神话始终的一种"深度沮丧的逆流"（der Zug tiefer Schwermuth）（II/2：346）。若牵引消失，故事就结束了。虽然他们全身心地投入到海水、蒸发、成云、降水、汇成溪流的循环，但诸神的脆弱性是神话中经久不衰的道理，并在神秘的宗教仪式中达到了高潮。这一道理的名字叫作珀耳塞福涅：

如果珀耳塞福涅不出场（Herausgehen），神话也就不会存在；要是没有神话，也就不会有宙斯。因此，回过头来看，珀耳塞福涅的出场可以说符合宙斯的利益以及他的事业。然而，只要珀耳塞福涅——原始意识的力量——居住在与世隔绝（Abgeschiedenheit）、无法自知的地方，没有什么可以征服她；实际上，只要在一个安全的地方，就能避免所有危险。然而，当珀耳塞福涅知道自己会带来不幸的可能性（die unheilbringende Möglichkeit）时，她就已经经历了 dyás（双重性），已经有了失去贞洁的危险。但是，因为珀耳塞福涅是假定的神，并不是既成的神，因此当她离开独居的地方来到外界时，她天生地——在真正意义上——保持了神真正的内在性（das wahre Innere der Gottheit）。实际上，当她有去外界的意向时，从那一刻起，她就注定要遭受那些不幸；她是那个铁了心要下降的原始意识……作为一个铁了心要下降的人，她就已经落入了冥王哈迪斯的手中，而之后哈迪斯也的确绑架了她。

II/2：163

然而，谢林想要强调的是，珀耳塞福涅与其说是受害者，不如说是神性的宿命。神话层面的意识认为，她是"不该有的结局（das nicht seyn Sollende），如不公和灾祸"（同上）。珀耳塞福涅是灾祸、黑夜女王、黑泽明的白雪公主、死魂女王，她正是怪怖者（the uncanny）。我们必须知道，弗洛伊德对怪怖者（das Unheimliche）有他自己的定义；意大利人根据谢林的《神话哲学》，将这个词翻译成了"左撇子"（sinistra）。谢林在尼采之前就说过，只有当神话的阴暗面保留在宗教仪式中时，荷马笔下的奥林匹克盛况才会大放光芒。谢林认为，那些深刻见解源于"怪怖原则"，即"怪怖原则产生的黑暗和导致黑暗的力量［有人认为怪怖（unheimlich）是本应潜伏的、暗地里的（im Geheimnis）、隐蔽的却已经出现的所有事物］"（II/2：649）。谢林用九页的篇幅介绍了埃伊纳岛（Aegina）神庙浮雕上的人物，可以确定的是，岛上的阿法埃娅神庙（Aphaia temple）是为珀耳塞福涅设立的纪念碑。谢林注意到，古希腊的雕塑家能够以人类的形式表现诸神的某些特点。然而，不管是为了欺骗，还是为了某些隐藏的真理，雕塑家总是通过为人物添加"非人类"或"超人类"特点的方式，将他们掩盖在"某种怪怖的"面纱下，以此揭示人物的神性（II/2：658）。或许当泰勒斯说出万物"充满了神"的时候，他想到的是清澈之水的神秘与恐怖，但他也有可能想到在沉船上升起的泡沫的神秘面纱。泰勒斯过后的几千年，以及谢林之后的数十年，根据奥托·兰克的引用，鲁道夫·奥托（Rudolf Otto）认为这种怪怖是宗教和一切情感的本质。鲁道夫·奥托还将怪怖称为"超自然（numinosity）的原始情感"，这种感觉让我们不再沐浴在海洋般的感受中，而是处于"面对怪怖的战栗"（OR 117）。

在最终产生神秘崇拜的神话中，未揭示的启示与神经历的危机有关，因为神势必会面临女性化原则，并且这个原则会作用于生命的诞生以及产生渴望和煎熬的整个过程。这场危机既不是以宙斯的统治开始，也不会因其而结束。谢林关注的重点不是耶和

哲思与海

华，而是"天后"（Melakaeth haschamaim），因为她知道如何摧毁只会用洪水、蝗灾和痔疮惩罚子民的神的力量。能做到这一点的不是耶和华，而是天后；不是密特拉，而是密多罗（Mitra）[1] 和 Zeruane Akherene[2]——调解善神（Ormuzd）和恶神（Ahriman）的命运（Τύχη）的化身；不是巴比伦的天文祭司，而是圣殿妓女，也就是市民的妻子——崇拜米利塔以及使米利塔怀孕的降临神的人（若是谢林对祭司感兴趣，也只是因为他们的男扮女装和自残行为。II/2：249-50）；不是大力英雄赫拉克勒斯（Herakles），而是装扮成女性、受女性保护的赫拉克勒斯；不是强大的真主安拉，而是幼年安拉的母亲；不是单性的孤独男性神，而是有双重性的女神，或至少是男神和女神的搭配；不是上帝使者的脸，而是雅努斯（Janus）的两副面孔，一面是女性，一面是男性；不是单一力量，而是混沌，中间相隔一道深渊的两侧；不是一神论，而是认为男神（dii consentes）和女神（dii complices）[3] "只能同生共死"的多神论（II/2：605）；不是单一的神格，而是"神灵的混合"（das Gewimmel von Göttern）（II/2：669）；在这一切中，自我中心的神性的下降，既源于乌拉尼亚又由其完成，乌拉尼亚孕育了未来的神狄俄尼索斯——他若是诞生，也

---

[1]　密特拉（Mithras）是古老的印度－伊朗神祇，代表契约、光明，在伊朗－雅利安人和印度－雅利安人分化后，在印度地区衍生了密多罗（Mitra），主友谊、秩序。——译者注

[2]　意为"无限时间"。——编者注

[3]　罗马十二主神包括六男神和六女神。——译者注

只会出生在海上，在伊诺–琉喀忒亚的臂弯里。稍后我们会详细讨论琉喀忒亚。

<hr />

我们在第二章讨论过"鱼腥味"，鲱鱼咸水的气味，以及三甲胺造成的化学幻觉，或许它们是黑格尔一贯存有厌女倾向的秘密。罗伯托·卡拉索讲述了希腊利姆诺斯岛（Lemnos）——该岛屿接近萨莫色雷斯岛，夺取金羊毛的伊阿宋（Jason）以及跟随他的阿尔戈英雄（Argonauts）曾去过岛上——女性的冒犯行为，该岛的女人因身有臭味而闻名。卡拉索认为这是希腊神话当中最令人不安的故事之一：

> 在屠杀了她们的男人之后，利姆诺斯的女人们惊讶地发现，众神对她们实施了史无前例的报复：女人的身上有了臭味。从这种报复中，我们瞥见了希腊人对妇女的怨恨。希腊男人认为女人是一种刺鼻的香水，一种可以分解成窒息恶臭的香水，一种"充满欲望、满载芳香、光芒四射"的巫术，一种令人神志不清、必须根除的东西。细微的作态暴露了一种态度，正如伪琉善[1]所写，一个男人从床上爬起来，"举手

<hr />

[1] 琉善（Lucian）：罗马帝国时代的希腊语讽刺作家、修辞学家、哲学家、无神论者。之前一些署名是他的作品，被认为作者另有其人，目前人们将其称作伪琉善（Pseudo–Lucian）。——译者注

哲思与海

投足尽显女性气质"，然而他想要一头扎进凉水里。希腊人对于女性的感情夹杂了恐惧和厌恶：一方面，希腊人惧怕女人不打扮"早上起来比猴子更丑"；另一方面，他们又怀疑化妆是女人的一种极具诱惑的欺骗（apátè）手段。化妆和女性气味的结合，造就了一种令人着迷又精疲力竭的温柔。健身馆的汗味和灰尘对男人更有益。"男人的汗味比任何女人的化妆品都好闻。"（伪琉善）

RC 97/79

　　卡拉索的故事改变了神话的一个重要细节：他认为众神惩罚利姆诺斯的女人们，让她们身上出现异味是因为她们杀死了自己的丈夫。然而其他人的叙述是，利姆诺斯的男人们从色雷斯找了一堆小老婆（她们无疑是泰勒斯遇到的那位色雷斯女仆的祖先），因为在众神实施惩罚之前，他们的女人身上就有强烈的体味。提到欺诈女神阿帕忒，有人可能会细说希腊人对女人的怨怼，原因是女性在某些方面甚至更令人不安、更具迷惑性。赫拉弄瞎忒瑞西阿斯（Tiresias）的故事更加表现了这种不满，该故事涉及了"女人的快乐，被动的乐趣"；卡拉索猜测，这种快乐"可能隐藏了一种嘲弄式的、躲避男性控制的力量"（RC 99/80）。女性之间的爱不是或者不完全是丑闻，相反，它只是"根植在她们脑海中的怀疑，即女人可能有不为外人道的性欲自足，女人庆祝的仪式和秘密又从来不让男人参加，可能就是这种怀疑的证据"（RC 98-9/80-1）。仿佛几千年前的希腊女性早就将吕斯·伊里加雷的著作烂熟于心。卡拉索说："并且在这一切的背后，她们最大的怀疑与性交中的乐趣有关。只有忒瑞西阿斯有能力窥见真相，因此他才被（赫拉）弄瞎了。"（RC 99/81）

此处，忒瑞西阿斯的鬼魂怕是要反对费伦齐：对于在双性系统发育的斗争中落败、不得不臣服于"钻子"的弱小青蛙，费伦齐竭力想给它们微不足道的补偿（Trost），而忒瑞西阿斯却认为，只有雄性青蛙才需要我们的同情。看过忒瑞西阿斯的故事后，卡拉索对利姆诺斯故事的总结会显得更加耐人寻味："在这些对女性的反应中，人们会感到某些遥远的东西在通过神经反射表现出来。在后世很多另类作家的著作中，我们找到了共鸣，这让我们回到了很久以前，回想起了亚马孙女战士入侵造成的恐慌，以及利姆诺斯岛上妇女的可恶罪行。"（RC 97/79）

由于我们习惯性认为，希腊人与女人和女性气质的关系是一种成功的压迫和被压迫关系，所以我们忽视了帕特农神殿（Parthenon）中的一座浮雕，上面描绘了希腊人与亚马孙人的战斗。那浮雕可不是讽刺画。我们也忽视了在雅典卫城南侧的狄俄尼索斯剧院，其中上演的所有悲剧几乎都是关于一个女人绝望逃离男性统治的故事。那些像伊诺-琉喀忒亚一样住在海里的生物，它们总会面临其他的灾难——最终谁将为所欲为？[1]

---

[1] 巴霍芬 Das Mutterrecht（《母权论》）中的最阴暗思想，在利姆诺斯岛的妇女身上得到了集中体现。在巴霍芬眼中，那些妇女明显是残忍的亚马孙人的化身。参见第四章 "Lemnos", J. J. Bachofen, *Das Mutterrecht: Eine Untersuchung über die Gynaikokratie der alten Welt nach ihrer religösen und rechtlichen Natur*, Hans-Jürgen Heinrichs 编（Frankfurt am Main: Suhrkamp, 1975 [1861]），主要见第 232 页。——原书注

在索福克勒斯的《安提戈涅》的合唱曲中，有位叫莱克格斯（Lycurgus）的虚构人物侮辱并亵渎了狄俄尼索斯。于是，狄俄尼索斯散去了莱克格斯的智慧，逼得他选择了自杀，纵身跳下了大海。那时，伊诺还没有成为光芒四射的海洋女神，她也算不上神的优秀子民。与莱克格斯一样，伊诺刚开始也侮辱了狄俄尼索斯。伊诺的姐姐塞墨勒怀上了酒神——这位永恒降临的神，并且她告诉姐妹，孩子的父亲是宙斯。伊诺和她的两个姐妹——阿高厄（Agaue）和奥托诺厄（Autonoë）——听后嘲笑了自己的姐姐：天下有多少大意的女人，怀了孕之后责备神！塞墨勒为这次怀孕付出了惨痛的代价：由于受到善妒的赫拉欺骗，塞墨勒请求宙斯在她面前展现神力，宙斯答应了她。但宙斯的神力是电火，塞墨勒只能被活活烧死。在她死后，狄俄尼索斯记着母亲受过的辱骂，于是他让那些口出恶言的姨母都发了疯。欧里庇得斯的《酒神的女信徒》（*The Bacchae*）讲述了塞墨勒两姐妹的糟糕故事，尤其是阿高厄的故事，但其中并没有提到伊诺。

伊诺-琉喀忒亚的故事从头到尾都令人震惊。她的故事也与赫拉有关，赫拉由于宙斯出轨塞墨勒，心生妒忌，致使伊诺疯了。狄俄尼索斯从宙斯的大腿第二次出生后，宙斯将婴儿状态的狄俄尼索斯交给了伊诺，让伊诺照顾并藏好这位未来的酒神，伊诺也如实照做了。但是有一天，在赫拉完成她的报复后，伊诺一边咒骂，一边抓住婴儿狄俄尼索斯，并且用沸水煮了他。随后，伊诺将煮熟的狄俄尼索斯抱在怀里，从悬崖跳入大海。伊诺最后淹死了，她作为凡人的一生结束了。

然而，对伊诺来说，跳入大海的致命举动最后变成了一场祛邪仪式，也可以说是一次精神的沐浴。亵渎者和杀神者变成了一位女神——至于她为什么以及怎么变的，我们不得而知，因为这桩神秘事件始终都是个谜。但能够哺育神的凡人，这样的女人必定非常特殊。就这样，伊诺的名字变成了琉喀忒亚，意为闪闪发光、光芒四射的女神。正如我们所知，狄俄尼索斯也经历了重生，甚至第三次出生。从某种意义上说，作为将临之神——永恒降临之神，狄俄尼索斯会无限次地重生。人们在古代遗迹里发现了由一位艺术家或临摹者创造的女神雕像，雕像塑造了琉喀忒亚用左手抱着婴儿狄俄尼索斯的可爱妇人形象：狄俄尼索斯的左手握着杯子，杯子里面无疑装了酒，他的右手则伸向琉喀忒亚的脸，似乎在温柔地请求着什么。琉喀忒亚无疑是圣母马利亚的原始形象之一。然而她的名字很快便被世人遗忘了，甚至连无所不知的谢林也没有提起她，但在古代，人们修了很多祭奠她的寺庙。[1]

罗伯托·卡拉索用以下方式讲述了伊诺-琉喀忒亚的故事，并且在故事中回答了自己关于琉喀忒亚为何以及如何成神的问题。这件事似乎存在无数可能性，尤其是当我们想到她与维奥蒂亚国

---

[1] 罗伯特·格雷夫斯（Robert Graves），*The White Goddess: A Historical Grammar of Poetic Myth*（《白色女神：诗歌神话的语法历史》）（New York: Farrar, Straus and Giroux, 1966［1948］），63。该书几乎没有提到伊诺-琉喀忒亚，尽管"闪闪发光"的女神很容易被译成"白色"女神。作者显然十分崇拜作为诗歌源泉的白色女神，但是他似乎错过了女神最生动的形象。——原书注

王阿塔玛斯（King Athamas of Boeotia）的联姻，想到她密谋杀死情敌孩子的事情……然而，即使只考虑她奉宙斯之命照顾婴儿狄俄尼索斯的故事，我们也想不到她如何成了神。卡拉索写道：

> 她对孤儿狄俄尼索斯十分友好；她将狄俄尼索斯装扮成小女孩，藏在自己的宫殿里；她像对待亲生儿子迈勒瑟忒斯（Melicertes）一样，将自己白色的乳房献给他；她将狄俄尼索斯用紫色的纱裹住，藏在黑暗房间里，在此期间，照顾狄俄尼索斯的神秘女仆第一次让他听到了钹和手鼓的声音，并且给了他很多神秘物件当作玩具。然而，记得伊诺的不只有狄俄尼索斯，还有阿佛洛狄忒。根据奥维德的描述，为了让波塞冬接纳琉喀忒亚，让她成为海里的神，阿佛洛狄忒曾对波塞冬说："我即是泡沫。"（Spuma fui.）那泡沫是琉喀忒亚头上的丝带，是萨莫色雷斯岛上信徒围在臀部的纱，是随着黎明的降临缓慢向上铺开的光，是泛白的表面和君主紫色的血液，还是对沉船遇难者施救的唯一面纱。

RC 410/368

伊诺与海洋泡沫的联系 ——"对沉船遇难者施救的唯一面纱"，以及她与阿佛洛狄忒的联系，这些也许对她的成神至关重要。此处的沉船包括奥德修斯的木筏，它是被波塞冬用海浪击碎的。拯救了快要溺水而亡的奥德修斯的那个紫色面纱，正是萨莫色雷斯岛众神的信徒在参加仪式时所戴的面纱。以下是奥德修斯

图 18 "左臂抱着年幼酒神的琉喀忒亚雕像，藏于那不勒斯皇家博物馆"[1]

---

[1] W. 福尔默（W. Vollmer），*Wörterbuch der Mythologie*（《神话学词典》，1836），1874 年第二版由 W. 宾德尔（W. Binder）编。电子版：Berlin: Zweitausendeins（ISBN 978-3-86150-863-2），2008。——原书注

获救的场景回顾：

> 但是后来卡德摩斯的女儿看到了他，她有匀称的脚踝，
>
> 伊诺-琉喀忒亚曾是凡人，她用一种凡人的声音说话，
>
> 直到她在咸海的波浪中获得了神圣的荣誉。
>
> 现在她对奥德修斯心生怜悯，毕竟他被可怜地扔在海里。
>
> 她自深渊中升起，像海鸥一样俯冲，
>
> 她落在了筏子上，对他说了这些话：
>
> "悲惨的人啊！为什么波塞冬发这么大火？
>
> 为什么撼地者让你接连生病？
>
> 但是他不会摧毁你，虽然他想要这样做。
>
> 脱掉你的衣服，让你的木筏随风去吧，
>
> 无论风向是什么；你有手可以游泳……
>
> 收下这不朽的面纱将它绑在胸口，
>
> 这样你就不必担心痛苦和死亡。
>
> 一旦你的手碰到身下的土地，立刻揭开面纱，
>
> 然后把它扔到你身后，扔进酒色的暗海，
>
> 因为它不敢触及土地。然后你走自己的路吧。"
>
> 《奥德赛》，5：333-50

这是萨莫色雷斯岛的原始传说，或者说它肯定是其中的一个故事，因为伊阿宋和所有跟随他的阿尔戈英雄，包括赫拉克勒斯，都在岛上成了信徒。然而，可以肯定地说，奥德修斯全身

上下只围着女神的紫色面纱，它是进入萨莫色雷斯岛的仪式中最著名的物品。尽管这些仪式仍是个谜，但我们知道它是植物与生殖仪式的结合——就像厄硫西斯[1]一样——并与海上得救有关。这座岛本身位于北爱琴海，自古难以登陆；汹涌而充满泡沫的海浪阻隔了许多潜在信徒，使他们无法登陆；至于在伊诺臂弯里的婴儿狄俄尼索斯，他与海上救援的故事有什么关系，对此格思里强调了大海和船在狄俄尼索斯故事中的重要性。传说狄俄尼索斯出生后不久，就被锁在箱子里，扔进了大海，这么说来，他的重生也多亏了海浪。因此，人们不断地想起伊诺-琉喀忒亚的故事。作为将临之神，狄俄尼索斯在"降临"时通常是乘坐船只，那船和他的伊特鲁里亚俘虏在航行时用到的一样（WG 162）。对狄俄尼索斯和他的哺育者来说，海上救援和植被兴旺有着神秘的联系。[2]

至于面纱本身，卡拉索的阐述让我们觉得，它仿佛是神秘宗教仪式的象征，而这些仪式大多与面纱和隐藏有关。依据海德格尔的遮蔽状态（Verborgenheit）的观念，或者谢林所谓的"怪怖"的概念，有人会说，卡拉索在为面纱赋予本体论上的重要意义：

---

[1] 厄硫西斯（Eleusis）是古希腊的一个城市，在这个地方有一种神秘的宗教仪式——厄硫西斯秘仪，其仪式对外秘而不宣。该秘仪祭拜的是得墨忒耳、珀耳塞福涅等神。——编者注

[2] 格思里指的是由6世纪艺术家埃克塞基亚斯（Exekias）描在基里克斯陶杯（kylix）的图像，它是世上最美的神的画像之一，"该图描绘了他在一艘帆船上斜倚，海豚在他周围玩耍，从甲板里长出的藤蔓使风帆蒙上阴影"（WG 163）。引自阿尔宾·莱斯基 *Thalatta*（《塔拉萨》），关于基里克斯陶杯的讨论参见第104—105页，插图（图21）参见 AL 192。——原书注

面纱，或那些可以围住、缠绕、佩戴的缎带、饰带或丝带，是我们在希腊遇见的最后的客体。面纱之外，没有其他东西。面纱就是其他。这告诉我们，唯一的存在世界无法被掌握，至少还需要不断地遮盖和发现、出现和消失。而所谓完成的，入教、结合、献祭都需要一个面纱，恰因为完成的是完美的，而完美代表一切，一切包含面纱，那相差的是事物的芬芳。

RC 410/368

然而，我要再重复一下，伊诺-琉喀忒亚的故事中最令人惊讶的是她成为神之前的嘲笑、亵渎、残忍和谋杀。这就好像荷尔德林说的那样，那些温顺虔诚的人反而无法接近神灵。温顺意味着太快服从，而虔诚会让神窒息，因为他们没有留下让神出现的空间。事实上，荷尔德林说过，只有在亵渎神明的行为出现时，神才有降临的空间；在索福克勒斯的作品中，他恰好发现了这种违反直觉的偶然事件的证据。在关于索福克勒斯的《安提戈涅》的笔记中，荷尔德林将 Antigone（安提戈涅）称作 Antitheos（反神明），他描述了女主人公在超越正常意识范围的意识层面上与神力的斗争："当灵魂秘密行动时，在至高意识的附近躲避对意识的理解，这样做会对它有极大帮助。灵魂需要对神说出诳语甚至亵渎神明的话，它才有可能真正靠近神。这种方式守护了神圣，守护了精神活跃的可能性。"（CHV 2：371-2）

从早期的基督教历史来看，有人可能会认为奥古斯丁对通奸

图 19 狄俄尼索斯降临在锡拉岛的葡萄园

的热衷，尤其是他对唠叨的母亲信仰的上帝的咒骂，是对这个古老见解的一种怯懦的追寻。对于后来的基督教世界而言，它变成了一种陈词滥调的智慧——"只有大恶之人才能成为大圣人"——至少这样的见解会让圣人的生活变得更有趣。这些亵渎神明的言行或许与暴力和神圣的主题有关，又或许与挨揍的替罪羊接近不可触碰的圣人有关。这就好像污染与清洁、肮脏与净化都属于神圣者。正如布卢姆（Bloom）所说："肮脏的净化。"（Dirty cleans.）[1]

然而，伊诺的故事不仅讲述了一个污染了自己的人的净化，这还是一个通过跌入海底而超越英雄的地位、上升成神的故事。赫尔曼·梅尔维尔笔下的皮普仿佛也说明了同样的道理。皮普沉入了太平洋底部并且在珊瑚礁中漂移，"在那个未被扭曲的原始世界，所有奇形怪状的生物都在他眼前晃悠"，他入迷地看着"上帝的脚踩着纺织机踏板"的动作（MD 414）。对于"裴廓德号"上的人物来说，伊诺-琉喀忒亚的救援来得太迟，皮普没有重新恢复凡人的智慧。至于皮普是否获得了神性，这是一个我们可以向梅尔

---

[1] "Dirty cleans"参见 U 83。弗莱堡大学的扎赫拉·比拉斯科（Zahra Birashk）让我想起了另一个在"类基督教"背景下发生的关于犯罪和救赎（不是犯罪和惩罚）的例子——在歌德笔下，它只是"类"。在《浮士德》的第一部，也是《浮士德初稿》的最后一幕，格雷琴（Gretchen）被监禁了。显然，她的疯狂令一切变得混乱，因为她发疯后杀了自己（和浮士德）的孩子，将他淹死在了森林的池塘里。在《浮士德初稿》中，魔鬼靡菲斯特（Mephistopheles）宣称"她受到了审判"（Sie ist gerichtet）。在《浮士德》第一部的后文中，一个"来自头顶的声音"回应靡菲斯特："她得救了。"（Sie ist gerettet.）在《浮士德》第二部的最后一幕经典场景中，格雷琴的说情——或简单来说她的爱——拯救了浮士德。毫无疑问，人们可以找到无数个关于犯罪和救赎的类似故事。——原书注

维尔提出的问题。然而，思考这些神秘事物的梅尔维尔可能会反问我们，接近神性对于可怜的皮普来说是不是件好事。而不管是谢林还是梅尔维尔的笔下，神"不会永远高兴"。克罗诺斯的眼泪就足以证明这一点。

第六章

那些溺水的人终究溺水而亡

图 20　部分深约 400 米，经常像远海一样涌动的破火山口

> 爱之海，知道它的只有溺水的人
>
> 没有那些横渡它的人
>
> ——罗伯特·穆斯尔：《没有个性的人》

度过了创作、改写《白鲸》的忙碌期后（虽然该书从未完成），在明白这本书显然是一个商业败笔之前，梅尔维尔很快开始了他的第二部巨著。那是一个关于内陆的故事，但是梅尔维尔告诉他的一位朋友，书里讲的是北海巨妖——一种巨型乌贼。故事的主人公是一位年轻的作家，同时也是一位"幼稚的作家"，他的目标就是排除万难写出一部成熟的作品，因此他也是一位失败的作家。他的名字叫皮埃尔（Pierre），而书的名字也是《皮埃尔》，副标题是"模棱两可"（Ambiguities）。在这部名为《皮埃尔：模棱两可》的作品中，或许它只有一个方面是清楚的，而这个方面与溺水的人和意识能力的局限性有关：

> 根据这些无意间说漏嘴的话，大家会觉得皮埃尔一定知道他的命运充满了艰难和困苦，他也一定清楚自己的灵魂十分阴暗和恐怖。然而，即便我们知道他处在生死攸关的境地，也没有人可以让他做出丁点儿改变，或者让他改善自己的处境。可以确定的是，皮埃尔对自己的处境没有半点儿控制。在无数极端的情况下，人类的灵魂就如同正在溺水的人；虽然他们知道自己身处险境，也知道自己为何沦落至此——然而，大海终究是大海，那些溺水的人终

究溺水而亡。

P 303

描写梅尔维尔和大海是一个愚蠢的做法。大海之于梅尔维尔就好比猫头鹰之于雅典，煤炭之于纽卡斯尔。然而，我好像是杜伊金克兄弟[1]的另一位兄弟，我也觉得梅尔维尔不只是一位涉猎海洋故事的天真水手。但是，既然本书要讲的是与大海的际遇，那么我也只好班门弄斧，在此说一说梅尔维尔和大海。

如果要从梅尔维尔最早的两部小说——《泰比》（1844—1846）和《奥穆》（1846—1847）——讲起，我似乎必须提到早期评论家对这两部小说的普遍看法，即它们是两部传奇冒险作品。然而，在梅尔维尔的早期作品中，大海似乎乍看上去就是一座没有围墙的大型监狱，海上的一切都在"波涛汹涌的太平洋中翻滚——除了头顶的天空，四面的海水，别无其他"（T 3）。读到后面人们会发现，大海是逃离美国清教徒文化及其所有虚伪和偏执行为的胜地。美国的神职人员很快认识到梅尔维尔作品带来的危险，基督教徒和神职人员就此成为梅尔维尔终生的敌人。这些人是导致梅尔维尔写作生涯艰辛的主要原因。这并不是说《泰比》和《奥穆》卖得不好，因为实际上很多人看过这本两书——或许牧师的责备反倒促进了书的销量。可以说，梅尔维尔放弃创作海

---

[1] 杜伊金克（Duyckinck）兄弟是美国出版商、传记作家、编辑，认识许多与他们同时代的美国大作家，并且提携了其中的很多人，包括梅尔维尔。——译者注

洋传奇并非一时兴起，他是为了更高远的目标，但这也结束了他作为通俗作家的职业生涯。当然，"清醒的决定"却帮不了像皮埃尔这样的作家。总之，由于梅尔维尔对传教士及其殖民伙伴的一贯批评，他成了一些有权势者的终生敌人。

回想起来，梅尔维尔默许美国出版商随意删减《泰比》书中内容的做法（该书首次出版在英国），实在是让人难以认同。书里一切与性和爱有关的内容均被删除，其中包括了"母亲"一词。此外，梅尔维尔严厉抨击南太平洋美国传教士的内容也被删除，而这一删减对书的影响尤为严重——因为透过波利尼西亚人的生活，我们可以窥视到美国和欧洲"文明"中具有侵略性的清教主义。相比之下，完整版的《泰比》则是一部可以与弗洛伊德的《文明及其不满》结合起来阅读的伟大著作。在梅尔维尔的后期小说中，有一个人物将"文明"（civilization）称作"瘟明"（snivelization）[1]。

"窥视"在此处也许是个恰当的词语。未删节版的小说展现了马克萨斯岛（Marquesas）上的情色生活，在当地，它不仅没有扰乱社会秩序，还渗透到了社会秩序中。或许这部小说的主题是马克萨斯女性的美丽、优雅、性感和力量：

> 她们的外貌令我惊艳不已；她们的朝气蓬勃，她们的浅棕肤色和精致妆容，她们无法形容的姣好身形，她们柔软灵

---

[1] 这是梅尔维尔杜撰的词，《牛津英语大词典》给出的定义是："civilization considered derisively as a cause of anxiety or plaintiveness."（一种被认为是会制造焦虑和哀伤的文明，含有嘲讽意味。）——译者注

活的四肢以及不受拘束的动作，她们的一切似乎既美丽又陌生……这些女性热衷于跳舞，她们优雅和狂热的舞蹈风格胜过我之前见过的一切。马克萨斯女性多变的舞姿美丽极了，而她们性格中有种放荡不羁的性感，我甚至不敢尝试去描述……她们天真无邪、毫无戒心，很容易被人诱惑走向堕落。面对欧洲教化者强加在她们身上的灾难，人们只能对着废墟哭泣。如果没有接触那些玷污此地的白人，居住在海洋上尚未被人发现的岛屿上的她们，别提有多快乐！

T 15

作为一位美国作家，梅尔维尔的命运或许已经写在了这些文字中。当浅棕的性感遇到白色的污染：染色早已成定局。在整部小说中，梅尔维尔对白人文明进行了无情批判：

在看到欧洲人划着"大木筏"，穿越大海驶向他们的海岸时，一些与世隔绝的岛屿上的居民，成群结队赶到了沙滩，张开双臂准备拥抱来到岛上的陌生人。多么致命的拥抱！他们抱进怀里的是一条注定会毁掉他们快乐的毒蛇；他们心中本能的爱意很快将变成苦涩的仇恨……不怕有人反驳，我们可以断言，无论波利尼西亚人犯下什么暴行，挑衅的那一方肯定是欧洲人，即使有些岛民表现出了残忍和嗜血的倾向，那也是受到了有此种行为的白人的影响。

T 26-7

哲思与海

无论如何，如果人们一开始觉得大海是躲避美国清教文化以及逃避失业和灰暗未来的胜地，那么现在看来却是事与愿违：海洋变成了殖民者行驶"大木筏"的康庄大道。十年后，梅尔维尔在纽约、新英格兰和中西部发表公开演讲，他在演讲中提出了相同的观点：

> 所有能够公平对待原住民的人，他们在岛上会像在尼罗河或多瑙河一样安全。但是很遗憾，我们白人在很多波利尼西亚人眼中声名狼藉。这些岛上的原住民天生热情好客，但他们中间已经植入了对白人几乎本能的仇恨。他们尊重我们，但极少数人除外，例如一些传教士——世上最野蛮、最奸诈、最漠视宗教并且最邪恶的生物。

9：415-16

梅尔维尔在演讲的最后说道：

> 在演讲的最后，我真心希望那些来自我们国家和欧洲各地的冒险家，希望他们能够停止那些为人们所唾弃的野蛮恶行，尽管他们已经让人间天堂变成了乌烟瘴气之地。我希望这些南太平洋的伊甸园拥有肥沃的土壤，住满幸福的原住民。对于那些尚未受到外界文明污染的原住民，我希望他们永远不受污染，永葆单纯和美丽。

9：420

毫无疑问，梅尔维尔对被殖民者的同情使得他将马克萨斯的居民理想化。在《泰比》主人公探索岛屿时，对于那个为他提供食宿的部落，他既心生敬佩，又担心自己成为对方热情的俘虏。然而，他可以肯定的是，"受到狂热文明污染的环境"和他现在所处的新生活各有利弊：

> 当我在山谷中漫游，熟悉了当地居民的风俗习惯后，我不得不承认，岛上环境虽然有其不利的方面，但是波利尼西亚野人却从大自然中得到了诸多馈赠，他们虽然智力水平比较低，但比起骄傲自大的欧洲人，他们要快乐许多……在这样一个原始状态下的社会，生活的乐趣虽然少而简单，却纯粹而影响范围广；然而，相比之下的文明社会，产生一个好处就会埋下一百种邪恶——不满、嫉妒、社会斗争、家庭纠纷以及体面生活自找的难受，这些徒增了人类的苦难，却不为谷中居民所知……我们在发明各种致命机器时表现出的邪恶技能，我们在发动战争时的恶毒，以及随之而来的痛苦和荒芜，这些足以使谷中居民认为，文明世界的白人是这世上最残忍的动物。

T 124-5

我要重申的是，在西方世界的历史中，海洋已经成为西方扩张主义科技入侵和剥削远方文明的必经大道。现在，在大西洋和太平洋的涡流区，我们能够看到人类垃圾堆积成的数百甚至数千平方公里的"塑料岛"。然而，这种摧毁海洋和海洋人民的行径与我们的文明一样古老，而海洋一直都是这种侵略性文明的通道。

梅尔维尔偶尔会写岛屿生活——而不是岛屿生活以外的内容——这些内容等同于他自己的传记，即梅尔维尔身为一位父亲养家糊口的故事。一方面，《泰比》对家庭和文明弊端的分门别类十分有趣；另一方面，有趣背后的现实也发人深省。相比之下，在海岛上：

> 那里不存在文明人用聪明才智创造后，却毁掉了自己快乐的烦恼源泉。在泰比，没有丧失抵押品赎回权的说法、没有拒付通知书、没有应付账款、没有信用贷款；也没有蛮不讲理的裁缝和鞋匠追着你要钱；没有任何讨要债务的行为；没有煽风点火支持客户争吵，然后再用武力制止争吵的律师；没有家庭不和谐，夫妻长期分床而睡，并在餐桌上互不相让的情况；没有忍饥挨饿，得不到别人施舍的寡妇和孩子；没有乞丐；没有债务人的监狱；没有骄傲自大、铁石心肠的大人物；总之用一个词概括这里就是：没有钱！钱这个"万恶之源"在泰比山谷根本不存在。
>
> 在这个僻静的幸福居所，没有生气的老妇人、没有残忍的继母、没有憔悴的老姑娘、没有相思的少女、没有郁闷的单身汉、没有心不在焉的丈夫、没有忧郁的小伙子、没有吵闹的孩子、没有尖叫的顽童。到处都是欢声笑语、其乐融融。抑郁症、疑心病以及沮丧统统躲进了岩石的角落和缝隙。

T 126

当然，现在没有人能够完全相信这样的溢美之词，而过去也没人相信。特别是到了现在，我们这些世故之人还在以怀疑的眼光看待高更的梦幻画作，以偏颇和居高临下的心态阅读 D. H. 劳伦斯的小说和文章。我们确信这些都是异想天开的卢梭主义。奇怪的是，梅尔维尔自己在文章的这个地方提到了卢梭。这段话的背景是在讲身体健康，小说中的叙述者推测，岛上"绵延的幸福"：

> 主要源于卢梭告诉我们的他经历过的那种无所不能的感觉，那种健康状态下的愉悦之情。实际上，在这个方面，泰比人有足够的理由祝贺自己，因为岛上几乎没有疾病。在我逗留的整个期间，在他们中间我只见过一个病人；在他们光滑透明的皮肤上，你找不到任何瑕疵或者疾病的痕迹。

T 127

在未偏离小说主线的情况下，南太平洋的这种卢梭主义被描写得淋漓尽致，该内容在第 27 章"泰比人的社会状况和一般特征"（The social Condition and general Character of the Typees）。令叙述者震惊的一个事实是，岛上社会秩序的维持似乎不需要法律和执法机构，这种社会秩序反映了卢梭的梦想，可能在这里，"规范铭刻在了每个人心里"（T 201）。尼采在《善恶的彼岸》第九章提到过一个问题——"什么是高贵？"泰比人似乎是该问题最令人信服的答案。梅尔维尔给出了以下结论：

文明没有体现人性的所有美德：她甚至没有做出任何贡献。美德反倒是在许多野蛮人那里蓬勃发展、兴盛繁荣。狂野阿拉伯人的热情好客，北美印第安人的勇敢无畏，波利尼西亚一些部落的忠诚友谊，文雅的欧洲人远远没有能够与这些相媲美的东西……坦白讲，在马克萨斯山谷生活几个星期后，我对人性的评价比以往任何时候都高。

T 202-3

如果梅尔维尔没有描写"美丽的仙女菲厄蔚（Fayaway）"，那么他对当地人的溢美之词以及对基督教传教士和剥削者的强力抨击，可能也不会对他造成什么不利影响。梅尔维尔对菲厄蔚的描写激怒了与他同时代的人，并且有人可能会说，这种激怒在 20 世纪、21 世纪依然阴魂不散。

她柔软的身段完美体现了女性的优雅和美丽。她的肤色是浓重而朦胧的橄榄色，当我看到她脸颊的光泽，我几乎可以发誓，在那层透明之下隐藏着淡淡的朱红色的腮红。那女孩的脸是饱满的椭圆形，她有着所有男人梦寐以求的容貌。她张嘴大笑时会露出闪亮洁白的牙齿；她玫瑰色的嘴唇会在嬉笑时开启，牙齿看起来像是"阿尔塔"的乳白色种子。阿尔塔是长在谷里的一种水果，用手掰开后，你会看到一排排白色的种子镶嵌在红色多汁的果肉里。她的头发是最深的棕色，它们从中间不规则地分开，自然的鬈发垂在她的肩膀上；

每当她弯下腰时，头发就会落下来，遮住她可爱的胸部。

T 85−6

梅尔维尔这段描述暗示，菲厄蔚在没有弯腰时，她的头发遮不住胸前的景象。此外，她与陌生人的交往似乎推翻了那些原本就站不住脚的对她所在社会的苛责：她抽着烟斗（T 133："尽管看上去似乎很奇怪，但是世上没有任何一种动作比抽烟更展现女人的优势"），并且她还被允许一个人乘坐独木舟——这些在其他地方都是禁忌行为。但是，瞧那个独木舟！它具有怎样的力量啊！想想菲厄蔚快乐的念头！

有一天，我们划了一阵船，我……把独木舟划向湖中的迎风面。当我转动独木舟时，身边的菲厄蔚似乎瞬间想到了一些愉快的念头。她发出一声快乐的惊呼，然后脱下了系在肩头的宽大长袍（袍子的作用是为她遮挡阳光），她将长袍像帆一样展开，扬起手臂挺直站在独木舟的前方。我们的美国水手以船上笔直干净的桅杆感到自豪，却从未见过比菲厄蔚更漂亮小巧的桅杆。

T 134

索菲娅（Sophia）是纳撒尼尔·霍桑[1] 的妻子，她为我们提供

---

[1]　纳撒尼尔·霍桑（Nathaniel Hawthorne），19 世纪前半期美国小说家，代表作长篇小说《红字》。——译者注

了现存资料中对梅尔维尔的身心最细致和最精彩的描述。据说索菲娅第一次见到梅尔维尔是在1850年，"她在他脸上看到了菲厄蔚"（HP 1:413）。从来没有一个男人得到过女人如此惊人的赞美，可惜的是，她多半没能当着梅尔维尔的面说出这句话。

如果加尔文教徒背地里急着知道《泰比》的故事叙述者是否与菲厄蔚上过床——这位端庄的叙述者说过，岛上的原住民经常如此——这样看来，叙述者几乎是默认了这件事（T 149）。叙述者很明显没有抵抗住诱惑。同时，菲厄蔚的意愿也十分明显。然而，我们的叙述者是腼腆的：

> 这些年轻女孩经常在月光下聚在她们的住所前跳舞。她们的舞蹈种类繁多，然而，我从未见过有男人参与其中。她们有各种积极活泼、淘气嬉闹的动作，而且做每个动作时，她们的四肢都在舞动。马克萨斯的女孩仿佛一直在舞蹈，她们不只是在用脚跳舞，她们的手臂、指头、眼睛似乎都在舞动。她们真的太会扭动自己的身体了，她们拱起脖子，高高举起赤裸的手臂，她们滑行着、旋转着。在她们面前，我这般镇定和谦逊的小伙子都有点承受不了。

T 152

此外，叙述者的话也充满讽刺意味：

> 每当我想起这些没有得体着装的岛民，想起他们在纯朴

的自然面前的样子，我都会忍不住将他们和气质文雅、着装讲究的绅士做对比，那些在我们常去的街道上散步的完美绅士。脱去裁缝制作的具有欺骗性的外衣，穿上伊甸园的装束后——那些弯腰曲背、细胳膊细腿、伸着脖子的文明人该有多么狼狈啊！小腿的填充物、胸部的衬垫、精心裁剪的马裤，这些东西都将无济于事，它们的效果也会显得可悲。

T 180-1

然而，褪去他的羞怯和讽刺，叙述者才是那个最危险的人。对于那些在岛上跳着舞、抽着烟、嘻嘻哈哈的美丽女人，当叙述者承认她们拥有力量，并且她们也自知拥有力量时，他变成了最危险的人。马克萨斯的女人比任何其他地方的女人"都更清楚自己的力量"（T 204）。这种力量既反映也塑造了一个了不起的社会。[1]

----

[1] 那些认为 19 世纪上半叶的社会和文化环境影响了通俗和改革派文学的梅尔维尔学者，他们可能会说我的观点过于简单化。在道德和改革的辩论中，梅尔维尔无疑是在两头讨好，他用书里的细节一边挑逗读者，一边假意谴责。他的这种做法在涉及酗酒和性放纵时尤为明显。有人可能会认为他的反对太过激烈，而一些研究梅尔维尔早期小说的当代评论家也确实这么说。然而，梅尔维尔对马克萨斯女性力量的观察必须得到我们的重视，这种力量包括妇女在性以及政治上的力量。总之，梅尔维尔的策略取得了成功：无论传教士心里怎么想，《泰比》和《奥穆》这两部作品都十分畅销。参见戴维·S. 雷诺兹（David S. Reynolds），*Beneath the American Renaissance: The Subversive Imagination in the Age of Emerson and Melville*（《美国文艺复兴的背后：爱默生和梅尔维尔时代的颠覆性想象》）（New York: Alfred A. Knopf, 1988），4–7, 138–41。在此我要感谢黑尔姆·布赖尼希（Helm Breinig）提供这条引用，并且对我的描述提出了批评。接下来，在说回菲厄蔚的话题之前，请允许我先说一段关于荷尔德林的内容。——原书注

荷尔德林认为，理想政治要建立在他所谓的"更温柔的关系"（CHV 2：51-7）之上，但他对此概念并未给出精确定义。此处提到的温柔（zart/zärtlich）可能是在说家庭关系或者朋友和恋人之间的关系。荷尔德林梦想的是一种"温柔政治"（politics of Zärtlichkeit）。根据西方政治的理论和实践，我们知道，或者说我们认为自己知道，想要将家庭成员或性伴侣之间的亲密关系扩展到整个社会的愿望是在妄想。梅尔维尔的叙述者说道：

> 在岛上逗留的整个期间，我从来没有目睹过一次争吵，也没有遇到任何差点导致人们发生争执的事情。原住民似乎形成了一个大家庭，并且家庭成员之间有着强烈的情感羁绊。我没有觉察到血亲之间的爱，因为似乎这种爱已经融入了泛爱之中；在这里所有人都亲如兄弟姐妹，这让你实际上很难发现哪些人是血亲关系。
>
> T 204

正如梅尔维尔在《泰比》结尾处写的那样，叙述者逃离了这个"泛爱"岛。并且在小说续集《奥穆》中，梅尔维尔描写了对叙述者的救援。然而在获救时，叙述者理所当然地产生了矛盾的心理。他觉得"被一种挥之不去的悲伤压得喘不过气"，在他看来，令他得救的海洋仿佛"一片凄凉的水域"（O 7）。尽管他将面对新的"历险"，但某种不安使他感到心神不宁，而大海也呈现出某种不祥之兆。"在这样的一个夜晚，我又是独自一人，要不产生幻想也难。我倚在一边，不由自主地想到刚驶过的这片海中可能存在的奇怪物体。"（O 33）虽然无边的大海在表面上看，景色都一样，但是海底下藏着各种惊喜。此处的大海已经变成了以实玛利面对的大海，即那个充满未知元素，让人对抵达目的地失去信心的大海：

> 出于明显的安全考量，人们在太平洋主要是按已知航道航行，正因如此，尽管近年来有大量船只经过这片海域，但也只有探险和捕鲸的船偶尔会发现新岛屿。实际上，相当一部分海域仍然没有被探索过，对于海图里标注的某些浅滩、礁石以及小群岛是否真的存在，人们依然保持怀疑。因此，当我们这样的小船驶进这些区域时，我心里感到有些不安也是情理之中的事。就我个人而言，我经常听说有船只在午夜时分撞上不知名的岩石，尤其是在船员玩忽职守的情况下。想到我们船上的人手如此不足，夜间的值班必定十分粗心大意。

O 35

当两名船员死于疾病和意外后，他们被葬在了海里；他们的尸体被吊床包裹着，成了海上船只可能会快速驶过的"奇怪物体"。"瞧，这就是水手的命运！船上的人最后将他扔进大海，却没人过问他是谁的孩子。"（O 46）此外，单个水手的命运也反映了整个族群的命运，在这里，叙述者说的是塔希提人（Tahitians）。

"他们的前景毫无希望。"叙述者说：

> 岛上的居民悲伤地望着自己的毁灭。几年前，波默里二世（Pomaree II）告诉伦敦传教会的代表泰尔曼（Tyerman）和贝内特（Bennet）："你们来得不是时候。你们的祖先来的时候，塔希提岛已经有人居住；你们来的时候，只能看见我的族人的尸体。"

> 就像一百年前，巴黎大主教提亚马尔（Teearmoar）的预言一样，我也经常听到塔希提岛的长者悲伤低沉的吟唱：

A harree ta fow　　棕榈会长大

A toro ta farraro　　珊瑚会蔓延

A mow ta tatarta　　但人必终结

O 192

现在的海岛要么堆满垃圾，要么由垃圾堆积而成，如果叙述者听到了那"悲伤低沉的"吟唱，他的情绪可能会更加低落，事实上，至少珊瑚不再蔓延。自梅尔维尔的小说问世以来，海洋的情况恶化了多少啊！或许他的第二部历险小说中的隐藏教训是，大海虽然广阔无垠，充满了危险和未知，但它也带来了逃避和发现的可能性，然而现在这种可能性正在消失。或许在梅尔维尔看来，它们早已开始消失。他承认"似乎对伊米欧（Imeeo）的生活有些厌倦，就像回到陆地的水手一样，我终于还是向往起了翻滚的巨浪"（O 312），这种坦诚烘托出一种悲伤和怀旧的氛围。即使是海员虚张声势的谈话也无法掩盖这种悲伤。"我们全力以赴箍紧了帆桁，强劲冷冽的海风快速从地面卷起。水手的摇篮在我身下摇晃，我发现自己只能连滚带爬。"（O 316）梅尔维尔的叙述者似乎在说，让我们躺在摇篮中，即使只能在船上。凡人的孩子又能坚持多久呢？

$$\infty$$

　　我们必须替杜伊金克兄弟说句公道话，没人知道年轻的梅尔维尔在水手的储物箱里偷藏了哪些书，也没人知道回到陆地后他开始收集多少个人藏书。梅尔维尔的父亲在梅尔维尔七岁时发现他"语言发育迟缓，反应有点慢"（HP 1：35）。然而，创作完成《泰比》和《奥穆》之后，梅尔维尔扭转了自己的人生。早在梅尔维尔十一岁的时候，他的父亲就承认，梅尔维尔的状况有所好转，但是"当不了成功的学者"，或许梅尔维尔能从事商业领域的工作，这样他也就"不需要太多书本知识"（HP 1：48）。然而，在梅尔维尔将近三十岁的时候，他的个人藏书不断增加，他累积了相当多的"书本知识"。

　　小说《玛迪》（1847—1849）让梅尔维尔的作家生涯进入了新阶段。在创作这部两卷本小说的后半部分时，梅尔维尔毫无疑问已经发现了写作的意义。伊丽莎白·S.福斯特（Elizabeth S. Foster）在该书评论版的"历史注解"中恰当地提到，虽然《玛迪》原本只是《奥穆》的续集：

梅尔维尔的书在他写作期间发生了变化，但这种变化怎么也比不上创作对于梅尔维尔的改变。创作放飞了梅尔维尔的想象与智慧，让他从人类最愚蠢的习俗漫游到但丁的天堂，让他与历代伟大的作家和思想家亲密交谈，拥有像他们一样的智慧，学会使用他们的语言。这唤醒了他心中魔鬼的力量，他终于发现了自己的天赋。也就是说，梅尔维尔到此才有了创作《白鲸》的可能。

M 657

这样的说法听上去让人震撼，但似乎情况确实如此。《玛迪》开篇喊出的第一句话是："要出发了！"这句开场白让人不由想起索福克勒斯《安提戈涅》的第二段合唱诗，诗中赞美了人类神秘的创造能力——既能开垦土地，又能乘风破浪。

要出发了！航线和上桅帆已经准备就绪：挂满珊瑚的船锚已经从水中拔起，挂在船头左右摇摆；海风吹动三个主帆，追着驶向大海的我们，如同吠叫的猎犬一般。高处的主帆连同许多面副帆都已缓缓打开，船帆向两侧展开发出隆隆声，投影在水面上，像张开了翅膀的老鹰。我们的船推开海浪向前行驶。

M 3

然而，我们还记得索福克勒斯的合唱诗在接近尾声时有段可

怕的话，话中指出了那些不可思议的、勇敢的凡人弱点："只有哈迪斯是他们无法逃离的。"（ll. 361–2）

梅尔维尔创作的《玛迪》，尤其是其中第二卷的内容与他以往的作品有着明显差异。熟悉梅尔维尔的学生仅通过自然断句就将他的散文改写成了无韵诗；优美的词汇，不同寻常的句法结构——这是梅尔维尔写文章的两大法宝——同莎士比亚一样闪耀。[1] 在《玛迪》这部作品中，海洋或者说"海洋的现象"仍是一种中心意象，应该说海洋是梅尔维尔创作体系中的日月，但在这里，海洋被赋予了新的形象。小说第 2 章和第 16 章将海洋描述为一片死寂，海洋的这种寂静让水手的颅骨像"充满回响的圆屋顶"，他骨头中空的部分像"窃窃私语的画廊"；这寂静"掀翻了他的腹部"，"搅动他的心灵"（M 9–10）。这种死寂"诱使他放弃了对事物永恒合理性抱有的信念；简言之，他差点成了一个异教徒"（同上）。这种寂静的可怕是对人对虚无的害怕。"对永恒的想法变得模糊，他开始为自己的灵魂感到担忧。"（同上）在之后的《贝尼托·塞莱诺》（*Benito Cereno*）中，梅尔维尔的叙述者用"发呆的水域"形容风平浪静的大海，海洋只是发呆，它并没有镇定下来或躺着休息（9：78）。叙述者补充道："铅灰色的海洋似乎已经安排好了一切，经历完了一切，灵魂就此消失，不复存在。"

---

[1] 查尔斯·奥尔森（Charles Olson）认为，词汇和句法并不是梅尔维尔最应该感谢莎士比亚的方面。奥尔森的观点的确没错。参见他的 "Lear and Moby Dick"（《李尔王》与《白鲸》），*Twice a Year, vol. I* (1938)，165–89。奥尔森也在书的开头，用令我惊讶的方式引用了济慈写给简·雷诺兹（Jane Reynolds）的信中的话。——原书注

（同上）在一位朋友跳进他们"借的"救生艇后，《玛迪》的叙述者又一次在风平浪静的海中陷入困境。第16章的开头写道："第八天的海洋仍是一片沉寂"，仿佛作者篡改了《创世记》的内容。因为平静的太平洋不是天堂，而是一片混沌：

> 但是在那天早上，天空和海洋这两片灰色似乎坍塌成了模糊的省略号。同样，救生艇似乎也像漂浮在海面一样飘在空气中。万物都融入了这片寂静：不管是天空、大气、海洋，还是其他。海里看不到一条鱼，周围像真空一样寂静。空气中感受不到一丝生机。这种毫无生气的融合像是孕育新生的灰暗混沌。
>
> M 48

当最后海风终于吹起时，一切都在欢乐之中，救生艇突然掠过"身着金光熠熠、窸窣作响的蔚蓝长袍，戴着波浪形饰品的大海"（M 50）。然而，海洋的死寂并没有消失。由于叙述者已经跳船离开，船上的其他船员怕是会以为他已经失踪或者身葬大海，而实际上，他自己也在怀疑自己是否还活着："感觉就像他的灵魂已经放弃了一个没了用处的尸体。"（M 29）大海不再是一匹受"人类才智"驾驭的骏马，叙述者很快想到了尾随着他们脆弱小船的鲨鱼。叙述者承认，仇恨鲨鱼是一件愚蠢的事情，但是你也很难跟它们成为朋友——尤其是庞大的白鲨（M 40-1）。

然而，正如伊丽莎白·福斯特所说那样，《玛迪》很快便不再只是一个历险故事。福斯特还说："随着《玛迪》情节的推进，作者在文中时而探讨宗教、哲学、科学、政治和诗歌艺术，时而又讨论信仰和知识、必然性和自由意志，以及时间、死亡和永恒。梅尔维尔的阅读以及他的写作使他迅速陷入了一个因拓展知识而产生的兴奋中，在这种情况下，他的存在与那些离世伟人的思想产生了共鸣。"（M 661）梅尔维尔惊人的自我教育第一次变得如此清晰，它的深度与广度都显现无疑，而梅尔维尔并未接受过太多的正规教育，他只断断续续接受过中学教育。在接下来的内容中，我将尝试节选梅尔维尔自学的内容，其中涉及的三个主题是：诗歌中的真理与艺术；信仰、疑惑、人类身体，以及快乐的科学；时间、有限和死亡。

1. 诗歌中的真理与艺术

无论叙述者想要寻找什么样的真相，他们肯定能通过所谓的"黄昏启示"找到：

> 海上风和日丽时，中午还在海浪里看不见的帆船，傍晚时分露出了样子。这和早上的情况正好相反。在光线暗淡的黎明，远处的船只虽然实际上是在靠近，但由于太阳升得越来越高，反倒逐渐离开了视野。这种情况会一直持续，直到这只船进入你视野所及的附近区域。因此，这个规律也适用

于其他远处的东西：你投射向它的光越多，你就越看不清它。
有些启示在黄昏中看得最清楚。

M 56

在历险过程中，叙述者结识了一位诗人和一位哲学家，他们
分别是尤米（Yoomy）和巴巴兰贾（Babbalanja）。梅尔维尔的很多
黄昏启示都出自他们之口。例如，哲学家巴巴兰贾不会在基本句
子（protocol sentences）的问题上喋喋不休，就好像他反复思考了
海德格尔的《论真理的本质》（W 73-97；BW 111-38）。巴巴兰贾
宣称："真理在于事物，而不在言语中：真理是无声的。"（M 283）
年轻诗人尤米当然极其擅长文字，难怪他对自己和他的艺术并不
自信。尤米坦言："我经常不相信自己的力量。比起赞美，我对批
评更加敏感。但我始终认为，两者之间批评更为真诚；赞美带给
我的快乐，远没有斥责的沮丧带给我的快乐多。"（M 315）叙述者
偶尔会变得狂躁，像大海一样发作，"我就像是一艘护卫舰，载满
了成千上万的灵魂"，这些位列其中的灵魂令人敬畏，其中包括荷
马、阿纳克里翁、哈菲兹、彼得拉克、成吉思汗、冈比西斯、莎
士比亚、弥尔顿等（M 367-8）。当然，哲学家和宗教作家也没有
被排除在该护卫舰之外：

> 在我看来，他们中的很多人都值得依靠和交谈。我想列
> 入清单的有：论证过蒙田疑惑的圣保罗；追问过奥古斯丁的
> 叛教者尤利安；以及向所有人展示他的黑色旧书信的肯培多

马（Thomas a Kempis）。芝诺在德谟克利特的嘶吼声中嘀咕着箴言；虽然德谟克利特笑的时间长、声音大，但皮浪的嘲笑也没有消失；然而，神圣的柏拉图、普罗克洛斯以及韦鲁勒姆（Verulam）是向我提供忠告的顾问；琐罗亚斯德在我出生之前就已经在我旁边低声耳语。

同上

哲学家巴巴兰贾似乎与叙述者一样自信满满，至少他是个能让人振奋的伙伴："我想要了解事物的本质；揭示表面之外的奥秘；探寻笑声引出泪水的原理；窥探表象之下的东西；挖出粗糙的牡蛎中包裹的珍珠。我会直击问题的中心；我想要逐步了解高深莫测的事物。"（M 352）在《玛迪》的读者看来，一位南太平洋的岛民以《圣经》中的英语发表长篇大论，这无疑是件奇怪的事情。这也解释了为什么这本书没能像梅尔维尔之前的作品一样畅销。梅尔维尔慷慨陈词式的写作风格在这部小说虽然占主导地位，却不像他后来的小说那样令人信服——比如愤怒的亚哈船长。在《玛迪》的第 180 章，我们首次看到了《白鲸》中某些章节的影子。它的内容编排如同戏剧，或者说它至少包含了舞台指示。在《玛迪》的这一章以及其后的一章中，我们将看到梅尔维尔的学习目录以及其中无数人和事物的清单，例如鲨鱼、神话人物以及统治者。这些事物常用于达成喜剧和讽刺效果，这在很大程度上是对劳伦斯·斯特恩手法的承袭，之后詹姆斯·乔伊斯也受到了这种影响。正如巴巴兰贾曾经承认的那样，"天才总是一肚子谬论"（M 595）。

无论是小说里的诗人还是哲学家，他们都是作者对自己的深入挖掘。诗人尤米承认，虽然自己不是一个女人，但"我感觉我有一个女人的灵魂"（M 438）。就好像谢林在《神话哲学》中描述的那样，诗人升华到了一个拥有神力的阶段。巴巴兰贾很快便断言，诗人和哲学家在很多领域有同一性，二者唯一不同的是，哲学家认为"深度"是海洋的一个维度：

　　尤米：诗人也是这样，我们看似存在差异，但实际并非如此；你最不切实际的狂妄就是我思想最深处的阴影；不过虽然尤米在高飞，巴巴兰贾在深潜，但我们最终会相遇。你没有唱出声来，但我有过同样的想法；沉闷的玛迪只能看到你的玫瑰，但我能展开它的花瓣，让里面的珍珠显露。尤米，诗人就是哲学家，因为我们都存在于自身之外；我们在洞穴中，在棕榈树上，也在溪水中；我们在海上乘风破浪，也在空中腾云驾雾；总之，诗人无所不在。

　　　　　　　　　　　　　　　　　　　　　　　　　　同上

　　然而，无所不在的诗人并非总是欣喜若狂、充满活力。在第119章"梦想"（Dreams）结尾的时候，之前叙述者还只是一名水手，但到了现在，他已经牢牢地与写作绑在一起，就像普罗米修斯被铁链束缚在石头上一样。此处的叙述者已经非常接近《皮埃尔》中的形象：

我写到脸颊开始发白；我被钢笔的划痕吓了一跳；我自己的疯狂想法如同一群老鹰将我吞食；我很乐意撤回我的大言不惭，但是一双铁手将我牢牢抓住，我无法摆脱它，只能在怨恨中写下每个字……（我的）思想将我击倒在地，直到我发出呻吟；我听见远处田野里收割粮食的人在歌唱，而我却在这里拼命工作、头晕眼花。我的高烧像熔岩一样流过身体，我发热的头脑像燃烧的煤炭。像许多君主一样，旁人与其羡慕我，倒不如羡慕田间的农民。

M 368

梅尔维尔贫困的家庭极力想让他放弃写作，走到田间从事真正的工作。那么，就让他唱着收割者的歌，用文字杀出一片天下吧！让他可以养家糊口吧！

2. 信仰、疑惑、人类身体，以及快乐的科学

如果巴巴兰贾的思考早于海德格尔关于真理的论文，那么梅尔维尔本人也在很多方面以及很多时候是尼采的先驱者。例如，创作《快乐的科学》时的尼采与《玛迪》的叙述者有相似之处，他们都将疑惑和不信任包裹在一个更宽广和更包容的信仰里。在小说中，叙述者思考了鱼死后的生活以及鲸鱼天堂存在的可能性，而他不认为这是幼稚枯燥的想法：

　　　　　　　　　　　　　　　哲思与海

因为，不管它是水里游的鱼，还是陆地上的人、天上飞的鸟，难道我们不该思考一下世上究竟哪种生物不热爱生命，哪种生物不愿意憧憬未来吗？为什么人有信仰呢？一个有说服力的理由是，人渴望生命。既然如此，谁又能说今日在日本海岸捕获的怪兽利维坦（鲸鱼）死后不会见到它的祖先，那个将约拿[1]用舌头卷起，当作甜点吞下的祖先？

……至于鲸鱼死后可能出现的情况：对于这样一个在没有进餐前长八十英尺、腰围三十英尺的生物，它是无法轻易被湮没的。

M 289

然而，巴巴兰贾无法容忍这种幻想，他没有办法像叙述者那样异想天开。巴巴兰贾详细说明了对于一个信仰先知阿尔玛（Alma）的玛迪原住民来说，什么是他所信奉的教义。或许通过以下摘录内容，我们可以对此问题有大致了解："先知让我们玛迪人变得更加善良和快乐，但过去发生在玛迪的并不只有好事，同时发生的还有战争、罪恶和苦难。并且现在它们依旧存在，只是形式发生了改变。"（M 349）哲学家巴巴兰贾的话无疑是尼采《快乐的科学》的先导，尼采正是在该书中通过"狂人"宣布上帝已死（第 125 条；KSW 3：480-2）。实际上，这种思考似乎也出现

---

[1] 一个希伯来先知，他乘船逃离上帝管辖，被抛入大海后遭大鱼吞吃并被鱼吐到一块干地上。——译者注

图 21 "我们的灵魂属于身体，而不是身体属于灵魂"

在梅洛-庞蒂的作品，并且用巧妙新颖的方式映射在了人类的身体上。又或者，尼采也许从《浮士德》中荷蒙库路斯的精神困境受到了启发。甚至还有可能的是，尼采对恩培多克勒的用心思考略知一二：

> 我们的灵魂属于身体，而不是身体属于灵魂。它们之间到底是谁在照顾谁？谁才是当家人？谁负责对主动脉和上心房的供给以及分泌物的储存？谁在对方休息时还继续运转？谁会给出及时的提醒和成熟的警告？谁才是那个绝对权威——当然是我们的身体。简单来说，你必须要有身体才能移动。傻子的存在告诉我们：身体没有灵魂也照样运转；但是反之，如果灵魂没了身体，灵魂却无法证明它的真实存在。我的主，我们当中最聪明的人不自觉地在呼吸。世上有多少人是靠着身体不停歇的巧妙运转活着，却对此一无所知，甚至毫不关心呢？他们不了解股动脉和颞动脉的血管和淋巴管；不了解颅骨膜或心包膜；也不了解淋巴、乳糜、血纤蛋白、胚乳、血清铁和脑浆；他们靠着身体的施舍度日，只是身体的管家罢了；我要说是，我的主啊，身体才是更有才智的一方。相比之下，灵魂太过肤浅，它喜欢邪恶胜过善良。灵魂必须寄居在身体里，而身体最细微的动作也充满了神秘的智慧。当身体知道自己的厉害时，它们会开始变得任性：我们会不由自主长出胡须；并且我们大家都知道，有时死人也会长出胡子。
>
> M 505

然而，在讨论灵魂这个问题时，巴巴兰贾并不是一个卑鄙的心理学家。他回答这个问题的风格不像是尼采，倒像是尼采崇拜的爱默生以及和尼采唱反调的弗洛伊德。我们在此要讨论的主题是，一群灵魂承载着幽灵的身体："我们充满了幽灵和鬼魂；我们像是一片坟墓，里面葬满了先于我们死去的人。我们死去的父亲也在我们身体里，那是属于他们的不朽。从父亲到儿子，我们背负的尸体持续增加。所有这些死去的尸体再次被复活。我们的每个想法都是过去诗人、英雄和圣人的灵魂。我们承载的比一座城市还要多。"（M 593–4）

　　在第 183 章"月圆之夜的巴巴兰贾"（Babbalanja at the Full of the Moon）中，梅尔维尔笔下的这位哲学家虽然强调了快乐科学的快乐，但是他仍然真诚地说出了他在工作中加诸自己的痛苦。因此，巴巴兰贾也是尼采《论道德的谱系》的先导。在该作品第三篇的第九部分，尼采将谱系学家描述成一个"灵魂的胡桃夹子"，一个狠心"对自己进行活体解剖的人"（KSW 5：358）。对于这位自我解剖者，即使是那有可能抚慰他的笑声，似乎也来自一个分裂的心脏。以下是巴巴兰贾为他年轻的朋友尤米提出的建议：

　　　　天堂有笑声，地狱也有笑声。想一想笑声究竟是谁的语言。智慧总是与悲伤相伴，尽管它们的结合依靠泪水，但所有的一切都以呐喊结束……风拨动了她的琴弦，树丛发出了呼喊；飓风只是一种歇斯底里的笑声，闪电的巨响也只是玩

笑而已。我们要么笑，要么死去，而笑是为了活下去。不笑
就像是得了破伤风。你会哭泣吗？那就一边笑一边流泪吧。
因为欢乐和悲伤是亲戚，它们都产生于相同的神经。去吧，
尤米，去学习解剖学：你会从死者身上学到很多东西，甚至
要多过你从活人身上学到的；虽然我还活着，但我已经死了；
像解剖其他人一样解剖我：我好奇地在一旁看着我的秘密，
在我的肋骨下面摸索。我发现自己的心脏不是完整的，而是
裂开的……

M 613－14

3. 时间、有限和死亡

　　或许这个主题反映了梅尔维尔最深刻的悖论。此处说出作者
观点的依旧是巴巴兰贾："唉！我们甚至无法在坟墓中找到那些死
去的人。他们不只是简单离开了，因为他们根本就不想走；死亡
不是他们自己的选择；无论去往何处，他们都是被拖去的；如果
真是这样，他们便不复存在，他们的虚无并不比被迫离开玛迪更
加违背他们的意愿。无论如何，某些他们不曾追求的事情已经发
生在他们身上了。"（M 237）在第 75 章"时间与庙宇"（Time and
Temples）中，叙述者思考了这些"虚无"（多么掷地有声的一个
词，仿佛梅尔维尔对后世的存在主义者也有丰富的洞见）。过去
所有的虚无为我们留下了持久的东西：米开朗基罗的穹顶倒塌后，
荷马的神庙将继续显现。梅尔维尔的思索让他十分接近谢林关于

"物化"的讨论——神"下降"到自然的秘密，即物质与母亲的秘密：

> 那些在成熟生物中持久存在的东西必定存在于胚芽中。持续不是在未来，而是在过去；来世是永恒的，因为它已经过去；虽然今天建造了一座坚固的新纪念碑，但只有当建造它的砖块像太阳一样古老时，它才会永远矗立。也就是说，古老的不是金字塔，而是堆积它的花岗岩；然而，与它一样古老的还在采石场。为了创造永恒，我们必须用永恒之物建造；有人哭喊着要得到既持久又崭新的东西，这样的虚荣心从何而来？因为自己的花岗岩来自古老的山丘而感到羞耻，这又是多么愚蠢。然而，我们既不是上帝，也不是造物者；而争论者一直在争论，是否全塑力（All-Plastic Power）本身不只能塑形。

M 228-9

在小说后文中，叙述者和他手下的船员向西驶进了未知的太平洋，这个情节预示着《白鲸》中最精彩的一章，也就是第116章"垂死的鲸鱼"（The Dying Whale）。《玛迪》中只是提到了西方，"在远海的这个方向，鲸鱼会死亡"（M 551）。如果永恒附着在从远古山丘开采的花岗岩上，那么它对于肉体，尤其对这个先于《圣经》存在的史前怪物的肉体不会有任何效果。《白鲸》的亚哈船长观察到："在所有抹香鲸垂死时都会出现这种奇怪景象——

鲸鱼会翻过身面向太阳，直至死亡。"这段话引发了亚哈船长最精彩的一段独白，书中作者用了整章的篇幅，但这里我们只分析其中几个选段：

> 他转过身来，转向它——他的转身很慢，却十分坚定；他的神情充满虔诚和恳求，直到最后一动不动……在这里，生命也是怀着信仰面向太阳死去；可是看啊！只要一命呜呼，死亡就会绕着尸体打转，直到他朝着其他方向……
>
> 啊，坚不可摧的强者！啊，高耸的五彩喷水！——这里在拼命挣扎，那里却徒劳喷水！鲸鱼啊，你想让只会呼唤生命、复苏万物的太阳为自己说情，但它现在也无能为力。然而，你深色的一侧，它展现了一种就算不是更阴暗，也是更加骄傲的信仰，这使我感到震惊。所有你的这些难以名状都混合着漂浮在我脚下；我因这些曾经的生物深受鼓舞，它们曾呼出气，但现在吐出水。

MD 496-7

水，或者更确切地说盐水，充满了曾经呼出气的神明：亚哈的独白不只是对前柏拉图时期思想的回忆，更是为今后那些思考凡人灾难，即人类有限性的鸿篇巨制留下了空白。加缪会说，他将把它看作对料想中最高成就的庆祝，"至少依其创造性，我可以创作出一些真正荒谬的作品"，而在这"一些真正荒谬的作品"（quelques oeuvres vraiment absurdes）的脚注中，我们只看到了一条注释："比如梅尔维尔的《白鲸》。"[1]

当巴巴兰贾谈及自己的"愿景"时,《玛迪》中那场通往荒谬的漫长旅行到达了高潮。巴巴兰贾被带到了玛迪岛上神秘的发源地——"去那里的航行"终于即将结束。巴巴兰贾的向导在即将消失时,向他传达了以下话语。我猜想这话可能出自萨莫色雷斯岛万神庙里的一位古老神灵,他对着岛上的信徒道出了凡人的秘密:

> 我爱之人,尽情去爱吧!你们要知道天堂没有屋顶。了解万物就要成为万物。此处没有祝福。你们玛迪人唯一的幸福是从悲伤中豁免——除此再无其他。伟大的爱是悲伤的,而天堂就是爱。悲伤让沉默无处不在;悲伤是普遍和永恒的;但悲伤又是安宁;安宁是灵魂所能祈盼的至高境界。

M 636

于是乎,我们在此见到了与众不同的祭祀,它们是漂浮在无名海上,不像祭祀的祭祀。

$\sim\!\!\infty\!\!\sim$

梅尔维尔接下来两部作品是《白外套》(*White-Jacket*)和《雷

---

[1] 参见加缪的 *Le mythe de Sisyphe*(《西西弗神话》)(Paris: Gallimard, 1942),151。——原书注

哲思与海

德本》，它们是梅尔维尔在五个月内写成并于 1849 年出版的长篇小说，在此我不多赘述。梅尔维尔自己痛恨这两本书，因为它们是梅尔维尔为了销量和偿还债务拼命写出的书。然而，即使这两部作品不及《玛迪》措辞夸张、富有哲思，但它们为读者展示了梅尔维尔的新学识——其中一些是关于海洋的知识，另外一些是关于航海者的内容。

早前我提到过"瘟明"这个词，它出自梅尔维尔笔下最疯狂的人物。这个人物名叫拉里（Larry），他曾长篇大论地抨击一切文明的产物。由于该作品是轻喜剧，梅尔维尔说出了他最想说的话。比起"美利基"（Ameriky）和"瘟明"，拉里更喜欢的是"马达加斯基"（Madagasky）。下面是他带着鼻音说出的话，或许这是梅尔维尔早期海洋故事残余的一点内容：

> "为什么"，拉里像往常一样带着鼻音说，"在马达加斯基那个地方，人们没有衣服穿，却在船体中部缠绕着绳索；他们没有正餐，却整日吃着肥美的猪狗；他们没有睡觉的地方，却整日昏昏欲睡；他们也会醉酒，喝着椰子酿成的上等烧酒；我告诉你，他们还会抽大量的烟草。那是多好的国家啊！要我说，去他的美利基国！"
>
> 说实话，这位拉里总是含沙射影，说出一些讽刺文明的过激言辞。
>
> "'瘟明'能有什么用？"有一天晚上在甲板值夜的时候，他对我这样说。"瘟明之人只能学会承受人生……瘟明就是毁

灭你的根源；它彻底毁了我；我在马达加斯基原本会成为一个很好的人；现在居然成了这副鬼样子！要我说，去他的美利基国！"

R 100-1

相比之下，梅尔维尔笔下另一个人物杰克逊（Jackson）就不那么有趣了，但是他为《水手比利·巴德》（*Billy Budd*）中的克拉加特（Claggart）做了铺垫。如果说《玛迪》涉及了哲学的思考，那么《雷德本》则展现了微妙的变态心理学。这里的杰克逊和克拉加特，他们是梅尔维尔作品中的反派伊阿古[1]。杰克逊是个"可怕的亡命之徒"，但他反映的不是《白鲸》中的那种"亡命哲学"。他同时激发了叙述者的憎恶和怜悯。雷德本说："比起邪恶，这个男人表现得更多的似乎是悲伤。虽然很多时候我几乎是憎恨这位杰克逊，但我从来没有像同情他一样同情过其他人。"（R 105）这些同情是因为杰克逊像极了米尔顿的撒旦[2]，他既邪恶又不幸。然而，作者在第 59 章描写了杰克逊的戏剧性死亡——到了肺结核晚期的杰克逊，最后从桅桁悲惨地跌入了大海，那一幕是梅尔维尔笔下最令人毛骨悚然的场景之一。除了阅读的乐趣外，人们得不到任何宽慰和快乐。

《雷德本》和《白外套》为梅尔维尔对"瘟明"的批判增加了

---

[1] 伊阿古（Iago）是莎士比亚戏剧《奥塞罗》中的反面人物。——译者注
[2] 出自长篇史诗《失乐园》。——译者注

哲思与海

新维度。《雷德本》公开反对了人类对动物的残忍行径，尤其是对那些在纽约码头运货的马匹（R 197）；《白外套》谴责了海军鞭打违纪（或不幸）海员的行为（W 113-14；427）。此外，《雷德本》还指出英国黑人水手受到的待遇要优于美国的黑人水手，这一点尤其值得一提：

> 实际上，在利物浦，黑人走路时的步伐更加自信，他可以像个男人一样抬头挺胸；在这里，他不会像在美国那样引得旁人侧目。有两三次，我都见到穿着体面的黑人水手，挽着一位好看的英国女人走在路上。在纽约，这样的情侣走在路上，怕是三分钟内就会被人围攻，并且最后黑人水手能保全手脚就已是万幸。那些美国航运业的黑人厨师和水手，由于能够在利物浦得到友善对待，因此喜欢并且愿意航行到那里。
>
> 那时我年轻又缺乏经验，并且在某种程度上也受到了地方和社会偏见潜移默化的影响——这种偏见是对大多数人的玷污，对大众来说，他们没办法摆脱偏见。因此，第一次在这个城市看到黑人得到应有的待遇时，我感到非常惊讶；但是，之后的一点反思让我明白，这样做只是对黑人人权和平等地位的认可；如此看来，在某些方面，我们美国人对独立宣言基本原则的执行还比不上其他国家。

R 202

图 22 "这整本书只是一篇草稿——不止如此，它是草稿的草稿"

青年雷德本率真和清晰的思考令我震撼，特别是在今天的时代背景下——那些我们以为早就被摒弃的种族主义和仇外心理却被民粹主义领导人和暴民大肆宣扬。这真是对"大多数人的玷污"。[1]

然而，在引用最后一段精彩的文字之前，我还不能放弃梅尔维尔的这两篇文章。在《白外套》快结尾的时候，叙述者自己也从桅桁顶上掉了下来——就像杰克逊一样落入了大海。此处的描写精彩绝伦，作者巧妙地展现了溺水和沉入"无言深海"的恐怖（W 392），虽然本章开始时就描绘了同样的场景，但在此处，它被渲染了更令人难忘的紫色、天蓝色以及绿色：

> 当我涌入大海时，耳边响起一阵轰鸣声；我的灵魂似乎从嘴里飞了出来。死亡的感觉连同翻滚的海浪一起淹没了我。大海一定是将我翻了过来，这时我脚朝下，在柔软、沸腾和泡沫般的宁静中往下沉。一些海浪似乎匆匆离开了我，在恍惚的状态下，我滑行着继续向下沉。现在我周围这片人迹罕至的海水是紫色的，远处夏日的闪电为它点缀了蔚

---

[1] 梅尔维尔的这段话让我想起了我在美国生活遇到的一件事。几十年前，我带团去希腊考察，学生中有两名年轻的非裔美国人，一位是我指导的研究生，另一位是我不太熟悉的本科生。有一天下午，我和他们进行了轻松的交谈，在谈话期间，那位年纪小的学生突然笑起来，并且表示他不想回美国了。我问他："为什么会这样想呢？"他说："这是我这辈子第一次感受到自由。""自由？"我问道。那个学生迟疑了一下，又想了一会儿。然后他看着我的眼睛，微笑着说："这里没有人会盯着我看。"这个回答非常接近杜波依斯（W. E. B. Du Bois）对其在柏林生活的描述，我一直对这两个人的话难以忘怀。——原书注

蓝的斑点。先前恶心的感觉已经消失，眼前的血色也变成了浅绿；我想知道自己到底死了没有，或者是否还在濒死的状态。但是突然之间，一些没有固定形状的物体掠过我身边——它们是海里盘绕的、迟缓的鱼。这种活着的快感又一次刺激了我的神经，同时，这种躲避死亡的强烈意愿也震惊了我。

有一瞬间，当我发现自己在直线坠落时，一种痛苦和厌恶的感觉在我身上蔓延开来。过了一会儿，使我下沉的那股力量消失了，我摇摆着悬在海洋深处。然后我耳边响起了杂乱无章的声音！一边是温柔的呻吟，就像是冲上海滩的细浪声响；另一边是疯狂无情的欢呼，如同暴风雨中的海浪之声。哦，灵魂！你会听到生命和死亡的声音：仿佛一个站在科林斯海岸的人，他听到了爱奥尼亚和爱琴海传来的海浪声。然后我发现自己在缓慢地上升，捕捉到了一丝昏暗的光线。

我上升的速度越来越快。直到最后，我像浮标一样跃起，整个头沐浴在神圣的空气中。

W 393

关于人在"无言深海"中濒临溺亡状态的描写，能够做到像上文一样精彩的，我只在另外一部作品中发现过。具体我会在下一章进行讨论。

哲思与海

现在我们要提到的，可以说是梅尔维尔最伟大的两部作品，即《白鲸》和《皮埃尔》。然而，这并不意味着我觉得《骗子》（The Confidence-Man）和《水手比利·巴德》不重要，实际上，它们一个是内容丰富的精彩短篇集，另一个是作者的临终杰作。至于《皮埃尔》，我也要留到以后有机会再谈。我认为，对大多数人来说，《白鲸》就是一部关于海洋的小说。这本书我已经不记得自己读了多少遍，但每次读我都爱不释手。就这一点来说，这部作品的确从未完结——人们也希望活得久一点，这样他们就有时间能再读一遍。在本书的这一部分，我将尽量克制自己，只提及书中一些主要的神来之笔。[1]

或许我迅速对这本书产生兴趣的原因是梅尔维尔一开始就介绍了 whale（鲸鱼）的"词源"，同时表示该内容来自"某文法学校的一位患肺痨逝世的助教"（MD xv）。该助教"衣衫褴褛、思想陈腐"，喜欢翻旧语法书，因为它们"委婉提醒了他必死的命运"（同上）。任何一位熟悉希腊著作并且严格执行尼采和海德

---

[1] 请允许我在此表达对乌尔里希·哈尔夫曼（Ulrich Halfmann）的感激之情，多亏了他，我才有机会再次阅读梅尔维尔的全部著作——这次是阅读了西北大学–纽贝里图书馆编纂的历史批判版梅尔维尔全集。然而，我对他的感激不止于此。20世纪70年代到80年代，我在德国曼海姆大学学习文学理论和文学实践期间，我从乌尔里希·哈尔夫曼、赫尔姆布亥希特·布赖尼格（Helmbrecht Breinig）和约瑟夫·谢普（Joseph Schöpp）以及已故的约亨·巴尔克豪森（Jochen Barkhausen）身上学到了很多东西，他们既是我当时的同事也是我的挚友。我的阅读技巧和慷慨程度永远都无法和他们相比。——原书注

格尔计划的哲学家，都会觉得自己就居住在梅尔维尔的神秘"厄舍"。"词源"部分结束之后是"选录"，这部分内容来自学科图书管理员，此人可能是与助教关系不错的同事。在文中，梅尔维尔有一段向全体学科图书管理员的致辞："放弃吧，你们这些学科图书管理员。你们为了讨好这个世界付出了多少痛苦啊，你们不管付出多少都是吃力不讨好！"（MD xvii）下面我会对《白鲸》进行概述，我也不敢奢求我的总结能让诸位都满意。我要提的这四个主题大家应该都能想到：这部杰作像是一篇草稿；海洋；鲸鱼；亚哈。

1. 像是一篇草稿

梅尔维尔在"鲸类学"（Cetology）章节的结尾写道："上帝有心让我一事无成。这整本书只是一篇草稿——不止如此，它是草稿的草稿。唉，时间、力量、金钱和耐心！"（MD 145）这段话看上去似乎有些忸怩作态，但它的确是梅尔维尔的肺腑之言。实际上，在还没有决定小说该如何收尾前，梅尔维尔一直不愿意把之前的章节发给出版社。这就是梅尔维尔的金钱问题，或者说是缺钱的问题。随后，梅尔维尔在"誓言书"（The Affidavit）章节承认，这个关于白鲸与复仇者亚哈的故事可能会遭受质疑；他猜想批评者"可能会嘲笑《白鲸》是一个荒谬的传说，或者更加糟糕、更加可恨的是，一个让人厌恶、无法忍受的讽喻"（MD 205）。的确，这部批判性文学中讽喻的部分占多少篇幅呢？作者提到的"草稿的草稿"是何用意？哲学家怎能不以"让人厌恶、无法忍受"的方式寻找作品中的讽喻？如同捕鲸者会追随鲸鱼的尾波，而作者（以及追随着他的读者）将其所有的赌注下在"如谚语所说，那书于水上逐渐消失的事物，它的尾波"（MD 556）。在写完这句话多年之后，梅尔维尔来到了罗马。他在看到济慈的墓志铭时，内心深受震撼——"此地长眠者，声名水上书。"（HP 2: 324-5）或许这就是所谓"草稿的草稿"寓意的由来？

2. 海洋

当"裴廓德号"驶入公海时，以实玛利说道："我开始钦佩大海的宽宏大量，它不允许留下任何痕迹。"（MD 60）的确，书写在水上的东西怎会长久？现在，大海已经不再是那个逃离美国清教徒的避难所或殖民征服必经的大道，如今的它只是不受任何执政官统治的神秘事物，世间没有关于它的任何档案，并且它的"开始"（ἀρχή）即是一个谜。以实玛利很快意识到，人类在可怕的大海和海中的怪物面前会多么无助：

> 然而，即便如此，在一般的陆地居民眼中，海洋的原住民经常表现出让人无法形容的不善交际、面目可憎；我们知道海洋是连续不断的未知区域，因此"哥伦布号"行驶过无数无名区域，最后才发现那一处明显的西方大陆；只有在很小的概率下，最可怕的人类灾难才会不可捉摸地降临在成千

上万的出海者身上；但是只要稍加思考就会明白，不管孩子气的人类如何炫耀他的科学和技术，不管未来技术如何突飞猛进，即便是到了天荒地老、世界毁灭之日，海洋都有能力损害和惩罚人类，并且粉碎人类能造出的最坚不可摧的护卫舰。尽管如此，由于总是依靠自己的感官，人类早已意识不到在最初时就属于海洋的那份威严与可怕。

MD 273

梅尔维尔的杰作旨在让人类重新找回那份失去的意识。还有一件事，这让人想起了黑格尔对海洋的悲观看法：

然而，海洋不仅是人类的异族敌人，而且它对待子孙也是恶魔心肠。它比那位谋杀客人的波斯主人更残忍，居然连自己的子孙都不放过。它像一只在丛林搜索猎物的凶残老虎，最后扑向自己的幼崽；大海甚至会用力让最强壮的鲸鱼撞向岩石，让它们与海上船只的残骸躺在一起。大海没有慈悲、不听从权力，只会握紧自己的力量。无主的海洋占领了全世界，它像一匹失去了骑手的疯狂战马，气喘吁吁，喷出鼻息。

想想大海的微妙之处：最可怕的海洋生物是如何在海底滑行并且做到大部分时间不为人发现，成功隐藏在最美丽的蔚蓝中的呢？想想它最残忍的族群拥有的魔鬼般的光彩和美丽，就像是许多鲨鱼有着精致的身形。再想想海洋中普遍存在的同类相食行为；所有海洋生物都互相捕食，持续着那场自古以来就存在的永恒战争。

　　想想这一切，然后再回到我们幼稚、文雅和最驯服的陆地。对比一下海洋和陆地吧。你难道没在自己身上发现奇怪的相似之处吗？如同令人震惊的海洋围绕着绿色的陆地，人类的灵魂中也有片与世隔绝的塔希提岛，岛上充满了安宁和快乐，但四周都是对生命未知的恐惧。上帝保佑你！永远不要离开那个小岛，离开便是有去无还！

MD 274

　　在与海洋的相识过程中，我们意识到人类并非大海的"异族"，我们也是大海的"后代"。如果梅尔维尔在写作中证明了一件事，那就是他不屑于待在背风岸，所以他不计后果地探索公海。然而，说到底，海洋是一座墓地，它是那些听从向海洋回归的逆流召唤的溺亡水手的乱葬岗。在"太平洋"（The Pacific）章节中，以实玛利向我们展现了在表面上风平浪静的太平洋，究竟有多么不安宁、多么动荡：

　　世上没人知道大海有什么美丽的秘密，海上渐起的波浪似乎表明，海底存在着隐藏的灵魂；就像传说中使徒约翰下葬后，覆盖在他身上的以弗所草起伏不定。在这些似草原一般的大海上，我们见到的是"草"浪翻滚的水状草原，以及四大洲的"乱葬岗"。海浪应该上升和下降，并且起伏不定；此处有数以百万计的幽灵、影子、破灭的梦想、梦游的人以及幻想家，他们混杂在一起；那些我们认为有生命和灵魂的生物，在躺着做梦，一个接一个地梦着；他们像是睡眠者一样在床上辗转反侧；永恒翻滚的海浪就来自他们的不安定。

MD 482

正如泰勒斯所说，这些是存在于万物之中，尤其是存在于水中的神明或者亡魂。就像真正的神一样，他们尚未安宁，甚至在这片"太平"洋也是如此。这就是为何海洋有时是言行不一的两面派，是虚伪的骗子。这使得那片海洋变成了两面派、双重的或欺骗性的东西，特别是在大海平静的时候。为回应卢克莱修，梅尔维尔写道：

在这种时候，阳光的威力开始减弱，正好适合漂浮在缓慢起伏的海浪上。坐在他的船上，那轻如桦树的独木舟上；小船友善地与轻柔的波浪混合，波浪如同炉膛旁的猫一样，冲着船舷发出咕噜声。这些都是好似梦幻般的平静时刻。在看到海面的美丽和光彩时，人们会忘记寂静之下的虎狼之心；他们怎会愿意想起，这只天鹅绒般的肉掌下藏着无情的爪牙。

MD 491

对于海洋的矛盾情绪，或者准确地说，海洋本身的"模棱两可"，正是梅尔维尔形而上学的基石。假设我们可以把他拉入这一混沌旋涡——虽然实际上，梅尔维尔总是避免或试着绕开形而上学，但他最终并没有成功。下面让我们来看第 1 章"海市蜃楼"（Loomings）中的一段内容，我不会做过多的评论，因为它足以达成该有的效果。

顺便再说一下，为什么这里的标题要叫"海市蜃楼"？难道叫"玩笑"（Drolleries）不是更适合吗？至少小说在最初的这些章节中，充满了欢快的幽默啊！而在后面的章节中，斯图布还是很幽默。当然，梅尔维尔的那种奇特幽默是受了劳伦斯·斯特恩的影响。那幽默似乎有些"放纵"（extravagant），因为有人说了关于葬礼的玩笑话。或者梭罗会说，它似乎过度–发散（extra-vagant），既蜿蜒又广泛深远，还有些漂泊不定。以实玛利将要在广阔的公海区域捕鲸；但和其他人类一样，他也正在寻找一种简单的元素——水。为什么呢？

> 水中有魔力。水能让心不在焉的人陷入最深的遐想——那人站了起来，迈开了脚，如果周围有水，他必将把你引到水里去。万一你哪天在美国的大沙漠里口渴了，如果与你同车的恰巧是一位研究形而上学的教授，你可以尝试这样去做。没错，因为众所周知，冥想与水永远相伴相随。
>
> MD 4

梅尔维尔笔下的以实玛利自称是"不受约束的以实玛利"，就好像他吸取了所有希腊早期哲学家的教训，就好像他理解了康德对崇高的论述，就好像他最近旁听了谢林关于波塞冬的讲座，就好像他思考了精神分析和生物分析法的理论：

> 为何古波斯人认为海洋是神圣的？为何希腊人单独设了
> 海神，还让他成为主神的兄弟？当然这一切并非毫无意义。
> 纳西索斯自恋的那个故事也另有深意 —— 由于无法理解在泉
> 水中看到的痛苦文雅的影像，最后他一头扎进水里淹死了。
> 但是，我们也在河流和大海中看到了同样的影像。那影像是
> 不可思议的生命幻影；这就是一切的关键。
>
> MD 5

突然看到"不可思议的生命幻影"之后，以实玛利叙述了加
入捕鲸船的理由，以及他想成为一名水手的简单愿望，与此同时，
以实玛利也找回了他的幽默。同时，这样的愿望也意味着，以实
玛利不得不接受来自上级的粗鲁对待，他说的上级是指那些"留
在船长身边的乖张老人"（MD 6）。然而，幽默中或许也存在像道
德准则那样的东西 —— 或许那是唯一可能的道德，或许我们可以
称之为"宇宙的捶打"：

> 你告诉我，谁不是奴隶？当然，这些老海员会指使我，
> 而且他们可能会用拳头打我、捶我，但令我欣慰的是，我知
> 道自己不会有事；而且所有人都有过相同的经历 —— 不管他
> 们遭受的是精神还是身体上的捶打；因此，宇宙的捶打在我
> 们一群人中传开，照我说，所有人都该为对方按摩下肩胛骨，

哲思与海

这样大家都高兴。

同上

看完小说的开篇后，读者得以瞥见了远处隐约可见的东西，那距离我们几百页书、几千海里之外的东西 ——"由于这些东西的原因，捕鲸航行大受欢迎；一个奇妙世界的洪水闸门打开了，最疯狂的幻想让我对自己的目标摇摆不定，我灵魂深处升起了两个愿望，一个是见到不计其数的鲸鱼，另一个是见到它们之中那如高耸入云的雪山般巨大的戴着兜帽的幽灵。"（MD 7）

3. 鲸鱼

梅尔维尔在"选录"列出的两条内容特别震撼我，其中一条认为，鲸鱼是"地球上最至高无上的东西"（sovereignest thing on earth）（MD xix）；另一条重述了解剖鲸鱼的细节（MD xxiii）。这两条内容使我想起了德里达描述的一个令我难忘的场景，那是在他第一次在第十讲和第十一讲讲授"野兽与君主"（The Beast and the Sovereign）的内容的时候。德里达讲述了太阳王路易十四观察法医解剖大象的故事。当解剖室发出一阵恶臭时，我们逐渐明白，那是一位君主与另一位君主的对抗，即最大的陆地生物死在了欧洲最强大君主的刀下。另一场更为引人注目的对抗发生在太阳王与鲸鱼之间，而鲸鱼显然要胜过它的陆地对手。此外，由于鲸鱼是大洪水以前就存在的生物，所以它明显带有神性 ——它与盘旋

图 23 "啊，坚不可摧的强者！"

空中的神一样古老，或者说它与精神最早的"物化"，即乌拉尼亚一样古老。如果乌拉尼亚和上帝都是同一民族的发明，那么鲸鱼肯定更古老，因为鲸鱼没有像其他海洋哺乳动物一样有爬上陆地的倾向，并且它完全把大海当成了自己的家，而大海在诸神出现之前就存在，因此鲸鱼的存在早于神。在小说的后文中，梅尔维尔将白鲸描绘成了一只从海中出现的白色公牛 —— 宙斯则邀请欧罗巴[1]登上了他的奥林匹斯山。在追逐白鲸的第一天，以实玛利思考道：

> 滑行的鲸鱼被赋予一种温和的欢乐 —— 一种迅速有力的温和与安宁。它不属于和迷人的欧罗巴一起游走的白色公牛朱庇特，他让对方紧紧抓住自己美丽的犄角；他用自己可爱的、眯起的眼睛盯着一旁的女仆；他魔法般快速顺滑地游动，泛起的涟漪直通克里特岛的婚礼凉亭；若不是朱庇特，若不是那至高无上的力量可以像神一样游泳，他就真的超越了荣耀加身的白鲸。

MD 548

然而可以说，"荣耀加身"的鲸鱼形象并不能十足地体现它的神性。在"大舰队"（Grand Armada）章节中，梅尔维尔描写了

---

[1] 希腊神话中的腓尼基公主，被爱慕她的宙斯化身公牛将她带往了另一个大陆，后来这个大陆取名为欧罗巴，即现在的欧洲。——译者注

比强奸欧罗巴更体现神性的内围场景。尽管此处鲸鱼的形象不如谢林（和克莱门）期待的那样强硬，但它的荣耀和力量升华成了温柔的神秘之力。并且正如费伦齐和兰克都认为的那样，这种神秘是一种他们所说的母亲和她的婴儿，或许也是狄俄尼索斯的乳母——琉喀忒亚。

但是，在这个奇妙世界的表面下，进入我们视线的是另一个更加奇怪的世界。在那些水汪汪的拱顶下，漂浮着像是怀了孕的鲸鱼，巨大的腰围似乎预示着它们即将成为母亲。而正如我提示的那样，湖水不仅非常深，而且还异常透明；就像人类的婴儿一样，鲸鱼幼崽在哺乳期间也会十分平静，凝视着乳房以外的东西，仿佛它在过着两种不同的生活；虽然还在吸取凡间的营养品，但仍要在精神上欣赏一些神秘的过往；即便如此，这些鲸鱼的幼崽似乎在看我们，但又似乎没有在看我们，好像我们只是进入它视线的杂草。漂浮在幼崽旁边的鲸鱼母亲，它们似乎也在平静地看着我们。鲸鱼幼崽中有一只，它似乎刚出生还不到一天时间，但它估计已有十四英尺长、六英尺宽。它有点活蹦乱跳，虽然它的身体似乎还没有从母亲肚子里那讨厌的姿势中恢复过来；在母亲肚子里，从头到尾，它都准备好了迎接最后的春天，就像鞑靼人的弓一样弯曲着身体。而它纤弱的侧鳍仍保留了新生儿皱巴巴的外表。

MD 387－8

梅尔维尔对该场景的描绘充满了温情：鲸鱼母亲漂浮在旁边，吸食母乳的幼崽眺望着远方［正如 W. S. 默温在《为了即将来临的灭绝》(*For a Coming Extinction*）中优美地描写："鲸鱼幼崽寻觅着光。"[1]］，其中有一只被精心照料的幼崽特别活泼，刚从母亲肚子里出来，身上皮肤还皱巴巴的，这取决于它是谁的幼崽。这种场景使我们确信，作为一个穷人家的孩子，不管梅尔维尔经历了哪些困难，他自己也可能作为一位贫穷的父亲重复这场灾难——他完全有可能有过拟娩（couvade）经历。[2]

这种温情的描写之后还会出现在"交响乐"（The Symphony）章节，至于为什么出现，原因就不得而知了。但更令我们惊讶的是，这是亚哈船长表现出的温柔。

---

[1] 我非常感谢赫尔姆布亥希特·布赖尼格提供的关于"大舰队"的解读，他在注释中直接将该章节的内容与默温的诗联系在了一起。参见 "Wa（h）lverwandtschaften: Zweifelhafte Beziehungen zwischen Menschen und anderen Tieren bei Herman Melville und W. S. Merwin"，*Der philologische Zweifel: Ein Buch für Dietmar Peschel* (Vienna: Fassbaender, 2016），1–26。默温的诗（出自 *The Lice*, 1967）参见 *The Second Four Books of Poems*（Port Townsend, Washington: Copper Canyon Press, 1993），122–3。布赖尼格作品的标题出现的 "Wa（h）lverwandtschaften" 这个词，体现了歌德的 *Elective Affinities*（*Die Wahlverwandtschaften*）（《亲和力》）与鲸鱼（der Wal）之间的关系。默温的诗也收录于由赫尔姆布亥希特·布赖尼格和沃尔弗拉姆·多纳特（Wolfram Donat）编辑的关于动物的双语英语诗集：*Das auge des raben schwarz: tiergedichte aus der englischprachigen Welt*（Gelnhausen, Germany: Libronauti, 2016），148–9。默温的诗的德文译者是苏珊·奥普费尔曼（Susanne Opfermann）。——原书注
[2] 我想为读者朋友推荐一部小说，请参见克雷尔的 "Melville's Couvade"，*The Oxford Literary Review*, 32: 2（2010），271–89。该故事讲述了这个奇怪的法语单词 "couvade" 的含义，以及父亲拟娩（有人认为这是种病态）的奇妙现象。——原书注

4. 亚哈

在亚哈船长本人还未出场之前，小说就首先暗示亚哈是个杰出的人才。以实玛利将其描述成"一个拥有超能力、闻名世界的头脑、沉重心脏"的人，显然那是一颗用心思考者的沉重心脏；这个人已经准备好"学习一种大胆而紧张的崇高语言"，这或许是在亚哈独白出现之前，书中对他最好的描述；这个人会是"为高尚悲剧而形成的强大生物"（MD 73）。[1] 不管这样的人是"天生这样还是其他情况，在他性格的底色中，似乎有一半故意的压倒性的病态。所有的悲剧人物都是通过某种病态而来。年轻人啊，你要确信，所有凡人的伟大都只是病态"（MD 74）。"一半故意"可能也只是描述出了亚哈船长任性的一半，而这种忧思让我们想起索福克勒斯的主张，他认为英雄永远无法免于毁灭。只有在最短暂的时间里，这样一个男人或女人才是"超越了死亡（的范围）"（ἐκτὸς Ἄτας）。人们可能会说，被捕的鲸鱼也是同样的道理——只有在一瞬间，他或她超出了飞鱼叉的范围之外。这也揭示了白鲸和亚哈船长的某些神秘的同一性。

---

[1] 乔治·R. 斯图尔特（George R. Stewart）认为这是"洞察段落"，也就是说，这段文字标志着在小说中，梅尔维尔开始将原本的莫比－迪克（Ur-Moby-Dick）的身份转变成中心人物亚哈——不是魁魁格（Queequeg），不是巴金顿（Bulkington），甚至不是以实玛利——的时刻。参见 "The Two Moby Dicks", *American Literature*, vol. 25 (1953/54), 417–48；再版于 *Wege der Forschung CCXCIV*, 保罗·格哈德·布赫洛（Paul Gerhard Buchloh）和哈特穆特·克吕格尔（Hartmut Krüger）编（Darmstadt: Wissenschaftliche Buchgesellschaft, 1974），266–7，277。——原书注

在第 44 章"海图"（The Chart）中，我们发现亚哈俯视着他的海图，试图计算白鲸在海洋不同季节的路径。请注意以下段落中的"皱起"一词：

> 此时，沉重的锡制灯被链条悬挂在他头上，不断地随着船的运动摇晃，在他皱起的眉头上不停投下闪烁的线条和阴影，仿佛他在皱起的海图上标记着路线和航线的同时，一支看不见的铅笔也在他额头深深的海图上摹刻出了追踪路线和航线。

MD 198

该段内容两页之后，以实玛利想知道，白鲸是否"应该把他皱起的眉毛从波斯湾上移开"（MD 201）。当以实玛利对比露脊鲸和抹香鲸的额头时，他注意到了后者"前额的皱纹"（MD 335）。两边都皱起了眉头，一边是鲸鱼，一边是亚哈。如果正如以实玛利的猜测，鲸鱼的皱纹是因为他阅读了柏拉图和斯宾诺莎，那么亚哈的皱纹则是由于他没有读过奥古斯丁——他徒劳地想要"使他不安的心平静下来"（MD 201）。由于对自己想要的东西如此痴迷，亚哈已不再是亚哈。"老人啊，上帝保佑你，你的思想在你身上创造了一个生物；而他激烈的思想会使他成为普罗米修斯；秃鹰永远依着这颗心进食；那秃鹰正是他所创造的生物。"（MD 202）几十页内容之后，以实玛利做了如下概括："然而，当我们追寻那些梦寐以求的神秘故事，或者在某一时刻，当我们痛苦地追逐在所有人类心灵前方游动的恶魔幻影时，就在我们在这个圆形的地球上追逐的过程中，他们要么带领我们走进贫瘠的迷宫，要么中途让我们被淹没。"（MD 237）"Whelmed"（淹没）这个词可能是梅尔维尔从弥尔顿的作品中找到的，既非不知所措，也非无动于衷，只是简单的"淹没"。这就是大海对这些溺水者采取的行动——他们最后都淹死了。

关于亚哈对着死去鲸鱼的思考，我曾在之前有过几个引用的片段。但现在我还要再填补一些之前的空白。亚哈已经见到了鲸鱼在垂死之际充满信仰地面对太阳的场景，然而，一旦鲸鱼死去，就会随着海水旋转——"死亡就会绕着尸体打转"（MD 497）。当时亚哈惊呼：

> 啊，你这个黑暗的印度半神，你用溺亡者的骸骨，在这没有绿洲的海中央建起了孤独的宝座；你这个异教徒，你的皇后在杀戮的飓风中向我说了真话，飓风平息是缄默的葬礼。那垂死向着太阳的鲸鱼，倒不是没有给我教训。
>
> 啊，坚不可摧的强者！啊，高耸的五彩喷水！——这里在拼命挣扎，那里却徒劳喷水！鲸鱼啊，你想让只会呼唤生命、复苏万物的太阳为自己说情，但它现在也无能为力。然而，你深色的一侧，它展现了一种就算不是更阴暗，也是更加骄傲的信仰，这使我感到震惊。所有你的这些难以名状都混合着漂浮在我脚下；我因这些曾经的生物深受鼓舞，它们曾呼出气，但现在吐出水。

啊，大海，欢呼，永远为你欢呼，野生的飞禽在永恒的
颠簸中找到了唯一的居所。在陆地出生，却蒙受海洋的养育；
虽然山岗和溪谷抚养了我，然而，波涛却是我的义兄弟！

同上

亚哈似乎已经接受了"向海洋回归的逆流"的全部影响——
如果说这是一个更黑暗的信仰，那也可以说它是一个更加骄傲的信
仰（至少对弗洛伊德来说是黑暗的，但对尼采和费伦齐来说则略逊
一筹）。亚哈受到了这种信仰的鼓舞，至少目前来看是这样的。他
自由地抛弃了生下他的大地，接受了大海作为他的乳母，接受了海
浪作为他的义兄弟。那么，亚哈是否相信他可以重演鲸鱼的系统发
育成就，抵抗那些影响海狮和海豹的陆地拉力，从而让自己成为皱
起额头的鲸类的一员，成为彻底的海洋中的一员？当然，他并不想
为自己索取这么多。当亚哈献身海浪，献身他的义兄弟时，这种
兄弟之情让我们想起年轻的雷德本第一次见到海洋时的反应，他
从海洋中看到了"我弟弟的脸，好像他在摇篮里熟睡的样子"。[1]

然而，在亚哈献身海浪之前，让我们再来看一个独白，该段

---

[1] 与海洋和海浪的友情也是罗曼·加里的《童年的许诺》中的重要主题。当书中
筋疲力尽的叙述者说出他的长篇故事时，他躺在沙滩上一眼能够看到和听到太平洋
的地方，他承认自己与海洋有着某种兄弟般的亲密关系："有时我抬起头看着我那
情谊深厚的兄弟：他假装自己是无限的，但我知道他也是四处受到限制，这无疑是
所有骚动、所有这些惊涛骇浪发生的原因。"（RG 438–9）我们永远不知道加里的叙
述者离海浪有多近；至于亚哈，我们知道最后他的义兄会拥抱他，他的乳母会吞噬
他。——原书注

独白出自梅尔维尔全书中最奇怪的章节之一，即第 132 章"交响乐"。当然这肯定不是暴风雨似的贝多芬交响乐；或许它更接近于西贝柳斯的《第六交响曲》。这段文字的开始，仿佛海洋和空气处在一种婚姻关系中——"忧郁的空气……带着女人的神情"，而海洋有着"长久的、有力的、挥之不去的涌浪，如大力士睡觉时起伏的胸膛"（MD 542）。这种性别的划分会让我们感到奇怪，然而这与前文中海浪的兄弟情谊的表述一致。"没有斑点的鸟"是"女性化空气的温柔思索"，与此同时，"在那蔚蓝的深处，有迅速游过的巨兽、剑鱼和鲨鱼；这些是男性化海洋的残暴想法"（同上）。然而这两种蓝色似乎是一体，太阳见证着天空和海洋的联姻，在一旁能明显观察到它们的快乐，"一边是悸动的信任，一边是可爱的警告，可怜的新娘交出了她的怀抱"（MD 542）。然而，如果我们见过天空和海洋最古老的样子，例如乌拉诺斯和盖亚的形象，如果我们认为天空是男性，陆地和海洋是女性，那么梅尔维尔所说的这种天地之间的联姻就非同寻常，它绝对不是普通的交响乐。

尽管如此，在这个田园诗般的联姻场景中，亚哈的入场就像是奏起了马勒的《升 C 小调第五交响曲》，暴风雨般的情绪（Stürmisch bewegt）伴着极致的热烈（mit grösster Vehemenz）——"捆绑并扭曲；扭曲后用褶皱打结；（又是这些利维坦的胎记！）他憔悴却坚定不屈，他的眼睛像废墟中快燃尽的煤一样发光；亚哈挺直身子，在明朗的清晨中站了出来；将他头上那裂开的头盔举高，戴上了天上仙女的额头。"（MD 542-3）微风吹拂着亚哈的

哲思与海

悲哀。然而，以实玛利却给出了一个奇怪的对比，他提到了"米利暗和马大"（Miriam and Martha）的故事，虽然这些是《圣经》中的人物，但她们听起来像是亚哈的女儿。然而，以实玛利怎么会了解他从未见过面的亚哈可能存在的女儿们？无论如何，我们的叙述者说："但是，我见到了还是孩子的米利暗和马大，她们是有着会笑的眼睛的精灵，她们在自己的老父亲面前毫无忌惮地嬉戏；在父亲头上长着随时要喷发的火山口，而她们现在玩弄的是那锁住火山口的钥匙。"（MD 543）也许米利暗是亚伦（Aaron）的姐姐，那个《圣经》中的女先知？而马利亚（Mary）和马大指的是拉撒路的姐姐们？但是，谁是那个有火山口的"老父亲"呢？肯定不是上帝。无论如何，女性化的空气在嬉戏，未知的神秘又增加了一个，因此我们看到了这一简短的诙谐曲。

这部交响乐的下一个乐章必须标记为悲伤（lamentoso），或者正如马勒所做的那样，不留任何余地——"慢板：非常缓慢，并且是完全的沉默"（adagio: sehr langsam und noch zurückhaltend）：

从舷窗慢慢穿过甲板，亚哈靠在一边，看着他的影子在水中沉没，在他的凝视中沉没，而他越看，就越想刺透这深邃。但那令人陶醉的空气散发着愉快的香气，这似乎暂时驱逐了他灵魂中那些腐蚀的东西。那令人愉悦的、快乐的空气，那令人心旷神怡的天空，它们最终安抚了他；这继母的世界，如此漫长的残忍——现在却用深情的手臂环住他倔强的脖子，似乎在他身上喜极而泣，无论他多么任性，犯了多少错，她仍能在心中找到拯救和祝福的力量。从低垂的帽子下面，亚哈的一滴眼泪掉进了海里，这比太平洋里所有的财富都更加宝贵。

同上

亚哈的悲痛不是杰克逊的悲痛，也不是克拉加特的悲痛。亚哈的悲痛是千锤百炼的钢，它表现了在那滴泪水中。这种无畏和脆弱的巧妙结合在文学上史无前例，这种对刺穿的无法理解的深奥欲望，并非是无情和盲目。斯塔巴克靠近了亚哈，但小心翼翼，生怕打扰到他。亚哈转身看见斯塔巴克："哦，斯塔巴克！今天真是风和日丽啊。之前也是这样风和日丽的一天，也像是今天这样芳香的空气，我击中了生平的第一只鲸鱼——一个十八岁的捕鲸男孩啊！转眼就四十年，四十年过去了！四十年，就这么过去了！"（同上）这里标点符号的使用产生了一些奇怪的效果：当亚哈谈论自己第一次捕鲸时，作者将"十八岁的捕鲸男孩"和"击中了"分开，好像这里的男孩和鲸鱼是同一个生物，又好像鱼叉已经收回了。然后作者原文又重复了三次"四十年"和两次"过去了"，就好像亚哈的青春属于神话时代。下面亚哈为斯塔巴克描述了他生命中的孤独：

连续四十年的捕鲸啊！四十年的贫困、危险和风暴啊！在无情的海上待了四十年！四十年来，亚哈抛弃了宁静的陆地，四十年来与海底的怪物斗争！是的，没错，斯塔巴克，在那四十年里，我上岸不超过三次。当我回头想我这一生，它就是一个孤独的废墟。船长独占的这个被围起来的砖石砌的城市，这里不接受任何来自绿洲国家的同情——啊，疲倦！沉重！孤独统领的几内亚海洋的奴隶！——当想到这一切，我只是半信半疑，不像我之前知道的那样真切——四十年来，我吃的都是盐腌的食物——我灵魂干燥的营养物的象征！——在陆地上生活的最贫穷的人，他尚且能每日拿到新鲜水果，他可以掰开这世上新鲜的面包，而我只能吃发霉的面包皮——在远处，我有位年轻妻子，我在五十岁的时候娶了她，结婚后的第二天我就出航去了合恩角（Cape Horn），留给我妻子的只是枕头上印下的凹痕——妻子？这算什么妻子？——她只是丈夫还活着的寡妇！是的，我娶了她就是让那个可怜的女孩守了活寡，斯塔巴克……

MD 543-4

看到这里时，估计有无数个文学评论家已经停下来算数了。十八岁（"捕鲸男孩"的年纪）加上四十岁（"连续捕鲸"的时间）等于五十八岁。这里说了他五十岁或"超过"五十岁的时候结婚，所以他们最多结婚有八年时间。那么白鲸何时伤到了亚哈船长？亚哈失去的那条腿是他复仇的原因，但是，在离开楠塔基特（Nantucket）后不久，"裴廓德号"的船长又有了一个伤口，就是在他装象牙假肢，也就是那条象牙腿的时候——难道那个不是鲸须制的吗？——说不清怎么就裂了，所以他摔倒了，伤到了他腹股沟附近的某个部位不是吗？算数完成了，但还是有疑惑的地方。亚哈真的可以在八年里一直追逐同一只鲸鱼吗？这一点读者不应该怀疑。那么第二个伤口会对他的婚姻产生影响吗？读者也不应该对这个有疑问——腹股沟的伤口是新伤，发生在"裴廓德号"这次的航行中。

然而，这不是算数的问题。这里的重点是，亚哈承认了自己的脆弱。在"恩坎塔达斯"（The Encantadas）[1] 的第八幅图中，叙述者提到了胡尼拉（Hunilla），那个拉美混血的寡妇。"人啊，你是强者，我崇拜你，不是当你作为戴着桂冠的胜利者时，而是在你被征服时。"（9：157）

为什么梅尔维尔和书的叙述者都被迫崇拜人类普遍的脆弱性呢？在"亚哈的腿"（Ahab's Leg）章节中，以实玛利思考了亚哈的第二次事故，那是他在书中最广泛、最深刻的沉思，它体现了梅尔维尔最引人注目的构想之一，这个构想会吸引尼采式的谱系学家，或者荷尔德林以及谢林的读者，甚至是热衷于阉割的精神分析学家——足够他们受用一辈子："为了追踪这些凡人最高苦难的谱系，最终我们查到了诸神无源的长子；面对所有快乐的事，晒干草垛的太阳、收获季节的圆月，我们必须屈服于这样一个现实：神明本身也没有长久的快乐。人类眉头上无法消除的悲伤痕迹，只不过是签约者悲伤的印章。"（MD 464）

---

[1] 即西班牙语的 "Las Encantadas"，意为 "魔法岛"，指今天厄瓜多尔的科隆群岛，又称加拉帕戈斯群岛。——编者注

梅尔维尔对宇宙及其神灵悲伤的暗示，让我们想起了荷尔德林最激进的观点。荷尔德林在小说《许佩里翁》里写道："我很平静，我想要的，神都已经拥有了。难道万物不该受苦吗？存在者活得越精彩，他的痛苦就越大。难道神圣的自然没在受苦吗？啊，我的神！你受到多少祝福，就只会得到多少悲伤——这是我一直无法理解的。然而，不用受苦就能令你快乐之事，除了睡觉别无其他，没有死亡，哪来的生命。"（CHV 1: 751）

亚哈对悲伤的神灵没有恻隐之心。他并非萨莫色雷斯岛上新人会的教徒——大约一开始我们会有这种想法，毕竟他是莱克格斯和伊诺的最后传承。但是，对此荷尔德林会告诉你，正是由于这个原因，亚哈所说的话恰恰为神灵创造了存在的空间；也正因如此，亚哈并非在诅咒和亵渎神明，但凡配得起神明称号的，都会认真对待亚哈的话：

> 从那以后，亚哈变得疯狂起来，他周身热血沸腾，疯狂地追击猎物，为此无数次扬帆启程。这样的亚哈哪里还像个正常人，他简直化身成了恶魔！唉，可惜啊，年过四十的亚哈竟这样傻，他真是个老糊涂虫！他为何非要如此拼命追击猎物？为何要不知疲惫地划桨，不顾发麻的手臂，拿叉柄捕杀鲸鱼呢？如今的亚哈可曾因此发了财，过上了更好的生活？

MD 544

亚哈会为他的断腿哀伤，为浪费的生命悔恨，他似乎流下了眼泪。他坦言自己感觉："我的身体开始虚弱，开始弯腰驼背，我就像亚当一样，自从离开天堂后，几个世纪以来一直都跌跌撞撞。"（同上）亚哈祈求斯塔巴克靠近自己，这样他才能看着他的眼睛，承认人类的眼睛是比海洋和天空更宝贵的东西，没错，"甚至胜过见到上帝"（同上）。斯塔巴克的眼睛告诉了亚哈岁月留给他的痕迹。"在绿地旁！在明亮的壁炉石旁！这真是一个魔镜，伙计，我在你眼中看到了我的妻子和孩子。"（同上）这里说的是一个孩子，而不是两个。无论如何，他要求斯塔巴克继续留在船上，不要因莫比－迪克而放弃。"不，不；留在船上，就在这船上！不要像我一样——我追逐白鲸的危险，这种危险你不该承担。不！不要这么做，我在你眼中看到了你在远方的家。"（同上）。

斯塔巴克恳求"裴廓德号"上所有船员和船长马上起航回家。"交响乐"现在进行到了第二个诙谐曲，但它是作品中最短的乐章，表现为阴影（schattenhaft）。"但是亚哈避开了目光；他像摇摇晃晃的果树一样，摇摇晃晃地把最后一颗枯萎的苹果扔进土里。"（MD 545）交响曲逐渐变强，产生了梅尔维尔在某处说过的"贝多芬的响声"：

> 这种不可名状、不可思议、神秘怪异的东西，它是什么？是什么善于欺骗、藏在暗处的主人，那残酷无情的皇帝命令我？与自然的爱和渴望相反，我一直推搡、挤压、抑制

着我自己；不顾一切地让我为存在于自己内心的力量、我的本然之心中的所想之事时刻准备着，是我不敢吗？亚哈还是亚哈吗？举起这只手臂的是我、是上帝，还是什么别的？但是，如果伟大的太阳不自己走出来，如果太阳只是天上跑腿的男孩，那么星星一颗也不会旋转，除非有什么无形力量；那么这颗心脏又怎会跳动，这颗大脑又如何思考？除非上帝替我思考，上帝替我跳动，上帝替我生活，而这又和我有什么关系？在天堂时，我们人类在这个世界上被来回翻转，就像是那个旋翼机，命运才是推杆。啊，所有的时间！那微笑的天空，这深不可测的大海！看！看那长鳍金枪鱼！是谁让他去追逐那个飞鱼呢？伙计们，杀人犯最后都去了哪里？当法官被拖去酒吧时，谁去判决呢？

同上

　　或许，这段话就跟亚哈的诅咒和亵渎没什么两样，这种蔑视，为神秘的神明腾出了空间。当然，关于"交响乐"、莫比-迪克、梅尔维尔，我们还有太多的内容没有提到，但这一章的内容已经太过膨胀——就像是马上要生产的一位母亲。我意识到，并且是痛苦地意识到，令我感到难为情的是，我的这一章只不过是罗列了梅尔维尔的作品片段，它像是一位热心读者的模仿或拼凑。这一章本身不是"裴廓德号"，也不是强大的捕鲸船，它只是一艘摇曳的小船，一艘摇摆的三桅帆船，一只小船而已。就像我的德国朋友可能会开玩笑说：ein sehr geringes dinghy（一艘很小的小艇）。

然而，谁又敢解释梅尔维尔的思想呢？当然不是文法学校的助教或是学科图书管理员，即使他们也想和亚哈一样，看透那穿不透的深刻——进入"无言深海"。

第七章

拍岸的浪与时间水滴

图 24 "海洋充满了自然的忧伤和悲剧"

林间的隐居处是狭隘厌世者的避难所

海上的吊床是黯然神伤者的收容地

海洋充满了自然的忧伤和悲剧

走进浩瀚无垠的水之恐怖

人类的悲伤只是一滴水

——赫尔曼·梅尔维尔：《伊斯尔·波特》（*Israel Potter*）

无限时常在水滴中流淌……

我们人类的生命却奔流不息

听不到万物的声音也无法回应

——罗伯特·穆齐尔：《佟卡》[1]

的确，在某些洞穴中，有水滴落下。

——科洛封的克塞诺芬尼（DK B37）

  请允许我在本章的开始加上一段序言，作为这本书的第二序言。每当我阅读海德格尔《存在与时间》第 65 节和第 68 节对"绽出的时间性"（ecstatic temporality）的阐释时——这些内容我翻来覆去看了很多遍——我都会觉得时间是突然（suddenly）流逝的。对于时间的"绽出"，不管是将来的、现在完成的，还是现在的，

---

[1] 《佟卡》（*Tonka*）出自穆齐尔短篇小说集《三个女人》（*Drei Frauen*），这本书由三篇短篇小说组成，《佟卡》为其中一篇。——译者注

时间似乎像在某种旋涡中旋转，每个绽出都会迅速归入另外两个，整个系统像是旋风一样向前猛冲。或许这就是海德格尔一开始将绽出用作 Entrückungen[即 raptures(狂喜、入迷)] 的原因。而且我们也知道 rapidly（迅速地）来自拉丁语的 raptim。奥古斯丁提到，未来"flying by"（飞越）进入过去：他使用的词是 transvolat。此外，我们还要注意希腊单词 ἔκστασις 和 ἐξαίφνης 的形态，后者的意思是"突然"或者"不知不觉飞逝"。这就是我将绽出的时间性理解为快速移动的原因。

然而，世间似乎还存在另一种时间性，并且这种时间性的移动非常缓慢。我将其称为"钟乳石的时间性"（stalactitic temporality），它来自希腊词 σταλάσσω，意思是"滴下"，但 stalactitic 这个单词有些拗口，它不能轻快地从舌头滑出。这个概念的意思是，水滴缓慢地从洞穴的钟乳石上滴下，或许这个洞穴是在希腊的埃维亚岛（Euboea）或克里特岛，又或者是在靠近墨西哥塔斯科（Taxco）的地方，总之这样的景象给我留下了深刻的印象。这里我要说一下人体本身的洞穴，不只是精神分析所谓的"性穴"（Höhlenerotik），而且也包括了男性和女性身上的所有空洞。我提出这一时间性概念是受到了弗吉尼亚·伍尔夫的小说《海浪》的启发——这种非常缓慢的时间性在隐蔽的洞穴滴下它的水滴，就好像绽出的时间性在地球表面旋转一样。

我们再回到本书第三章的内容，当时提到查尔斯·莱伊尔关于地球历史的连续性观点时，我说过，在他看来历史的唯一

哲思与海

灾难就是时间。一方面，个体生命的时间"将会非常短暂"；另一方面，系统发育则经历了漫长的时间周期以及地球历史的亘古岁月。在某种意义上，这两个方面一直都是本书的主题。在第三章，我提到了在精神分析和生物分析中的时间的"本体论意义"。不管是费伦齐所谓的"深度生物学"，还是弗洛伊德提出的无意识的"无时间性"，时间在其中扮演的角色都需要我们的考量。

从对伍尔夫《海浪》的解读中提出关于时间的问题，海德格尔也许不会认同这种做法。然而，不管是小说从头到尾一直提到的海浪对海岸有规律的拍打，还是有时这些海浪的撞击，或太阳的上升和下降，又或者是四季更替时我们围绕着太阳的轨道运动，又或者是时间的水滴在伍尔夫像洞穴一样的性格上缓慢滴下，这些我从书中读到的内容无时无刻不在提醒着我"时间"二字。现在就让我们来解读这部伟大的作品吧。

若提及书中的叙事，其实这部小说并不算长。主人公是在一所靠海的私宅花园里玩耍长大的六个孩子，他们虽然关系亲密，但显然不是真的一家人。小说讲述了这六个人从学生时代一直到老年的生活，故事的呈现只是依靠每个人的内心独白和意识流。伯纳德（Bernard）说："在我意识的表面，它就像一条飞快行进

的浅灰色小溪，闪现着过去发生的事情。"（96）[1] 全书的九个章节，每章节之前都会有斜体字的内容，若是照我说，这些斜体是在讲述海浪"自己"。

作者在书中描写的为数不多的故事包括：吉尼（Jinny）在花园亲吻了路易斯（Louis）；孩子们所在的学校里，有一位他们都十分迷恋的珀西瓦尔（Percival），珀西瓦尔是他们崇拜的人，是他们心中年轻的阿波罗，这么说吧，他是他们想成为却不能成为的、能满足他们任何想象的一位运动男孩［伯纳德对珀西瓦尔的评价是："他就是标杆，他是个英雄。"（104）］；还有在中学毕业时，他们和珀西瓦尔有一次晚餐聚会，那时珀西瓦尔正准备去印度加入殖民军，在那次聚会后，六个人各奔东西；不久之后，年轻的珀西瓦尔在一次赛马中死去；多年以后，六个人已经长大成熟，他们在汉普顿宫为珀西瓦尔办了场追悼晚宴；在一个不太确定的时间点，六个人中的罗达（Rhoda）自杀了，而她自杀的方式就是跳海；六人中的另一个人，也就是伯纳德，他是个讲故事成瘾的人，之后的内容中，他霸占的篇幅越来越多，但或许是因为他觉得自己的故事磕磕巴巴，所以一直没办法结尾。书中还有一个人物，作者并没有告诉我们这个人叫什么，但是此人在好几个时间点出现过，她就是那位"正在写作的女士"。

小说中交织着各种时间符号和时间过程。第一种，日常的

----

[1] 在本文中我自始至终使用的小说版本以及在本中标注的页码都源自弗吉尼亚·伍尔夫的 The Waves（《海浪》），萨姆·吉尔平（Sam Gilpin）编（London: Collector's Library, CRW Publishing, 2005）。这本小说初版是 1931 年。——原书注

哲思与海

时间性。总的来看，这种时间性似乎占据了书中所有人物的生活，它的标志是海浪连续重复地击打或有规律地拍打海岸。第二种，由太阳在天空运行的路径所代表的时间，即从黎明前到夜幕降临的这段时间。这是海德格尔在《存在与时间》后期才提到的一个时间概念，该时间被称为 die Weltzeit，也就是"宇宙"或"世界"时间；宇宙时间也源自地球围绕太阳的运行轨迹，它产生了月份（正如在小说中，作者不止一次提到"一月到十二月"的概念）和季节的划分。第三种，一滴水滴下所需时间的时间性。最后一种时间符号占据了小说最后的几百页，也就是全书三分之一的内容。这是代表时间最奇怪的一种符号，也就是我在这里说的"钟乳石的"时间性。它是悬而未决的，是一种需要时间才能向下滴落的时间，但是一旦滴下后，有时它会留下沉积物、沉淀物，在下面逐渐累积某种物质；又或许它只能形成一个最终会蒸发、干涸的水池或者水洼，不会留下任何永久的痕迹。

现在请允许我再仔细地讲讲小说中的六个人物。那六个小时候在花园听着海声一起玩耍的孩子，他们是伯纳德、罗达、内维尔（Neville）、吉尼、苏珊（Susan）和路易斯，其中吉尼亲吻了路易斯的脖颈。这位吉尼在她的一生中还会亲吻很多男孩。她说过："我跳着舞，掀起涟漪。我会像黑夜一样网住你。我会趴在你身上颤抖。"（10）之前我们也见到过"颤抖"这种表达，它出现在恩培多克勒讲"神的四肢"，即冲突占据中心位置的时候，也出现在海德格尔说"最后之神"的内容中。尽管吉尼在亲吻别人时非常愉快，但是作为吉尼初吻的接受方，也就是小时候的路易斯，他对那个吻并不享受。"当时她来到我身边。突然我的脖颈就被袭击了。她居然吻了我，当时我的世界都崩塌了。"（10）而看见这个场景的苏珊，她甚至比当事人路易斯还生气。"我看到了他俩，吉尼和路易斯，他们接吻了。现在我要把我的愤怒包进手绢里，装进口袋。"（11；cf. 85，162）之后，在寄宿学校的时候，路易斯的生活更快乐，他说："这里没有粗鲁的事情发生，也没人强行索吻。"（29）实际上，整个小说里没有发生其他的粗鲁行为，也很少有接吻的情节（除了回忆部分的描写），只有吉尼是个例外，她是小说中唯一一位着迷于自己的身体并且能从中得到快感的人物。"我不能想象我的身体光环以外的事情。我的身体总是先于我行动，它就像是黑暗巷子里的一盏灯笼，照亮一个又一个人和事物，让它们也被纳入光环之中。我会让你神魂颠倒，让你相信眼前就是全世界。"（109）

在这方面，吉尼与受到惊吓、没有个性的罗达存在明显的差别，甚至她与郁郁寡欢的苏珊以及所有的三个男孩都不相同。也正因为如此，我们有必要深入了解一下吉尼。在小说中，吉尼谈到了她的轻率或者说勇气与其他人有何不同："作为一个比你更放得开、比你有勇气的人，我才不会收敛我的美丽，我不认为它是一把会烧伤我的火；我会把它狼吞虎咽吃到肚子里，它只是肉体罢了；说到底也是由物质组成的。我的所思所想也是身体的所思所想。"（188）在下面的节选片段中，吉尼提到了"狂喜"这个词，也就是海德格尔及其追随者口中的"绽出的时间性"。吉尼对这个词的世俗化理解是，她身体散发的光环引起了旁人强烈的关注。比方说，有一次她乘坐火车，当火车驶入隧道时，一个男人拉低了手中的报纸，开始凝视她在窗户上的倒影：

> 在他的注视下，我的身体立刻不由自主地装起了样子。我的身体有它自己的生活——这世上有形形色色的身体，它们也组成了一个社会，我的身体登上了这个社会的舞台……我放松地靠在了椅子上，任由自己享受这种狂喜；我想，在穿过这隧道后，我就会进入一个灯火通明的房间，倒在其中的一把椅子上，得到周围人青睐的目光。然而抬起头，我看到一个女人露出了不友善的目光，她觉得我在心里狂喜。我的身体也没礼貌地做了回应，仿佛孔雀收起了尾巴。就这样，我随心所欲地收放自己的身体。生命由此开启。现在，我闯入了我生命的贮藏室（hoard of life）。

53

这份对于"生命的贮藏室"的热情只得到了伯纳德的响应。

小说的读者们会很快意识到，伍尔夫对书中人物的性格和情绪的塑造，依靠的是每个人独白中的重复表达：吉尼的是"生命的贮藏室"；伯纳德的是"讲故事"和"造句子"。然而，伍尔夫本人暗示这六个人物其实是一个人，他们根本不是分开的个体——她在1931年10月8日的日记中有一段话，针对的是《泰晤士报》对她书中人物塑造的称赞，她写道："他们赞美了书中那些人物，但奇怪的是，这些人物本就不存在。"[1]

以下关于六人的简单描述或许向读者展现了要做一个单独集合后的弗吉尼亚到底有多难。诗人内维尔是书中第一个提到水滴（drop）的人。他说："我看见了一个球体，它呈水滴状悬挂在高耸山峰的侧面。"（7）在小教堂，内维尔宣称他蔑视教会权威和学术权威："那些大谈权威的人腐化了权威的话语。我对这种可悲的宗教嗤之以鼻，我看不起这些胆小且哭丧着脸的大人物，他们形容枯槁、拖着负伤的身子向前走，走到一条由无花果树遮蔽的白色道路，几个男孩四仰八叉地躺在尘土上——裸体的男孩；浸过酒后肿胀的山羊皮悬挂在酒馆的大门上。"（29）内维尔阅读卡图卢斯[2]和莎士比亚的作品，而这些书是玩板球的珀西瓦尔无法理解的，即便如此，内维尔还是爱珀西瓦尔，并且爱的正是他这份索然无味：

> 虽然我没办法和他生活在一起，忍受他的愚蠢。他会变得粗俗，还会打呼噜。他会结婚并且享受温馨的早餐。但是现在他还年轻。当热情如火的珀西瓦尔赤身裸体在床上翻滚

---

[1] 我阅读的这一版《海浪》的编辑是萨姆·吉尔平，他在第 259 页的编注里引用了伍尔夫的日记。但其实我们不看伍尔夫的日记也能知道，她写的这六个人物其实是一个人。因为在小说的第九章，也就是最后一章，这些人物一个个都消失了，只留下了一种自我残缺不全的感觉。书中问道："我是他们所有人吗？"回答是："我是独一无二的吗？我不知道……我和他们之间没有界限。"（247）——原书注

[2] 卡图卢斯（Catullus），古罗马诗人，对后世诗人彼特拉克、莎士比亚等产生了深远影响，其诗歌收录于他的《歌集》。——译者注

哲思与海

时，他与太阳之间、与风雨之间、与月亮之间未隔一丝一缕，甚至没有隔上一张纸。

40

此外，内维尔爱珀西瓦尔的另一个原因是，他在那位明星板球手眼中什么也不是：

> 戴着板球帽的珀西瓦尔就在那边。他会忘了我。他会任由我的信在一堆杂物中沉没。我会给他写诗，而他或许只会回复一张明信片。但这正是我爱他的原因啊。我会提出和他见面——约在某时某刻某个路口；我会等他，而他不会出现。这正是我爱他的原因啊。他会遗忘我，甚至无视我，成为我生命中的过客。

50

内维尔保持着他一贯尖酸刻薄的风格——伯纳德将内维尔对他的影响称为"涌流而出的重水"和"破坏性的存在"（75）——同时内维尔也有着自我批评的性格特征。当这种性格朝着不健康的方向发展时，它就会成为心理治疗师所说的受虐狂。然而，那位"正在写作的女士"会认为，这种自我批评即使达到令人震惊的程度也依然很正常。在小说的第三章，内维尔这样评价他自己：

我有一些缺点——犹豫不决就是我的致命缺点，我若是闭口不谈这个缺点，那未免太虚伪做作。然而，要说我成不了优秀的诗人，那简直就是开玩笑。我昨天晚上写的不是诗还能是什么？我是不是太口快心直，是不是太轻举妄动？我说不好。有时候我也不了解我自己，我也不知道该怎么形容、怎么评价我自己。

70

然而，在所有的小说人物中，内维尔才是那个最会未雨绸缪、防患于未然的人，就算是"突然海浪滔天、怪物现身"（169）的情况，他也事先有准备。

在花园看到吉尼亲吻路易斯时，苏珊曾痛苦不堪。苏珊只爱自己的农民父亲，她渴望离开寄宿学校回到家里。她说："我没办法忍受分开或远离。"（82）苏珊注定要看见别人接吻，她很快看到了两个仆人——洗碗女佣弗洛丽（Florrie）和擦靴子的仆役欧内斯特（Ernest）接吻了，他们接吻时，周围是被风吹动的正在晾晒的被单（20，105）；每次别人接吻，苏珊总是被迫成为观众。苏珊讨厌她的学校："我止不住流眼泪；泪水刺痛了我的双眼。我讨厌闻到松树和油毡的味道。我讨厌被风吹得歪七扭八的灌木丛，也讨厌卫生间的瓷砖。我讨厌大家笑着开玩笑，讨厌他们呆滞的目光。"（27）几个月过去了，她撕下一页页日历，把它们揉成一团。"我把日历撕下来，揉成了团，这样它们就不复存在，不会成为我的负担。"（44）苏珊只想回到自家的农场，除此之外别无他求。"我会像风一样自由,所有让我憔悴变老的事情 —— 学校的功课、命令和纪律,让人指挥来指挥去 —— 它们都会统统不见。"(45)这些年的留学经历没有对她产生任何帮助 —— 学校的地面总是同一种材质。"我被送到瑞士完成我的学业。我讨厌油毡;我讨厌杉树和山脉。"(82)即使苏珊命中注定会看到别人接吻,即使她醋性大发讨厌吉尼,但是她依然下定决心:"我一定要有小孩。"(83)苏珊对做母亲这件事有疯狂的执念:"孩子是我的延续;他们会长牙、哭泣,会去学校读书,最后回到家里,这些会像是我身下翻滚的海浪。"(111)没错,当孩子降临时,她会用整个生命的海洋包裹他们;她会"像细线一般全力旋转,绘织摇篮,我会用自己的血制成保护膜,包住孩子脆弱的四肢……我会让身体成为能让孩子安心入眠的避风港"(146)。在她看来,时间的滴落似乎向她许诺了成熟:"梨子会自己成熟从树上落下来。"(145)水滴通常只是美丽的棱镜:"甘蓝叶片的紫色水滴;玫瑰花瓣的红色水滴。"(147)她宣称:"我纵情享受着自然之乐。"(同上)然而,她并不满足于保护膜或体内的海洋:"我受够了自己的身体,受够了自己的手艺、勤勉和狡猾,受够了作为母亲蛮不讲理地保护孩子的做法,受够了总想把孩子聚在一张饭桌上,用妒忌的眼神看着他们,唯恐会失去他们。"(163)最后,她的折中想法是:"我的身体每天都得到正确的使用,它就像熟练工人手中的工具,浑身上下都被使用。刀刃干净、锋利,磨损在中心。"(183)而路易斯很快引述了她的话,并且表示:"我荒废了生命,我的生命徒劳无功。"(195)同样,苏珊自己也说:"我仍然会瞪大眼睛 —— 像只

小鸟一样，不满意有东西从自己身边逃脱。"（199）

路易斯是澳大利亚布里斯班（Brisbane）一位银行家的儿子——这位银行家说话带着会被人嘲笑的"殖民者"口音。路易斯学习成绩优秀，却永远达不到他为自己设定的目标。他的耳边总是回响着海浪的拍击声。下面是我们从他那里听到的第一句话："一只巨大怪兽的脚被铁链锁住了。它在那里跺脚、不停地跺脚。"（7）然后"大地颤动，我也跟着哆嗦，地球的重量都压在了我的肋骨上"（9）。路易斯的焦虑让他不得不依附于伯纳德："因为他（伯纳德）不会害怕。"（25）路易斯有些像恩培多克勒，这样说是因为他是冲突的孩子。"我路易斯会在这七十年走遍地球，我出生于仇恨，出生于不和谐。"（33）然而，这样的激情正是他最害怕、最鄙视的："激情是在地下生长的黑暗杂草，用波浪敲打着我们。"（120）在晚年，路易斯的生意做得很成功，他和罗达有过短暂的交往；他看到苏珊和伯纳德以及吉尼和内维尔也有过同样徒劳的尝试。他表示："当他们沿着道路走下去，幻觉会重新出现。他们的心里会再度掀起涟漪，会产生怀疑。我如何看待你，你又如何看待我？你到底是谁？我又是谁？——上方不安的空气会再度颤抖，脉搏会加快跳动，眼睛会变得明亮，生命中的荒唐会周而复始，没有它，生命又会凋零死亡。"（198）路易斯也提到了颤抖，但是他明显没有吉尼的感官体验和善于表演。

伯纳德是讲故事的人，他总是能让伙伴们愉快或无聊。伯纳德善于遣词造句，他会依照字母排列顺序做笔记，为的是方便检索，他潦草地记下故事的梗概，或许某天会将它们写成小说。他

　　　　　　　　　　　　　　　　　　哲思与海

经常用到"海浪"一词，在内维尔之后，他是小说中第二个提到"水滴"的人。这里伯纳德用到了复数形式："'看那阳台角落的蜘蛛网，'伯纳德说，'网上挂着水珠，泛着白光的水滴。'"（7）伯纳德会成为钟乳石的时间性或时间水滴的理论家，但有时，他的"水滴"有些奇怪：其他人都是进入睡眠，而他是"滴落入"睡眠（159）。在小说中，伯纳德与其他几个人物的联系最多，最需要别人的陪伴，同时他也乐此不疲地向读者汇报其他人的情况："我觉得路易斯像石头刻的雕像；内维尔是精确裁剪的布料；苏珊的眼睛像是水晶块；吉尼是燥土上炙热舞动的火焰；罗达是水泽中潮湿的仙女。"（99）此外，在那座靠近大海和海浪的房子里，伯纳德见过那位正在写作的女士，但他并不是书中唯一见过她的人，苏珊在第164页也提过。伯纳德对她的描述是："那位女士坐在两扇长窗中间，提笔书写着。"（14）伯纳德很崇拜校长克兰博士（Dr. Crane），但别的孩子却对兰克博士嗤之以鼻，认为他矫揉造作、言辞空洞。在记录自己的见解时，伯纳德表示他与世界团结一致："我不相信分离，我们不是单独的个体。我也希望收集更多对人类生命本质的宝贵观察。我的书肯定要写很多卷，讲述形形色色的男人和女人。"（57）然而，诗人内维尔的存在足以刺破伯纳德自负的气球："以后他会登峰造极，而我则会失败，一事无成，最后留下平庸的文章，散落在沙土里。"（77）虽然《海浪》将最后的叙述交给了伯纳德——小说第九章，也就是最后一章的内容都是伯纳德的意识流——但他在故事进行到一半的时候，就已迷失自我。在全部的九个章节中，伯纳德在第四章哀叹："我不记得自己的特殊才能、独特气质，我也忘了自己的长相，不记得眼睛、鼻子和嘴巴有什么特点。此刻的我不是我自己。"（97）有时他会沉浸在自己的文章中，就像飘浮在快乐的云朵里："我的文字冒着可爱的烟。"但是当烟雾散尽时："看到我的文字多么华而不实——尽是些避重就轻的陈旧谎言。"（112-13）

　　罗达玩弄着她扔进水池的花瓣。"我现在有一支在海岸间漂浮的舰队。我会投入一根小树枝，让它成为拯救溺水船员的救生艇。我会扔下一颗石子，看从海底升起的气泡。"（15）然而罗达不是海洋女神琉喀忒亚。她自己就是那颗石子，她自己就是那名溺水的船员，并且她没有救援者。"意义消失了，时钟在嘀嗒。"（17）在学校时，罗达从黑板上学到一个几何图形，但她表示并不理解这个图形："瞧，图形的圈内开始填满时间；它将世界围在里面。我开始画图，世界被圈在里面，而我自己在圈外；现在我加入其中——将它封闭，使其完整。世界完整了，而我却站在圈外，哭泣着：'啊，救救我吧，请不要让我永远在时间之外随风飘零！'"（17-18）她躺在床上，想要入眠："让我把自己从水中拉出来。但是水堆积在我身上，将我卷入它们巨大的肩膀之间；我只得随波逐流，在水中翻滚；我被用力拉扯，周围是细长的灯光、绵延的波浪，以及无尽的水路，身后还有人穷追不舍。"（23）随后：

　　　　门开启了，老虎一跃而出。门开启了，恐怖一拥而入。它们纷至沓来，对我穷追猛打……但这时门开了，有人过来，他们向我走来。他们用虚假的笑容掩饰残忍、掩饰冷漠，他们抓住了我……我必须抓住他的手；我必须回答。但我该如何回答呢？我被迫后退，在这副笨拙、无法契合的身体中燃烧，承受他的冷漠和嘲笑……老虎跳了起来。他们用舌头抽打着我。

88-9

在接近尾声时她说："生活啊，我多么惧怕你；人类啊，我多么痛恨你！你们是如何推来搡去，你们是如何打断别人，在牛津街上，你们是如何丑态毕露，在地铁上，你们是如何面面相觑！"（173-4）然后，在马上结束的时候：

有谁会和我一道呢？只有鲜花……现在我们从悬崖准备出航。下方闪着鲱鱼捕捞船队的灯光。悬崖消失不见，涟漪变小闪着灰色，无数海浪在身下蔓延。我触碰不到任何东西，也看不见任何东西。我们会在海浪里沉沦下降。大海敲击着我的耳膜。白色的花瓣会被海水染成黑色。它们会漂浮一阵，然后沉底。我在海浪中翻滚，被摔过肩头。巨浪倾泻而下将我溶解。

176

内维尔在后文说的一段话体现了《海浪》的华兹华斯风格，只不过二者涉及的情感有所不同，小说中的情感是悲痛或忧伤，甚至是悲伤之外的哀悼——它不是平静中回忆出来的情感，而是尝起来心酸苦涩的情感："但是，曾经那里还有让人欣喜的事情，我们等候大门开启，珀西瓦尔来了。"（183）珀西瓦尔的名字开始听起来像帕西发尔[1]，在这种情况下，珀西瓦尔本人就是六人所寻求的圣杯。在小说的后期，伯纳德试图解释那场惨死造成的影响——他并没有提到珀西瓦尔的名字。"我们看着躺在眼前的那具尸体，那是我们无法成为也无法忘记的人。我们所看到的一切；我们错过的一切；我们因他人的索求而不满，就像是孩子们等着分蛋糕，那是唯一的蛋糕，眼看自己会得到的那块正在越来越小。"（237）珀西瓦尔的死亡是小说里的重要事件，但它在读者眼中毫无意义，因为作者对珀西瓦尔没有过多的描写，我们只知道他会玩板球、是个自信满满的人、在学校成绩不好，以及别人口中他的英俊潇洒。他的死亡以一种扭曲的方式反衬了罗达的死亡——后者的记录只有寥寥几笔。然而，读者熟悉罗达，他们熟悉她奇异甚至有些骇人的自毁倾向的独白。她总是反复说："我没有脸。"（28，36）为什么没有脸呢？"这是我们所依附的怪物的一部分。"（55）在后文，伯纳德在他的想象中"唤起了罗达的形象"，之后，没有给出任何说明或评论，伯纳德用了一个过去完成时的句子说："她已经自杀了。"（241）然后他感觉到："她飞跃而下的时候掀起了一阵风。"（248）读者难免会想到她跳入了大海的波浪，或许在西班牙，靠近直布罗陀的某个地方，一个可以看到

---

[1] 帕西发尔（Parsifal），亚瑟王传奇中寻找圣杯的英雄人物。——译者注

非洲的位置。此外，文学评论者以及传记作家也不难联想到罗达就是弗吉尼亚·伍尔夫本人。创作完《海浪》十年后，伍尔夫死在了淡水的波浪中。而且很明显，即使不说作者本人，伯纳德也与她有着特殊的关系。

然而，我们可以肯定的是，小说提到的那位写作的女人，那位孩子们从花园中看到的女人，那位住在带有大窗户房子里的女人，她最容易让人们觉得她就是作者本人。（她就是那六个孩子，我再说一遍，那六个孩子其实是一个人。）那位写作的女士在小说中反复出现，就像是自杀后的罗达一样"阴魂不散"。写作的女士没有得到过多描写，小说只是一遍遍地重复："那位女士坐在两扇长窗中间，提笔书写着。"（14）伯纳德说："而那女人坐在桌前写作。"（105）苏珊也"看到那位女士在写作"（164）。"那位女士刚才坐着写作。"（206）"而那位女士坐着写作。"（213）"那位女士正在写作。"（230）然后到最后，伯纳德又说："女人们在写作。"（244）奇怪的是，这次他的叙述很抽象，并且他还使用了复数形式。

那位女士到底在写什么？如果假设她写的是小说每个章节开头的斜体字内容，那么她就是在描写海浪以及太阳对波浪的作用，描写花园的树木和灌木丛的小鸟以及屋内太阳的光照。她的每个自己都词汇丰富，她自己有能力描写小鸟"惹人怜爱地落了下来"（61）。这些斜体的段落滴下了太多水滴，其中许多似乎都是任意的、没有重量的。"在房子附近的水桶里，水龙头停止了滴水，仿佛水桶已经满了，而水龙头却接连滴下一滴、两滴、三滴分开的水

图 25 "水色的珠宝里燃着舞动的火花……"

滴。"（140）作者仿佛借用了小鸟的眼睛，她在同一页内容中记录了两种截然不同的水滴："或者他们看见雨水落在篱笆上，下垂着，却迟迟没有落下，水滴中整个房子弯曲着，榆树高耸入云。"然后她写道："在那些花朵腐烂的根部，飘荡着死亡的气味；水滴在浮肿着发胀的两侧形成。"（62）然而，在这段斜体字的开头，有一首田园诗：

> 太阳升起了。黄色和绿色的木条落在岸边，阳光为残缺船只的肋骨镀色，使海刺芹及其带刺的叶子闪着钢铁的蓝色。当海浪呈扇形争相涌上沙滩，阳光几乎刺穿了湍急的细浪。那个女孩摇了摇头，她让所有珠宝——黄玉、海蓝宝石——所有水色的珠宝里燃着舞动的火花。现在，她露出了自己的眉毛，瞪大眼睛径直冲向了海浪。海中颤抖的鲭鱼闪闪发光，它们成群结队，它们绿色的凹陷加深变暗，或许还会被徘徊的鱼群穿过。

61

谁是这个径直跳入海浪的女孩呢？这是她第一次也是最后一次出现在小说里。我们对她一无所知。她是海洋闪耀的火光。[1]

---

[1] 我的审稿人敏锐地指出，这个"女孩"实际上就是在小说开篇出现的人物，黎明照亮了四周，"好像一位躺在地平线下的女人举起了一盏灯"（5）。她不会是希腊太阳神赫利俄斯（Helios）或者罗马太阳神索尔（Sol），她不会是男性化人物，她是德国太阳神苏娜（die Sonne）。又或者说，还记得在本书第五章罗伯托·卡拉索描述的光芒四射的海洋女神伊诺－琉喀忒亚吗？这位蒙着面纱的"女孩"实际上是"随着黎明的降临缓慢向上铺开的光"。——原书注

但是接着："起风了。海浪不停敲击岸边，像是包着头巾的战士，像是包着头巾拿着有毒的长矛的人，他们举起的手臂挥舞着，向着进食的白色羊群进攻。"（63）最后这几句话明显带有罗达的语气。

我想重复一下，伯纳德显然与写作的女士有着特殊的关系，并且他似乎常常是那位女士难以忍受的自我。在小说的早期，伯纳德对自己有如下描述："虽然'带有女人的敏感'（此处我是在引用我的传记作家的话），但'伯纳德拥有着男人的清醒逻辑'。"（64）这段内容两页后："我想起的是谁？当然是拜伦。在某些方面，我和拜伦很像。或许饮下一口拜伦会让我有好心情。让我读一页书。"（66）而那位正在写作的女士，或许她是在写《海浪》斜体字的内容，但她的文字少了些做作，也少了些自恋和傲慢。

让小说读者感到震惊的是，在全书九个章节中的第七章，以书中人物的身份，这位女士可能提出了钟乳石的时间性。在第七章，伯纳德再次质疑自己讲故事的效果，他对自己未间断的遣词造句感到绝望，然而在很早以前，书中其他角色就表现了不耐烦。这时，某个不明身份的独白者打断了伯纳德的抱怨，为他提供了一个原本默默无闻的老校友的名字——拉本特（Larpent），此人之前在学校只是个"胖乎乎的小男孩"（32；cf. 39，50，55，56），伯纳德这才有了可以写进故事的新人物。这里的她打断了伯纳德，或许我们可以认为她是女性，毕竟她只是一个身份不明的人物，但是她打断的原因是伯纳德正在聆听

　　　　　　　　　　　　　　　　　　哲思与海

"世界变成废墟和大海陷入毁灭的声音"（162）。她说："所以，伯纳德（我记得你，你是我机构里的惯常搭档），让我们开始崭新的一章，然后见证这个新奇而未知、可怕而不确定的经历——新的水滴——它即将自己形成。拉本特就是那个人的名字。"（同上）

伯纳德这时在罗马的一家餐馆。他惊奇地发现，坐在旁边桌子的男人是他几十年前的同学。这个男人叫什么名字？伯纳德是否该上前打招呼呢？不，先等等。就在那时，一位"漂亮的女人"走进了餐厅。当女人朝着伯纳德的桌子走过来时，他听见了一个声音——或许是那位漂亮女人梦幻般的声音，也或许是那位正在写作的女士的声音——告诉他，那人就叫拉本特。或许这里发生了一个新故事，其中涉及了一系列的奇怪巧合，两个校友毕业几十年后在罗马重逢；或许一个新故事线即将滴下？或许它会沉淀出大理石，筑成一部纪念碑式的著作，又或许它会变成一部荒诞不经的小说？然而，小说接下来的内容再未提过拉本特这个名字。实际上，这个故事根本没有滴下。

作为讲故事的机构中的惯常搭档，伯纳德经常成为水滴的代言人。在小说的第三章，他说："总的来说，今天是美好的一天。今天晚上，灵魂屋檐上形成的水滴既圆润又五光十色。"（68）这样的水滴肯定会折射出灿烂的光芒，否则那光芒只能淌过永恒的圆屋顶。然而，随着故事的推进，伯纳德的水滴呈现出更灰暗的色调。在第七章，当那位正在写作的女士似乎要过来搭话时，他说道：

至于时间，让它滴落吧。灵魂屋顶形成的水滴落下了。在我心灵的屋顶上，时间的水滴正在形成和下落。上周，我站着刮胡子的时候，水滴落下了。我站在那里，手上拿着剃须刀，我突然意识到自己行为习惯的本质（这就是水滴的形成），而且我颇具讽刺意味地祝贺着，祝贺我的双手可以坚持不懈。我说，刮胡子，刮胡子，继续刮吧。水滴已落下。在一整天的工作中，每隔一段时间，我的思绪会去一个空旷的地方，说着："失去了什么？终结了什么？"我在一旁嘟囔："都过去了，都过去了。"我这样安慰着自己。人们注意到了我脸上的茫然，以及我漫无目的的谈话。我的最后一句话渐渐消失殆尽。当我穿上外套回家时，我说了句更戏剧性的话："我已经失去了青春。"

　　令人好奇的是，每次出现危机时，一些不合时宜的话偏偏会出现——在一个古老文明中靠笔记本生活，这就是惩罚。这个水滴的下落与我青春的逝去无关。这个水滴的下落就像时间逐渐缩成了一个点。时间仿佛布满着舞动光线的阳光草原，仿佛正午的田野一样铺开，它下垂着。时间缩成了一个点。当水滴从装满沉淀物的玻璃杯落下时，时间也向下滴落。这些是真正的循环，是真实的事件。随后，好像空气中的所有光照都消失了，我看到了裸露的底部。我看到了习惯覆盖着什么。我颓废地在床上躺了好几天。我出去吃饭，像鳕鱼一样张着嘴。

157-8

　　　　　　　　　　　　　　　　　　哲思与海

在此停止这段文字的引用很不公平 —— 因为这些文字在寂静中是如此强劲有力。但是，让我们关注在广阔的草原形成的这个水滴。它的坠落是如此突然、如此陡然、如此不可思议 —— 让我们不禁想起绽出的时间性的突然性（the ἐξαίφνης of ἔκστασις）。然而，人们必须等待多长时间，它才能形成、悬挂、逐渐下垂，然后不慌不忙地落下呢？显然，它与硬币落在地上所需的时间相同，却可能意味着永恒，或至少是一生。

⌘

时间逐渐缩成了一个点，或者没有，无论如何，时间是在锐化或钝化存在的本质，这是海德格尔 1929 年至 1930 年的课程前半部分的主要概念 —— 该课程名为"形而上学的基本概念：世界，有限性，孤独性"（The Fundamental Concepts of Metaphysics: World, Finitude, Solitude）。[1] 问题是，无论我们遭受的是哪种无聊，我们以及伍尔夫笔下的六个人物总会钝化这个时间点。那么什么是时间点？时间点就是刺痛我们的东西，你要原谅这个表达，这是苏珊的话。至于为什么有这种刺痛？因为若非如此，人存在于世就会游手好闲、浑浑噩噩、敷衍了事、虚度时光。

从根本上说，时间点的刺痛这种想法源自克尔凯郭尔、马

---

[1] 以下内容请参见代码为 29/30 的文献，尤其是该讲第 31—33 节的内容。——原书注

丁·路德、奥古斯丁和圣保罗（这四个人会给出更文雅的命名），它让我们警醒，摆脱昏昏欲睡、麻木的状态；让我们摆脱某些天生的、根深蒂固的沉沦。这些根本性的调整 —— 无论是焦虑、喜悦还是深度无聊，都会刺破所有由心烦意乱的日常性吹起的气球。即使在珀西瓦尔死后，一切本该应该永远改变，但伯纳德注意到："秩序回归了；一件事导致另一件事的发生 —— 这是通常的顺序……几乎没时间回答这个问题了；我的力量减弱了；我变得迟钝了。"（132）然而，海德格尔对深度无聊的理解，其难点在于，除了无聊之外没有任何事物会产生刺痛感，恩典、预言、布道、召唤都无法做到，除非这个召唤来自某个不知名之地、不知是谁之人。时间的刺激在其发生的时候，或者无法发生的时候，正是一切生命和我们自己陷入没有活力的冷漠的时候。[1]

在 1929 年至 1930 年，海德格尔主要讨论了两个形式。第一个是他称为"放逐时间"（die Bannung der Zeit）的矛盾形式，它

---

[1] 此时我应该重新阅读查尔斯·斯科特（Charles Scott）的 *Living with Indifference*（《冷漠生活》）（Bloomington: Indiana University Press, 2007），以便明确斯科特的"冷漠"（Indifference）与海德格尔的"漠不关心"（Gleichgültigkeit）和"不计较"（Indifferenz）之间的差异。如果我没记错的话，斯科特说的冷漠与刺痛感无关，因此海德格尔的"根本性的调整""决心"和"决断"等信徒修辞，完全不存在于斯科特的思想和写作。这并不意味着斯科特没有表达出自己的观点。如果说"决断"（resolve）无法形容斯科特所谓的冷漠生活，那么或许"心理弹性"（resilience）这个词会起作用。我推荐读者阅读克雷尔的 "Narrative as Trauma and Resilience in Charles Scott's *Living with Indifference*"（查尔斯·斯科特《冷漠生活》中创伤和心理弹性的叙事），*Epoche*, 17: 1（2012 秋），75–88。在本章的后文中，我将引用斯科特书中的一两段内容。——原书注

指明了当我们感到无聊的时候，时间既禁止我们作为一个整体存在，又在转眼间将我们束缚在肉体上。词语"bannen"既有放逐又有约束的意思，但考虑到它将我们的注意力排除在所有外来物体之外的迷人魔力，还有那不允许任何干扰的魅力，或许我们可以把它翻译为"入迷"（spellbinding）。在此海德格尔无疑会拒绝催眠的说法，因为这是意识（或无意识，对他来说也一样）和主体性的语言。在海德格尔看来，"放逐时间"就是"决心"（Entschlossenheit）的世俗化——我们面对人类存在的必要可能性的决心，即我们的有限性和死亡。

第二个形式是时间尖端或时间点（die Spitze der Zeit）。在海德格尔职业生涯的后期，即他在 1953 年写的关于格奥尔格·特拉克尔[1]诗歌的第二篇文章里，海德格尔提及了矛的尖端（die Spitze des Speers），但他说的不是时间，而是位置或地点，出自特拉克尔唯一被埋没的诗《位置》（der Ort 或 die Ortschaft）。而 1929 年到 1930 年所说的时间尖端或时间点，即时间在深度无聊中达到的极端、时间的尖锐（zugespitzt）、时间驱使它的尖端回归，使得此在有可能找到并抓紧其决心的瞬间。因此，深度无聊体现了某种末世论，也就是海德格尔在解读《阿那克西曼德之箴言》（Anaximander's Saying）意义上的末世论（H 301–2；EGT 18）。当深度无聊达到极端，处在禁止和束缚的矛盾尖端时，它能够让此

---

[1] 格奥尔格·特拉克尔（Georg Trakl），20 世纪奥地利著名诗人。他的诗作富于象征性和多重意义，是德国表现主义诗歌的代表。——译者注

在表现为有限的可能性–存在，并且决断地向人的存在敞开。时间尖端或时间点使得此在可以适应有限的自我以及一个自我揭露和自我隐藏的世界。因此，这两个形式实质上是同一个。海德格尔说："事实上，这个放逐时间是时间点本身，也就是使得'此在'本质上可能的点。"（29/30：223）

　　此在（存在于此）具有可能性吗？时间有刺痛点吗？如果有，那么想知道伍尔夫《海浪》中的人物是否明白这一点，似乎也不像听上去那样愚蠢。然而，他们显然没有被时间点刺痛，那个理应刺激他们，使他们摆脱深度无聊的时间点没有出现。但他们在寻找——虽然事实表明他们的寻找是徒劳——能根本性地调整他们的世界的东西。小说中的六个人谁都没有找到。正如罗达所说，每个人物都"希望有海浪可以将我们浮起"（137），或者至少如路易斯所说，寻找"保持平凡的保护性海浪"（79）。然而，他们都发现了平凡的海浪实际上会"把他们摔下浪头"。或许梅尔维尔会说，珀西瓦尔死亡的海啸压倒了他们，他们挣扎沉没，寻求平凡的庇护。他们清楚地知道自己生活的无聊，也清楚地知道他们被放逐了。他们的无聊不是深刻的无聊，而是琐碎的无聊；这种无聊是艾略特的"鸡尾酒会"，是"普鲁弗洛克"和"荒原"式的无聊；他们的无聊是"空心人"[1]式的空洞。此外，书中的每个人，尤其是内维尔，他们会对海格尔那般寻找时间刺痛点、挤破日常性泡沫的想法表示怀疑。因为在良心的呼唤

---

[1]　"普鲁弗洛克""荒原""空心人"等词均出自艾略特的诗歌名。——译者注

中，在对本真的恳求中，在对决断与决心的需求中，并没有隐藏"实存性典范"（factical ideal）（SZ 310）；没错，时间的刺痛点来自苦行僧教士再熟悉不过的针刺，难道不正是通过规定别人穿粗糙衣服苦行，苦行僧教士才获得了权力吗？难道不是海德格尔"时间点"的谱系学将我们引向了尼采的查拉图斯特拉吗？在那篇"论解脱"的演讲中，他呼吁向时间与时间的"它曾是"（KSW 4：180）复仇，难道尼采、海德格尔不是在试图表达他们的观点吗？

　　无论如何，滴下水滴的时间性并没有让伍尔夫笔下的六个人物顿悟，即经历海德格尔所谓的"瞬间"（Augenblick）。小说中时间的放逐不存在束缚、不存在连接；小说里没有尖端或者临界点，只有悬垂的滴落和等待，以及所有故事的拆解——不由得让我们想起莫里斯·布朗肖的《等待，遗忘》以及萨缪尔·贝克特的《等待戈多》。如果小说记载了必死的命运——必死性或有限性也许仍可以描述六个人物的发现——那么此发现其实与抓紧即将到来的生活浪潮并在其中勇敢向前游的决断无关。

　　这里起作用的是否定的回答，不同的时间顺序，不同的时间性。它不会提前，也不会落后，它只是费力前行。它不会在狂喜的绽出中旋转，它滴下。

　　当水滴最后为伯纳德落下，当所有的日常性在他每天刮胡子的那个时刻消失，某些事就这样突然落下了。或许这些水滴构成了人生的阶段？伯纳德说："让我想一下。水滴落下，另一个阶段到来。一个阶段连着一个阶段。但为什么阶段会有终点呢？它们最终会通向哪里呢？通向什么结局呢？毕竟它们穿着庄严的长袍而来。"（159）然而，水滴不是阶段。它沉淀下来的是更加令人不安的东西，而不是一个可预测的演变中一个可识别的发展阶段或一个庄严而具有启发性的救赎故事。相反，沉淀下来的是一系列危险的、不稳定的、不确定的见解。一开始，终生都在遣词造句讲故事的伯纳德说："我似乎不如以前那么有天赋。"（159）也许这只是一种轻描淡写，也可能是一种过于苛刻的判断，然而，不管是哪种情况，都产生了颠覆性的效果。在小说的早期，诗人内维尔预见了这一困难："在生活的折磨和毁灭中，我们的朋友无法完成他们的故事。"（32）在全书第二章，伯纳德在开头虚张声势地说："现在，时机已到，这一天终于来了。车就在门外等候。"（25）在与珀西瓦尔的晚餐聚会上，有些东西似乎落下了，那是一种华丽璀璨的东西。伯纳德感觉到："最后、最闪亮的那一滴，我们让它像某种超凡水银一样，进入我们因珀西瓦尔而创造的高涨和辉煌的时刻。"（123）句子结尾那个"我们因……而创造"的说法有些奇怪，想必是和那超凡水银产生的化学反应有关。或许它反映了迄今为止伯纳德的唯一疑惑："我可以根据她或他说的话写出十几个故事——我可以想到十几个场景，但什么才是故事？是我手中摆弄的玩具，是我吹出的泡沫，是一环套着一环？有时我都开始怀疑，这世上是否存在故事。"（122）在得知珀西瓦尔的死后，伯纳德的疑虑加深了。然而，在某个可能成为顿悟时刻的时间点，随着水滴的滴落，伯纳德出去吃饭，在梅利维尔式的虚无面前，他就像是自己餐盘里的鳕鱼。

因此，水滴在钟乳石的时间性中滴落。然而，世上没有比由滴落的液体形成的石笋更加不确定的东西。伯纳德在第七章说道："我已经编造了上千个故事；我在无数已写满的笔记本中记录了可能用到的语句，为了那个真实的故事。但我从来没有发现那个故事。我开始问自己，世上真的有故事吗？"（160）就在那一刻，一个身份不明的声音，也许是那位正在写作的女士的声音打断了伯纳德忧郁的遐想，在一家罗马的餐厅向他扔出了一个胖乎乎的叫"拉本特"的诱饵。但这无济于事。伯纳德意识到，他遣词造句的"不完美"，就像时间的"它曾是"一样不完美，它们都是空洞的（185），因此故事不会也不能找到它的结局。通过某种神秘的方式，海胆会"使用"它自身的坏死组织获得再生，但是，正如我们前面提到的，这种策略只会在当下获得成功。在某些时刻，坏死的终会坏死，膨胀的水滴要么落下，要么蒸发。

　　在那些空洞或没有价值的措辞中，其他一些角色经历了钟乳石水滴的滴落。路易斯以一种可谓是魔鬼靡菲斯特式（Mephisthophelean）的、显然不像表面那般平静的口吻说道："我不知道你怎么能说，活过是一种幸运。"（187）相比之下，吉尼有她自己的方式能让水滴滴落在她生命的贮藏室，并且不必永远等待。尽管吉尼的越轨行为不总是得逞——"我的方式把我带到了奇怪的地方"——但她再次告诉我们，"我的想象就是我身体的想象"。并且她说以下是她最终的理由："那些让你的生活分崩离析的折磨，在我这里的每个夜晚都会消失，有时只是在我们进餐时，手指在桌子底下触

碰就能解决 —— 我的身体变得如此有流动性，甚至只有指尖的触碰就能形成一个完整的水滴，它自己填满了自己，它颤动、闪烁，最终变成狂喜。"（188-9）吉尼和其他五个人物一样，对钟乳石的时间性和绽出的时间性似乎可以不予考虑 —— 至少在一段时间内暂时不用考虑。与此形成鲜明对比的是，罗达观察到其他人"嵌入了由重复时刻混合成的物质中"（190），仿佛其他人是带有面孔的石笋，而她则已全部溶解并流出。

伯纳德的"石笋融化"和他故事的"蒸发"仍在继续。伯纳德说："一滴接着一滴，沉默下落。它在心灵的屋顶上形成，落入下面的水池。永远都是孤独、孤独、孤独 —— 听到沉默下落，掠过它所及范围的最远边界。我狼吞虎咽、酒足饭饱，得到了中年人的满足，我被寂寞摧毁，只能让沉默一滴滴落下。"（191）然而，这种沉默含有过多的胃酸，也就是说，它的下方没有形成巨大的石笋。"但现在，沉默打在我脸上，形成小坑，像是雨天站在院子里的雪人，我的鼻子消失了。随着沉默落下，我彻底溶解，变得毫无特色，生怕和别人不一样。这没关系。又有什么关系呢？我们吃得很好，有大鱼大肉，还有葡萄酒，它们让自我的尖锐牙齿变得迟钝。焦虑就这样安息了。"（同上）

罗达将很快反击了伯纳德的懒散，她指出"人怎么会没有焦虑"（195）；路易斯也加入了这场凄凉的合唱："我们各自的水滴消失了；我们已经灭绝，在黑暗中，迷失在时间的无底洞。"（192）伯纳德最终不得不同意："我们的生活流向了远方，沿着没有光线的道路，经过一段不知名的时间。"（194）罗达再次说："一个重物

坠落到夜晚，将它往下拖。"（196）

在小说的最后一部分，即第九章中，伯纳德开始明白，对于一种水滴的时间性，即钟乳石的时间性，你以为那下面一定有坚固的石灰岩残留和柱状的纪念碑，并且每一滴水都会为整块石料的记忆增加一个层次，而那里有消散的故事，这却是一种错觉。不管人们想把什么刻入整块石料——仿佛它是威尼斯的圣马克大理石柱或罗马的圣彼得大教堂一样——他们想刻入的东西都会融化成一个水坑。伯纳德说："我产生了一种错觉，以为会有某些东西可以留存一段时间，它圆润、有重量、有深度，它是完整的。"（204）然而，他的疲惫打败了石笋形成的错觉："它们结实地落在了地上！我厌倦了故事，厌倦了词句。"（同上）没有石笋，只有水坑和水池。它们排出、渗漏。最后，从前那个说故事的人开始意识到，他故事中的怯懦和残忍："在每个痛苦的郊外，都会坐着几个敏锐的观察者。"（213）讲故事既是明示也是卖弄。讲故事就是徒劳。

所有人都认为能从故事中寻求安慰。伯纳德说："我总是去书柜，再饮一口圣贤之书。"（214）伯纳德对书本有一种怀旧，他留恋文字和手稿的神性、完整性和圣洁感。"让我们再一次假装生命是一种固体物质，形状是球形，我们让它在手指间转动。让我们假装自己能写出一个简单而合乎逻辑的故事，这样当一个东西结束时——比方说爱——我们会按照顺序，继续前往下一个。"（215）比方说爱？人们的错觉是"某些沉积物"一旦"已经形成"，就会坚不可摧。"我形成了；水滴坠落；我从已经完成的经验中坠落。"（217）已经完成的经验？那会是什么？完成之后，谁又能有条理地说出故事呢？最后，伯纳德开始清醒并且问道："这该是故事的结局吗？一种叹息？海浪的最后一个涟漪？一股细流潺潺流入它最终消失的水沟吗？……但如果没有故事，又哪儿来的开头和结尾？"（同上）现在，一种轻描淡写甚至陈词滥调足以说明一切："或许当我们试图说明时，生活并不会因为我们说明它的方式而受影响。"（同上）其他人可能认为，这种失败主义只是年纪的缘故，因为讲故事的人年老糊涂，这是衰老的无声征兆。伯纳德反驳道："这不是因为年龄的关系，而是因为水滴已滴落；另一个水滴。时间已经重新做好安排。"（233）但是这个新的安排、这个新的烦乱，能够被诉说吗？它会滴落成故事吗？

　　然而，不仅没有故事，甚至没有持久的影像。[1] 第七章的斜体引言提到有一个"光波"闪烁着，"仿佛鳍切割了湖面的绿玻璃"（155）。然而，作为叙述者的"我"在这一章节抛弃了伯纳德，鳍的形象重新回转："鳍转动……海豚的鳍……'在荒凉水域的鳍'。"（161）在小说的终章，鳍的形象摇摇欲坠："没有什么，没有什么，没有任何东西可以用它的鳍划破铅灰色的荒凉水面。没有什么能够解除无法忍受的无聊。"（210-11）对于讲故事的伯纳德来说，鳍具有特殊的意义，他受到了诗人内维尔的影响：这两个

---

[1]　此处还是我的那位机敏的匿名审稿人向我提出了本段的修改意见。他提醒了我"鳍"的形象，即海豚的鳍，在《海浪》中是有限时间的象征。这一形象最后摇摇欲坠。我对这位审稿人就此处及其他地方提出的建议深表感谢。——原书注

人在某一时刻有了共同的领悟，然后"陷入了那种间或被几句话打破的沉默之中，仿佛一个鳍在沉默的荒原中升起；然后，这个鳍——这个思想沉入了海底，只掀起了一点满足的涟漪"（234）。然而，这种满足被嘀嗒作响的钟表打断，两个人突然意识到彼此的存在。"是内维尔改变了我们的时间。"（同上）最后，作为书中叙述者"惯常"帮凶的伯纳德也渐渐消失了。"再也没有鳍打破这片无限的海域。"（243）

至于水滴本身，它会以每秒 9.8 米的速度下降。这种速度足以被认为是绽出。然而，回想一下钟乳石的时间性的缓慢，它使得时间沉淀。沉淀的时间并不急躁。它的被动性压迫着它，使它逐渐地聚集，慢慢地、痛苦地膨胀。它的水溶性矿物质呈胶态分散，当它在延缓绽出的时间性中下垂，并且在缓慢移动中分散时，它悬浮的琥珀酸盐、二氧化硅和碳酸钙会更均匀。诚然，我们生活在一个快节奏的时代，在这个时代，我们明显的日常性，即"他们"（das Man）的独裁激励着我们，让我们认为自己可以随心所欲、以我们想要的尽可能快的速度对待自己的生活和身体。这一切都非常快，盲目的快。

然而，我们这份浅薄和愚蠢是沉淀——钟乳石的时间性的后果，而这种时间性的移动非常缓慢。该后果会在另一个时间顺序中展开，在另一种具身的时间性中——在时间的存续中呈现。珀西瓦尔意料之外的事故，罗达可预料却意外的自杀，苏珊在绝望的黑暗深渊上走钢丝时的自然满足，路易斯对事业成功的自我嘲讽，吉尼对自己的浪漫"方式"的日益绝望，内维尔的疲惫不堪，伯纳德的逐渐消失，那位正在写作女士的最终命运，一个需要十年才能显现的命运——这些事情从属于不同的时间顺序，既不是宇宙时间，也不是绽出的时间性，而是我们在未来生命中面对的钟乳石的时间性。我们的生命——正如德里达评论的那样——将如此短暂。

✦

《海浪》不是一本让人欢呼雀跃的书。书中丰富多彩的描写和令人惊讶的词汇会带给读者快乐，但这种快乐无法减轻小说吞噬六个人物的残忍行径。或许，这就是有人认为该书具有哲理性的原因。

当然，有人可能会反驳，并非所有的沉淀都是灾难性的。想想胎儿在羊膜中形成的速度有多慢吧。苏珊对这个奇迹会作何回应？"我将会因母性美丽又残忍的激情而堕落守旧。"（112）好吧，至少还有美丽这个词落下。即使称不上美丽，钟乳石和石笋本身也是崇高的，它们以千年为单位测量自己的生命，而我们则不行。虽然它们很容易因人类的触碰而受影响——人类的触碰会污染和消解它们，但我们比它们更容易受到伤害并消失。至于美丽，此时狂喜的吉尼早已人过中年，最终她会说：

> 但是，看吧——我的身体在那面镜子里。它是多么孤独、多么萎缩、多么衰老！我不再年轻了。我不再是游行队

伍的一员。数百万人在阶梯上重重摔落。巨大的车轮无情地催促他们向下。数百万人已经死亡。珀西瓦尔去世了。我还能走动。但就算我发出信号，谁又会来呢？

165

在《海浪》中，无论人物是否结了婚、是否组建了家庭、是否有交往对象，每个人的失败似乎都与爱和做爱的亲密度有关，而小说对此保持了沉默。故事的叙述者说，"比方说爱"，仿佛还有什么别的事情可以"有秩序地"进行。诗人内维尔在某一时刻曾说："与此同时，让我们用一记重击破坏时钟的嘀嗒声。再靠近一些。"（154）或许他说这句话的对象是正在与他交谈或他默默想起的伯纳德。然而，几页内容后，内维尔说："我被旧的幻觉卷走，我大喊'靠近一点，再近一点'。"（170）然而，内维尔接受了幻觉产生的后果："毫无疑问……我们熟悉的生活不堪入目，只有在充满爱意的眼神下，才能光彩夺目。"（151）之后，当筋疲力尽使辉煌变得黯淡时，内维尔认为伯纳德先前的观点是正确的。"处在被动和疲惫的心境时，我们只想再次进入已经与我们切断联系的母体。"（198）在此之前，伯纳德认为在学校的第一天是"与母亲身体的第二次分离"（106）。费伦齐和兰克则会说这是第三次分离，前两次分别是在出生和断奶的时候。

钟乳石的时间性的每一滴似乎都在重复这种分离，即海洋的干涸。除了海浪的拍打，水滴的滴落是海洋留下的一切；它不是顿悟和决断的时刻，而是分离和抛弃的时刻；它不是让我们觉醒的刺激点，而是截断，即我们所说的切断脐带。伯纳德曾四次提到"孤独"（alone）一词。吕斯·伊里加雷在其著作《遗忘空间》（L'oubli de l'air）中提醒我们，我们重新进入母亲体内并且重铸分离是件不可能的事，但她仍执着地渴望得到"唯一的柔情"（la seule tendresse），这也是她所认为和理解的女性性别的代名词。[1] 吕斯·伊里加雷并不是唯一一个这样做的人。在罗曼·加里的《童年的许诺》中，黎明的希望正是他所谓的"本质的柔情"（quelque tendresse essentielle），而他那吵闹的、令人难以忍受的母亲正是这种柔情的最佳代表；很久以后，在他的故事中，其中的叙述者谈到女性那天赐的温柔，将天赐的神性与女性气质混合了起来——谢林肯定也会同意他的说法（RG 13，350）。

有时，尽管海洋波涛汹涌，但似乎也体现了这种温柔，我将在最后探讨此种温柔的可能性——《海浪》几乎没有体现这种温柔。《海浪》本身的结尾很黑暗。第九章斜体部分描述的海浪是"黑暗的海浪"：

---

[1] 参见吕斯·伊里加雷的 *L'oubli de l'air chez Martin Heidegger*（《马丁·海德格尔对空间的遗忘》）（paris: Minuit，1983），108–9。在 20 世纪 80 年代中期，在写 *Daimon Life: Heidegger and Life-Philosophy*（《海德格尔与生命哲学》）时，我心里一直想着吕斯·伊里加雷"唯一的柔情"的概念。吕斯告诉我，她是从 1976 年 5 月下旬开始写那本书的，当时她正好听闻海德格尔的死讯。因此，尽管吕斯的这本书对海德格尔持批评态度，但更重要的是，这本书应该被视作对海德格尔的哀悼之作。该书由玛丽·贝丝·马德尔（Mary Beth Mader）翻译成英文，并由得克萨斯大学出版社出版（Austin，1999）。——原书注

空气中好像有黑暗的海浪，黑暗向前推进着，随着水波冲刷沉船的两侧，覆盖了房屋、山丘、树木。黑暗冲入了街道，围着形单影只的人旋转，将他们吞噬；在夏天的所有植被中，黑暗玷污了在榆树下紧紧相拥的夫妻。黑暗沿着草地一路游弋，在褶皱的草地上翻滚，孤零零的荆棘树和空的蜗牛壳被包裹在它的脚下。黑暗再次上升，沿着光秃秃的高地斜坡吹动，到达山上那腐蚀和磨损了的尖峰，那里常年有雪覆盖。山谷中充满溪流和黄色的藤叶，还有女孩坐在阳台上，抬头看着雪，用扇子遮挡她们脸。即便是她们，也被黑暗遮挡。

202—3

当然在小说最后，伯纳德（没错，是他）发表了一些大胆的言论，他提到了"永恒的更替"以及与主角作对的"敌人"——死亡，他说要模仿珀西瓦尔，要"放纵自己"（254）。伯纳德的又一次措辞。而后文中出现了最后的一段斜体字内容，这也是书中唯一一段出现在章节结尾的斜体内容："海浪在岸边破碎。"这里的"破碎"（broke）一词是未完成的过去时态，它为破碎的波浪赋予了新的、不祥的含义。

图26 "空气中好像有黑暗的海浪……"

"畏惧溺水而亡"，我在前文中引用过艾略特的这句话，虽然当时我没有提及出处，但我并不回避之前没有提及出处的这件事。无论如何，罗达的溺水死亡——伯纳德以最抽象的方式告诉了读者这件事——以及雷德本从船舷最高处跳海身亡，这两件事提醒我们，在与大海的邂逅中，我们不仅要面对鲨鱼和石鱼的危险，还要避开淹死的风险。这里我中断对伍尔夫《海浪》的反思是因为，我想先关注一下这些溺水而亡的男人和女人。在此查尔斯·斯科特的《冷漠生活》将帮助我做出解读。

斯科特思考了边缘系统（Limbic System）在濒临溺死等创伤经历中发挥的作用。他对边缘系统的描述是：这是人体系统中最原始和最重要的系统之一，当人受到创伤时——虽然这并不是科幻文学，却做到了科幻作品最擅长的事——让我们从那种被困住的甚至创伤（也可能是"放逐"）的状态中抽离，并且让我们渴望听到更多、理解更透彻。斯科特在关于创伤的章节中写道：

> 一些经历过严重创伤的人在描述他们的创伤时，似乎是置身事外的样子——保持了安全的距离——并且他们似乎在创伤事件中表达了对自己的漠不关心。那个事件就在那里——是的，我看到了。（奇怪的是，它发生在我的身体上，但它不发生在看到那一幕的我身上。那个溺水的男人是谁？他看起来很像我。我觉得他已经停止了呼吸。）但那种情况不

是发生在"我"这里。我在其他地方。

这也许是最优秀的作家能够展开和支撑他们叙述的最佳距离。让我们回想梅尔维尔,他冷静地为自己作品中的主角皮埃尔设定好了距离。皮埃尔已经看到自己的写作正在谋杀他的肺,却无法阻止自己的缓慢死亡。我在此要重复梅尔维尔的话:"在无数极端的情况下,人类的灵魂就如同正在溺水的人;虽然他们知道自己身处险境,也知道自己为何沦落至此 ——然而,大海终究是大海,那些溺水的人终究溺水而亡。"斯科特为我们展现了创伤如何使梅尔维尔所谓的"虽然他们知道"的边缘变得模糊,然而他对危险以及危险中糟糕的"救援"的详细描述,其尖锐程度可能会让梅尔维尔惊叹不已。斯科特写道:

在许多情况下,我认为,我与创伤的即时性之间的距离有其生存价值。或者,即使无关乎生存,它也拥有能够在创伤的力量中使大脑放松的价值。例如,在溺水时,它能够让我与肺部进水的感觉和心脏颤动、叩击、放缓的恐惧,以及窒息的影响保持距离。的确,溺水的冷漠中存在着一些美丽的东西 ——水的蓝色和光过滤后的射线,身体的动作越来越缓慢,激烈晃动的水平静了下来,身体沉没,白沙浮起,光线流动着照进黑暗。但现在让我们来想象,一个黑暗的身影猛地跳入水中。不和谐的画面出现了,像是一场粗暴的唤醒。距离骤然崩塌，身体感觉到了可怕的胸痛，开始使劲咳嗽。呕吐、大口吸入空气，堵塞和刺痛了呼吸道的水流出。脑中有令人难以承受的压力，光线也令人痛苦。正在溺死的我，现在却在这里。

LI 130

　　什么样的读者可以在这种残酷的厄运和救援中幸存下来呢？一页内容之后，在读者已经咳出了足够多的盐水或喝下了足够多的水，最终放弃挣扎、任由自己沉没后，身体终于被海洋的引力捕捉，那个我们一生都在不断趋向的引力，这时，斯科特却加入了一个脚注，向我们保证他真的没有溺水。他只是近乎溺水，离真正的溺水还有距离。但他在书中记录了两个溺水者的说法，如果有人能说出这样的话，那么他们肯定是被抢救后活过来的人（131n. 5）。所有这些让斯科特感兴趣的是，创伤的"边缘打击"（the limbic hit）——让我们在叙述溺水时保持冷漠，切断"与产生叙述有关的控制程序"（133）——和继而发生的叙述之间的关系。这种继而发生的叙述（après coup）是对创伤本身的叙述。是什么能够让写作与"边缘打击"既亲密又疏远呢？当然，并不是所有的写作都需要了解这些，因为可能会出现一些奇怪的念头。然而，什么是一本关于海洋冥想的书所必须了解和实践的呢？最后的关键是什么？这里的水滴是什么？它还要悬垂多长时间？

让我们回忆起路易斯反复听到和惧怕的海浪中"跺脚的怪兽"的声音，据此我会给出我的结论。这种汹涌的海浪常在伍尔夫的《海浪》中咆哮。然而，不仅路易斯害怕愤怒的海浪，创作那些斜体文字的作者也是如此：

> 海浪在岸边迅速破碎并扩散。它们一个接一个地集结起来，然后跌落；水沫依着坠落的力量将自己向后抛出。除了海浪的背上那钻石般的光芒，仿佛骏马奔腾时背部肌肉的波纹一样，海浪浸透了深蓝色。海浪坠落、后退，然后再次坠落；像一头巨大的怪兽顿足发出的砰砰声。

127

> 海浪聚集在一起，弯曲着它们的背部，然后坠毁，在石头和鹅卵石中迸出。它们冲刷过岩石，高高的水雾喷溅在早已干涸的洞穴墙壁上，随后，水雾离开了岸边的水池，波浪退回，一些鱼搁浅在海岸上。

141

至此，我们怎能不提及尼采最精彩的一个段落呢？这是我在第一章中就承诺过会提到的内容，即《快乐的科学》中的第60条语录，如果不是因为时间顺序不对，我们可能会认为尼采引用了弗吉尼亚·伍尔夫的内容。以下是该段内容，其标题我先暂且不提：

　　我还有耳朵吗？难道我只是一个耳朵，仅此而已？我站在汹涌的海浪中（inmitten des Brandes der Brandung，毫不夸张地说，是在熊熊燃烧的海浪中），白色的火焰舔过我的脚——四面八方都是它的怒吼，威胁着我，对着我尖厉号叫，而在最深的地方，古老的撼地者像深沉吼叫的公牛一样，唱着他的咏叹调：他踩出了身为撼地者的节拍，即使那些巨大的、风化的岩石都感觉到它们的心脏在身体里颤抖。然后，突然间，仿佛从无到有，在这个地狱般的迷宫大门之外，只有几个里格的距离——出现了一艘巨大的帆船，像幽灵一样悄无声息地滑行着。哦，这个幽灵般迷人的东西！以怎样的魔力迷住了我！现在怎么办？世界上所有的静止和沉默都登上了这艘船吗？我的幸福是否存在于这个安静的地方，那更快乐的自我，那第二个、永恒的自我？不死而又不再活着？像鬼魂一样，沉默、凝视、滑翔、盘旋？有个像船一样的东西，它的白帆如同巨大的蝴蝶一样在黑暗的海洋中滑行！是的！滑过存在！就是这样！将会是这样！（Ueber das Dasein hinlaufen! Das ist es! Das wäre es!）——这些的声响似乎让我变成了一个幻想家？所有这些巨大的噪声使我们在静止和遥远中设想快乐。当一个男人站在他的喧嚣中，在他的机会和选择（seine Würfe und Entwürfe）的激浪中，他也会看到一个沉默和神奇的生物在滑行；他渴望那个生物的幸福和与世隔绝——它就是女人（es sind die Frauen）。他几乎相信，他更好的自我是与女人在一起：在这些安静的地方，即使是最喧嚣的海浪都会静止如死亡，而生活成为它本身的梦想。可是！可是！我高贵的狂热者，即使在最可爱的帆船上，也会有如此多的噪声、如此多的牢骚，而且不幸的是，如此多可鄙的、琐碎的牢骚！女性的魔力和她们最强大的影响，按照哲学家的话来说，是一种在远处的影响（actio in distans）：但首先，也是最重要的是——远处！

KSW 3: 424-5

这篇文章的题目是"女人和她们在远处的影响"（Die Frauen und ihre Wirkung in die Ferne），不难想象它可能会引起的愤怒。然而，我一直觉得船员和乘客的性别认同，与那个被卷入他自己的噪声、情节和伎俩的叙述者一样，如论从何种角度都是可以改变的，这些角色可以被颠倒甚至完全重新配置、彻底重造，而结局仍会相同。远处的影响是欲望的影响——不是对具体"事物"的欲望，而是对"欲望"本身的欲望，即拉康所说的"欲望"，谢林称其为"渴望"（Sehnsucht、languor、languishing），梅尔维尔可能将其视为亚哈的"一滴眼泪"。尼采似乎在远处观望吉尼［或者诺瓦利斯笔下的吉尼斯东（Djinnistan），此人或许就是吉尼的原型］，至少看到了那个年轻的吉尼，那个看见了有光环从自己的想象和有感觉的身体中向外荡漾的吉尼。然而，难道吉尼就不能是那个站在熊熊燃烧的海浪中的人吗？就不能是吉尼寻找着那个划过地平线的年轻男人，苏珊追求着其他的内陆农夫，罗达在沙漠中寻找着燃烧的纪念柱吗？我想，无论是男人还是女人，伍尔夫的六位小说人物都会同意：对于欲望、爱、亲密关系、恨——任何形式的情绪和激情，它们的影响始终是远处的影响，从不完全在场，从不受我们的控制和指挥。

　　"就是这样！"叙述者用陈述的语气大声说道，然后又用与事实相反的虚拟语气说，"将会是这样！"接着是双重间断以及声音的变化。第二次变化发生时出现了重复的"可是！可是"！此时声音要求的是保持距离。然而，它保持距离的愿望——在对"幻想家"（Phantast）和"狂热者"居高临下的回应中显而易见——其本身也陷入了渴望的混乱：无论评论家多么含蓄和机智地批评路德宗派的梦想家［"这是我的立场"（Here I stand）］，其想要保持距离的愿望依然是对距离本身的虚伪表达，而不是这些思想家认为的雅致和自治。空想家和评论家最终都屈服在了他们自己制造的震耳欲聋的噪声中。毕竟，他或她，或者两个人其实都错过了这条船，而且在各种意义上，错过的不止一条。而且，至少在一定程度上，当这个人渴望在船上的特定物体时，当这个人祈求与导致混乱、心碎以及"牢骚"的亲密关系保持距离时，这个人只是制造了更多的噪声。他或她，或他们有机会在"几里格"之远的距离看到的只是他们错过了那艘船；然而，他们没有伤心到想要去游泳，没有"径直冲向海浪"的冲动，留给他们的只是无法缓解的孤独形成的汹涌海浪。

这就是女人吗？或更确切地说，它是巴克·穆利根对海洋的说法（释义自阿尔杰农·斯温伯恩[1]）——"我们伟大亲切的母亲"，那个我们渴望回归的对象吗？又或者，它是《海浪》中的人物无法重述或纪念的（即纪念性的节日）东西，如对爱的纪念吗？如果海浪在涌动时不那么激烈，这些角色可能会任由自己沉溺在大海的摇篮中。但是，这汹涌海浪的狂暴也同样不受他们的力量影响。

❧❦❧

在伍尔夫的《海浪》中，太阳、海浪和水滴的时间形式，在永恒循环的意义上，会达成同一吗？从黎明前到夜幕降临，太阳划过天空，表现了从童年到死亡的唯一人生路径，这是赋予每个人的独一无二的生命。即使海浪持续拍打或撞击，即使地球继续绕着太阳旋转，这条路也是孤独的、终结的。另一位伟大的作家（我们已经很熟悉他的话语了）曾经说过："注定经受百年孤独的家族不会有第二次机会在大地上出现。"——"porque las estirpes condenadas a cien años de soledad no tenían una segunda oportunidad sobre la tierra."（GM 351）

海浪，像怪兽一样汹涌撞击，或在海岸上整齐地拍打着，意

---

[1] 阿尔杰农·斯温伯恩（Algernon Swinburne），英国诗人、剧作家和文学评论家。以音调优美的抒情诗闻名。——译者注

味着不可阻挡的大海那永不停息的波涛——如果我们可以造一个新词，那就是"不间断"（incessancy）。一方面，人们认为自然是纯粹的"浪涌"（φύσις[1]）；另一方面，人们认为那撞击来自大地和世界。而至少在某些时候，钟乳石的水滴对某些人物来说，意味着文明的形成和不断增长的压力，从古埃及和遥远的印度到帝国时期的罗马，再到自负而令人厌烦的大不列颠岛海岸，皆是如此。对于谈论钟乳石的罗达来说，时间的滴落——即便在她生命的早期——象征着她必死的命运：

> 现在，我将在褐色的水域摇摆，从一边到另一边，这样我的船就可以驾驭海浪了。有些人的船会沉没。有些人会撞上悬崖。有一个独自航行，那是我的船。它驶入冰冷的洞穴，那里有北极熊吼叫，悬挂的钟乳石如绿色的链条。海浪升起，波峰卷曲，他们看向桅顶上的灯。他们已经散落了，他们已经失败了，除了我的船，我的船在大风中冲破了波浪，到达了有吵闹鹦鹉和爬行动物的岛屿……

15

省略号表明罗达对自己幸存的船的幻想正在逐渐减少。尽管有神秘的桅上电火（"桅顶上的灯"），但有些船依旧会"撞上悬崖"。

---

[1] 有起源、生长、自然法则等含义。——编者注

对于书中的叙述者，对于伯纳德和那位正在写作的女士，水滴意味着生命决断性的形成和释放：出生、断奶、童年、上学、婚姻、失败、消耗性的职业、孩子的出生、衰老、死亡。然而，水滴的球形压强受到重力影响，无法维持外形，将水易碎的外表塑成了梨形。水滴也不会成为一个地球仪一样的球体，让人可以转动它，在上面查找一个确切的位置。水滴不是圆形的，而是椭圆形的、球根状的、泪状的，当它最终落下时，它不会留下石灰岩的纪念碑，它只会溅在地板上，然后四散开来。

当你以千分之二秒的速度拍摄破浪时，成果图像中，打动你的会是那些水滴，那些像晶体或珍珠一样凝结的水滴，通过阳光折射出丰富的色彩。然而，一个凡人的肉眼无法看到这些水滴，但摄像机能捕捉到看似不真实的东西或那些超越了凡人对现实探索的真实。你看到的岸边海浪是飞溅、是泡沫，它们汇成水池，缓慢渗入沙子，然后消失。而那位写作的女士发现，记录海浪的汹涌、噪声、渗漏和退潮非常重要，即使这对书中的六个角色没有任何作用。她认为，直至最后的水滴的压力——释放、滴落，在她担心永远无法纠正的不均衡中四散——将她送入河中之前，记录和写作一直很重要。

即便我们最后正视伯纳德的大胆言辞，（"啊，死亡！"）我们也没办法就这样终结《海浪》，终结大海的浪涌，终结海洋与哲学的邂逅。而对于大海来说，它的海浪可以有多狂暴汹涌，就可以多平静，而这不必凭借任何力量、意志或对我们的蔑视。

让我们再次回忆起梅尔维尔的《玛迪》，那个在我想象中存在于古萨莫色雷斯岛神庙的祭司，他最后所说的、渐渐远去的话语：留心夜晚海洋的平静，留意它的沉默和悲伤，这"普遍和永恒的"悲伤，要看到天堂没有屋顶，"从悲伤中豁免"是玛迪居民最大的希望，他说"悲伤又是安宁"，而安宁是"灵魂所能祈盼的至高境界"。虽说如此，但他已然向着新成员——也许他们有六个或七个人——提出了并非完全安宁的邀请："我爱之人，尽情去爱吧！"

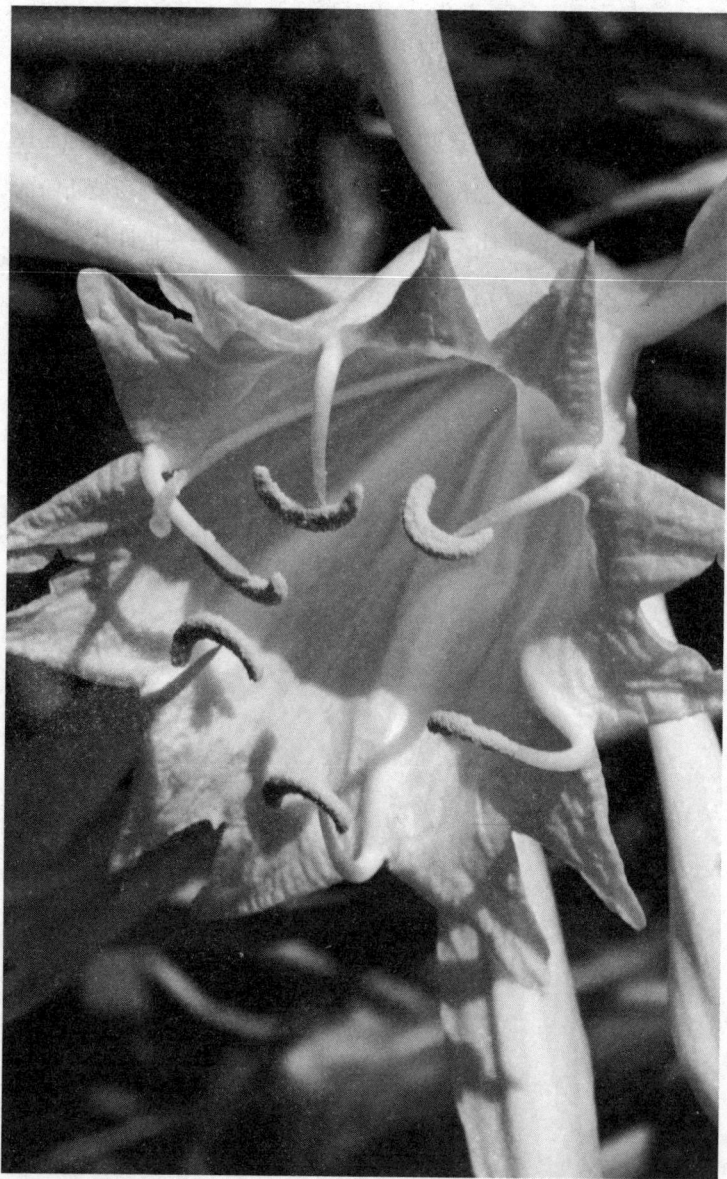

图 27 "却总可望而不可即"，巴洛斯海湾的野生百合

结语

我看着大海：身上发生了一些变化。我不知道是什么：

一种无边无际的平静，一种已抵达的印象。从那时起，

海洋对于我是谦逊、丰富的形而上学。

我不知道如何谈论大海。我只知道，

它突然让我摆脱了我的所有义务。每当

看着它时，我就变成了一个快乐的溺亡者。

——罗曼·加里:《童年的许诺》

荷尔德林说过，大海取走回忆并给予回忆。当沉默的大海看似一只没有呼吸的动物时，它大概正想着那些平静的日子或夜晚。回想荷尔德林的《谟涅摩叙涅》中的诗句，我在本书开头就引用了的那些诗句，它们变成了本书重复的副歌。它们是荷尔德林对大海的赞美诗，伴着肖邦的成名曲吟唱，这是一种船歌式的节奏：

我们一心渴求

翱翔于浩瀚无垠

却总可望而不可即

我们需要忠贞不渝

无论前途后路，不必去看

任由自己沉溺在摇篮中

如同摇曳在海上的扁舟

再回到第一章的内容，这种在大海怀抱中的沉溺是一种"交付"，相当于德语中的 Hingebung（交出）或 Hingabe（奉献）。为了实现这一目标，我们不得不屈服于幻觉，那是内维尔在瞬间产生的幻觉，他大喊着："靠近一点，再近一点。"让我们再走近一些，沉溺在大海的怀抱中。或许吉尼和其他五个人一样，至少在生命的早期，她曾任由自己像这样沉溺在大海的怀抱，正是因为她"是"一个身体，而非只是将"拥有"身体当作累赘——"我放松地靠在了椅子上，任由自己享受这种狂喜。"这种交付不会阻止钟乳石的时间性的水滴形成和落下；它不能阻止晚年的囚徒掉落到她的生活。[1] 但是，它可能会带给她故事，甚至最好的故事——比方说爱情故事——即便她和我们都不知道，该如何有条

---

[1] 关于晚年的囚徒，请参考提托诺斯（Tithonos）的希腊神话，我在自己的短篇小说中复述过，*Timorous, Tumescent, and Toothless: The True Story of Tithonos, Prince of Troy*（《胆怯、肿胀、无齿：特洛伊王子提托诺斯的真实故事》），更多内容请登陆 www.davidfarrellkrell.com 在线阅读。——原书注

不紊地结束这样的故事。因为，若要让故事有合适的结局，作者需要向前看、向后望，瞻前顾后，时刻寻觅和瞭望。但"无论前途后路，不必去看"。相反，应"任由自己沉溺在摇篮中／如同摇曳在海上的扁舟"。

伟大的小说，能像诗歌一样哺育我们，尤其是从不停摆动的摇篮中走出的诗歌。在此，我将克制自己引用惠特曼那首伟大诗歌的冲动，不用它低沉而芬芳的词语，不用那句海洋低声告诉他的话，我会引用另一首更适合水滴的时间性的诗。在其所有的沉迷之外，惠特曼还描写过关于水滴或水珠的诗歌，从《涓涓细流滴落》（*Trickle Drops*）到《水滴最后的逗留》（*Lingering Last Drops*）。以下出自惠特曼的《自茫茫人海中》（*Out of the Rolling Ocean the Crowd*）：

> 自茫茫人海中，有一滴水珠向我温柔靠近，
> 它对我轻耳细语，我爱你，不久我将死去，
> 我不远万里而来只为见你，触摸你，
> 在没有见到你之前，我不能死去。
> 我害怕之后可能再不能与你相见。
> 我们已相遇相见，我们各自安好，
> 我的爱人，让我们平静地回归海洋，
> 我也是海洋的一部分，我们不至于分离，
> 看着浩瀚的宇宙，万物融为一体，世界多么完美！
> 只有无法抵抗的海洋才能将你我分开，

或许我们会分离一小时，但我们不会分离一辈子；

　　不要着急，稍等片刻，我会向着天空、海洋和陆地敬礼，

　　在每日的日落时分，只为你，我的爱人。

WW 106—7

　　即使大洋河是淡水河，海洋也仍可以被定义为水的身体。也许一个身体可以抚育另一个身体，然而，肯定不是通过远处的行动，也不是来自全然在场，更不是因绝对的近距离；确切地说，可能存在一种内心的抚育，在一种亲密友谊的涌动中上升。这种友谊可能是费伦齐所说的，在那些纪念回忆的节日里形成的友谊；它也可能是在内维尔提出请求时的希望中形成的。这种令人难忘的友谊，无论多么欣喜若狂，或许必定会在水滴的时间性中呈现，无论它是唾液、精液的水滴，还是时而不情愿、时而欢快流动的珍珠母的水滴。或者还是心脏血液或者墨水的水滴，正如惠特曼在下面这首《涓涓细流滴落》里提示的那样：

　　涓涓细流滴落！离开我蓝色的血管！

　　从我身体滴落！细细地流，缓缓地落，

　　从我的坦白中跌落、滴下、渗出，

　　当你被监禁，从解脱你的伤口滴落，

　　从我的脸上，从我的额头和嘴唇，

　　从我的胸膛，从我的藏身之处，

　　挤压红色的血滴，忏悔落下，

哲思与海

每页都会染色，浸染我唱的每首歌，我说的每句话，

都是残忍的血滴，

让他们知道你的绯红与炙热，让他们闪烁，

带着你的羞愧和潮湿浸透他们，

所有我写过或将写的都在发光，渗出血滴，

让一切都在你的光照中显现，红晕在滴落。

WW 125

滴落的或许不均匀，尤其是眼泪，它是另一种盐溶液。但我们不是一直在寻求溶液剂吗？

如果可以的话，我还想谈一个话题，它与邂逅或冥想无关，我仍然没有办法完全理解它，只能疯狂地努力寻找计算性思维的替代物。我想说的是"摇篮"。我认识一个非常漂亮的女人，她是一位经验丰富的潜水员，她曾告诉我她不怕溺水。

她说，对她而言，世界上最自然的事情就是留在海底、放弃呼吸。

毫无疑问，她说的都是真心话。

她不是吹嘘，也没有虚张声势。

我担心她。

她却烦恼于我对大海缺乏信心。

当我仰浮在巴洛斯海湾时，我让自己沉溺在大海的怀抱中，

玩了一个小游戏。我闭上眼睛，在这种状况下尽可能地放松呼吸，让自己尽量长久地漂浮在泛着涟漪的海浪中。透过我的眼睑，太阳是明亮的橙色，海面一片平静，令人感到安心。现在我没有感觉到漂浮，也没有上升到空中；现在我感觉身体在慢慢转动，像指针划过表盘。我疑心那无法感知的水流会缓缓将我带向东方，去往那海中凸起的金字塔状的岩石，海湾在这里戛然而止。我脚下的靛蓝不再只是颜色，而是纯粹的深度，其深处充满未知，而这些未知大多是我的想象，它们并不存在于爱琴海。

我总是很快就睁开眼睛。我认为闭眼已经有 30 分钟了，但其实只过了 2 分钟。或许只有 30 秒？太阳还在之前那个地方没有移动。手表的指针也几乎没有转动。那个金字塔形状的岩石仍然在远处，或许像我闭眼之前一样远。

我想起那个从我生命中消失的美丽女人。在我的想象中，她正在微笑，那笑容在讽刺与祝福间摇荡。我朝着羞怯的海岸出发。

主要参考文献

请注意：在上下文引用无歧义时，我将不会再提及该作品的代码，而是直接在正文中注明卷册数及页码。我将在此尝试列出所有的参考文献，其中有些作品我只是在文中有所提及，并没有引用书中某页的具体内容。

德里达著作

BS I，II

Séminaire: La bête et le souverain, Volume I (2001–2002). Michel Lisse, Marie-Louise Mallet, and Genette Michaud 编 . Paris: Galilée, 2008. Geoffrey Bennington 译 , *The Beast and the Sovereign*, Volume I. Chicago: University of Chicago Press, 2009. *Séminaire: La bête et le souverain, Volume II (2002–2003).* Michel Lisse, Marie-Louise Mallet, and Genette Michaud 编 . Paris: Galilée, 2010. Geoffrey Bennington 译 , *The Beast and the Sovereign*, Volume II. Chicago:

University of Chicago Press, 2011. 因为法语分页出现在英文翻译的页面空白处，没有必要引用英文页码，所以本书只标有法语页码。

EA

États d'âme de la psychanalyse: L'impossible au-delà d'une souveraine cruauté. Paris: Éditions Galilée, 2000.

英文名译为 "Psychoanalysis Searches the States of Its Soul: The Impossible Beyond of a Sovereign Cruelty," 收录在 *Without Alibi*, Peggy Kamuf 编译 . Stanford: Stanford University Press, 2002.

ED

Écriture et la difference. Paris: Seuil, 1967. Alan Bass 译 , *Writing and Difference*. Chicago: University of Chicago Press, 1978.

G

De la grammatologie. Paris: Minuit, 1967.Gayatri Chakravorty Spivak 将英文版本译为 *Of Grammatology*. Baltimore: Johns Hopkins University Press, 1976.

PMI, II

Séminaire: La peine de mort, 2 vols. 第一卷包含 1999—2000 年的研讨班内容 . Paris: Galilée, 2012. 第二卷包含 2000—2001 年的研讨班内容 . Paris: Galilée, 2015. Peggy Kamuf and Elizabeth Rottenberg 译 , University of Chicago Press, 2014 and 2017. 这本书也是只标有法语页码。

费伦齐著作

Sándor Ferenczi, *Versuch einer Genitaltheorie.* 引自 *Schriften zur Psychoanalyse*, 2 vols. Michael Balint 编 . Frankfurt am Main: Fischer, 1972, 2:317–400; 我在正文中只引用了卷册数和页码。这篇论文由医学博士 Henry Alden Bunker 翻译，名为 *Thalassa: A Theory of Genitality.* New York: W. W. Norton, 1968. 此后数年，有不同版本的数次再版。我自己翻译了所引用的费伦齐作品中的所有段落，但我还是参考了 *Versuch* (即 *Thalassa*) 的英文翻译。德文版的页码在斜杠之前，英文版的页码在斜杠之后。

弗洛伊德著作

GW 1–17

Gesammelte Werke, 17 vols. Anna Freud 等编 . London: Imago Publishing Co., Ltd., 1952.

黑格尔著作

在正文中引用到黑格尔的著作时，我将依据下列版本，简单标注其卷册数和页码：*Werkeinzwanzig Bänden. Theorie Werkausgabe.* Eva Moldenhauer and Karl Markus Michel 编 . Frankfurt am Main: Suhrkamp, 1970. 我将此版本第九卷的内容（黑格尔的 *Encyclopedia*

of Philosophical Sciences, Philosophy of Nature 的第二部分）与以下
黑格尔早期的耶拿讲稿进行了比较：

JS 1–3

Jenaer Systementwürfe I: Das System der spekulativen Philosophie.
Klaus Düsing and Heinz Kimmerle 编 . Hamburg: Felix Meiner Verlag,
1986; *Jenaer Systementwürfe II: Logik, Metaphysik, Naturphilosophie.*
Rolf-Peter Horstmann 编 . Hamburg: Felix Meiner Verlag, 1982; *Jenaer
Systementwürfe III: Naturphilosophie und Philosophie des Geistes.*
Rolf-Peter Horstmann 编 . Hamburg: Felix Meiner Verlag, 1987. 这
本便宜的平装版本的耶拿系列—— volumes 331–3 of the Meiner
"Philosophische Bibliothek"——是基于黑格尔的 *Gesammelte Werke*
的新历史批判版。

海德格尔著作

BW

*Basic Writings from Being and Time (1927) to The Task of Thinking
(1964).* Second edn. San Francisco: HarperCollins, 1993.

EGT

Early Greek Thinking. Second edn. San Francisco: Harper & Row,
1984.

H

Holzwege. Frankfurt am Main: V. Klostermann, 1950.

Hk

Heraklit. With Eugen Fink. Frankfurt am Main: V. Klostermann, 1970.

NI, NII

Nietzsche, 2 vols. Pfullingen: G. Neske, 1961.

Ni 1–4

Nietzsche. 英文译本一共有四卷。第二版。San Francisco: Harper-Collins, 1991.

SZ

Sein und Zeit, 12th edn. Tübingen: Max Niemeyer, 1972.

US

Unterwegs zur Sprache. Pfullingen: G. Neske, 1959.

VA

Vorträge und Aufsätze. Pfullingen: G. Neske, 1954.

W

Wegmarken. Frankfurt am Main: V. Klostermann, 1967.

WhD?

Was heißt Denken? Tübingen: M. Niemeyer, 1954.

29/30

Die Grundbegriffe der Metaphysik: Welt—Endlichkeit— Einsamkeit. Martin Heidegger Gesamtausgabe vol. 29/30. Frankfurt am Main: V. Klostermann, 1983. William McNeill and Nick Walker 译 , *The Fundamental Concepts of Metaphysics: World, Finitude, Solitude*. Bloomington: Indiana University Press, 1995.

65

Beiträge zur Philosophie: Vom Ereignis. Martin Heidegger Gesamtausgabe vol. 65. Frankfurt am Main: V. Klostermann, 1989.

96

Überlegungen XII-XV (Schwarze Hefte 1939–1941). Martin Heidegger Gesamtausgabe vol. 96. Frankfurt am Main: Vittorio Klostermann, 2014.

97

Anmerkungen I-V (Schwarze Hefte 1942–1948). Martin Heidegger Gesamtausgabe Band 97. Frankfurt am Main: V. Klostermann Verlag, 2015.

赫尔曼·梅尔维尔著作

在整本书中，我引用了西北大学纽贝里图书馆收藏的梅尔维尔著作集，该书由 Harrison Hayford 等人编辑，书中引用会采用代码和页码组合的方式。

9

T*he Piazza Tales and Other Prose Pieces 1839–1860*. Evanston and Chicago, 1987.

CM

The Confidence-Man: His Masquerade. Evanston and Chicago, 1984.

IP

Israel Potter: His Fifty Years of Exile. Evanston and Chicago, 1982.

M

Mardi, and a Voyage Thither. Evanston and Chicago, 1970.

MD

Moby-Dick, or The Whale. Evanston and Chicago, 1988.

O

Omoo: A Narrative of Adventures in the South Seas. Evanston and Chicago, 1968.

P

Pierre, or The Ambiguities. Evanston and Chicago, 1971.

R

Redburn: His First Voyage. Evanston and Chicago, 1969.

T

Typee: A Peep at Polynesian Life. Evanston and Chicago, 1968.

W

White-Jacket, or The World in a Man-of-War. Evanston and Chicago, 1970.

梅洛－庞蒂著作

N

Nature: Course Notes from the Collège de France. Dominique Séglard 编．Robert Vallier 翻译并做注。Evanston, Illinois: Northwestern University Press, 2003.

S

Signes. Paris: Gallimard, 1960.

V

Le visible et l'invisible. Claude Lefort 编 . Paris: Gallimard, 1964. Alphonso Lingis 译 , *The Visible and the Invisible*. Evanston: Northwestern University Press, 1968.

尼采著作

J

Jugendschriften 1861–1864. Hans Joachim Mette 编 . Munich: Deutscher Taschenbuch Verlag, 1994 [C. H. Beck Verlag 初版 , 1933–40].

KSW

Kritische Studienausgabe der Werke, 15 vols. Giorgio Colli and Mazzino Montinari 编 . Berlin and Munich: Walter de Gruyter and Deutscher Taschenbuch Verlag, 1980.

KSB

Kritische Studienausgabe der Briefe, 8 vols. Giorgio Colli and Mazzino Montinari 编 . Berlin and Munich: Walter de Gruyter and Deutscher Taschenbuch Verlag, 1986.

柏拉图著作

Sämtliche Werke in zehn Bänden. Karlheinz Hülser 编 . 希腊语和德语版 (Les Belles Lettres 版是希腊语文本，Friedrich Schleiermacher 等人的是德语译本). Frankfurt am Main: Insel Verlag, 1991. 我在本书中会尽可能（基本是所有情况下）采用 Schleiermacher 的译本。此外，在引用时我会始终依照斯特方码。

前柏拉图时期的哲学家著作

DK

Hermann Diels and Walther Kranz, *Die Fragmente der Vorsokratiker*, 6th edn, 3 vols. Zurich: Weidmann, 1951.

KRS

G. S. Kirk, J. E. Raven, and M. Schofield, *The Presocratic Philosophers: A Critical History with a Selection of Texts*, 2nd edn. Cambridge, England: Cambridge University Press, 1983.

谢林著作

I/7, II/2, etc.

Sämmtliche Werke. Karl Schelling 编 . Stuttgart and Augsburg: J. G. Cotta'scher Verlag, 1859. 谢林关于"自由"的文章 *Abhandlung über das Wesen der menschlichen Freiheit und die damit zusammenhängenden Gegenstände* (1809)，被收录在 Karl Schelling 编辑的第一版的第 7 卷 (i.e.,I/7)。*Weltalter* 的第三版 (1815) 也收录于该版本的第 8 卷第 1 章 (i.e., I/8)，标题为 *Die Weltalter, Erstes Buch*。第 8 卷也包含 "Über die Gottheiten von Samothrake" (1815)。谢林的 *Philosophy of Mythology* (1842) 被收录在第二版的第 2 卷 (i.e., II/2)。一个便宜的平装本 *Ausgewählte Schriften* 分成 6 卷收录了谢林的作品. Manfred Frank 编. Frankfurt am Main: Suhrkamp, 1985. 谢林的 *Philosophy of Mythology* 出现在第 6 卷；我在本书使用了 Karl Schelling 编辑版本的页码（II/2 接着页码），Manfred Frank 在其编录版本的内页也加注了 Karl Schelling 版的编号。

WA

Die Weltalter 最初的两个版本出现在谢林的 *Die Weltalter Fragmente: In den Urfassungen von 1811 und 1813*. Manfred Schröter 编. Nachlaßband to the Münchner Jubiläumsdruck. Munich: Biederstein Verlag und Leibniz Verlag, 1946.

其他文献代码

AL

Albin Lesky, *Thalatta: Der Weg der Griechen zum Meer*. Vienna: Rudolf M. Rohrer Verlag, 1947.

BE

Wilhelm Bölsche, *Entwicklungsgeschichte der Natur*, 2 vols. Neudamm, Germany: J. Neumann Verlag, 1894–6.

BL

Wilhelm Bölsche, *Das Liebesleben in der Natur: Eine Entwicklungs-geschichte der Liebe*, 3 vols. Leipzig: Eugen Diederichs Verlag, 1900–3.

CHV, 1–3

Friedrich Hölderlin Sämtliche Werke und Briefe, 3 vols. Michael Knaupp 编. Munich: Carl Hanser Verlag, 1992.

E

Alphonso Lingis, *Excesses: Eros and Culture*. Albany: State University of New York Press, 1983.

EG

The Epic of Gilgamesh. N. K. Sandars 译. Harmondsworth, England: Penguin Books, 1974. 我也提到了 *Das Gilgamesch-Epos*. Albert Schott 译, Wolfram von Soden 编. Stuttgart: Philipp Reclam, 1988.

GM

Gabriel García Márquez, *Cien años de soledad*. Buenos Aires: Sudamericana 主编, 1967. Gregory Rabassa 译, *One Hundred Years of Solitude*. New York: Harper & Row; and London: Jonathan Cape, 1970.

HP 1, 2

Hershel Parker, *Herman Melville: A Biography*, 2 vols. Baltimore and London: Johns Hopkins University Press, 1996 and 2002.

KU

Immanuel Kant, *Kritik der Urteilskraft*. Gerhard Lehmann 编 . Stuttgart: Philipp Reclam, 1966, 再版 (B) 由普鲁士学院编。

OR

Otto Rank, *Das Trauma der Geburt und seine Bedeutung für die Psychoanalyse*. Giessen, Germany: Psychosozial- Verlag, 2007, 最初出版于 1924 年。

RC

Roberto Calasso, *The Marriage of Cadmus and Harmony*. Tim Parks 译 . New York: Alfred A. Knopf, 1993. 我引用的英文版译文虽然十分优秀，但也请各位读者多查看原版内容：Roberto Calasso, *Le nozze di Cadmo e Armonia*, 9th edn. Milan: Adelphi Edizioni, 2002 [1988]。若某段引文后加注了两个页码，则第一个数字为意大利版本的页码，而斜杠符号后数字为英文版的页码。

RG

Romain Gary, *La promesse de l'aube*. Paris: Gallimard Folio 373, 1980 [1960].

U

James Joyce. *Ulysses*. 修订版 , London: Bodley Head, 1969; 最初出版于 1922 年。

WG

K. C. Guthrie, *The Greeks and Their Gods*. Boston: Beacon Press, 1950.

哲思与海

WW

在引用惠特曼的诗歌时，我采用了他在以下著作中所注的行号：
Walt Whitman, *Leaves of Grass*. Sculley Bradley and Harold W.
Blodgett 编 . New York: Norton, 1973.

无代码的参考或提及文献

在引用弗吉尼亚·伍尔夫的小说《海浪》时，我参照了以下版本
中的页码：Virginia Woolf, *The Waves*, London: Collector's Library,
CRW Publishing, Ltd., 2005; 附有 Sam Gilpin 的编后记，最初出版于
1931 年。

≈

本书对诺瓦利斯著作的引用请参见：Friedrich von Hardenberg,
Werke, Tagebücher und Briefe, 3 vols. Hans-Joachim Mähl and Richard
Samuel 编 . Munich: Carl Hanser Verlag, 1987.

≈

由谢林、荷尔德林和黑格尔作为 " 共同作者 " 的论文 "The Oldest
Fragment Toward a System of German Idealism" 请参见：Christoph
Jamme and Helmut Schneider 等编的 *Mythologie der Vernunft: Hegels
"Ältestes Systemprogramm" des deutschen Idealismus*. Frankfurt am
Main: Suhrkamp, 1984.

≈

我在本书中引用的《圣经》版本为：Dr. Martin Luther, *Biblia, das*

ist die gantze Heilige Schrift, 3 vols. Hans Volz, Heinz Blanke, and Friedrich Kur 编．Munich: Deutscher Taschenbuch Verlag, 1974, 基于 Luther 生前的最后一个版本：Wittenberg, 1545.

≈

关于荷马的引文和典故请参见：Homer, *Ilias*. 5th edn. Hans Rupé 译．Darmstadt: Wissenschaftliche Buchgesellschaft; Munich: Tusculum, Heimeran Verlag, 1974; Homer, *Odyssee*. 4th edn. Anton Weiher 译．Darmstadt: Wissenschaftliche Buchgesellschaft; Munich: Tusculum, Heimeran Verlag, 1974.

≈

本文中希腊神话的主要文献来源是：Robert Graves, *The Greek Myths*, 2 vols. Harmon-dsworth: Penguin Books, 1955; Carl Kerényi, *The Gods of the Greeks*. London: Thames and Hudson, 1951; and *Der kleine Pauly: Lexikon der Antike in fünf Bänden*. Konrat Ziegler and Walther Sontheimer 编．Munich: Deutscher Taschenbuch Verlag, 1979.

≈

关于赫西奥德及其赞美诗的引用，请参见 *Hesiod, The Homeric Hymns, and Homerica*. Hugh G. Evelyn-White 译．Loeb Classical Library. Cambridge, Massachusetts: Harvard University Press, 1982 [1914].

≈

文中对索福克勒斯悲剧的引用参阅了以下版本：*Sophokles Dramen: Griechisch und Deutsch*. Bernhard Zimmermann 编．Wilhelm Willige and Karl Bayer 译 . 4th edn. Düsseldorf and Zurich: Artemis & Winkler, 2003.

≈

在引用卢克莱修时，我采用了书名加诗行的方式，具体内容请参见：Lucretius, *De rerum natura*. W. H. D. Rouse 译, M. F. Smith 修订. Loeb Classical Library. Cambridge, Massachusetts: Harvard University Press, 1992.

≈

我以诗行的方式引用了歌德的《浮士德》，具体内容请参见：Johann Wolfgang von Goethe, *Faust*. Erich Trunz 编 . Munich: C. H. Beck, 1972.

≈

我在本书引用的叶芝诗歌来自：William Butler Yeats. *The Collected Poems of W. B. Yeats*. New York: Macmillan, 1956.

≈

最后，本书有关海洋学的相关内容请参见：*Ocean: The Definitive Visual Guide*. 第二次修订版由 Peter Frances 等人编 . London: Dorling Kindersley, Ltd., 2014.